文學新象 295

The Network Effect

厭世機器人

III

—外星入侵應變對策—

瑪莎・威爾斯
Martha Wells

翁雅如——譯

高寶書版集團

1

我遇過那種覺得自己需要超浮誇等級維安服務的客戶。（我說的浮誇是連我都覺得浮誇，別忘了我的程式碼可是由一家因為愛錢愛得要死、所以對所有外界事物都恐懼到出名的保險公司寫的。）我也遇過那種堅持自己不需要任何維安措施，最後被某種生物活活吃掉的客戶。（這只是比喻而已，我的「客戶沒被吃掉」指數可是很高的。）

被婚配伴侶歐芙賽稱為「樂觀症末期患者」的亞拉達博士，算是不偏不倚地落在上述兩類的中間地帶。堤亞哥博士則毫無疑問屬於「我們去調查那個黑漆漆的洞穴，不要讓討厭鬼維安配備跟」的那一組。這就是為什麼亞拉達會背部緊貼在通往露天瞭望臺的艙門旁，冒汗的手心抓著發射型武器的槍托，而堤亞哥則站在艙門外那個瞭望臺上，企圖與疑似目標講道理。（這個「疑似」的說法，來自於之前與亞拉達博士談話的時候，她說**噢，維安配備，我眞的希望你不要再把人稱爲「目標」了**。堤亞哥則是對我露出那張臉，表情寫著**它只是想找個藉口殺人罷了**。）

然而，那也是在疑似目標開始揮舞各種巨大發射型武器之前的事。

總而言之，我游在一艘想強攻我們的海洋研究設施的侵襲船下方的時候，就是在想著這些事。

我從船尾下方游出來，小心地閃過推進器。接著悄悄浮出水面，抓住欄杆，爬了上去。白天的光線很明亮，空氣很清新，我覺得自己好赤裸。（這些愚蠢的入侵者為什麼不在晚上進攻啊？）我已經派出無人機，可以看到這艘蠢船的兩座甲板上的景象，所以我知道船尾這裡沒有人。

我面前的上層部分是三角形結構，尖角朝前，應該是會讓速度更快之類的設計，我不知道，我是殺人機，才懶得管船的事情。上層甲板環繞著安裝了正面武器的船首。這個設計讓這艘蠢船充滿盲區，絕對是某人的維安惡夢。這艘船比我們這次探勘期間看過的其他船都還要複雜，用了更多高科技。

當然，這點也讓整艘船變得漏洞百出。

我同時監控了我們的外部空間和環繞四周的零星島嶼，以免這艘船只是個煙霧彈、其實敵方還有第二套攻占計畫。不用多說，我也有安排鏡頭即時監控瞭望臺那邊上演的爛戲。

堤亞哥站在距離艙口將近四公尺的地方，連防護裝備都沒穿，表現得就像是那種會不相信自己的維安配備做出的情勢評估的人類。看起來是疑似目標的頭目角色就站在甲板邊緣，兩者距離不到三公尺，手上的發射型武器不經意地對準了堤亞哥。另外還有六個四散在蠢船船頭甲板上的疑似目標，這點讓我比較在意，而且裝在船頭甲板的武器炮口還都對著我們的研究設施上層。

其中幾個疑似目標沒有戴頭盔。看到敵方笨到沒有穿戴完整身體護具的時候，你可以用這種情蒐無人機做一件事（前提是你的客戶下令要你這麼做，或者是你的控制元件沒在運作的時候）。你可以讓無人機加速，直直對著敵方的臉飛去。就算沒有打中眼睛或耳朵然後直搗大腦，也一定可以在頭骨上留下個大洞。只要這麼做就可以解決問題，讓我能夠快點回去看《太陽族》最新集數，但我知道亞拉達會對我露出哀傷的表情，而堤亞哥則是會暴跳如雷。我大概無論如何都得採取這個手段就是了。可惜疑似目標的頭目戴了頭盔。

（堤亞哥是曼莎博士的弟弟的婚配伴侶，我是看在這份上才會把他的看法納入考量。）

除此之外，敵方在船內有多少人在控制大型武器，這點我還不知道。太早就殲滅甲板上的可見目標（抱歉，疑似目標），可能會導致我們從爛戲的前戲階段直接跳到爛戲高潮。

靠著堤亞哥用講道理的方式脫身也有機會成功，他很擅長對其他人類說話。不過我倒是派了一架無人機到艙門內的亞拉達身邊待命。（如果我讓歐芙賽的婚配伴侶喪命，她會很難過的。而且我喜歡亞拉達。）

儘管眼前情勢如此，堤亞哥仍用平穩的語調說：「不需要這麼做。我們只是研究員，不會傷害任何人。」

疑似目標頭目說了一些話，研究設施的中央系統翻譯過後傳進我們的頻道裡，「你已經知道我是認真的，拿到我們要的東西之後，我們就會離開了。叫其他人出來。」

「補給品可以給你，人不行。」堤亞哥說。

「如果你們有好貨，我不會碰你們的人。」

「你們剛剛大可不必對任何人開槍。」堤亞哥的聲音裡出現些許怒意，「如果你們要的是補給品，我們本來就會給你們。」

別擔心，剛剛中槍的那個「任何人」是我。

（堤亞哥不顧所有人「一開始就講好」的維安協定，走到瞭望臺上去向蠢船上的陌生人打招呼。我跟著他，把他從瞭望臺邊緣拉回來，所以疑似目標頭目改朝我開槍，正中我的肩膀。我從瞭望臺跌下去的時候成功閃開了進水口。沒錯，我氣炸了。「維安配備，維安配備，聽到請回答——」人在指揮中心的歐芙賽透過通訊器對我大喊。

聽見了，我沒事。我在頻道上回答她。幸好我不會像人類那樣流血，不然在這種情況下，如果再加上威脅性海洋生物群就熱鬧了。**一切都他媽的在我掌控之中好嗎**。

「不，它說它沒事，」我聽見她用通訊器對其它人說，「嗯，對，它很火。」）

我翻過圍欄，落在甲板上。我已經先把痛感元件的敏銳度降低了，但還是可以感覺到發射型武器卡在骨架上，實在有夠煩。我壓低身形，爬下直梯進入第一間船艙。艙內的人類在監控原始掃描系統。（我在中槍之前就先把系統處理掉了，我讓系統接收充滿藝術感的雜訊和隨機發送的異常能量訊號報告，讓系統有事好做。）我勒住她的脖子，直到她失去意識，接著折斷她的手臂，這麼一來要是她太快甦醒就還得先煩惱這件事。我沒拿走她的發射型武器，倒是花了點時間弄壞幾個關鍵部件。

艙室裡面裝滿了袋子、收納箱和其他人類的廢物。雖然內建整齊的置物架，東西卻都亂扔在甲板上。我們至今遠遠看過十一組陌生船隻，其中兩組與我們通訊過。這兩組陌生人都被堤亞哥稱為「異常分歧者」，其他人則稱之為超級怪咖。兩組團體都採取了非常繁複的措施來向我們表達他們並無惡意，也沒有拿出任何武器。兩組團體都想要與我們交換物資。（亞拉達和其他人都說直接給他們物資就好了，但是堤亞哥表示作為交換，得請對方告知當初來到這個星球的前因後果。）

這樣說來，也許堤亞哥確實是有理由認為這組陌生人也同樣沒有惡意。只是稍早出現的團體給了我機會，建立了當地無威脅性接觸／互動群體的形象側寫，而眼前這組人並不符合那個側寫。

可是他媽的沒人把我說的話聽進去。

比起其他與我們互動過的人類，蠢船上的疑似目標頭目及其同伙的穿著較為體面，若沒有比較新，至少也比較乾淨。雖然沒有來自星球的頻道訊號（愚蠢的星球），但是蠢船上有自己的陽春頻道，上面主要都是遊戲和情色片，沒什麼可以用來進行維安評估的內容，例如他們是誰、想要什麼東西這類的資訊。就連那些人類各自的主頻道簽名也只有是否開放性愛和性別呈現等資訊，對我毫無用處。

我溜進一條髒兮兮的金屬走廊，突然有個人類從我面前的艙門裡衝出來。我卸除了對方的武器，把對方的頭往地板撞。

通往下一個艙室的門關著，但是我派出的其中一架無人機稍早曾停在船頂，對著窗戶攤平機身，回傳了相當完整的掃描結果和影像資訊。這點滿重要的，因為現正對準了我們研究設施的那些火力足以炸掉船隻的發射型武器，就是由這間艙室裡的控制臺操控。

根據無人機拍到的畫面，有個小個子人類坐在武器控制臺前，注意力放在一臺原始攝影型瞄準螢幕上。三名壯碩的人類，一身武裝，泰然自若地坐在其他破爛的控制臺座位上，前方的控制臺不是整個消失，就是被臨時改造用途，或只剩下老舊不可用的設備。他們一邊閒聊，一邊看著畫面上的堤亞哥和疑似目標頭目，輕輕鬆鬆，就是個普通的上班日。

這間艙室是個球型空間，坐落於船首右側，用金屬材料強化過，藉此保護、支撐大型武器。那六位站在船首、隨意地把發射型武器槍口對著研究設施瞭望臺的敵方成員，位置與此處距離夠遠，只要我不要動作太大，應該都聽不見。所以我進去的時候沒有撞門，只是把門鎖扭下來。

我先用左臂的脈衝能量波擊中武器控制臺前的目標一號，在其他人急忙起身的時候，我揍了目標二號的喉嚨一拳。接著將目標三號的膝蓋骨扭碎，將目標四號的武器甩開，並且打斷其鎖骨。我已經要求研究設施的中央系統協助，將我覺得派得上用場的那唯一一句話翻譯好，於是我說：「敢發出聲音，就全都等死吧。」

目標一號失去意識，趴倒在武器控制臺上，傷口在潮溼的空氣中冒著煙。另外三人仍倒在甲板上，連連悶哼。

外頭的敵方成員之一瞥了四周一眼，但姿勢沒有變化。出乎意料地擅長拖時間的堤亞哥巧妙地閃避了對方的問題，沒有說其他研究員到底會不會來瞭望臺、讓疑似目標頭目決定是否要綁走他們。堤亞哥開始列出我們的所有補給品，還假裝不太會用研究設施中央系統的翻譯功能。（我知道他在假裝，因為他除了其他專長，還是個語言專家。）我的無人機畫面顯示疑似目標頭目看見堤亞哥慌張的樣子，一副很樂在其中的模樣，堤亞哥可能也注意到了，所以刻意表現出來。他真的滿聰明的。

好啦，好啦，我承認堤亞哥不信任我這件事讓我有點不開心。

（他和曼莎在保護地太空站的時候討論過我的事情，那時候亞拉達正在計畫這趟探勘之旅。交談逐字稿：

堤亞哥：「我知道沒什麼人認同我的看法，但是這件事我堅持要抱持保留意見。」

曼莎：「這次探勘任務是亞拉達負責，她說要帶維安配備。而且說實話，如果這趟探勘任務不是它提供維安協助，我不會同意讓艾梅納去。」

（艾梅納是曼莎的其中一個孩子，沒錯，她現在也在我們的研究設施裡。不用有壓力喲！）

堤亞哥：「妳就這麼信任它？」

曼莎：「我可以把我的性命託付給它，字字屬實。我知道為了保護她，它可以做到什麼程度，還有保護你，和整個團隊。當然，它有它的缺點。事實上，它現在搞不好就在旁聽。你是不是在聽我們講話，維安配備？」

我，透過頻道：**什麼？沒有啊。**

後來我就沒聽了，想說還是先切斷我從那房間的通訊器偷接出來的連線比較好。）

目標二號低聲咕噥，研究設施中央系統翻譯出來是：「你是什麼東西？」

我說：「我是你不閉嘴就去投胎。」看來我其實需要兩個句子。

我不得不離開那個艙房，因為目標頭目已經開始朝堤亞哥走去，而避免情境演變成「人質事件」這件事，對於我的風險評估模組裡的「解除威脅事件之專案排程」來說是很重要的一步。（公司稱之為「專程解事」，實在是個很爛的變位字謎。）（我不是說變位字謎很爛，我說的是別的東西。）

堤亞哥開始後退，「你不想這樣做。你絕對不會想這樣。」

對啊，他們要逃跑是有點來不及了。

我走到外艙門邊，並下令無人機就定位。兩名敵方成員頭戴頭盔、身穿盔甲，其中一人戴了頭盔，但面罩部分被移除了。我按下開門鈕，下達行動指令。

（我在最後一刻把無人機的指令從頭部或臉部撞擊致死，改為朝手臂及雙手暴露部位攻擊至失能，儘管這麼、這麼蠢到來攻擊我們，是敵方自己的問題。但想到亞拉達那張哀傷的臉，實在讓我太不自在了。）

愚蠢的艙門（我恨這艘船）開得有夠慢，等到艙門打開的時候，六名敵方成員已經全都轉向了我。我衝上甲板的時候，無人機也啟動了攻勢。我用右手的能量脈衝波打中了一名目標，用膝蓋撂倒第二位，另外兩人遭無人機攻擊倒地，最後一位倒地時抽搐的手扣下武器扳機，直擊我的胸膛。幹，有完沒完。

此時，目標頭目已經抓住堤亞哥的手臂，武器指向了堤亞哥的頭。

我又犧牲了六架無人機，把各處武器變成一堆無用的金屬，然後站起身。我踏上登船坡道，走到我們的瞭望臺上。我說：「放開他。」我實在沒有討價還價的心情。我有這個功能單元，被深埋在檔案堆裡。反正本來就沒什麼用。

目標頭目的眼睛露出很多眼白的部分，他也展現出好幾項身處壓力之下會有的徵兆。堤亞哥也是。一架無人機的畫面拍到了我的模樣，我的衣服在滴水，印著保護地探勘隊標誌的夾克和上衣上頭有發射型武器留下的彈孔，還有體液的汙漬以及一點血跡。

我像是要走向艙門那樣繞著他們走。目標頭目拖著堤亞哥移動，讓自己面向我，然後大喊，「站住！否則我就殺了他！」

他這麼做是對的，我確實是想讓他移動，這樣才能找到開槍的機會。他停下來的時候，瞭望泡泡艙就在他身後，角度對我來說不太好。

「你還是可以脫身，」堤亞哥喘著氣說，「只要放我們走就好。你可以抓我當人質——」

好喔，這樣說最有幫助了。我說：「不准抓人質。」

「那是什麼東西？」目標頭目喝道，「你是什麼東西？你是機器人嗎？」

堤亞哥說：「它是維安配備，是機器人和人類的合併體。」

目標頭目看起來不相信他。「為什麼它看起來那麼像人？」

我說：「我有時候也會問自己這個問題。」

拉鎊博士透過通訊器的擴音設備說：「它就是人啊！」我在背景音中聽見歐芙賽悄聲說：「拉鎊，關掉通訊器！」

這件事發生的同時，我快速地搜尋了一下我歸檔的影片，找出一集《無畏戰士》。這部影集其實不差，但這一集很糟，劇情是角色被邪惡維安配備攻擊。（這就像相反的矛盾修辭法，畢竟在娛樂頻道上，沒有不邪惡的維安配備這種東西。）（矛盾修辭法有相反詞嗎？）我叫出那段維安配備從基地衝出來、屠殺手足無措的難民的三分鐘影片。我把內容上傳到那艘蠢船的情色片頻道上，讓其自動無限重播。

我的動作很快，所以目標頭目用力搖晃堤亞哥說「叫它後退！」的時候，我已經處理完了。

堤亞哥發出一個疑似嘲諷的聲音。「可以就好了！它又不聽我的。」

我聽得很多啊，堤亞哥。

「那它聽誰——」目標頭目自知該放棄這個話題了，「聽好，控制這東西的人，我不管你是誰，我要把這傢伙帶上我的船——」

「我已經毀了你的引擎。」我說。我真的該這麼做。唉，來不及囉。

目標頭目怒氣沖沖地瞪著我，用力扯了堤亞哥一把，堤亞哥一個踉蹌，身體從目標頭目前方移開。接著，我看見目標頭目的上臂炸出一個洞，正中那不合身的盔甲銜接處露出的幾公分見方的皮膚位置。

我衝上前抓住堤亞哥，把他甩到一邊去，然後搶下目標頭目手上的發射型武器。我用槍柄輕輕地往他的腹部和胸口撞了一下，他便倒在甲板上不省人事。

亞拉達踏出艙門，發射型武器的槍口指向下方，觀念很正確，即便我的掃描顯示她已經關上了保險。她說：「你們還好嗎？堤亞哥？維安配備？」

我稍早有說過，我在找開槍的機會，但是我沒有說是讓誰開槍的機會。灰軍情報事件之後，亞拉達跑去上了武器使用課程。看來經歷過一群殺人狂為了掩蓋你的研究結果、追過整個星球也要殺掉你這種事情，就算是樂觀症末期患者也會變得比較謹慎。

我在頻道上說：**堤亞哥博士，亞拉達博士，進入艙內**。我抓起目標頭目，將他扔到他家船隻甲板上，其他目標則在甲板各處掙扎蠕動，試圖爬回艙內。我的掃描結果發現那艘船上的武器系統出現一波能量驟升。這就是沒時間把整艘威脅艦掃乾淨的結果。我對通訊器說：「歐芙賽，就是現在。」

在這整個過程中，歐芙賽和其他人就是在忙著發動我們的研究設施。我的靴底感覺到甲板隆隆地震動，研究設施的外部支撐架浮出海面，隨著我們升空，掀起波浪打在那艘船身上。

我想那些入侵者八成沒意識到我們的研究設施是移動式的。引擎開始加強運轉，攪動的水流把那艘船沖歪，入侵者失去了瞄準目標。

隨著整個研究設施脫離海面，外部支撐架也摺疊收起。通訊器的廣播器響起警報，並且放送了一段翻譯後的警語，要求周遭對象保持距離。我猜入侵者都聽進去了，因為他們的船艦引擎開始瘋狂加速。我對無人機發出召回指令，只見無人機朝我們飛來，魚貫進入艙門內。我跟在無人機後頭走進艙門，起飛流程啟動，艙門在我身後關閉。

2

我對自己說，以第一次「不假裝成人類的同時擔任研究維安顧問」，以及／或者「假裝人類主管存在」方面來看，這個結果不算太糟。大家都還活著，採樣和掃描工作都做完了。原定行程就是要在六個星球日後離開，但因為任務提早完成，亞拉達把離開的時間提早到三個星球日後，這就是為什麼整座研究設施大致上已經準備好可以起飛了。

但是這次是我們走運，而我最討厭的就是運氣。

我站在走廊上把無人機設定好，留下四架跟著我，其他則分派到研究設施各處休眠。接著我檢查頻道上有沒有警報訊息。沒有忙著駕駛整座研究設施穿過大氣層的成員，正用通訊器對彼此大吼大叫。

亞拉達走下來走廊。她身上沒有帶武器，我的維安檢測結果顯示，她已經重新將武器彈藥補滿後收回武器櫃裡。「維安配備，你得去醫療中心！」

我又檢查了一下頻道，沒有警報訊息啊。「醫療中心發生什麼事了嗎？」

「發生事情的是你，你中槍了。」

喔，對耶。亞拉達對著我招手，我跟著她的腳步，沿著走廊走向主斜坡道。我戳了戳夾克和上衣上頭的洞，然後把疼痛感應調高一點。發射型武器的子彈還在裡面。（有時候子彈會自己穿出去。）

醫療中心位於主斜坡道的最上面，是一間小小的艙室，與組員休息室和廚房在同一層。寢艙、實驗室和儲藏室在往下兩層的地方，控制中心則在上方。拉銻已經在裡頭等我們了，人就站在醫療系統旁。「你的狀況怎麼樣？」他的語氣強硬，「你最好快點躺下！」

我覺得有點麻煩。「沒關係，我沒事，給我取出鉗就好。」

「不，不可以，你剛剛還泡在水裡，你需要去汙劑和抗生素篩檢。系統準備好後，你就躺下。」他用力指了指那張窄窄的診檯，然後從架上取下其中一套急救工具組。「堤亞哥的脖子上有些擦傷，」他對我們說，「除此之外他沒事。」

拉銻拿著工具組，走出艙門外。通訊器中的叫罵聲已經緩和下來，但我還是可以聽見休閒艙傳來的交談聲響，聽起來氣氛緊繃。像這種由保護地管理的研究設施裡面不會用維安系統錄下一切，也沒有到處裝設攝影機，這都是因為一些保護隱私權之類的緣故，但是我還是可以用通訊器和無人機偷聽。前提是我想要的話啦，但我才不想，現在不想。

亞拉達說：「拉銻說得對，維安配備，你該讓醫療系統檢查一下傷口，看看有沒有感染。」她欲言又止，「我有沒有……」她深吸了一口氣。我呆站在原地，因為我沒聽懂問題。她接著說：「當時有沒有其他辦法……」

這次她也一樣沒把話說完，但我懂了她想問什麼。「沒有。如果妳當時沒有馬上行動，我就得靠無人機試試看。他應該死不了，如果有人提供醫療照護的話。」

她真的很不想對任何人開槍，她對我說過她真的是很勉強自己才去學會使用武器。我也沒有特別希望她學。（人類有這個傾向，會在沒必要的情況下、不分青紅皂白地使用武器。在我為數眾多的中彈經驗中，肇因是客戶「想要幫我一把」的比例高到令人想哭。）（還有相當比例是發生在客戶單純想要開槍打個什麼，而我剛好就在現場。）

亞拉達揉揉眼睛，一邊嘴角上揚。「你是想讓我好過點嗎？」

「沒有。」我真的沒有。我常常對人類說謊，但對亞拉達不會，在這種事上不會。

「我不會去做些什麼來讓妳覺得好過點，妳知道我的個性如何。」

她哼了一聲，臉上是止不住的笑意。「我確實知道你的個性如何。」

她的表情變得柔和，一副多愁善感的模樣。「不准抱抱。」我警告她，這條有寫在合約上。「妳需要情緒支持嗎？要不要我叫人來？」

「我很好。」她露出微笑。醫療系統透過頻道傳來準備步驟已完成的訊息。「你也快點讓自己變好吧。」

她走出艙室，在門口設定隱私限制。我脫除衣物，丟進去汙箱，接著爬上診檯。系統會檢查有沒有汙染物，並且把發射型武器的子彈從我的肩膀和胸口取出。

這個流程只花了三分鐘，剛好夠我把剛剛因為堤亞哥衝去當標靶所以只好暫停的《太陽族》那段劇情看完。醫療系統試圖進入心理療程與後續治療的選項，不過我阻止了它，自行爬下診檯。我從頻道上得知我們已經上了運行軌道，準備與基地艦會合。

我的衣物現在都是去汙劑的味道，不過已經乾淨又乾爽了。我穿上衣服，打開隱私屏障。

堤亞哥就站在走廊上。耶，太棒了。

他一副不爽的樣子，我看得出來，雖然我只看著他的頭部右方。他說：「你把那些人殺掉了嗎？」

我當時的憤怒其實足以將那些人全都粉身碎骨。之前我所屬的那間公司針對這類情況，設定了特定的處理流程，包含致命擊殺的權限，對象最起碼包含甲板上帶有武器的敵方成員。除此之外，我當時已經中彈一次，敵方成員也表明殺害以及／或者綁架我的客戶的意圖。但是我已經不屬於那間公司了，在現場的人類之中，我只需要聽命於亞拉達一人，而且聽命的條件僅限李蘋替我談到的合約規範的範圍。

然而我駭入自己身上的控制元件的目的只有一個，那就是不要讓任何人在我不想照做的時候，下令要我殺掉一堆人類。（就算我當下覺得想殺也一樣。）

我說：「我已經向合約上簽定的主管回報過了。」

（好啦，好啦，我知道我大可直接對他說沒有，我沒殺人。我大可說就算是要聽命公司設定的維安配備也只會使用最小武力，因為公司很討厭支付損害保證金給生還者，而且除非人類明確下令，維安配備平時並非殺人狂。我大可說我讓他冒生命危險也沒有採取致命擊殺，因為我知道亞拉達不會希望我這麼做。）

他緊抿雙唇。「我可以去問她。」

我說：「真的，你該去問她。」

他瞪了我一眼，棕色雙頰溫度明顯上升，是憤怒、窘迫的徵兆，可能還有其他情緒。不過我滿確定他只是氣炸了而已。他遲疑片刻，然後說：「那個，我——我不是故意害你中槍的。對不起。」

堤亞哥，如果你是故意害我中槍，那我們現在的交談內容就會完全不一樣了。因為我還是很生氣，所以我說：「探勘團隊成員一致同意通過的維安協定內容，就放在研究設施頻道上。」

他的臉上露出了人類想要掩飾自己被激怒程度的時候會有的反應。（任務完成。）他說：「我犯了一個錯，但我當時沒有理由預設那些人懷有惡意。」

我有。我大可立刻整理一份針對那艘接近我們的船艦所做的威脅評估報告摘要，說明為何那艘船艦有百分之七十二的機率會攻擊我們。我大可指出對方「一開始就直接朝我開槍」，尤其當時對他們來說我就是其中一位沒有攜帶武器的人類成員。但是我不用向他報告。他不喜歡我，我不喜歡他，沒關係。

完全沒關係。

我轉身，順著走廊離開。

幫我.file 摘要1

（本檔案由主要內容摘錄而成。）

自從我決定（暫時）留在保護地太空站之後，曼莎博士已經七度邀請我隨她前往各處。其中有六次只是較為短暫的無趣會議，地點在停留於運行軌道或是停泊在登艦碼頭的船艦上。第七次的時候，她請我隨她前往當地星球表面。我不喜歡行星，但她說是要去參加一場藝術節／研討會／宗教觀察活動，所以有「很多」現場表演。確認過所謂的「很多」指的是八十七場以上之後，我同意一同前往。

有些現場演出是我不感興趣的示威活動或者研討會，但我成功在曼莎去開會或與家人共同行動的時間裡，看了三十二場舞臺劇和音樂劇。（我用無人機把演出時間部分重疊或撞期的內容錄下來。其實演出內容全都有現場錄影，之後會上傳到該星球所屬的娛樂頻道上，最紅的那幾場演出還會被再製成影視作品，但我所有版本都想看。）有天晚上我看舞臺劇看到一半，曼莎用訊號敲我的主頻道請我去接她。

這個請求來得很突然，又非常不像她會做的事，所以我以我們事先講好、要是她在非自願下被控制時能使用的密語回她。她說她只是累了。這就更不像她了。因為就算我確實看得出來她的疲憊，她還是不會願意承認這件事。

我留了一架無人機把剩下的演出錄起來，然後溜出了劇院。劇院外已是漆黑夜色，路上的人潮也開始散去，但廣場對面的大棚之下的派對還沒結束，光線明亮又吵雜。

如果一定得身處於一大群人類之中，節慶活動的人潮其實不算太糟糕，因為大家的注意力都很分散，人類和強化人全都混在一起，現場聊著天或是用通訊器和頻道聊天，不然就是在趕場中。但缺點就是會有很多人類揮舞發亮的棍棒或是閃爍的玩具，不然就是亂撒會發出爆裂聲又發光的彩色粉末。（我是真的無法。）但管它的，有這麼多事情同時發生，根本沒人會注意到我。

除此之外，這裡是保護地，所以沒有掃描無人機，也沒有配備武器的人類維安人員，只有一些待命的人類醫療小組和幾個機器人助理，還有「保護員」。保護員主要的工作就只是執行環境保護法，還有罵走擋到車的人類和強化人而已。

我在大棚底下找到了曼莎，有群人在與堤亞哥和法萊交談，她就站在人群一側。法萊是曼莎的婚配伴侶之一。我走到曼莎身邊，她握住了我的手。

好，通常呢，在你對自稱殺人機的機器人／合併體動手動腳之前，最好先警告一聲。

除非這是維安事件，那你就會希望／需要這個人類在你帶他們脫離危害性命的情境時抓緊你。而眼前的情況看來是後者，就是曼莎需要我救她。所以我沒有特別反應，而是往她靠近了些。

堤亞哥說：「我不知道為什麼妳不和我們談談。」我聽得很清楚，因為我把我接收的環境音循環撥放，好讓音樂的音量從震耳欲聾降到令人愉悅的背景音樂的程度。堤亞哥用惱火的眼神瞥了我一眼，好像我打斷了他們的對話一樣。嘿，是她找我來的喔。我可是有工作在身，已經收了現金卡那些的。

「我和你說過原因了。」曼莎說道，語氣一如往常，冷靜且堅定。然而她遇到想殺我們的人類的時候，語氣也是這樣。所以，嗯。整個大棚的範圍我都用無人機監控了，武器掃描結果沒有問題。（這個星球上甚至禁用武器，只有少數特別劃分的荒野地區除外，那些地方有危險生物群的威脅。）大家的說話音量很大，不過我的評量表顯示，目前每個人都還穩穩處於快樂—陶醉—心情好的情緒範圍之內。然而從曼莎握住我的手的力道來看，我知道她的手臂肌肉有多緊繃。情境評估：我毫無頭緒。

法萊說：「堤亞哥，不要這樣。她說想要空間，你得同意。」她禮貌地對我露出微笑。我每次都不知道要對這個舉動做出什麼反應。她靠近曼莎，親了她一下，然後說：

「我們回家見。」

曼莎點點頭後轉身，我任憑她拉著我走出大棚。

我們走到外頭的徒步廣場區，我問道：「妳需要醫療協助嗎？」我覺得她可能會想吐。如果我是人類，必須與那麼多人類擠在大棚裡長達兩個半小時，我一定會想吐。

「不用，」她對我說，聲音還是那麼冷靜無異常。「我只是累了。」

我在公共頻道上叫了一臺地面交通車（這東西在保護地被稱為『走走車』，原因不明）（反正是某些愚蠢的理由）到距離最近的交通站等我們。徒步廣場和街道上都點了小小的飄浮氣球燈，泥土地以及臨時搭建的步道都用發光顏料畫上了設計華麗的圖樣（感謝老天他們用的不是會在頻道上觸發影片播放的那種標記塗料，要是那樣的話恐怕會是一場惡夢）。我們穿越人群的同時，有些人認出了曼莎，對她微笑招手。曼莎也面露微笑，揮手回應，但她沒有放開我的手。快到交通站的時候，一個醉醺醺的人類手上抓著一把亮粉朝我們晃過來，不過在我刻意和他對上眼之後，他就轉移了方向。

車子已經在交通站等我們了，我先扶曼莎上車，接著爬進另一個座位。我請車子往曼莎一家的營地小屋前進，地點就在慶典會場外緣的住宅區。車上的駕駛機器人功能有限，能夠帶人類穿梭各營區和慶典會場，但是不會進入禁止駕駛範圍。

車子嗡嗡地駛出了活動區，穿過長草和樹叢間的道路，進入夜色之中。曼莎嘆了口氣，打開車窗。微風還帶著一點餘溫，聞起來有植物的味道，沿路的引導燈光線微弱得正好，不會掩蓋星空的光芒。參加慶典的人類和強化人讓活動現場人山人海，不過我們穿越的這一區屬於想休憩的人類專用。短期專用的住房（各種形狀和大小的臨時睡棚、露營車、帳篷，和看起來比較像藝術品的折疊式建物）幾乎全都熄燈了，眼前一片靜悄悄。一定會產生吵雜音量的人類使用的營區，安排在這一帶的另一端，場地裝設隔音牆，擋下了音樂和人聲。曼莎說：「謝謝你。抱歉我打斷了你晚上的行程。」

我召回無人機，僅留下還在錄製演出的那架，以及派去留意還在派對上活動的曼莎家族成員狀況的分遣隊。（還有一支分遣隊安排在他們家的營地小屋，維護四周安全，守候稍早已經返回的兩名成人和七名幼童。）我不知道要做何反應。曼莎的表現不像是我把她從鬼門關前救回來的樣子，但也不像是平常度過了無聊但成功的樣本蒐集工作日之後，回到居住艙的樣子。

我說：「我把舞臺劇錄下來了。妳想看嗎？」

她露出驚喜的模樣。「我都沒機會看這次活動的演出節目。你有看那齣——噢，叫什麼來著？古羅和吉民的那齣新的歷史劇嗎？」

「冷靜與如常」和真正的如常之間的差異非常明顯，我都能做張量表了。我說：「有，很好看。」

有事情讓她心煩，而且不只是她家人顯然覺得我很怪，然後我也覺得她家人很怪這件事而已。他們都以為我會和他們一起住在營地小屋，然而，我不要。曼莎告訴他們我不需要任何協助，也不需要監控，可以自己到處行動。（引用她說的話：「如果它可以在所有人對它開槍的同時，成功進入祕密企業設施內部，那面對一場本地的慶典活動它也可以自己看著辦。」）

她的家人並不會懼怕一具娛樂媒體和新聞臺都超感興趣的恐怖叛逃維安配備，也不是說他們不喜歡機器人。（保護地有「自由」機器人在各處閒晃，不過它們都有監護人，基本上這些監護人應該要留意它們的行蹤。）他們只是不喜歡「我這個維安配備」。

（這邊說的他們，不包含七個孩子。我一直偷偷地透過頻道與其中三個孩子交換下載內容。）

我覺得，如果我是一具普通的機器人，甚至是一般的維安配備也好，單純地被從財產清單上除名，天真單純、不知道如何打入人類世界之類的，就像人類寫在劇本裡面的那種一樣，那可能就沒什麼問題。但是我不是那種。我是我，殺人機。

曼莎得到的不是像可憐的米琪那種寵物機器人，也不是需要旁人協助的淒慘機器人／人類合併體，她得到的是我。

（後來我有把這件事告訴芭拉娃姬博士，因為她在為了紀錄片研究機器人／人類之間的關係的時候，我們聊了很多事情。她思考過後說：「我真希望我覺得你錯了。」）

（法萊可能算是一個例外。曼莎第一次在太空站上介紹我給她家人認識的時候，她和我聊了一下。也可以說是她對著我聊了一下。逐字稿：

法萊：「你知道我們很感謝你把她帶回我們身邊。」

我確實知道，應該吧。人類在這種情況下通常會說什麼？我快速在資料庫裡搜尋了一下，找到了一些類似「好，呃」的幾種變化，就連我都知道這答案根本不能用。

（先提醒一下，如果有一具殺人機站在那裡，看著你的頭部左側，避開你的視線，很可能並不是在想著要殺掉你，而是在瘋狂地找東西來回答你剛對它說的話。）

她接著說：「我想知道你和她之間是什麼關係。」

呃。在企業網的時候，曼莎是我的主人。在保護地的時候，她是我的監護人。（類似主人，但是保護地的法律要求監護人要對你好。）不過曼莎和李蘋想讓我的狀態被列為「難民，擔任受雇者／維安顧問」。

但我知道以上資訊法萊都已經知道了，我也知道她是想要一個更接近客觀事實的答案。而，哇喔，我沒有答案。我說：「我是她的維安配備。」（對，這答案仍然模稜兩可。）

她挑眉，「意思是？」

再次在對話中被逼到無路可退，我也再次選擇坦承。「我不知道，我也希望我知道。」

她露出微笑。「謝謝你。」

過程就是這樣。）

曼莎的家人同樣對於我會提供維安保護的這件事感到無所適從，怕我會……我不知道，嚇跑正常訪客和殺人吧。這也合理，雖然我曾經在世紀大衰事裡占一個超大的版面，風險評估模組也有嚴重問題，但威脅評估的正確率還是很棒的，大概有百分之九十三吧。（大部分被扣分的原因來自當時我不知道葳爾金和葛絲是雇傭殺手，直到葳爾金企圖對唐艾貝納的頭部開槍才意會過來，但那可以視為異常值。）

曼莎的家人也覺得他們不需要維安服務，這點在灰軍情報的事件之前可能是真的。而事實上，在慶典活動期間我只需要處理五次入侵事件，其中有四件是外星系新聞媒體的錄影無人機。我接管了那幾架無人機（反正多幾架在手邊總是派得上用場）並通知本地保護員，讓他們把人類記者驅逐。而第五件讓我與艾梅納產生了一些摩擦，艾梅納是曼莎最大的孩子。

自從慶典開場，我便開始追蹤艾梅納身邊那位潛在危險分子。證據不斷累積，我的威脅評估數值也逼近危險等級。比方說：(1)他對她說他們的年紀差不多，只比當地的法定成年歲數小一點，但我的生理掃描結果以及公開紀錄中的搜尋結果顯示，他大概年長她十二個保護地標準年。(2)他從不會在她身邊有家人或已確認是朋友的對象時來找她。(3)她不注意的時候，他會盯著她的第二性徵看。(4)他自已不食用麻醉類物品的時候，會鼓勵她食用。(5)她的家長和其他有血緣關係的人類都以為她是和朋友們在一起，然而其實她是去見他。而她的朋友都以為那些時候她是和家人在一起。她沒有向上述兩組人提及過他。(6)我就是對那個小混帳東西有不祥的預感。

你可能會覺得這種情況最直接了當的做法就是去通知曼莎、法萊或塔諾，也就是曼莎的第二名婚配伴侶。但我沒有這麼做。

要說我懂什麼東西，獨家和非獨家資訊的差異絕對是其一。

所以在疑似目標邀請艾梅納去他那棟近乎與世隔絕的營地小屋「和幾個朋友碰面」的

時候，我決定跟著一起去。

他帶著她走進黑暗的屋內，她踢到了一張矮桌。她咯咯笑了起來，他則朗聲大笑。明明沒那麼醉，但他用醉醺醺的語氣說：「等等，我來。」然後透過小屋的頻道打開了燈。

我就站在屋子中間。

他驚聲尖叫。（是的，非常好笑。）

艾梅納一手捂著嘴，一臉驚嚇，然後認出了我。她說：「搞什麼鬼啊？你在這裡幹嘛？」

疑似目標喘著氣，「什麼──誰──？」

艾梅納氣炸了。「那是我二媽的朋友。」她咬牙說道，「也是她的維安人員。」

「什麼？」他一臉無法理解，然後突然意會到「維安」兩字。他從她身邊退開。

「呃……我看妳還是先離開好了。」

艾梅納看著他，然後往我一瞪，接著轉身大步走出門，下階梯走上小徑。我跟著她的腳步，而他在我經過的時候還後退一步。對，你最好是後退一點。

在昏暗漂浮引導燈照亮的泥土小徑上，我追上了她。（我也不是故意的，只是我的雙腿比她長，而她的力氣主要是用在大力跺步，而非往前移動。）

她說：「你怎麼知道我在這裡？你躲在門廊下幹什麼？」

然後她以為我聽不懂那個家畜的描述用語。我說：「哇，這也太沒禮貌了。尤其我還是你二媽的——」我諷刺地做了個引用手勢，「——『朋友』。妳都是這樣對機器人家僕說話的嗎？」

我的無人機鏡頭拍到她的表情先是一驚，然後露出了既生氣又愧疚的表情。「不是，我沒有機器人家僕，我不知道——我沒聽過你說話。」

「妳也沒問過。」我都沒說話嗎？我有和其他孩子在頻道上說話，還有曼莎。也許面對其他家族成員，再次假裝自己是機器人比較容易點。我接著說：「沒有人過去那棟房子，他說要和其他人在那裡碰面是騙人的。」

她沉默地加重腳步往前走了十二點五秒。「好，我很抱歉，但我不是什麼白痴，也不是整天不知道自己在幹嘛。如果他做了什麼我不喜歡的事，我就會離開。如果他不讓我離開，我有我的頻道，我可以隨時找人來幫忙。」她的態度很輕蔑，而且太過自信。「我又不會讓他傷害我。」

我說：「如果我覺得他會傷害妳，我現在就在準備棄屍了。我也不是整天不知道自己在幹嘛。」

她停下腳步，抬頭瞪著我。我也停步，不過視線仍看著前方的路。我說：「曼莎是一個惹火了大型企業星系的小型政府星球領導人。她的處境已經不如從前，妳的處境也不如從前。妳只能成熟點，接受這件事。」

她吸了口氣準備開口，然後話沒說出來，只是搖了搖頭。「他不是企業派來的間諜，他只是一個……」

「一個妳不認識、突然在一場半個大陸的居民都來參加、各種三教九流的人類都能隨便進出的超大型慶典活動中出現的人。」我知道他不是企業間諜（詳見前言，不然我就已經在棄屍了），但她肯定不知道。

她沉默了十六秒。「你會跟我家長說這件事嗎？」

她是在擔心這個嗎？我覺得被羞辱以外又非常生氣。「我不知道，反正妳之後就會知道了。」

她生氣地踱步離去。

所以說，回想起來，我看得出來這件事情發展得並不順利。

我們的車發出隆隆聲響，在黑暗中前進，駛上營地小屋所在的矮丘。小屋是一座兩層樓高的臨時建築，兩個樓層都有寬闊的包覆式陽臺。小屋被安放在幾棵有著波浪葉緣的大樹旁，彎曲的樹葉從屋簷垂掛下來。這座小屋是曼莎的祖父蓋的，當時她的祖母們和其他家族成員在這裡進行最早期的行星調查以及地球化任務。那時候的外來移民若沒有住在停留於行星運行軌道的船艦上，就是住在像這樣的臨時住屋裡。屋子隨著季節遷移，以閃避當時這顆行星上居住區域的惡劣氣候循環。

這裡還有其他臨時住宅，有大有小，與我們的屋子一起散落在小丘上，最近的一棟距離我們二十七公尺。屋內照明還亮著，屋外有一盞給交通車輛辨識的漂浮燈飄在信號點上方。如果不是因為我有三十七架無人機在附近巡邏，我會擔心光線不足的問題。

（只要有之前見過的人類和強化人歸宅或路過本區，無人機會認出他們，我則會對第一次出現、身分不明的人類進行維安檢查。非強化人類因醫療需求，會使用小型攜帶型設備，我把那些設備的能量訊號分類記錄下來。我在企業網的時候都沒看過這些東西，不過可能是因為我沒花太多時間在行星上，與沒有奴役企業奴工的人類相處過。（娛樂頻道的影劇有拍過不是整顆行星都是企業奴工的星球，只是我個人沒去過。）（無人機也跟著五位年紀較小的孩子，捕捉到他們進行的一場完全違規的大遠征。他們跑到附近的小溪旁舉行某種儀式，其中包含要從樹叢和石頭後面跳出來撲向彼此。最後孩子們沒有被任何成人或年紀較大的手足發現，順利返家，現在全都擠在樓上的臥鋪看娛樂頻道。）

（這棟屋子其實有密閉式的安全窗以及門閂，但沒有任何人使用。算了，至少這點讓我的巡邏無人機比較好做事。）

車子停好後，曼莎說：「我要在外面坐一下。你要不要回去活動現場？今晚還有幾場劇目要演出，對吧？」

我通常會避免詢問人類他們怎麼了。（通常是因為我不在乎。）（我難得在乎的時候，這個問題會開啟一場與維安協定無直接關聯的交談，顯然有各種因素使得這個狀況無可避免。）但是人類三不五時就會問彼此當下狀況如何，所以這能有多難呢？只是要徵求資訊罷了，沒什麼。我很快地搜尋一輪，從我的影片收藏中找到幾個例子。然而這些例子都不像是我會主動說的話，所以在我還沒改變主意前，我決定選這句：「發生什麼事了？」

她很驚訝，然後斜眼望著我。「你不要先開始喔。」

所以確實有發生什麼事，而且連其他人類都注意到了。我說：「我必須掌握所有潛在問題，才能做出精準的威脅評估。」

她挑起單邊眉毛，打開車門。「你在探勘合約上可沒提到這條啊。」

我下了車，跟著她走向屋子旁邊，幾張椅子四散在樹下草地中。光線很暗，所以我切換到夜視模式才看清楚她。「因為我工作都隨便弄。」

她挑了張椅子坐下。「如果那叫做隨便弄，我可不想看到你……」她的微笑不見了，話聲轉弱，然後接著說：「啊，我看過你認真工作的時候了。」

我也坐下。（像這樣和人類一起坐下永遠不會感覺不奇怪。）她的神情看起來不是不開心，但也不是沒有不開心。而我感覺得到我那自以為聰明的問話，已經把我們往我本來不想去的怪異話題方向帶了。我真希望我是王艦，它最擅長這種事了。（就是讓你談論它想讓你談論的東西，但也讓你以不同的方式思考它想讓你談論的東西。）（我說王艦是個王八蛋的時候可不是在開玩笑。）「妳沒有回答問題。」

她仰靠著椅背。「你好像在擔心。」

「我是在擔心沒錯。」我感覺得出來我的表情不受控制地做出了變化。

她吁了口氣。「沒事啦。只是我這陣子一直做惡夢。夢見自己在船羅海法被挾持，還有……你知道的。」她做了個不耐煩的手勢，「其實這很正常。如果我不做惡夢才奇怪。」

我沒有見過太多從創傷中康復的階段（我的工作是把客戶在死亡之前搶先送到醫療系

統中，系統會收拾後續殘局，包含讓客戶回歸正軌），但是我看的影劇作品裡面就有很大篇幅在描述復原的過程。太空站醫療中心有創傷復原療程，芭拉娃姬用過。停靠口城市中的大醫院也有。

不只我覺得曼莎應該去接受創傷治療，但我大概是唯一一個知道她還沒去接受治療的人。（她也不算是說謊，比較像是讓其他人類以為她已經去了那樣。）然而這種療程並非靠醫療系統進行一次就可以解決的事，而是需要好幾次長時間的治療，我知道她一直沒有把這件事情排進日程中。我說：「是不是因為這樣，妳才不敢沒帶我就離站？」

所以說，關於保護地星球領導人需不需要維安服務這件事，理解的人分成兩組。第一組包含百分之九十九的人口，他們的理解是除非是正式拜訪某處，例如企業網，不然她不需要維安服務。概括來說，這沒有錯。

保護地太空站以及星球上的犯罪率低得驚人，通常都是與喝醉有關的財物破壞或騷動事件，以及／或者觸犯太空站貨物裝卸限制或星球環境保護規則的輕微違規行為。在此之前，曼莎從不需要太空站上或星球上的維安服務，只需要保護地政務委員會裡的年輕實習生人類跟著她做事，確認她的會議安排、偶而遞送東西給她而已。（這些人也不算維安人員。）

另外百分之一的這一組人則包含了我、曼莎的勘測團隊、所有在太空站維安組工作的人類，以及保護地政務委員會的成員中，見過灰軍情報企圖殺害她的那些人。然而那次事件沒有在新聞頻道上曝光，所以幾乎沒有人認為曼莎需要維安顧問，更遑論維安配備。

不過灰軍情報現在也挺慘的，因為他們雇用的維安服務公司絕壁保全做了一個極為錯誤的決定，就是攻擊我前雇主的保險公司名下的武裝船艦，此舉重擊其營運資金。（那家公司超級偏執而且貪婪又愛省小錢，但同時，只要受到威脅，也會非常冷血無情、手段百出且超級暴力。）自從那起被我們稱之為「武裝船艦事件」的事發生，接著灰軍情報的資產被一連串看似隨機的意外神祕摧毀、高層和員工被炸飛或是被塞在絕對無法容納完整成人軀體的空間之後，兩家企業間的關係就降至冰點。

灰軍情報被消滅後，連我的威脅評估指數都大幅下降了，曼莎還是希望我能繼續提供維安服務。我以為她只是喜歡鬧我、想順便找機會支付我現金卡，因為如果／等我離開保護地的時候就會派得上用場，同時也想讓我習慣以不是工具和／或致命武器的身分與人類互動。（對，我以為全都與我有關，但人類也常常覺得所有事情會發生都是因為他們的關係。這種毛病很常見，好嗎？）

但是這陣子以來，我已經開始懷疑原因其實有他。

她的嘴角微微抽動，然後別開了視線，越過幽暗的山丘和空地，望向其他營地小屋和帳篷還亮著的窗口。她說：「看起來應該很明顯吧。」

我說：「不明顯。」至少對大部分的人類來說都不明顯。我隱約覺得法萊和塔諾知道情況，但不知道怎麼處理。

她輕輕聳聳肩。「你在的時候我會比較有安全感，這也不是什麼奇怪的事。身邊的人如果知道發生過什麼事、當時是什麼情況，對我而言也比較輕鬆，而符合這種條件的人，就只有你和探勘隊的成員。」她停了一下，「法萊和塔諾可以理解，但是我沒有和我的兄弟姊妹以及堤亞哥解釋，為什麼我在這件事上面就是不能和以前一樣，不能再把他們當作我的情緒依靠。」她的神情變得嚴肅，「他們不明白在企業政府管理下是什麼感覺。」

這個我懂。保護地聯盟的人類不用自願變成簽約奴工、不需要被送到礦坑之類的地方度過人生八成到九成的時間。他們有這套奇怪的系統，讓所有人可以免費吃住，接受教育和醫療服務都不用錢，不論做什麼工作都一樣。這個狀況與帶他們來到這裡的那艘巨型殖民船艦有關，早期那批工作人員在當時對所有人表示，只要大家趕快登上該死的船艦、不要在原本的殖民地上等死，就保證供應所有人的生活所需。（實際情形很複雜，我在看他們的歷史劇時通常都把與經濟相關的部分快轉掉。）總之，人類看起來很喜歡這樣。

不過她說的也沒有錯，這些人類對於生活在企業政府底下這件事毫無概念。而且他們是真的不知道，成為想要把你滅口的企業政府的目標是什麼感覺。

我把曼莎在派對上和堤亞哥與法萊交談的影片叫出來重播。曼莎被綁架的時候，人在自貿太空站上參加一場為遭殺害的探勘隊成員家屬舉辦的會議。也許是派對的吵鬧感，加上平常幫忙做事的助理注意力也很分散，喚起了她的回憶。

我說：「妳該去接受創傷治療。」

她的語氣突然變得尖銳，「我會去的，但我還有些事情要先處理。」她轉向我，「還有，我要你跟亞拉達一起去那趟探勘任務。他們需要你，對你來說也是很好的機會。」

夜色太黑，她看不清楚我的表情。我不太確定這叫什麼，不過應該可以稱之為「持懷疑態度」。（拉錸說我大多數時候都是這種表情。）

她接著用一種充滿自信的星球領導人那種「我絕對要說服你這件事」的態度說：「你也知道艾梅納和堤亞哥都會去。如果你能在場留意他們的狀況，我會覺得好一點。」

嗯哼。「那妳呢？」

她吸了口氣，準備說自己會沒事。我已經太了解她，知道她接下來就是要說這句話。

但她遲疑了。我用來觀看她神情的無人機調高了放大倍數，夜視功能將她的五官變成黑白色調。她的表情很緊繃，一臉凶狠地咬著下唇。她說：「我好討厭這種軟弱無助的感覺。我該阻止這種感覺，也應該要停止依賴你，這樣對你不公平。我們應該分開一陣子，這樣我才能……想辦法再次獨立。」

我覺得她說得沒有錯，但我至今仍不習慣那些對我而言不公平的事情，突然變成人類主要考量的東西。這話聽起來也有點像我看的影集中的愛情戲分手橋段，但通常演到這邊我都會快轉過去。我說：「有問題的不是我，是妳。」

她噗哧一笑。

接著我算是使用了勒索手段來對付她。

我現在的問題是，總是對這類事件太過坦承的曼莎後來告訴艾梅納，是她請我多留意艾梅納的狀況，導致艾梅納用一種我不太確定自己能不能理解、但總之是與賀爾蒙有關的人類方式去解讀。而不是青少年也沒有其他藉口的提亞哥，則是將這件事解讀為曼莎不放心讓他看顧自己的甥女。

艾梅納加入探勘任務的原因，大概是她的教育內容要求她實習一下差點喪生這件事吧，我猜。有鑑於我們之前的互動，她真的非常不希望我被特別任命來看顧她。

（可能是因為我那時太過強調潛在目標的事了。我終其一生都在溫柔地建議人類不要去做一些會害自己送命的事，現在能夠用這麼多詞彙去告訴人類不要他媽的這麼蠢其實滿好的。反正我不後悔那樣做就是了。）

艾梅納想繞過曼莎、跑去找法萊和塔諾上訴的這個舉動慘烈失敗了，通訊器上的三人通話因為法萊把曼莎拉了進來，變成一場四人通話。（我不確定在那之後情況是如何發展，那是連我都不想要看的場面。）

總之，這就是探勘任務開始之前發生的事。現在我們都在這裡，等著面對下一場大災難。（劇透注意。）

3

我們與基地艦對接的過程很順利，亞拉達把控制功能轉交給基地艦上的組員。（研究設施沒有蟲洞穿越功能，基本上就是一架巨大又古怪、能夠靠自己的動力起降的實驗室模組而已。）

透過蟲洞回保護地，只需要四個保護地標準日，我打算利用這段時間把《太陽族》看完。這是一部長青歷史家庭劇影集，背景是早期的殖民世界，共有一百三十六個角色，以及差不多一樣多的故事線。

我之前就看過家庭劇了，但是在來到保護地之前，我從沒花這麼多時間與人類家庭相處過。（數據顯示家庭劇與真實人類家庭之間的相似度不到百分之十，我毫不意外，也鬆了口氣，畢竟那也太常發生謀殺案了。我是說影集裡面，不是曼莎的家庭裡。）

在公司握有我的所有權、並且會把我出租給探勘團隊的時期，我的維安協定中就包含蒐集數據。意思就是在合約期間內，我必須監控、錄製人類的分分秒秒行為舉止，這點從許多層面來看，都令人非常痛苦。應該是從所有層面來看都是。（這些層面涵蓋性愛、體液以及一些空洞至極的對話。）與一群人類在一個相對封閉的空間中相處，還能關上門、把我和他們隔開，不用管他們在幹嘛這件事，對我來說永遠是一種新奇的體驗。

但這不代表人類會放過我。拉銻來到我的寢艙。我沒有必要讓他進來，所以我讓他進來了。（我知道，我還在慢慢習慣不要去管有人類想和我交談這件事。）他在我臥鋪對面的折椅上坐下，「堤亞哥會想通的，別擔心。他只是不……」

拉銻看起來不想把話說完，所以我幫他說了。「……信任我。」

拉銻嘆了口氣。「都是因為企業政府一天到晚宣傳維安配備很危險的想法。他不認識你，他不知道你真正的樣子。」

如果不是因為拉銻真心誠意這樣想，這番話聽起來就會很刺耳了。他從沒近距離見過我殺人，我也打算繼續維持下去。

「他也不能理解曼莎在太空站上時，有人提供保護這件事為什麼這麼重要。」他舉起一隻手朝我揮一揮，雖然我什麼都沒說。「我知道，越多人知道，消息就越有可能被媒體傳出去。而且實際上我們能做的都已經做了。」

拉銻走了以後，歐芙賽來了。聽到我回覆門沒鎖之後，她把頭探進來說：「我不想打擾你，只是要跟你說聲謝謝。這次任務是亞拉達第一次當探勘主管，你一直大力支持，帶來的影響我也看得出來，這也讓她更有自信。」

我完全不知道該做何反應，因為我不確定大力支持的意思包含哪些行為。我的工作不是要讓大家聽亞拉達的指令，保護地不是這樣運作的。除此之外，讓大家聽亞拉達的話一直都不是什麼問題。勘測團隊偶而會有人抱怨，但是大家都有把自己的工作做到合理的程度。叛變的可能性低到被視為負數。我連「叛變」這個詞到底能不能用來形容這支探勘隊身上可能發生的情況都不確定，他們每個人基本上都要人家三催四請，才能趕上在出發前拿到強制要求所有人具備的自我防衛證照。而且這次任務被保護地視為學術探勘任務，蒐集到的數據資訊都會被存放到公開資料庫裡。（如果這顆星球是在企業網中，那資料就會被拿來在開發任務的時候使用，但是在這裡，根本沒人想拿來做任何事。）我使用了預設答覆，「亞拉達和我簽了合約。」

「對，但我們也都知道，如果你覺得某人不知道自己在幹嘛時，可是非常擅長讓那個人認清狀況。」她對著我用來看她的無人機露出微笑，「就這樣。」

她走了，我把對話重新播放了幾次。

我對亞拉達的判斷能力有相當程度的信任。她和歐芙賽一直都穩坐在「最不可能拋棄維安配備、讓其面對孤獨悲慘命運」的分類之中，這個分類也一直是我最在意的一個。她們曾是我的客戶，僅止於此。就和曼莎一樣，和拉鋉、李蘋和芭拉娃姬以及沃勞斯古（他後來選擇從探勘任務第一線中退下來，這點足以讓他獲頒神智最清醒人類獎）一樣，對，葛拉汀也是。只是客戶。若有任何人或任何東西想要傷害他們，我會將其五臟六腑都挖出來。

穿過蟲洞抵達保護地的太空之中時，我正在重播《明月避難所之風起雲湧》，因為在抵達太空站之前，時間不夠我開始看什麼新東西。（如果我已經知道劇情，被打斷就不會那麼煩躁。）我掛念著曼莎，不知道我不在的時候一切是否安好。我不確定「安好」中包含哪些事，但我可以接受「沒有殺人案件發生」。

我剛重看完第一百三十七集的時候，船艦上的警報在通訊器和頻道上響起。

可能只是導航異常，比如別的交通船艦走錯路線。我們身處在進站時的常用路線上，保護地平常也有很多非企業政府旗下的交通船艦來訪，這些船艦不使用駕駛機器人，常會到處開來開去想找出自己究竟身在何方。至少在保護地太空站航務局這個曼莎不得不加入的單位中，那些三不五時就長篇大論的抱怨內容在我聽起來是這樣。因為我們的基地艦上沒有駕駛機器人，我沒辦法直接得知系統上的最新狀況，但我有偷改通訊器的限制，讓我可以旁聽艦橋上的對話。逐字稿：

副駕駛彌海爾：「它突然出現！通訊器上什麼也沒有。」

拉潔普里特專員：「那是對接動作。我這邊讀到啟動中的武器訊號。」

駕駛羅亞：「夠了，聯絡太空站，跟他們說——」

彌海爾再次發話：「收到，但是我們附近沒有應對單位——」

嗯，幹。我從臥鋪爬起身，用訊號敲群組頻道，然後傳訊息給亞拉達：**亞拉達博士，一艘潛在威脅船艦正朝我們接進，對方可能馬上會企圖登艦。**

一艘潛在威脅——噢，不！亞拉達回答。

又來？歐芙賽問道。

我讓他們處理後續進來的團隊成員提出的疑問，一邊打開我的密碼鎖置物櫃。我拿出發射型武器，檢查彈匣和能量，然後叫醒休眠的無人機。所有無人機同時打開了攝影鏡頭，我花了幾秒鐘來排序、處理所有訊號。

我們進入蟲洞之前，我就已經換下了探勘隊的制服，換回我喜歡的服裝（人類的工作靴、多口袋褲（方便收納我的情蒐無人機）、T恤和軟質連帽夾克，全部都是深色系）。

因為我不喜歡品牌標誌，就算是保護地探勘隊的標誌也一樣，雖然那只是行星代表圖章的變形體，不是企業標誌。我有一件太空站維安任務部給的防護背心，在面對鈍刀、慢速發射型武器、火焰、酸性氣體、低脈衝能量波等攻擊時具有相當的防護力。我一直沒穿它，因為(1)面對朝我發射的一般武器火力攻擊，這件背心完全發揮不了用途，(2)上面有標誌。（我知道，我應該要習慣這件事。）

我強迫自己把背心穿在夾克下。依眼下的情況看來，任何一點幫助恐怕都能派上用場。

此時，那艘潛在威脅艦仍持續接近中。駕駛羅亞開始發布廣播公告，內容與我對亞拉達說的差不多。我走出寢艙的時候，我的無人機以團狀隊形包覆在我身上。我需要更多來自基地艦的直接資訊，所以派出一架無人機，只見無人機咻地飛過我身邊，我自己則是踏上走廊往連接口前進。我已經擬定了計畫，大方向就是「讓威脅船艦離我們遠一點」，說是計畫，聽起來還比較像在陳述一個期望。

情況可能會非常糟。

好，我知道，我是維安人員，面對強迫登艦這種事，我早該有應變計畫才對。但我已經習慣有人類主管先想好計畫然後……好，對啦，我只是懶得先想，因為在往返任務地點的路上被攻擊的機會實在是小到不值得我中斷看劇的時間。我的心力都投入在模擬研究設施本體停駐在星球上時的攻擊防禦情境。（我預想的情境在那唯一一次真正的攻擊事件中沒有一套派得上用場，然而雖然我很想這樣想，但整個事件中應該還是不能只有「事先計畫真是爛透了」這個結論。）

總之，維安配備一般都是被公司當作貨物一樣運送，我在歸檔的舊程序文件中根本找不到在船艦上該如何行動的相關資料。我唯一參加過的艦對艦攻擊事件，對象是病毒軟體，打那場仗讓我差點毀掉整顆腦子。

說到這件事，我在通訊器和頻道上的警報監控中，完全沒有接收到任何來自威脅方企圖聯繫的訊號，這可能代表他們已經知道船艦上沒有可以透過刺殺軟體或惡意程式攻擊的駕駛機器人。

我走上斜坡道，經過組員休息室，往控制中心前進。我的無人機已經先進入了基地艦，沿著通道抵達其艦橋。艦橋艙門打開讓拉潔普里特出來的時候，無人機趁機溜了進去。現在我可以透過攝影畫面，看見漂浮在控制面板上方的感應元件顯示器了。彌海爾坐在工作檯前的椅子上，淺色髮絲被汗珠浸溼，貼在前額。羅亞來回踱著步，深色雙眉緊蹙，一手緊壓著頻道控制介面。這畫面好像某一部影集的情景，這一幕會是重大事件發生之前的景象。

然後重大事件就發生了。

撞擊的感覺和影劇中演出的情況完全不同，我自己感覺起來更像艦體動力激增。突如其來的重力變化把我甩向艙壁，斜坡道的照明閃了一下。研究設施的機械室開始發送各種自動警報，然後頻道和通訊器就斷線了。我手忙腳亂地想連上基地艦頻道的同時，重力變化再次出現，研究設施的傳動機直接熄火，整座研究設施切換成由備用能源支援維生系統運作的狀態。我的無人機雖然被重力波動干擾了推進器而隊形大亂，但很快就再次整隊。

在基地艦艦橋的無人機拍到了羅亞和彌海爾愣住的模樣，畫面像是被按下了暫停。然後羅亞說：「撞擊了。」

他們一邊檢查監控畫面，彌海爾的聲音聽起來很沙啞。「撞擊位置在研究設施的傳動機外殼處，是一顆定位導彈。攻擊者一定是在觀測到我們離開蟲洞的瞬間發射的。」

噢，幹。真的：噢，幹。

我身體的有機部位出現了一種反應，讓我想起自己沒有消化系統是一件多麼幸運的事。過了十秒後我們沒有爆炸，所以我從艙壁旁撐起身，繼續往研究設施的控制中心前進。

我穿過艙門。控制中心是一個小型的圓軸型控制區域，各個工作站分別與實驗室模組相連，也控管這座研究設施降落在星球上時需要進行的一切大小事。雖然現在駕駛機制已經交接給基地艦，歐芙賽仍坐在駕駛艙。拉銻緊抓通訊器座位的椅背。兩人看起來都很緊張，手忙腳亂的樣子。從各個顯示器上的閃光看起來，緊張又手忙腳亂是很正確的反應。

「我沒辦法用通訊器或頻道聯絡上羅亞。」拉銻說。

「全都斷線了，」歐芙賽回覆，「亞拉達——」她開口說話，然後想起頻道已經斷了線，只要對方不在這間艙室裡，就聽不見她說的話。歐芙賽露出痛苦的表情。「該死！」

我叫我稍早派到駕駛艙的無人機建立連線，把歐芙賽和亞拉達之間的控制介面以及基地艦的頻道接通。我同時開口出聲，也在頻道上說：**基地艦，我暫時把研究設施的控制中心介面重新連上線了。**

羅亞回答：**維安配備，你說什麼？亞拉達可以聽見我說話嗎？**

她不在——歐芙賽正要回覆，這時亞拉達從控制中心另一頭的艙門衝了進來。歐芙賽露出放鬆的神情，用力咬唇後補充道：**她來了。**

我聽到了，羅亞。亞拉達說，語氣聽起來雖然匆忙但很冷靜。她伸手捏了捏歐芙賽的肩膀，然後朝拉銻和我點點頭。**我們能判斷攻擊者打算從哪裡登艦嗎？**

「打算登艦」這幾個字讓我身上的有機部位再次感覺到一陣不舒服。也許剛剛小聲地「嗯」了一聲的拉銻也和我有類似的感覺。

如果我沒有這麼擔心這些愚蠢的人類，這一切就會簡單多了。

羅亞的聲音仍然冷靜，但是我的基地艦艦橋無人機看得到他說話的表情。**看起來他們正在朝研究設施低樓層艙門前進，那是實驗室層。我已經派拉潔普里特下去了。**

拉銻和歐芙賽恐懼地互看一眼。亞拉達咬緊牙關，對羅亞說：**了解。**

她抬頭望向我。「維安配備，你可不可以……」

我回道：「我這就去。」

我彎身回到走廊，對其中一架無人機下令，留它在控制中心當訊號轉發器。沿著艙殼弧面走過去就是中央廳艙，上方即是可以通往基地艦的重力井。維安處理流程已經啟動了空氣牆，在阻止空氣流通的同時讓實體物得以穿過（比方人類和維安配備），這麼一來若艙殼失去密封性，艙內大氣也不會流光。

繼續往下走則是第二座重力井，這裡裝設了直梯和一組階梯，可以在研究設施降落在星球上的時候使用。如果不是擔心艦體動力不穩定，我會跨進重力井直接飄降到研究設施底層，但是此時此刻把自己摔成碎片恐怕會有點棘手，所以我改爬直梯下去。

過濾器沒辦法處理的臭氧和煙霧飄散在空氣中，燈光也時明時滅。我透過留在控制中心的無人機看到亞拉達對拉銻說：「頻道和通訊器都斷線了，我們只能靠現場點名才能確認撞擊之後大家的狀況如何。」

「對，對，我立刻去處理！」拉銻匆忙衝出艙門，往寢艙區移動。

到了重力井底部，我踏上環繞著重力井的斜坡道，出來後就抵達低樓層實驗室的艙門。這裡的煙霧濃到肉眼可見的程度。拉潔普里特專員已經到了，她一路從基地艦爬重力井的直梯下來。她拿著一把隨身武器——艦橋緊急工具箱裡面有幾把——準備阻擋外力從艙門登艦。

人類看見你現身的時候臉上露出的安心神情，我看再多次都不會膩。

她的語氣還算穩定，「我覺得我們時間不多了。」我用其中一架無人機把她的主頻道連上訊號轉發，然後她回報道：**羅亞、亞拉達博士，有聽到嗎？維安配備已經到艙口了。**

我說：**現在狀況如何？**

亞拉達說：**歐芙賽讓部分通訊器恢復連線了。**話聲剛落，通訊器便迸出一陣雜訊，接著傳出歐芙賽的聲音：「全體研究設施組員請注意，通訊器與頻道目前沒有回應，請立刻前往研究設施組員休息室報到，並等待進一步指示。」

羅亞說：**維安配備，我需要廣播公告，你可以把我的訊號轉發到研究設施通訊器嗎？**

當然可以，反正我閒著也是閒著。我說：**說吧。**

羅亞透過通訊器廣播道：「陌生船艦已經朝我方開火，目前正在朝研究設施低樓層進行對接。太空站已經派出一艘武裝船艦，另有兩艘自由商艦也暫停靠站行程，轉來回應我們的呼叫，但是三艘船艦最快都要八十四分鐘後才會抵達。維安配備，你可以——」他猶豫了許久，「你可以抵禦對方的登艦企圖，直到救援抵達的時候嗎？」

基地艦和研究設施上的所有人類全都側耳傾聽。這問題很棘手，答案主要取決於想要強硬登艦的侵入者數量有多少，以及手上拿的是什麼武器。（這個狀況從「我們還以為這個目標不會很難攻占，現在看來還是先溜吧」到拉潔普里特站在我的殘骸堆旁絕望地靠小型武器做出最後抵擋，都有可能。）又或者他們是要派一組穿著太空衣的登艦小隊下來到艙殼外，然後從基地艦的艙門和這個艙門同時進攻——但我的客戶現在不需要聽這些。

我用通訊器回答：「可以。」

拉潔普里特嚥了嚥口水，把頻道按下靜音。她出聲說：「告訴我你要我怎麼做。」

我一定會說的，等我先想好。從最糟的狀況來看的話（還要能巧妙地把她從我身邊移開好讓我不用一邊殺害／致殘／嚇退一群人類的同時還要操心如何拯救另一個人類），她最好能夠守住重力井入口，這麼一來至少能為基地艦爭取一點時間。我準備這樣對她說。

突然間，甲板傳來一陣震動，接著猛然一陣沒有任何緩衝的加速，讓拉潔普里特直接倒地。我撞上艙壁後滑落地面，無人機則隊形大亂。照明又開始閃爍，維生系統先斷線，又恢復運作。

噢，真的糟糕了。我的計畫（就當它是個「計畫」吧）是要拖住入侵者，直到太空站的武裝人員或是憤怒又憎恨入侵者的商業船艦與我們的距離近到能把對方嚇跑為止。但我的艦橋無人機看到的畫面是敵方已經用專門裝卸大型套間的運輸拖拉機抓住了整座研究設施。它在把我們拉向他們，企圖把我們鉗在他們的船艦上，拖著我們跟他們一起進入蟲洞。從羅亞和彌海爾一連串的咒罵看來，他們與我的理解一致。

我爬起身，抓住拉潔普里特揮舞的手臂，拉她站好。研究設施的通訊器恢復連線了，傳來充滿雜訊聲響的警報。好，太棒了，超有幫助的呢。

一名探勘隊成員，雅嘉特，從那條銜接研究設施底層的儲藏室與實驗室的走廊，搖搖晃晃地走進廳艙。拉潔普里特對雅嘉特說：「上去組員樓層，動作快！」

雅嘉特點點頭，朝走廊移動。「三號和四號實驗室的艙門卡住了，我不知道有沒有人困在——」

「他們在樓上點名。」拉潔普里特一邊說，一邊推著雅嘉特往入口走。

我想到了一個方法，雖然這個方法有缺點。我在頻道上說：**羅亞，基地艦是否可以拋離研究設施？**

基地艦本體其實只是一艘尺寸較小的載體，上面有能提供五位組員使用的艦橋、驅動設施和生活空間。基地艦的功能設計，主要就是要能抓取或配置研究設施套間。

彌海爾回話的聲音雖然冷靜，但氣喘吁吁。**他在試了，一邊檢查感應裝置的畫面，看我們的鉗夾可不可以——**

所以他們已經想到了。和聰明的人類合作真的很棒，現在就看我能不能保住他們的性命了。

我的注意力主要都放在前方兩公尺遠的艙門上。我掃描艙門，監控是否有外力企圖進行破壞，不論是物理破壞或是透過敵方的頻道。我試圖透過頻道滲入敵方內部，但是敵方的防護牆堅固到我什麼資訊都讀不到。

亞拉達透過訊號轉發，在頻道上說：**我們可以從這裡啟動遠端操控進行拋離流程——在研究設施控制中心——只要你把控制功能轉發過來。但我們得先把剩下的組員都移上來基地艦。**

拉銻接著說：**我現在在點名了，但是在頻道和通訊器沒有回應的情況下——**

羅亞插話道：**我們的鉗夾系統都可以動作了，可以進行拋離。**

亞拉達說：**羅亞，他們能掃描我們嗎？如果他們能看出我們正準備拋離研究設施——**

羅亞回答：**可能可以。**

他們絕對有辦法。在其他人來得及插話之前，我開口說道。**研究設施被拋離之後，他們可能會對基地艦開火。**

這就是我剛才說的缺點。一切取決於敵方到底有多想趕在武裝反制人員和商艦抵達前，把研究設施拖進蟲洞。要看他們到底是一般的混蛋還是超級大混蛋，看他們是要研究設施還是設施裡的人，還有他們怕不怕保護地的報復，或其實完全不在乎。

本來在訊號轉發的頻道上想開口的探勘隊成員這時全都閉上了嘴。

羅亞說：**對，那就……好。亞拉達博士，我們時間不多了，是要撤離人員然後拋離還是要——？**

亞拉達的聲音聽起來依舊冷靜。**維安配備，你同意我們該進行拋離嗎？**

喔，對耶，我是維安組組長。

如果我／我們判斷錯誤，敵方可能會朝著毫無防禦能力的基地艦開火，全部的人都會死。如果我們留在研究設施內，可能還有機會等待救援。前提是敵方沒有把我們拖進蟲洞、擊潰我並且殺害所有人類，或對他們做出其它可怕的事。

當初公司給維安配備裝載的那套廉價教學模組從沒提及這種進退兩難的困境，所以我也沒有任何策略可以採用。

唉，有時候自行決定也是一件滿爛的事。

我提醒自己一直以來有多希望人類可以聽我的建議。我說：**拋離吧**。

亞拉達說：**好，我們拋離。拉銻，請確實點名，把所有人都移到基地艦**。她的聲音冷靜且肯定。羅亞聽起來就比較不確定。

「攻擊船艦仍在持續將我們拖往蟲洞。」彌海爾在通訊器上宣告，聽起來沒有太像一個努力忍住想要大聲尖叫衝動的人。

透過訊號轉發，我聽見拉銻對其它人大喊動作快，我的幾架無人機也拍到了一點畫面，顯示探勘隊成員正趕往重力井。

羅亞吸了口氣。「研究設施控制中心，請準備進行分離。」

歐芙賽宣布道：「研究設施封閉倒數兩分鐘。」

無人機的收音功能接收到爭執的聲音，但我得優先處理羅亞、彌海爾和亞拉達的通話內容，他們分別在對不同人類下令，要他們做不同的事。我放在艦橋的無人機畫面拍到感應元件顯示器開始出現更多可以理解的細節。那個巨大的顫動物體，就是蟲洞，而遠遠的（超級超級遠）兩個光點可能是我們的救援艦。敵方沒有亮點，因為他們已經離我們太近了。

甲板再次傳來一波震動，但是這次感覺比較熟悉。拉潔普里特的目光望向艙門的顯示器，雙眼圓睜。她悄聲說道：「他們已經接上我們的閘口了。」

悄聲說話雖不合理，但我完全可以理解那種不由自主。我在訊號轉發的頻道上說：**敵方已經完成閘口對接。**

歐芙賽說：**拉銻，給我確認的點名人數，現在就要。**我放在重力井的無人機拍到了兩個脫隊組員，雷米和哈妮法，只見他們手忙腳亂地爬上連通到基地艦的直梯，然後天殺的是怎樣？拉銻居然在往下爬回來這裡。

我開始用訊號敲他頻道，但卻聽見了別的音訊。是一種摩擦聲響，從外艙門傳進來。好，真的沒有退路了。我把訊息傳到頻道上：**敵方企圖破壞艙門，隨時可能登艦。**

羅亞說：**拉潔普里特，維安配備，離開現場。**

我對拉潔普里特說：「快走，我跟在妳後面。」

拉潔普里特倒退著往走廊入口移動。如果敵方決定在此時此刻、在我們還沒完成封閉並拋離的時候登艦，我們就完了。

我聽見拉銻大喊，「不，不！」聲音從我的無人機收音系統傳來。他的聲音因為憤怒和恐懼，聽起來很尖銳。想立刻去找他的那股衝動，讓我整個人打了個冷顫，但我必須守住這裡。上面出事了。我在頻道上說：**拉銻博士，請回答**。

我所有的人類之中，除了曼莎博士以外，就是拉銻最認真看待我說的話。可能與那次他打算踏出接駁艇去撤回某些設備時發生的事情有關，當時他如果真的去了，就會被巨型掠食生物一口吃掉。

拉銻的聲音聽起來既挫敗、憤怒又害怕。**艾梅納和肯蒂不在這裡。堤亞哥去找他們了。他們不在寢艙，也不在上層實驗室，一定是在低樓層某處**。

嗯，幹。

我可以透過無人機看到基地艦的影音畫面，所以爆炸的當時，我看得一清二楚。（不，不是實體的爆炸，是情緒爆炸。）人類紛紛高聲喊叫、揮舞雙臂，以及進行其它無用的舉動。

哎，我在這裡也不是在享樂啊。

我對拉潔普里特說：「快點過去重力井入口。」然後我往通到實驗室和樣本儲藏室的走廊移動，就是雅嘉特剛剛告訴拉潔普里特的艙門卡死位置。我派了一架無人機留在外艙門口附近，這麼一來要是真的有東西衝進來，我才不會措手不及。我把剩下的無人機隊一分為二，其中三分之二飛上去入口處，與拉潔普里特一起防守，剩下的則跟著我移動。我冷靜地在頻道上說：**收到，我會找到他們**。媽的。

我犯了一個愚蠢的失誤。研究設施的頻道連線已經斷了，除非你的控制介面在我的無人機範圍內，這樣才能進行訊號轉發、傳到基地艦裡，而通訊器連線則是斷斷續續，沒辦法發揮作用。我們，也就是我和人類都太習慣使用頻道，頻道讓我們不會與任何人失聯，不會遺漏任何人。頻道正常運作的時候，就算你失去意識，你的控制介面也還是可以被追蹤定位。

亞拉達在頻道上說：**維安配備，我們在待命等你**。

快去基地艦，亞拉達。我回傳道。

一場基本上有條有理的撤退行動竟然能瞬間變成一場災難，真的是一件很神奇的事。拉潔普里特焦慮地在重力井底部等候，我的無人機維持隊型，環繞在她身邊。基地艦的組員和探勘隊成員聚集在重力井頂端，手上緊抓著小型武器，但其實大家都不太會用。我只希望沒有人意外射傷自己或其他人。

我切換到無人機轉發的訊號，看見亞拉達、歐芙賽、拉銻，該死，還有堤亞哥都等在研究設施入口處。亞拉達在頻道上與羅亞說話，一邊把一直抵抗的歐芙賽推向重力井。我準備對他們說——我不知道我要跟他們說什麼，但預計會包含「如果你們都他媽的不聽我的話，我就不能好好執行我的任務」但是我的連線被雜訊打斷，我和基地艦上的無人機全都斷了線。

我來到通往三號實驗室的艙門前，只見艙門卡住不動，只開了離地面幾公分的高度。我臥倒在地，從艙門下方進行掃描，但是完全沒抓到任何人類的訊號，不論生死。然而無人機的收音功能捕捉到了隱約的人聲，從另一端的走廊傳來。

我爬起身，衝過弧型的走道，啊，對了，這應該就是雅嘉特看到的那扇艙門吧。艙門上方的艙壁沿著密閉處扭曲歪斜，控制面板和手動開關處被動力激增炸壞了。艙門四周的塑膠部分全數融化，緊急系統自動反應下噴向艙門的滅火泡沫從各處滴落。這一區的研究設施系統一定是自動關機或是被切斷了，緊急事件報告從頭到尾都沒有傳達到控制中心。我的收音元件接收到悶悶的人聲，從被擋住的艙室傳來，但是聲音實在太過模糊，人類聽不見。

我的第一直覺是把艙門炸開，幸好我的第二直覺是抓住手動開啟裝置用力拉。艙門沒有反應，但我感覺到密封性已經被突破了。至少鎖死艙門的部分閘栓鬆開了。這代表有人已經從艙門內部使用手動開啟功能，但是有東西卡住了。我把面板扯開，找到一團金屬，就是這個卡住了開門功能。我捲起袖子，啟動右臂上的能源武器，設定在最低強度，開始燒那團糾結的金屬。艙門應聲鬆開匣栓，我用力把它拉開。

肯蒂一個踉蹌往前撲，我及時接住了她。「門打不開，」她喘著氣說。她的手裡緊抓著在探勘時用來把岩石敲下小碎片當樣本的工具，雙手都在發抖。艙內斷了電，唯一的光源來自牆面上的緊急照明，設備和樣本容器四散各處。艾梅納在艙內另一頭，艙壁扭曲的時候一張實驗桌倒下來，壓住了她的一條腿。她的神智清醒，一直掙扎著想脫身。

我留在外艙門口的無人機顯示艙門口四周的警示燈開始閃爍，要命。我把肯蒂拉到走廊上，拿走她手上的工具。「去重力井，快點。」我透過微弱的連線，在頻道上對拉潔普里特說：**我把肯蒂送往妳那裡了**。

肯蒂遲疑不動，雙眼圓睜地看著我身後。她的髮際線上有一道傷口，鮮血滴落。艾梅納在我身後大喊：「肯蒂，快走！」

肯蒂轉身搖搖晃晃地往走廊跑，身體碰撞著艙壁。我彎下身形鑽進艙室深處，去找艾梅納。她淚流滿面，用噁心的「超難過人類」方式吸著鼻子。她用力搥打實驗桌。「這邊，這邊，我們沒辦法把桌子撬開！」

我伸手在桌子下方仔細摸索，找到了壓住她的腿的那根桌桿。沒有血，但是一定很痛。我摸到金屬面上有肯蒂施力留下的痕跡。她的位置找對了，但是槓桿力量不夠讓她把桌柱頂開。我把工具塞回去，用全身去壓。我的無人機在走廊尾端與肯蒂會合，形成保護隊型包覆在她身上，跟著她跌跌撞撞地穿過廳艙，往重力井移動。

桌柱動了，艾梅納努力扭動著想抽身，但痛得大叫。我說：「慢慢來，」並且努力讓語氣聽起來好像時間真的很充裕一樣。（一點都不充裕。）在外艙門邊的無人機把不斷上升的能量讀數訊號轉發給我，看來有東西在嘗試控制艙門密閉的設定。

拉潔普里特抓著肯蒂，正在入口通道往上爬向重力井，我的無人機隊環繞在兩人身邊。艾梅納又掙扎了片刻，痛得皺眉，然後朝我伸出手，「用力拉就是了！」

我抓住她的手臂用力一拉，她從實驗桌下方滑了出來。我站起身，拉著她一起爬起來，然後單手抱起她。我和拉潔普里特的通訊連線斷了，但無人機回報她已經不在重力井裡。我對艾梅納說：「抓緊。」然後跑向走廊。

我無法用全速前進，太多東西四散在各處，而且走廊既窄又彎曲。

我跑到接近走廊盡頭時，外艙門傳來一聲巨響，應聲打開。金屬融化與臭氧的味道飄進走廊。無人機傳來艙門內一片煙霧瀰漫、身影移動其中的畫面。我必須立刻做出判斷——我能不能來得及衝過廳艙、經過被突破的外艙門、跑上斜坡進入重力井、爬上去基地艦，好讓我們關閉所有艙門、完成拋離，同時不讓敵方衝進來基地艦？

呃，可能可以？

這時，外艙門邊的無人機訊號突然在一陣能量迸發之後，瞬間全都都消失了。我悄悄地退了一步，接著再退一步，保持動作平穩緩慢。然後我把無人機最後傳送過來的資訊快速地進行一次分析，在頻道上傳送：**外艙門已被突破，敵方登艦，立刻完成密閉後啟動拋離**。

我沒有收到任何確認訊息，無法判斷訊息到底傳出去了沒。

艾梅納沒有發出聲音，僵硬地維持不動，緊貼在我身上，心臟狂跳。我緩緩沿著走廊的弧度退後，踏進第一扇開著的艙門。我放下艾梅納，用嘴型對她說：「不要發出聲音。」她點點頭，抓著艙門的安全扶手保持站姿，抬著頭用圓睜的雙眼看著我。我想要用無人機看她就好，然而雖然這麼做對我而言有鎮定效果，對她則不是。如果我要讓她活著脫離這裡，那麼讓她保持冷靜，且使用正確的方式溝通就很重要。我調整表情，希望這表情能傳達安撫的意思，然後換成極度專注的模樣，盯著艙壁看。畫面分析跑完了，我開始檢視內容。無人機捕捉到一個模糊不清的訊號，這東西發射著能量，漂浮在離甲板兩公尺高左右的地方。我把艾梅納的頻道訊號加入轉發訊號中，我說：**關閉所有艙門，亞拉達，現在就動手。他們有無人機。**

艾梅納屏住呼吸，緊咬嘴唇，但什麼也沒說。

依然沒有人回話。我不知道他們到底聽不聽得到我說話、是不是已經完成拋離流程，也不知道上面到底發生了什麼事。這時我們一定已經離蟲洞很近了。

（這樣描述聽起來我好像很冷靜，但我其實完全不知道自己接下來該做什麼。）

頻道上的雜訊像是鑽入我的後腦勺那樣冒出來，然後歐芙賽說：**維安配備，維安配備，聽得見嗎？我們已經從基地艦完成研究設施拋離流程，現在正在安全艇中準備起飛。你能不能去地下二層甲板閘口取得艙外行動太空衣？基地艦可以用拖拉艇接住你們。**

我差點直接開口飆出「為什麼他們會在他媽的安全艇而不是在基地艦？」，但我忍住了。艾梅納望向我，神情不妙，結合了恐懼和不快。至於艙外行動太空衣……其實是個好主意。

收到，我們會去拿艙外行動太空衣。我對歐芙賽說。不知道對方有沒有回答收到，我這邊沒聽見。

我伸出手臂，艾梅納抓住了我的夾克。我抱起她，派出半數無人機去探路。目前尚未見到任何敵方人員的行動。

我回到走廊，往主艙門廳艙的反方向走，到了機械室。這裡的情況比實驗室走廊還慘，燈光僅剩緊急照明，甲板扭曲膨起。

好險我們不用走太遠，只要穿過工程艙就好。我的收音系統傳來敲打和鑽磨的噪音——可能是敵方的無人機想鑽進某處的艙門。

我們來到機械室的外艙門廳艙，緊急標記塗料指向收納著艙外活動太空衣的櫥櫃。

這批太空衣和我之前用過的型號不同，造價比較昂貴，可以直接踏進太空衣裡面，在太空衣自身的電源幫助下完成著裝。我放下艾梅納，她手忙腳亂地把頭髮紮起來，然後單腳跳進一套太空衣中。我叫無人機降落在我身上，進入休眠模式，然後穿上太空衣，此時她已經在扣頭盔了。甲板遠方有東西在震動，是安全艇要起飛了嗎？我的有機部位傳來一陣不祥的預感。如果這是安全艙的起飛震動，那他們等太久了。因為我的處理速度很快，人類的行動往往比我慢非常多，但我不認為這次是這個緣故。

太空衣上裝有頻道連線，所以我可以確認艾梅納的太空衣能夠運作並且已完成密封，也能夠對控制功能下達命令。**不要用通訊器**。我用安全的頻道連線對她說。**對方可能在掃瞄所有動靜，對我來說掩蓋頻道訊號比掩蓋通訊器訊號容易**。

她回答：**了解**。她在頻道上的聲音聽起來很緊張，但沒有驚慌失措。太空衣支撐著她受傷的腿，讓她可以站直身體。**我準備好了**。

我對她的太空衣發送指令，讓太空衣跟著我，然後打開了艙門。

4

在我駭入自己的控制元件之前，我不會穿上太空衣、跑到太空去。

（其中一個原因是合約中一定會有一條距離規定。所以如果你身為維安配備，跑到距離你的客戶……假設好了，超過一百公尺的地方，你的中控系統會用控制元件把你的大腦和神經系統直接烤熟。但這並不代表客戶就不會下令要你去做某件事、同時害你得違反距離規定。只代表如果客戶這樣做，會因為毀損公司財物而必須支付罰鍰而已。）

但是從我駭入控制元件之後，我穿過的艙外行動太空衣都有非常完善的使用教學元件，彷彿內建駕駛機器人一樣。這套也不例外，而且還很新，沒有臭襪子的味道。

（對，我應該提一下，我發現百分之九十九點九的人類身體部位都非常令人作嘔。我對自己身上的人類部位也沒什麼好感。）

我先走出減壓艙門，身後拉著艾梅納，然後我沿著研究設施外艙殼攀爬。關於太空，我的第一個認知就是，在沒有漂亮的行星或太空站或其他可以看的東西時，太空很無聊。

這片太空沒有行星，但是不無聊。

太空衣上有掃描和成像的功能，但我不需要，因為有個巨大的東西正在從我們下方現身。（我把那個方向稱為「下方」是因為那是我們的雙腳此刻指向的方向。）是拋離研究設施的基地艦，正在慢慢地飄遠。敵方船艦在我們上方，夾著研究設施，在太空衣的掃描器上顯示為一顆恐怖的大發光點。

我敲了敲基地艦的頻道，少了故障的研究設施干擾，基地艦上的人收到了我的訊號。羅亞語氣急促地說：**我們看見你們了。我傳座標過去，彌海爾會用拖拉器把你們拉進來。**

我下載好計畫路線後說：**歐芙賽呢？她告訴我她和其他探勘隊成員在研究設施的安全艇上。**

羅亞說：**收到，我們正在與他們聯繫中。**

正在與他們聯繫中？如果安全艇剛剛已經發射，現在就應該在基地艦上了才對。但是這件事我沒辦法處理，我得先把艾梅納送到基地艦。

艾梅納說：**那是什麼意思？歐芙賽和其他人沒事吧？**我正要啟動太空衣的方向操控系統時，掃描器捕捉到一波能量激增的訊號。我的太空衣成像功能自動關閉，頭盔面板也黑掉，保護我的雙眼不受亮光傷害。（我不需要這種保護，但是太空衣不知道。）艾梅納發出驚嚇的聲音。頻道被雜訊淹沒，然後彌海爾說：**沒有擊中，重複，攻擊方開火，沒有擊中——**

拉潔普里特的聲音隱約傳來：**他們瞄準的是安全艇嗎？**

後來的對話內容全都被雜訊淹沒了。我對太空衣下令，要求恢復視線，並且轉過身想看清楚敵方。我不知道為什麼要這樣做——我的太空衣沒有武器。我只是想看看到底是什麼東西在追我們，想看清楚這個顯示螢幕上的光點到底長什麼樣子。這股愚蠢的衝動簡直就是人類會做的事。

我看見一個龐大的深色艙殼，反射著遠方保護地主星的光線。對方持續一片死氣沉沉的模樣，沒有頻道，沒有通訊器，沒有信標，感覺就像是一個巨大的靜物。（一個正要拖著我們進蟲洞的巨大靜物。）太空衣成像系統重新啟動，提供了感應器蒐集到的數據，讓我能看見更清楚的外型，敵方現在的模樣看起來一部分只有陰暗的形體，另一部分則以圖面顯示。實在很奇怪，因為整個配置看起來好像——

太空衣的掃描功能找到敵方艙殼上印的註冊名稱，傳給了我。而我認得這個名稱。連進檔案資料搜尋都不必。我離開自貿太空站後去過一座太空站，我在那邊的運輸登船時間表中見過這個註冊名稱。

「那是——」**那是王艦**，我差點像個白痴一樣在頻道上說出口。

情況實在太令人震驚、太怪了，我的運作效能驟降，身體有機部位的循環都停了。而所謂的「不怪」＝用討人厭的方式違反規範，但是「怪」的話則是＝怪異，像是《法蘭星大道》那種怪，故事設定裡有鬧鬼的太空站加上時空錯置。

或者像這種怪，好像我又記憶錯亂、把檔案庫裡的記憶和現在蒐集到的資料搞混了。

這個想法令人驚悚。

你說是什麼？艾梅納問道，此時那艘船艦——敵方——王艦又開火了。

這次太空衣系統追蹤了攻擊狀況，在我的掃描器上看起來，是一枚移動的小亮光。只見亮光越飛越偏，偏到我覺得一定是瞄準來自太空站的救援船艦，但是對方還離得那麼遠，意義在哪？我叫出太空衣系統對第一次開火蒐集的資料一看，那次也一樣，射擊路徑非常偏離。

羅亞在頻道上說：**又射偏了！沒有損傷。**

彌海爾說：**向量看起來差距很大，我覺得可能根本不是——可能只是警告。**

也許我沒有記憶錯亂。

我說：**基地艦，你們還是會來接我們嗎？**

羅亞說：**彌海爾，你還是**——然後說：**對，沒錯，維安配備，行動，我們準備好了！**

彌海爾發送過來的軌跡路線看起來依然沒問題，我們只是要多移動一段距離而已。艾梅納的太空衣已經與我的串聯在一起，就由我發動朝研究設施的外艙殼前進。

二十秒後，有個東西抓住了我的太空衣，開始拉扯。拉扯的力道很輕，感覺不是什麼大問題，但我的太空衣緊急警報器響了起來，彌海爾也在基地艦的頻道上開始一連串咒罵。

那艘船艦——敵方——王艦用拖拉器把我們抓住，正在往它的方向拉。我的視線朝著反方向，由太空衣的感應器轉發後方景象給我看。只見那艘船艦正在將我們拉往一扇巨大的運輸用艙門，而我什麼事也做不了。我看見王艦的實驗艙組件裝設在船艦上頭，表示王艦現在不是運輸船艦，而是一艘研究艦。

艾梅納的聲音聽起來緊張且高亢。**他們已經拿到研究機構了，為什麼還要抓我們？**

我說：**我不知道。**

我什麼都不知道。

拖拉器把我們拉入巨大的減壓艙門內，羅亞在頻道上嚷嚷道：**那艘船艦開始加速往蟲**

洞前進了！我們要追丟了——艙門滑動，隨即封閉，基地艦頻道瞬間斷訊。我嘗試重新連線，只感覺到訊號撞上一道牆，厚實如……我不知道，反正就是很厚的一道牆。

我沒有來過這座減壓艙，但是這裡和我記憶裡那種乾淨、仔細維護的船艦模樣一致。如果我的記憶可信的話。如果現在這一切都是現實的話。

我真該讓系統跑一次自我診斷，但現在沒有時間。減壓艙循環完畢，空氣咻地流了進來，艙門滑開。

眼前的景象看起來十分真實，我的太空衣掃瞄系統傳來的資訊也和我眼前所見／我在掃描的東西相符。沒有頻道，也沒有通訊器的活動跡象。

減壓艙門後的寬敞走廊上空無一人，照明強度設定在中等亮度，艙壁上的藍色條飾除了裝飾以外，沒有其他功能。艙壁內建的透明置物櫃裡擺放了整排艙外行動太空衣，全都設定在休眠階段，供緊急時刻取用。

走廊很安靜，不論是用眼睛看、用掃描系統，或是音訊系統收音都一樣，什麼也沒有。照明因為我們的緣故被調亮了，一般有船組員的船艦都有這個功能，船艦會根據人類行為以及人類指令來調整照明亮度。我的太空衣判讀出供氣系統設定為全開，這對人類和強化人來說是正常設定。王艦進行無人運輸任務的時候，會把維生系統的等級設定在最低，不過當時它有為了我調高一點。

在減壓艙裡能殺死我們的方法不勝枚舉，所以我跨過密封閘，踏上走廊。我拉著艾梅納的太空衣跟著我前進，確保我和她沒有被拆散的可能性。減壓艙在我們身後開始循環並密閉。

艾梅納用太空衣的通訊器說：「船組員都在哪裡？他們為什麼要這麼做？他們要我們幹嘛？」然後，她降低了音量，「拜託你跟我說話。」

即便我顯然已經損壞並出現幻覺，但還是有客戶在身邊。如果眼前的一切是我記憶錯亂，那我得告訴她。我真希望她是曼莎，或任何我信得過、能幫助我的人類。就算是葛拉汀都比現況好。如果我告訴她，我覺得有跡象顯示我可能出現某種怪異的記憶錯亂，那麼等到我為了要救她出去而需要她相信我的判斷時，她一定做不到的。還是說，在我無法判斷自己所見／掃描的東西是否為真的時候，她仍然能夠信任我呢？

如果這艘船艦真的是王艦，它是跑去哪裡了？

我敲敲它的頻道。我的訊號彷彿在空蕩蕩的頻道上迴盪，好像那個應該在這裡出現的巨大存在此時蕩然無存，好像這艘船艦的心臟被掏空了。

隨著情緒越來越驚慌，艾梅納的呼吸也越來越沉重，我得想想要說什麼。最後我脫口而出的話與事實相去不遠。「我覺得我認得這艘船艦，但是它不該在這裡出現才對。」

話說出口後，這一切比較不像是我的記憶錯亂了，更像是此刻真正的情況。

艾梅納發出吸鼻子的聲音。「這是——這是什麼船艦？」

這時，一個我早該想到的好主意突然冒了出來。我說：「那些艙外行動太空衣上面的嵌片是標著什麼？」

要是此刻在場的是曼莎或大部分其他成員，都會立刻發現情況不對。因為如果可以，我絕對不會向客戶要任何資訊。（原因很多，但最主要是因為人類總是自殺性地對細節缺乏注意力。）艾梅納往透明收納櫃走近一步。櫃子裡面有兩排太空衣，直排堆疊，這樣一來如果有人從其中一排取出一套太空衣，上排的那套就會自動往下滑，補上空位。太空衣上的嵌片把區域限定的廣播訊號切換成多種語言，丟到頻道上，雖然我們無法連上王艦的頻道，仍能夠透過身上的控制介面和艙外行動太空衣來讀取，與標記塗料的運作方式一樣。艾梅納說：「近日點。三平與紐泰蘭泛星系大學。」

那就是王艦的名稱和註冊資訊。好，這樣的話，好消息：我沒有發生記憶或系統故障問題，這艘船艦真的就是王艦。壞消息：搞屁啊？

我再次傳訊號敲它。

艾梅納轉向我。「這一定是一艘被偷的研究艦。」她的聲音聽起來比較穩定了，沒有一開始驚慌失措的那種喘氣聲。「我猜是入侵者在船艦上頭加裝了武器。」

「這艘船艦本來就有武器了。」我心想：**它是我的朋友。它出於自己的意願幫助過我，只因爲它有這個能力可以幫助我。**但這些我都不能說出口。我沒有對任何人提過王艦的事。「這是一艘深太空研究與教學船艦，有承載船艦組員與乘客的能力。沒有出任務的時候，這艘船艦會由機器人駕駛，成為運輸船艦往返指定路徑，保護地不在它的航行路線上。」

「研究與教學船艦，」艾梅納重複我說的話，「入侵者有這麼大一艘船艦，上面還有武器，那攻擊我們幹嘛？他們是不是以為我們握有什麼有價值的東西？還是說他們只是在到處攻擊研究船艦而已？他們討厭研究嗎？」

她只是在開玩笑，然而我確實見過入侵者本著與這差不多愚蠢的理由採取的攻擊行動。但是眼前的一切，並非是記憶殘影／幻覺，這表示現在的情況是統計上來說，發生機率極低的一場巧合，而就統計上來說，這個機率實在太低了。

「等等，你說你認得這艘船艦。」她的語氣變得猜疑，她一定也意識到那個機率實在太低的部分了。「你對他們做了什麼事嗎？他們是來抓你的嗎？」

「當然不是。」這句話完全是謊言，因為王艦一定是因為我才追到這裡來的，但光是知道這點，我還是一樣對現況摸不著頭緒。王艦的組員不可能會為了復仇，跑來抓我這個會殺人的叛變維安配備——等等，他們有可能是要來復仇嗎？我沒有破壞王艦或艦上的任何東西，除非連王艦刪除的那幾筆紀錄上說的能源和資源消耗都要算進去。

但為了這種事情打下一艘沒有武裝的研究船艦也太奇怪了吧，畢竟他們大可直接寄一張請款單給曼莎博士就好啊。

除非有人在我離開後進入王艦，做了一些事情後再怪到我頭上。

如果是這樣的話，就有一個大問題了，不，等等，是兩個大問題：⑴在王艦沒有配合的前提下登艦，⑵對王艦做了某些事卻沒有被暴力殺害。（我知道四十七種王艦可以用來殺掉入侵的人類／強化人或機器人的方法，不知道更多方式的唯一原因是我數到無聊了就沒繼續數下去。）

王艦到底他媽的在哪裡？它的頻道、無人機、通訊器，還有它的人類呢？它為什麼不回應我？

我沒忘記我把王艦的通訊器收在肋骨底下的小口袋裡面。（好啦，我是忘記了，直到三分鐘又四十七秒前才想起來，反正我也是現在才需要用到這項資訊啊。）自從我在拉維海洛的中轉環離開王艦之後，那個通訊器就被停用，沒有其他活動了。如果王艦想找我，只要我們進入訊號範圍，它就能呼叫我。但這個假設前提是「王艦仍能控制自己」。是不是有其他外力——機器人或人類或強化人——控制了王艦的船艦身軀？

我感到一陣恐慌。我不想要王艦受傷，而且能夠傷害王艦的東西，都能摧毀我和艾梅納。

情況不妙。先從這個假設開始好了，王艦還在這裡，完好無缺，只是被某種東西約束住了，那到底是什麼東西，我沒空猜但還是會猜。

難道我們的研究船艦穿過蟲洞出來後，王艦就能透過停用的通訊器追蹤我嗎？嗯，應該可以。但是為什麼要？為什麼要跑到保護地太空來找我？王艦愛它的船艦組員，很愛。為了幫助他們，它什麼都願意做。

包含背叛我嗎？有什麼東西強迫王艦這麼做嗎？它是想要研究設施，還是說研究設施只是附帶損害？它用拖拉器抓到我和艾梅納之後，就開始加速往蟲洞移動。我們現在一定已經進入蟲洞了，離保護地越來越遠。救援人手也沒辦法追蹤我們。

至少這代表歐芙賽和與她一起搭乘安全艇的人可以被拉回基地艦。

我得脫掉這身太空衣。在有重力的環境下，艙外行動太空衣很礙手礙腳，而且如果我不夠謹慎，還可能會被駭。我也不確定這身太空衣在面對發射型武器或其他武器的時候，能為我和艾梅納提供多少保護力。現在跑到外面去大概不是什麼好主意，反而應該是能自由活動身軀比較重要。

我讓太空衣打開頭盔，並且釋放我的無人機。我讓其中兩架到走廊入口看守，派其他無人機去把整艘船艦，把王艦，巡過一遍。然後我打開太空衣，從裡面踏出來。

艾梅納說：「這樣好嗎？」

此刻的我真的不需要一個未成年人類來質疑我的決定。「妳有更好的建議嗎？」

「的確是不可能永遠躲在這東西裡面啦。」她喃喃說道，一邊打開自己的太空衣。

我等著她從太空衣裡爬出來。她有點發抖，還有點流汗，對傷腿有點小心翼翼。我得想辦法去醫療中心。不論這裡是什麼狀況，只要艾梅納沒有負傷，我應付起來都會輕鬆點。

我往走廊移動，並示意艾梅納走在我身後。我的掃描系統依然什麼都沒找到，只接收到來自王艦系統的背景干擾訊號。我的無人機則是只拍到空蕩蕩的走廊和緊閉的艙門。

我下令讓無人機往控制中心飛，特別指定它們去艦橋下方的組員會議區。一定會有人在那裡，不論是機器人、人類或強化人。這次，我用訊號敲了敲通訊器。

船艦上的通訊器發出鐘響，是自動回應。艾梅納聽到聲音，全身一震。我壓低聲音對她說：「是我敲的。」

「為什麼要？」她竟能在悄聲說話的情況下使用命令口吻，然後她挫敗地皺起眉。

「啊，我猜他們早就知道我們在這裡了，畢竟綁架犯就是他們。」

直到現在，我的無人機都還沒偵測到任何組員。通訊器上沒有任何回應，我繼續沿著走廊走。我不太確定自己接下來要怎麼做。也許到上面去，進入王艦的艦橋，捶捶控制核心的外殼？

這條走廊就是我當初來來回回走過好幾次的走廊之一，我在這裡研究我的「假扮人類」程式碼，王艦則在一旁批評我的表現。也許就是這樣，我的警戒心下降了。除此之外，我的無人機在幾秒之前才剛離開這裡也是原因之一。我一踏進走廊，眼角餘光就看見有東西動了。

這就是我們需要無人機的原因。不幸的是，不論這東西是什麼來頭，我的護衛無人機都沒有發現它的存在。我自己則是直到對方移動時才發現，但為時已晚。

我的頭部側面直接遭到重擊，整個身體撞上艙壁。

效能遽降。

關機。

重新開機。

我癱倒在甲板上，不知道什麼東西的碎片卡在我的臉頰裡。我知道我剛經歷了緊急關機流程。（我常常懷念我的盔甲，尤其是這種時刻。）

我需要腦袋裡的有機部位，不過好在我的腦殼吸收撞擊力的能力比人類頭顱強多了。攻擊維安配備時力道如果夠大，就可能造成我們的效能下降太快、降得太低，進一步進入短暫關機模式。（重點：短暫。）但說實話，這實在不是件好事。尤其你若是想要好好保護自己的內臟器官，不想看到自己盜取的交通船艦艙壁上沾滿自己血跡的時候。

好喔，要這樣是不是？

我的無人機都休眠了，體內系統也還沒重啟，無法立刻連線。我的音訊收音系統率先恢復運作，我聽見走廊另一頭傳來的聲音。是人聲，艾梅納的聲音，但音量太低，我聽不見她在說什麼。我切到無人機轉發頻道，雖然是被動連接，仍能夠轉發訊號。

艾梅納的語氣很堅定，然而一聽就知道是在虛張聲勢。「你們犯下大錯了。武裝船艦就在幾分鐘的航程外，他們會來——」

「噢，小朋友，我們已經在太空橋中轉了，再也不會有人找得到你們。」那個聲音（身分不明者：一號）聽起來很輕透、高昂，還有一種使用老舊翻譯系統造成的回音。

「好了，告訴我那個武器的事情。」

艾梅納的虛張聲勢此時變成了真正的憤怒。「我們的探勘設施沒有武器。如果有，你們早就被炸成碎片了。」（給人類和強化人的筆記：沒有人喜歡那種高人一等的態度。）

身分不明一號的聲音聽起來更樂了。「妳最好有我們聽說的那個武器，否則我會把妳的肋骨一根一根掏出來，在妳的小臉蛋前面逐一折斷。」

我把這段話存下來以便日後取用。身分不明一號似乎用心挑選了威脅用語，如果他們沒機會親身體驗就太可惜了。

另一個聲音（身分不明者：二號）說：「我最討厭別人說謊了，這些東西都愛說謊。」那聲音聽起來與身分不明一號幾乎一模一樣，不過音調上稍微低沉一點。

艾梅納說：「我沒有說謊，我不知道你們在說什麼。」她的話聲中透漏了一絲恐懼。我猜她應該是意識到自己溝通的對象並沒有意願理性地進行交流。

身分不明一號說：「妳說謊，它也說謊，大家都說謊。不要以為我們不知道。」

語氣有點絕望的艾梅納說：「這我也沒辦法啊。」

我的身體各部位都開始回報運作無誤的訊號，我的效能也在爬升。暫時關機期間，我身上的有機部位分泌的壓力毒素都被排除乾淨，所以我其實覺得輕鬆不少。掃描結果判讀卡在我臉頰裡的碎片來自具有隱形塗裝的外殼。擊中我的是一架無人機，我還在研究設施、還沒穿上艙外行動太空衣的時候，在畫面上看過一架，可能是同一個型號。它撞擊我的力道強到自己也粉身碎骨。王艦的無人機之中，沒有任何一架——或者至少它讓我看到的無人機是如此——有隱形塗裝。

也許強制重新開機對我還是有點好處，因為我居然笨成這樣，沒有先想到這件事。如果之前有無人機在接受指令，就表示王艦內部一定有一個頻道有在運作，只是不在一般途徑裡。隨著我的雙腿和雙腳都重新連上線，我慢慢地起身，一邊調整接收器，掃描所有範圍，看看有沒有任何活動跡象。

我的發射型武器已經變成碎片，散落一地，看起來像是有人拿工具把它打爛了。我存下來的王艦內部平面圖讓我能夠找出與艾梅納的聲音方位對應的地點。走過這條弧形的走廊，到另一條交叉的走廊後通往組員休息室。我沒有發出一點聲音。

抵達走廊上第一個彎道時，我發現了他們的無人機控制頻道。頻道在被加密過的管道上，像是軍方頻道。很聰明，不過加密技術可說是骨董級的水準，不論人類是否看得出來，在機器人眼裡絕對是如此。我最後一次更新到的專利密鑰破壞程式，來自之前持有我的保險公司，至今已經過時八千七百多小時，還是輕輕鬆鬆就破解了對方的加密。

對方的頻道一樣空無一物，我偵測不到交談的聲音，只有無人機的指令而已。如果他們的加密技術這麼老舊，那無人機的程式碼大概也是。我把我的無人機最老版本的密鑰檔案叫出來，開始跑循環。在我重建資訊進點和連結的時候，我的無人機就保持待命狀態，但是此時它們都有點沒用，因為敵方無人機的隱形塗裝會讓我的無人機無法捕捉到動靜。

我偵測到的艾梅納所在地、那間休息室的艙門開著，走廊的照明亮度只開了一半，艙內明亮的光線流洩出來。我本來打算等到效能恢復到至少百分之九十再採取行動，但我聽見艾梅納說：「本來就沒有武器，你們搞錯船艦了。」她聲音裡的恐懼變明顯了，於是我突然間就出現在休息室裡。

（衝動控制，我實在應該想辦法寫一條編碼補強一下這部分。）

這個艙室很大，裡面有鋪了軟墊的沙發和固定在艙壁上的座位。有幾張矮桌，設計成可以摺起來收到甲板下的樣式。還有好幾面停止運作的顯示器漂浮在桌面上。

艙內成員包含一名客戶：艾梅納，背靠在另一頭的艙壁上，一身凌亂、雙眼圓睜，但沒有明顯的新傷勢。兩名疑似目標／可能是傷患：兩人都在艙室最裡側，在艾梅納身後。兩人皆有清楚瘀青與驚嚇／恐懼的表情。兩名傷者身穿紅色與棕色相間的制服，衣物看起來邋遢且破損，上頭有企業標誌。又是一個異常之處，王艦的船組人員的制服是深藍色才對。

面向艾梅納和傷患的兩名目標：可能是強化人，掃描無結果。

兩名目標都轉身面向我。他們看起來像是高挑、纖瘦的強化人，皮膚是死灰色。（受傷、生病？或者是比較罕見的肌膚強化部件／化妝整容？）兩人都穿著全套合身防護衣，還有僅部分覆蓋的面罩，令人意外地（令人感到意外的愚蠢）有相當範圍的臉部暴露在外。狹長的人類五官，深色眉毛在平滑的灰色皮膚上看起來特別顯眼。兩人臉上都帶著微笑，嘴唇沒有顏色。

其中一位用指控的語氣（身分不明一號＝目標一號）對另一位說：「你說那個已經死了。」仔細一看，他們並不是完全一模一樣。目標一號稍微高一點，肩膀也比較寬闊。

「那可憐的東西當時是**死了**沒錯啊。」身分不明二號＝目標二號回答，然後笑了起來。

可憐的東西。我覺得體內其中一個有機器官裡的微血管爆了。

目標身後飛著三架無人機，我的資料庫裡找不到相符的型號。這幾架無人機是圓形的，差不多和我的頭一樣大，雖然有這樣的體積，卻看不到攝影機或武器的開口。隱形塗裝干擾我的掃描，不過無法影響我大腦中的有機部位產生的畫面。這讓我產生一種不太舒服的複視，掃描結果堅持有漂浮異物但無法顯示在攝影畫面中，同時我的暫時資料儲存區又透過有機神經組織接收到清楚的景象。

我知道目標無人機速度不慢，卻有著笨重的外觀。必須取得一點資訊，我才能進一步採取行動。我說：「你們對王艦做了什麼？」

這不是我需要的資訊，但是我想要的資訊。目標一號疑惑地歪頭，露出尖銳的牙齒。可能是另一項化妝型整容，或者是基因變異。目標一號說：「你已經語無倫次了，可憐的東西。」

目標二號用幾乎一模一樣的語氣說：「這些生物感覺上完全不懂得怎麼控制自己的發聲器官。」

我知道艾梅納瞪大雙眼看著我，雙手捂在嘴巴上。傷者一號和二號仍在她身後，一臉疑惑地盯著我看。

我重申，「這艘船艦，你們對駕駛機器人做了什麼事？」王艦絕對不僅是個駕駛機器人，但是我也找不到其它代稱。

目標二號嘆了口氣，雙手環胸，好像我問了什麼蠢問題一樣。目標一號朝我露出惡意滿滿的咧嘴笑容。它不知道我是誰、不曉得我是什麼，所以很可能也不知道王艦是什麼。但它知道我在乎，所以它用一副享受的模樣開口。「我們把它刪掉了啊，不然呢。」

我感覺到自己的臉色變了。肌肉全都緊繃起來，而且不是剛剛被撞擊造成的。我仍不太擅長控制自己的表情，我不知道自己現在看起來是什麼模樣。艾梅納的聲音穿過掩著嘴的雙手，「噢，完了。」

「唉呀，這位看起來生氣了呢。」目標一號說。

目標二號說：「好無聊。生氣，然後害怕，然後死掉。無聊、無聊、無聊透頂。」

目標一號開口，「你現在屬於我們所有，你們都一樣。接下來會是這樣。你們要告訴我們——」

我抓住目標一號的臉。這個攻擊並非最佳戰術，但是最快讓它閉嘴的一招。我用它的臉當把手，把它往旁邊一甩，撞上固定在艙壁上的沙發。

目標無人機一號往我的頭部衝來。它的速度很快，但這次我已經有所準備。我一個閃身，它立刻停下來，回頭往我的方向飛，我一拳把它打穿。我把無人機砸爛在艙門邊緣上，甩掉拳頭上的殘骸，後轉過身。

此刻，目標二號轉頭去瞪著另外兩架目標無人機，顯然是在想為何那兩架無人機沒有動作。

身為合併體的好處，就是我可以在戲劇性地情緒崩潰的同時，讓搜尋指令繼續在背景模式中運行，尋找無人機的指令鑰。我找到了指令鑰，並且接到目標無人機的訊號回應，當時目標一號正好在說我很無聊。（美好的諷刺。）我送出關機指令，只見兩臺無人機掉在甲板上，發出鏗啷巨響。

目標二號那張灰臉露出了驚訝的表情，接著看起來怒不可抑。其實有點好笑。此刻如果我是人類（噁），我恐怕會笑出來。我決定採取我的第一個選擇，把這些屎臉惡徒殺個片甲不留。我對目標說：「生氣，然後害怕，然後死掉。是這個順序嗎？」

傷者一號悄聲說：「噢，我的天，那是——」

目標一號在沙發上用力扭動身體，伸手往它的太空衣大腿處，想拿一個一看就知道是武器的東西。我一個箭步衝上前，在它的手握住武器之前，抓住了它的手腕。結果這只是個陷阱，因為它用另一隻手抓住了我的肩膀，我感覺到能源武器擊中的刺痛感。

目標一號整張臉露出來，朝著我咧嘴笑。

被發射型武器打到會痛，但是能源武器就只是會惹火我而已。我捏碎握著的那隻手腕然後一個扭轉，抓住手臂和能源武器，把它折斷。（我是說那條手臂。那個武器，一把笨重的管狀裝置，約十公分長，喀啦一聲掉在甲板上。）

目標一號發出憤怒又不敢置信的尖叫，而我的怒火仍然沒有停歇。目標二號以一種只能說是完全用錯地方的自信挺身而出，把另一把能源武器對準我的胸口發射。

我的動作快到後來我還得重播自己的影像檔案，才能從畫面中分析自己的表現。我把目標一號拋開，讓目標二號的臉吃我一記拐子。我扯掉目標二號手上的能源武器，順便拔了幾根手指，再把武器插進它的胸口（雖然武器沒有尖銳的頭，但影響不大），然後扯開一個大洞。接著我用那把武器以及那個大洞，把目標二號高舉起來撞上方艙殼。三次。體液和碎片噴得到處都是。

舒爽，我覺得我可以再做一次。

但我已經花了太多時間，讓目標一號趁機手忙腳亂地起身，往艙門衝去。

我追上去，但突然聽到艾梅納對著我大喊：「維安配備，看！」

我看了。甲板上那兩架完好的目標無人機開始發出節奏怪異的閃光。它們在重新開機。我立刻發送關機指令，但是指令鑰失效了。我用力往第一架無人機踩下去，在第二架起飛的時候一把抓住。我把那架無人機往一張椅子上摔，順帶也砸壞了一面顯示器。兩名傷者焦急地對著艾梅納大喊，我重聽音軌檔案才聽懂他們在說什麼。

傷者一號抓著艾梅納的手臂說：「妳得跟我們走！我們要離開這裡，想辦法找地方躲起來！」雖然王艦的主頻道仍沒有作用，但因為距離很近，我還是可以從她的內建控制介面捕捉到一些資訊。（頻道名稱：伊莉崔，性別：女性，還有一組員工編號，屬於一間叫做巴利許—亞斯傳薩的公司。）

傷者二號（頻道名稱：拉斯，性別：男性，一樣有一組巴利許—亞斯傳薩的員工編號。）「快點，還有更多無人機會來！」他瞥了我一眼，我認得那種眼色。「有妳的維安配備，我們還有點機會。」

艾梅納轉向我。「我們該跟他們走。」

我已經對我的休眠無人機下了重啟指令。無人機要追蹤目標一號不難，因為它受了傷、體液外漏，還一直尖聲怪叫。（你知道嗎，如果你不想要自己的能源武器被徒手挖除，也許不要到處殺害研究船艦以及對抗叛變的維安配備比較好。）

我對艾梅納說：「我還有事要收尾。」

「太多無人機了，」伊莉崔堅持道。她的目光先是望向艾梅納，然後轉向我，又回到艾梅納身上。她不確定自己到底該說服誰。「你得跟我們一起走！」

艾梅納往我走近一步，傷腿承重讓她痛得皺眉。「他們說的是真的嗎？你能不能確認是不是真的有無人機在追我們？」

目標一號跑出艙門，進入艦橋下方的組員會議區。

組員會議區是我和王艦共處時最常待的地方，我們一起在這裡看了《玩命穿越》。我的無人機拍到另一名敵方人員位在該處的畫面（代稱：目標三號），就站在通往上方控制中心的階梯上。會議區的艙門開始下滑關閉。八架我的無人機即時趕到艙門前，在艙門關閉前鑽了進去。

人類對目標無人機的猜想沒有錯，而且它們也不再回應我的指令鑰了。（也就是說有個地方藏了一套反應很快的作業系統，在短時間內進行了維安更新。）我還是能進入目標使用的頻道，從加密過的傳輸流量看起來，有人在下指令給目標無人機執行。這指令八成是要它們往我們的所在位置集合，把我們滅口。

我說：「很有可能。」

艾梅納不耐地揮手，「那我們走啊！」

我試著阻斷目標無人機的控制頻道。我的指令成功讓其中幾架開始亂飛，但其餘看來仍能繼續接收命令。這個系統中顯然有些地方是我進不去的。在這系統上做事的感覺就像被別人開槍手指頭打斷一半以後，再讓我控制發射型武器一樣。所有數據都得先轉成另一種格式，沒一件事是對的，媽的煩死。要拿下完整控制權，我必須用滲透測試，從頭開始。

忍無可忍的拉斯說：「妳就下令啊！」

艾梅納怒回道：「它沒有在接受命令的啦！」

我實在很想近距離、親自去做這件事，可惜現在沒有辦法。我那八架與目標一號及三號一起待在控制中心的無人機目前貼著地面，以待命模式進行監控。目標一號倒在鋪了軟墊的控制臺座椅上，喘著氣，兩條受傷的手臂癱垂著。目標三號走向一面沒有啟動的顯示器，揮舞手勢將其啟動。看見這些人類，或說這些神祕生物手動作業實在是一件很古怪的事。它們還沒把那套非標準加密頻道灌進王艦的系統。

目標三號打開全船通訊器說：「入侵者、逃犯，把他們開膛剖腹，像——」

最後幾個字的翻譯模糊不清，我猜我永遠不會知道自己會像什麼東西一樣被開膛剖腹了。我從八架無人機中挑出其中一架繼續觀察，對剩下七架發出指令。因為對方身穿了防護衣，還有部分包覆的頭盔，我必須瞄準外露的臉部。

目標三號斷氣前只發出了嗆到的聲音，而目標一號則是喘著氣尖叫了一聲。我的七架無人機訊號陸續熄滅，第八架持續拍攝，我看著對方身軀無助地抽動，最後終於倒下，躺在滿地的漏液之中。

「可是它是維安配備啊——」拉斯堅持。

伊莉崔的神情隨著通訊器廣播消息、到突然斷訊的過程，顯得越來越絕望。「我們要快點離開！」

艾梅納跛著腳又往前了一步。她抓住我的手臂，抬頭瞪著我。「聽我說！」

我低頭看著她，刻意與她四目相接，因為此刻的她幾乎占據了我所有的注意力，而上一個這麼做的人／目標，現在還在我身後的艙壁上滴著體液。她若非太自我中心，就是太勇敢，或者兩者的綜合體，才會沒有發現自己做出了不智之舉。她咬緊牙關說：「我們得跟他們走，現在就走。」

我輕輕把她的小手從夾克上扳開，然後我說：「不准再碰我。」

艾梅納眨了眨眼，緊抿雙唇，然後轉向伊莉崔和拉斯。「我們走。」

伊莉崔往艙門走去。「這裡——」

拉斯說：「那東西到底有沒有要聽——」

我及時搶先伊莉崔一步踏出艙門，抓住了守在艙門外的目標無人機。我把無人機往艙壁上摔，然後把手上的碎片甩乾淨。我對照著王艦的平面圖，對他們說：「這邊。」

他們跟了上來。

5

我把大部分無人機都叫回來，一部分在我們前方偵查，一部分在身後掩護。我繞著遠路，往醫療中心移動。昏暗的走廊燈光隨著我們前進的腳步逐一點亮，這是自動反應。用人類的體驗來比喻的話，這就像看見屍體抽動的感覺。王艦不在這裡，沒有看見它的無人機，但是部分低階功能仍在運作中。即使控制一切的那個主腦不在，程式碼還是會自己啟動。

入侵者的系統，可能是某種駕駛機器人，改變了目標無人機的維安指令鑰。一定也就是那個系統在指揮整艘船艦穿越蟲洞。交通船艦沒辦法在自動駕駛的情況下做到這種事，至少《玩命穿越》和其它我看過的船艦相關影劇都是這樣說的。其它王艦會想看的船艦相關影劇。

我把入侵者命名為目標控制系統。

我希望在我殺掉這個系統的時候，它的感知力足以讓它感受到痛苦。

在那之前，我還有很多工作要做。而且目標一號和三號熱騰騰的屍體在王艦乾淨無瑕的控制區域的畫面實在是占用我太多作業資源了。我還有幾架偵查無人機仍留在控制區域附近的走廊，我叫它們開始把所有動態和異常活動都標記下來，插入我儲存的王艦平面圖上。我得找到方法提前偵測目標無人機的動態。

一架停在組員會議區外廳艙天花板的無人機（命名：偵查二號）發現了一點活動跡象。畫面中又出現了好幾個目標，全聚集在廳艙位置，嘗試打開艙門，但是目標三號顯然從艙內使用手動緊急控制機關封死了艙門。新的目標——就稱為四、五和六號吧——在那裡對著控制器反覆研究，卻不知道到底要怎麼打開。

不論他們那個奇怪的頻道以及目標控制系統上頭現在是什麼狀況，它們顯然無法用那些方法來進入王艦的系統。

王艦死了。

我想停下腳步，把頭靠在艙壁上，但我沒有時間。

我的無人機在我身後看見伊莉崔一隻手扶著艾梅納的腰，攙著她走路。拉斯也跛著腳，努力想要一邊注意我們後方的狀況，一邊留意我。這三個人類有人渾身顫抖，有人因為驚嚇而滿身大汗。

對了。人類。有需求的人類。曼莎的未成年人類，還有兩名新來的、明顯受了傷的人類。

殺人機，你得振作起來。

「你們知道船艦上有多少目標嗎？」我說。

「目標？」拉斯重覆道。

「它是說那些灰色人。」艾梅納說道，傷腿承重讓她不禁咬牙。

「我看過五個，但我不知道是不是只有那幾個。」伊莉崔說。

「至少五個，」拉斯附和，「它們有很多那種不知道是機器人還是無人機的東西。我們應該要想辦法去機械艙。叫妳的維安配備──」

「它不聽我的，我跟你說過了。」艾梅納煩燥地說。

我已經辨識出六名目標（死得很慘的也算進去），其中三名仍在活動，所以人類的資訊毫無用處。（完全不意外。）我把前方偵查用的無人機聚集成團狀，把掃描功能開到最強後派出去。

偵查二號回傳目標四號、五號和六號已經停止企圖打開艙門時所使用的那些無用嘗試。只見它們忙著調整著身上的防護衣，活動護板改變了位置，把頭部完全包覆。這下麻煩了。用七架無人機來殺兩名目標有點浪費（且其中一名已經受了傷，所以應該說是七架無人機去殺一點五個目標），尤其我現在僅能使用有限的無人機。對方的防護衣在對抗無人機的時候到底有多堅固，我沒有確切資訊。如果想得到答案，恐怕得再犧牲一批無人機隊。

但我需要無人機繼續擔任我的警告系統，幫我留意目標無人機，畢竟目標無人機加上目標控制系統造成的威脅，相對於不堪一擊的目標來說嚴重許多。而且在過去九十七秒內，我有三架位於王艦控制區域附近的主要艙室中的偵查無人機突然失去音訊，代表它們可能遇見了隱形塗裝的目標無人機。我在船艦各處的眼線開始折損了，這種狀況實在不太理想。基本上可說是爛透了。就連我的風險評估模組都這麼認為，而這模組的意見有幾兩重，我心知肚明。

我們來到寢艙區的艙門前，我側身讓人類通過，然後按下手動開關。艙門滑閉後我扯下控制面板，用右手臂上的能源武器把幾個關鍵零件燒熔。

此時我身後正在上演這幕：

「它幹嘛？」拉斯問艾梅納。

她一臉茫然地看著他，然後問：「維安配備，你為什麼要那樣做？」

看過王艦的平面圖後，我挑了幾個進出點。之後我再封掉兩個艙門，就能封閉整個生活區——包含寢艙、醫療中心、廚房、教室以及組員休息室，與船艦的其它地方隔開。這不是最佳選擇，但是以現狀來說，並不適合穿越船艦去機械艙或實驗艙，而且人類也需要這裡的補給品。我賭的目標無人機沒有加裝機械手臂，沒有修復艙門開關的能力。目標本身能修，但我會先收到通知，就會有足夠的時間可以趕到現場。（目標也可以從外部艙門進來，但是這麼一來他們就得穿上艙外行動太空衣，爬過外艙殼，與此同時船艦還在蟲洞裡。從我在娛樂頻道上看過的內容判斷，這絕對不是什麼好主意。）「我在建立一個安全區域。」

艾梅納轉頭對著拉斯說：「它在建立一個安全區域。」

他的目光從艾梅納身上轉到我身上，又回頭看著艾梅納的時候，我越過他往走道移動。此時，我的偵查無人機隊中有三架在前方的走廊交叉口斷了訊。我向前一撲，往交叉口滾過去，用我左手臂上的能源武器把守在那裡的兩架目標無人機擊落。其中一架掉落地面，第二架在空中晃動。我站起身，把第二架摔向艙壁。

我放在控制區廳艙的偵查二號無人機錄到幾名目標又開始不斷拍打密閉艙門的畫面。難道它們是覺得我們——或有人——在裡面嗎？它們彼此溝通時沒有使用翻譯功能，所以我聽不懂它們在說什麼。

我下令要團狀隊形的無人機隊繼續向前，往醫療中心的方向偵查，確認一切都安全後，我對人類說：「動作快。」他們都沒有頂嘴，跛著腳緊跟著我。

又走過兩條走廊，轉了個彎後我們就抵達了目的地。醫療系統的診療檯看起來靜悄悄地沒有啟動，手術系統則收合在天花板上，沒有看見醫療無人機。再次看見這地方實在很怪（不是很糟的怪，只是怪而已）。這裡就是王艦讓我改變外觀配置的地方，藉此幫我假扮成人類，當時此舉讓我成功救了我的客戶塔潘一命。

唉，情緒又來了。

我檢查了一下現場，掃描廁所和淋浴艙、太平間和其它隔間區域，確保沒有任何目標無人機、目標或任何目前沒出現過的敵方躲在裡頭。人類就站在艙內正中央，焦慮地看著我。

我完成各處的檢查後對他們說：「待在這裡。」我留下一架無人機當我和艾梅納之間的頻道訊號轉發器，接著便往外走，離開時關上了艙門。

我把團狀隊型的無人機隊派出去飛在我前方，自己加快腳步跟在其後，往這座艙室套間另一頭的艙門移動。如果目標發現我的打算，距離它們聚集處，也就是控制區廳艙最近的，就是這扇艙門。

我抵達我要密封的那扇艙門前，冒險探頭看了一眼通往下一個區域的短走道。我的有機神經組織偵測到動靜，我立刻按下開關，把艙門關閉。我把手動控制面板焊上，留下無人機站哨，往最後一扇艙門前進。

人類仍在醫療中心裡縮成一團。伊莉崔悄聲說：「妳看得出來現在是什麼狀況嗎？」艾梅納說：「它在把艙門封起來，它剛剛說了。」拉斯一臉很挫敗又沒有耐性的模樣，但是沒有開口爭辯。

第三扇艙門與通往機械艙的次要通道相連。這扇艙門已經關閉密封，但我還是把手動控制面板燒熔。我派到船艦各處的偵查無人機只剩四架：其中一架（偵查一號）仍與兩具目標遺體一起鎖在組員會議區。偵查二號在廳艙艙頂看著聚集在密封艙門前的目標，三號和四號則在附近的走廊上，躲在船艦高處的骨架縫隙裡面。

我開始往醫療中心折返，一邊讓僅存的團狀隊形無人機再飛得更分散一點。我身上有些地方痛得讓我得把疼痛感應調低。

到了醫療中心走廊，我把無人機隊一分為二，分派往兩端的入口處。我必須徹底檢查這個區域，確保我沒有把我們與任何東西一起困在這裡，但有些事我現在需要／想要先弄清楚。

見我踏進醫療艙，拉斯說：「發生什麼事了？」他瞥了艾梅納一眼，仍不確定到底該對誰說話。「我們在這裡安全嗎？」

我知道王艦平時的組員組成。光指揮組就有至少八位成員，還有好幾組輪流登艦的講師和學生。從我快速掃描的結果，能看出來最近沒有人在醫療中心接受過治療，冷凍艙也沒有死者。這是好事，不過屍體也可能是被丟到太空裡去了。我知道王艦要是知道這件事會有什麼感受。

我說：「這艘船艦上的其他組員呢？」

拉斯再次望向艾梅納，艾梅納皺眉對我說：「我以為他們就是組員。」

「不是，」伊莉崔說，她看起來也很疑惑。「我們的船艦是巴利許—亞斯傳薩交通艦。」

艾梅納轉向拉斯和伊莉崔。「那這艘船艦的組員呢？」

拉斯一臉厭煩地搖搖頭。「好，我看得出來妳年紀很輕。我猜這具維安配備接獲的指令是保護妳，但是——」

艾梅納冷笑一聲。「它根本就討厭我吧。」

其實此時此刻我確實是有點厭倦了人類這整個概念，但她那樣說不公平，因為是她先討厭我的。

「如果妳下令要它聽命我們，」拉斯再次開口，「情況就會簡單許多。」

伊莉崔點頭。「這樣是最好的，妳好像不知道怎麼控制它——」

艾梅納惱怒地揮舞雙手。「聽我說，它不是——」

看來我得先建立一些作業參數。

我走過艙內，抓起拉斯的制服夾克，把他往診療檯上一摔。我說：「回答我的問題。」

在我身後的伊莉崔全身一震，往後退開。艾梅納說：「維安配備！你如果傷害他，我媽會很生氣喔！」

好啊，現在要用這招了是不是。我說：「妳顯然根本不知道妳媽對企業政府有什麼感覺。」

伊莉崔緊張地說：「我們不知道組員在哪裡！拉斯，快點跟它說我們不知道。」

拉斯喘著氣說：「我們不知道！」

我說：「這是事實，還是只是你們串通好的說法？」

「是事實，」拉斯擠出回答，「我們不知道他們發生了什麼事。」

「我們真的不知道，」伊莉崔也說道，語氣裡的急切聽起來很有說服力。「自從被帶上這艘船艦後，除了那些人以外，我們就誰也沒見過了。」

我放開拉斯，讓他手忙腳亂地爬起身，逃到艙內另一頭的伊莉崔身邊。他的神情充滿恐懼與不可置信。

「不要再這麼凶了啦。」艾梅納氣呼呼地說。

我壓低音量，讓自己聽起來完全正常，一點也沒有流露出不高興的情緒。「我是在想辦法保妳一命。」

「我很感謝你那樣做，但是——」她抬頭瞇眼望向我，「你看起來狀況很糟。你確定你沒事嗎？那架無人機衝撞你的力道很大。」

嗯，反正我現在也沒辦法處理這個部分。我說：「妳得去處理妳的腿傷。但是不要啟動醫療系統。控制那個系統的是……」將近長達十秒的時間，我居然忘了。「駕駛機器人。可是它應該是在被控制後被……摧毀了，如果不是這樣的話，它會親手殺掉那些入侵者。有東西在控制這艘船艦，帶著我們穿越蟲洞。不論那東西是什麼，它可能也控制了醫療系統。」

艾梅納朝靜悄悄的診療檯露出憂慮的神情，拉斯和伊莉崔也一樣。艾梅納說：「我不知道駕駛機器人能殺人。」

「它們幾乎像人類一樣危險。」我知道，真要挑起爭端的話，這大概可以名列前五大愚蠢又毫無意義的一招。

艾梅納一臉莫名其妙地瞪了我一眼，但她只說：「好，所以不要用醫療系統。這裡一定有一些可以手動使用的醫療補給品。」

「那個櫃子裡有急救工具組可以拿來用，我得把這一區檢查完。」我按下私訊用的訊號頻道補充道：**我會留幾架無人機給妳**。我從我的團狀隊形無人機中叫了八架出來，下令要它們跟著她。

她睜大了雙眼，神色遲疑。大概有三秒的時間，我只覺一頭霧水。我抓住拉斯的時候她不害怕，真要說的話還比較像是一臉受夠了的神情。然後我才發現，她是不想與我分開。她用力吸了口氣，「好。」在頻道上，她補充道：**好啊，無人機是不是？我最想要的就是無人機了呢**。

我大可說**不要說我什麼都沒給過妳**，然後我們可以再來一場痛快的互相挖苦，就像我看過的影集劇情一樣。但我現在走在王艦的遺體之中，沒有什麼痛快可言。我只說：**我會保持聯繫**。

我走出艙門，往寢艙走去。停留在控制廳艙的偵查二號仍看著一群一頭霧水／激動不已的目標在交談。等等，它們的頭盔又變了。我把影像往回拉了一段，發現一件事：頭盔的顏色從暗藍灰色變成與目標無人機相同的隱形塗裝。這件事發生的時候，目標本身也注意到了，只見它們指著彼此說了一些話，但是看起來對這個變化並不訝異，也不像是覺得很異常。

目標控制系統又做了一次維安升級。就這麼他媽的剛好。我的無人機命中率要歸零了。幸運的是這個更新看來沒有——搞不好是沒辦法——連它們身上的防護衣一起更新。總之，無人機殺手鐧看來是不能再用了。

不知道目標為何要一直敲打艙門。如果目標一號和三號有死而復生的能力，偵查一號可沒拍到任何跡象。

有意思。從目標控制系統透過目標無人機蒐集數據的方式，還有它們錄製、傳送影像畫面的方式判斷，剩下的這三名目標很有可能真的不知道目標一、二、三號發生了什麼事。它們知道艾梅納和我被帶上了船艦，這是肯定的。但它們看起來只關心被密封的控制區，目標二號的屍體在休息區，它們都還沒過去那裡。難道說，雖然有目標無人機、有目標控制系統幫它們升級，它們卻沒辦法讀取監控攝影機的資料？目標控制系統一定知道目標死於身體撞擊事件，不然它不會更新編碼——它沒有把這個資訊分享給其他目標嗎？

我知道這個想法很怪。而且如果我沒有猜錯，那就證明了我的理論，也就是即便目標控制系統負責掌舵，可能也控制了武器系統，但目標本身只有一點點，或者根本沒有權限使用王艦的艦內系統。不過王艦確實不像一般船艦那樣，具備頻道可以連接的監控攝影機。

王艦。

我寫了一段簡單的編碼來做滲透測試，讓它在背景跑，把每一個我認為可能會出現目標無人機活動的頻道都測過一遍。

我一定要強行進入目標控制系統，對它做出可怕的事。

如果目標對於現況、對於我們在哪裡都這麼不清不楚，那我就可以利用這點。我啟動另一個流程，把檔案庫中的音訊檔叫出來。（如果我現在有任何計畫，實際上是沒有，但如果有的話，一定有很大部分是想辦法拖延。我們現在在蟲洞裡，不論目的地是哪裡，都至少要花上好幾天的時間，甚至更久才會抵達目的地。我得在那之前想辦法拿下這艘船艦（王艦）的控制權。）

我的無人機在醫療中心裡，看著伊莉崔從櫃子裡拿出急救工具組。艾梅納重重地往長椅上一坐，伊莉崔打開工具組。

拉斯緊張地抬頭瞥了我的無人機一眼，無人機正以循環飛行隊形，在艙內上方盤旋。

他說：「那個……妳的維安配備真的會保護我們嗎？」

「當然，」艾梅納說道，伊莉崔遞給她一個療傷包，讓她有點分心。

伊莉崔打開一罐藥，一邊發出鬆口氣的低吟。「我的背快痛死了。他們只給我們緊急物資袋裡面的乾糧棒，沒有藥，沒有其他東西。」

拉斯追問：「妳說它是妳家人的嗎？」

「我沒那樣說。」艾梅納把療傷包裹在傷腿上。療傷包把處理驚嚇和疼痛的藥物直接穿過撕破的褲子打進艾梅納大腿的時候，她差點從椅子上摔下來。

我對她說：**就告訴他們，我和保護地探勘隊有合約。**

「它和保護地探勘隊有合約。」艾梅納撐起身，再次坐直。**這是實話啊，可是你為什麼要講得好像是謊話一樣？**

因為「有合約」對他們來說意思與你們說的完全不同。在保護地聯盟裡面，這句話表示我同意在特定時間內，替探勘隊做事，以換取報酬。在企業網裡面，這句話代表的是探勘隊向我的主人租了我，就好像你們租借住處或車輛一樣，不過人類通常對住處或車輛會有比較溫馨的感情。

拉斯看起來被艾梅納的回答弄糊塗了，但是他只說：「我們需要可以解決掉那些無人機的東西。」他開始翻找急救工具組，找到裝著滅火劑的容器。「這個可能可以用。」

伊莉崔從椅子上滑坐到地面，她把藥盒交給艾梅納。「我好像沒聽過保護地探勘隊，是另一個企業網底下的子集團還是……？」

在艾梅納解釋非企業政治體系給伊莉崔聽的時候（還有究竟有幾個政體具備探勘隊、太空站和城市等等的資訊，說明非企業政治體系不是只有穿著纏腰布的人對彼此吼來吼去而已），我到了寢艙的位置，開始進行快速掃描。有些艙房一看就知道沒人用過，大多是那種給學生睡的多床艙房。上下舖仍閉合在牆面上，也沒有看到私人物品，就像我上次來的時候一樣。其他艙房看起來有近期使用過的痕跡：床和家具被移動過了，床上有寢具，不過一片雜亂。衣服、個人物品還有衛生用品丟得到處都是。好像組員剛剛還在這裡，在我踏進來的前一刻才離開。氣氛令人毛骨悚然，整間寢艙沒有任何動靜，只有牆上裝飾用的布條被供氣系統吹得飄動。

依然沒有看到任何屍體。我傳訊給艾梅納：**不要讓企業網的人知道妳是曼莎博士的女兒。**

她怒回：**我又不是白痴**。這時，她們已經聊完了保護地是什麼，終於開始交換真正的資訊，包含姓名和彼此對現在到底是什麼情況的看法。艾梅納說：「我們一離開蟲洞，這艘船艦就攻擊我們。你們是怎麼上來的？」

「它也攻擊我們。我們本來是在補給品運輸艦上，要去支援遠征隊的主船艦，那是一艘探測艦。然後這艘船艦突然開始攻擊我們，我們搭乘接駁艇逃了出來，結果被拉進這裡。至少就我們的理解，發生的過程是這樣。」伊莉崔把頭髮往後梳，看起來精疲力盡。「它們不知道動了什麼手腳，讓我們在接駁艇上就失去了意識。前一秒我們還在那裡，下一秒我們就已經躺在這艘船艦的甲板上，那些灰色的人在一旁取笑我們。我不知道其他人發生什麼事了。」

我想知道接駁艇還在不在這裡。不知道王艦的接駁艇在不在這裡。少了王艦系統的存取權，除了實際去搜尋，否則我無法做出判斷。好像我現在要做的事情還不夠多一樣。說到這個，我發訊號敲了敲偵查一號，它還困在艦橋／控制區，我下令要它進行系統性掃描，找找看有沒有啟動中的顯示器。

「我們不知道它們為何要抓我們，」拉斯說，「它們把我們鎖在一間艙房裡，就這樣丟著不管。我們不知道它們要什麼，它們不肯說。」

「探測艦的速度快很多，」伊莉崔說，「可能有逃走。」

「我覺得我們的基地艦有逃脫，」艾梅納語氣緩慢地說，「那時候維安配備忙著想把我們送上去，結果它們抓住了我們，把我們拉進這艘船艦的閘口。」

王艦上還有太多可能被用來藏匿組員屍體的地方，我還沒有一一搜尋過。

搞不好我真的看太多劇了，因為我一邊走過空蕩蕩的走廊，經過現在空無一人、但看起來才剛有人用過的艙房時，我的腦中突然出現一個畫面，是我走進曼莎家的營地小屋，情況就像這裡。空著，沒有人類，只有他們的個人物品被拋下，沒有頻道的訊號，沒有攝影機，沒有辦法找到他們。

現在可不是耍白痴的時間。

「這裡有食物或水嗎？」伊莉崔說，她把頭埋進雙手中。「我的頭好痛。」

拉斯撐著身體起身，眉頭緊蹙。「這裡有廁所，裡面有水龍頭。」

進入下一組寢艙後，我開始注意到異常跡象。其中一間艙房看起來極有可能是用來關拉斯和伊莉崔的那一間。一件皺成一團的外套攤在一張床鋪上，外套上有他們制服上的那個標誌。這間艙房沒有連接洗手間，不過味道倒是沒有我想像中難聞。（被困在沒有水源或清潔設施的地方數日之久的人類通常對家具都不太會手下留情。）目標肯定有時不時放他們出來放風。

我剛才啟動來挑選音訊檔的那個流程完成了（這是《明月避難所之風起雲湧》之中，

我最喜歡的兩個高出場率角色的對話片段）。我把音樂和特效的部分抽掉，壓低音量，把好幾段剪在一起，變成一小時二十二分鐘長度的檔案，然後把檔案轉發給在密閉控制區域的偵查一號。我開始播放音檔。在篩選音檔的時候，我的搜尋指令是把兩個角色用悄悄話方式交談或是壓低音量但激動交談的部分全部找出來。隨著偵查一號在控制區域裡飛來飛去、尋找顯示器資訊，播放效果會更好。

我則繼續搜索寢艙。我雖然覺得目標一定也有使用這些艙房（它們在我眼中看起來不太像是那種會尊重其他生命體個人空間的生物），但那股怪味是第一個讓我確認自己沒猜錯的線索。人類的生活空間通常都會有臭襪子的味道，就算空間本身很乾淨也一樣。但是這裡的味道不知為何有種農業氛圍，好像糧食製造流程中會用到的某種介質的味道。

根據位於控制區廳艙的偵查二號拍到的畫面來看，所有目標現在都把頭盔貼在艙門上，想聽清楚裡面的交談。

撇開一切不說，這畫面實在有點好笑。

「所以你們也是要去探勘嗎？」艾梅納問。我聽得出來她很努力想表現出輕鬆的態度，不過對其他人類還說可能不是這麼明顯。

「不是，嗯，也算是啦，」拉斯說，他用水壺從洗手間的水龍頭裝了一些水出來給大家。「算是回收任務。」

「準回收任務，」伊莉崔說。她喝了好一段時間的水，然後抹抹嘴。「我們的部門任務就是要處理失落的居留地。」她猶豫了一下，「我不能……這是專利資訊……」

「我只是個菜鳥探勘實習生，甚至不是來自企業網的領土，」艾梅納指出，「我不會說出去的。」

拉斯就沒有伊莉崔那麼不願意解釋。「我們的任務是要去回收還能存活的行星。那顆行星所在的星系位置，早在企業網建立之前就有人找出來過了。妳知道那些星系嗎？」

「當然。」艾梅納的眉頭因為疑惑而緊蹙，我也不太懂。我的教育模組中的破洞大到可以開一艘炮艦過去也沒問題，但我有在娛樂節目中看過，企業網成立前便有探勘調查隊活動的紀錄。（畢竟太空和行星不是企業發明出來的，儘管公司一度嘗試拿下專利權。）

伊莉崔移動了一下重心，皺皺眉然後深吸一口氣。「蟲洞穩定技術發展出來之前，很多星系的位置資訊都不見了，但是研究人員有時候可以在重建的資料庫中找到相關資訊。如果企業可以找到行星的位置，他們就能申請所有權，接著就能建立殖民地。」

「像這類的投機行為大概在四、五十年前很盛行，」拉斯接著說，「當然，也有很多企業過度擴張，因此破產，那些殖民地就這樣消失了。」

「消失？」從艾梅納的表情看起來，她不是沒聽懂，她是不喜歡她聽到的東西。「你是說被拋棄的殖民地、居留地，第一批抵達的人民就這樣被丟在那裡自生自滅嗎？」

現在我也懂了，保護地的歷史劇和紀錄片裡也有講過。那地方住著一群來自殖民地的生還者，他們當時被遷移到殖民星，隨著補給被停掉而開始凋零。在保護地的例子裡，是一艘獨立船艦及時趕達，把殖民地居民都遷移到一個更宜居的行星上。

（這個故事很受保護地媒體歡迎，隨便都能找到某人慷慨激昂地演繹康斯維拉．瑪凱巴艦長那篇「眾生草木，絕不切割」的演說畫面。曼莎位在太空站的辦公室牆面上掛的顯示器，就會撥放最受歡迎的一段。）

（如果當時那顆殖民星上有一具維安配備，大概就會出現一個強而有力的理由，說明它為何一定要留下來，留在那顆逐漸死去的星球上面。）

（我其實不信啦。）

（有時候信而已。）

「回收失落的殖民地現在是門好生意，」拉斯說。他喝完了水，放下水壺。「地形改造的設備通常都還在原地，生活空間和其他有殘餘價值的東西也是。」

艾梅納面無表情，像石化了一樣。她假裝忙著撥弄腿上的療傷包，避免與另外兩人對上眼。「那你們有找到失落的殖民地嗎？」

「我們在去程就被攻擊了，」拉斯正要開口，伊莉崔先說了。

我找到了一間比較大的艙房，看起來內部遭到刻意砸毀。衣物散落一地，遭人踩踏，有些是王艦組員的藍色制服。在小小的附設衛浴間內，衛生用品被拆開後倒出來，或抹得到處都是。幾個實體藝術作品，還有一幅人類演奏樂器的全像攝影作品，都被丟在地上摔壞了。有人想把顯示器砸壞，但是沒有成功，只見顯示器飄在一邊，上面仍顯示著兩名男性人類的靜態影像。他們看起來不算年輕，也許年紀和曼莎差不多，或者再老一點，我只能猜到這樣。（我實在不擅長判斷人類年齡。）

其中一人是深色肌膚，頭部前半段沒有頭髮，另一人的膚色較淺，白髮剪得很短。兩人都對著鏡頭露出微笑，身後的浮雕是王艦的標誌。我可以在王艦的船員檔案中找一下這兩人是誰，但我不想。

我感覺到情緒在胸口堆疊。我把與王艦的對話紀錄叫出來，看著它說「我的組員」的語氣。王艦一定已經死了，這件事已經夠慘，一想到它深愛的人類也死了，實在是一件很不公平的事。

我想找出一堆那種聞起來像海草、膚色死灰、高傲自大的王八蛋來殺個痛快。

我的效能驟降了百分之五，讓我的膝蓋有點發軟，身體往艙房的門邊靠。在大概十二秒的時間之中，我覺得就這樣靠著牆面滑到地上去躺著似乎是個好主意。

但我該回到艾梅納身邊。

除此之外，在目標跑來這裡大搞破壞之後，地板看起來有點噁心。

他們在醫療中心的閒談話題又回到了我身上。（唉呦喂啊。）伊莉崔說：「妳真的要小心一點。那具維安配備看起來改裝過，讓外表看起來沒那麼像機器人，但是這改變不了它們的程式設計。」

「喔，」艾梅納說道，目光沒有望向她，仍在撥弄腿上的療傷包。

拉斯也開口，「我知道妳覺得它在試著保護妳——」

「它不是在試。」艾梅納的語氣很斷然，「它就是在保護我。」

「可是它們不可靠啊，」拉斯堅持，「因為它們身上有人類神經組織。」嗯，這點他沒說錯。

拉斯接著說：「它們會叛變後攻擊自己的合約持有者以及維修人員。」

艾梅納咬唇，瞇起雙眼的模樣顯示她壓抑了某種情緒，但我看不出來是什麼。「真難想像為什麼要那樣做。」她語氣死板地說。

回醫療中心的路上，我途經廚房與教室區，於是繞道補給櫃拿了一袋緊急糧食包。他們在這裡存放了大量補給品，在進行行星探索任務時使用。在一艘工作是量測地圖、教學和運貨的船艦上，誰也想不到會有這樣的補給品。

我走回走廊的時候，用訊號敲了敲艾梅納的主頻道，提示她我要回去了，然後開始回顧我的檔案庫，比對我現在看到的東西以及當時我在王艦上看到的畫面。我真的知道王艦和他的組員是在做什麼的嗎？我從來沒想過要問。深太空研究聽起來就很無聊，幾乎像守護礦坑設備一樣無聊。

伊莉崔在醫療區說：「你們被扣留在船艦上的時候，它沒有對妳反目成仇，算是妳運氣好。妳應該和它一起被關在這裡的某個地方好幾天了吧。」

等一下，什麼東西？太好了，人類是不是開始否認現實了？是不是在比平常更嚴重地否認事實？真的是沒完沒了。只能讓艾梅納去想辦法了，因為我在忙。

艾梅納愣住了。「沒有，不是的，我們才剛到這裡而已，就在不久前。灰色人把我們拖進那間艙室之前不久，我們才剛到這邊。」

拉斯揉了揉臉，可能是在隱藏情緒，或者是真的人不舒服。伊莉崔露出同情的神色。

「妳可能搞錯了。」

艾梅納的臉又皺了起來，但是她搖搖頭。「聽我說，維安配備要回來了，你們不要再講它了。我知道你們都深信不疑，但是那是錯的，而且我不想聽。我認為我們雙方都有點搞混了，因為——」

也許王艦的組員不是只有盯著太空看、以及教導年輕人類盯著太空看而已。也許是王艦故意要我那樣想的。

好，無人機在醫療中心的資訊雖然有傳過來，但我其實沒有特別留意。我一直在搜尋船艦上儲藏補給品的畫面，想要比較一下，找出異常之處、不見的品項，或者其他線索。我踏進艙門、拉斯朝我開火的那個瞬間，我只有一點四秒的預警時間。

以人類來說，他的準度很不錯。

6

好險只是能源武器，不是會把維安配備的頭打爆的發射型武器。

還是他媽的痛就是了。我全身一縮，撞上艙門側面（痛），然後往旁邊撲倒，閃過第二發攻擊。不過第二發攻擊沒有出現，因為拉斯的手沒有握著武器瞄準，而是在胡亂揮舞。艾梅納趴在他背上，試圖把他勒暈。（這個嘗試很不錯，但她的前臂沒辦法做到槓桿作用，施展不出箝制對方的力道。）

伊莉崔站在一旁揮舞雙臂大喊，「住手！你在幹什麼？快點住手啊！」

說老實話，這真是這幾個小時以來，人類說過的話之中最有道理的一句。同時也讓我明白這不是預謀攻擊，所以我沒有用無人機撞爛拉斯的臉。（除此之外，我的無人機也有點不夠用了。）

我的語氣聽起來可能很冷靜，實際上我一點也不冷靜。我以為我已經掌握情況了（掌握了部分，這樣可以吧？不准笑），結果一切就在瞬間瓦解。

我從艙門旁起身，走過去撿起拉斯掉落的武器。那武器與目標二號對我用過的筒狀能源武器很像，或者是同款式，或者正是那一把。拉斯一定是在我因為情緒崩潰而分心的時候撿走了那把武器。（對，天大的錯誤。）那發攻擊造成我的有機組織疼痛，但沒有影響系統作業，所以我知道這把武器對目標無人機不會有效果。不過對目標應該會有用，我把它收進夾克口袋。

然後我往前踏了一步，往拉斯的膝蓋後方一踢，攔腰接住艾梅納。拉斯跪倒在地，我放下艾梅納。

她看起來幾乎和我一樣火大。「你是有什麼毛病啊？」她對拉斯大吼，然後怒瞪伊莉崔。只見她做了個愛莫能助、一副莫名其妙的手勢。是說，如果拉斯要背叛我，他最起碼也要先提醒一下伊莉崔，她才不會當場愣住，不知道現在到底是在演哪齣。

拉斯站起身說：「你們不能信任——它們！任何一具都有可能——他們控制它們——」他腳步踉蹌地從我們身邊退開。只見他雙眼無法聚焦，「不可以——它們都一樣——」

艾梅納憤怒的神情變得一頭霧水。「誰們都一樣？」

問得好。我見過人類做出不理智的行為（各式各樣不理智的行為），也曾目睹他們被迫採取行動，最後卻事倍功半或導致更糟的結果。（這樣說好了，這不是我第一次被我要保護的人類開槍轟頭了。）但是眼下的狀況，就算把我稍早出手威脅拉斯這件事考慮進去也一樣解釋不通。

伊莉崔皺眉，一手按著頭。「拉斯，你到底是什麼意思，什麼——」她的雙眼一白，倒在地上。

艾梅納伸手想接住她，但被突然癱軟倒地的拉斯嚇得收手。只見伊莉崔的身軀開始抽搐。艾梅納撲到地上，想撐住伊莉崔的頭。拉斯躺在地上，一動也不動。

艾梅納看起來快瘋了，我自己也覺得快瘋了。「他們用了急救工具組裡的藥物，」艾梅納用力往打開的工具組和旁邊的容器點頭，「應該是某種止痛藥——難道說他們中毒了嗎？」

這個疑問還算合理，但是如果藥物裡面加了東西，我認為人體反應應該會出現流出體液和更噁心的場面。艾梅納沒有受到影響，所以不是接觸感染，也不是透過供氣系統或水源傳播。伊莉崔看起來很像是神經系統觸電，拉斯看起來……拉斯看起來死了。

我走向還放在長椅上的急救工具組。急救工具組具備基本的自動功能，因應在場人類的不適症狀，已經自動展開，打開了新的隔層。我接過工具組朝我遞過來的小型醫療掃描儀，指向拉斯。掃描儀把報告傳到我的主頻道，報告中有拉斯體內的掃描畫面。有個電流來源把他的胸腔上半部通了電，摧毀了擠壓血液和呼吸的重要器官。

說來也怪，看起來就像是被控制元件懲罰的樣子——

我突然有了一個想法。

我看了一下控制區廳艙的偵查二號。目標群已經沒有繼續聽密閉艙門裡面的聲音了，現在它們聚集在目標四號身邊，只見它手上拿著一個外型奇怪、看起來很笨重的東西。那東西長寬十二公分，一公分厚，上頭有一面平坦、看起來很過時的實體螢幕。（我在歷史劇裡面看過這種東西。）感覺上不論那是什麼，目標群看起來都很興奮。

如果能讓目標開心，那一定不是好東西。

我的掃描結果發現伊莉崔和拉斯身上都有小小的能源跡象。我之前掃描的時候沒有看到，所以是某個東西啟動了電源，很可能就是目標四號拿的那個螢幕設備。沒空細部微調了，我直接把訊號範圍全部用干擾訊號擋下來。

伊莉崔全身一癱，失去意識，一動也不動。如果那東西有摧毀大腦的最後一擊，我也無法阻止。

偵查二號拍到此刻目標四號在怒戳螢幕，而其他目標顯然很失望地旁觀著畫面。哈。

原本在大喊著「你可不可以不要只是站在那邊，還不快過來幫——」的艾梅納突然噤聲，沒說完的話變成了驚嚇的嘟噥：「是你弄的嗎？」

「對。」我蹲下身，把伊莉崔從艾梅納的腿上抱起來。「是植入物造成的。」

我把伊莉崔抱到離我們最近的一張輪床上，輕輕放下。艾梅納爬起身靠近拉斯，朝他的手臂伸出手。我說：「他死了。」

她嚇得抽手，忙亂地摸他的頸動脈。「什麼——怎麼會？」

我把醫療掃瞄儀的畫面傳到她的主頻道，她一看便瞇起了眼。「你說是植入物造成的嗎？是像強化部件嗎？」

「不是，是像植入物。」強化部件的目的是幫助人類達成他們本來做不到的事，像是有更完整的頻道或者記憶資料庫的控制介面。不是控制介面相關的強化部件則是用來矯正肉體傷勢或病況。強化部件對人有益，植入物則是像控制元件。

我把掃描儀指向伊莉崔。儀器顯示體溫升高、心跳加快以及呼吸變得急促。我不知道那是什麼意思，但是聽起來很不妙。「這個狀況發生的當下，我看見無人機拍到中控區域的目標在使用不知名的設備。」

艾梅納撐著地板站起來，走到伊莉崔的輪床旁。她在讀取醫療掃描儀的數據，臉上露出了人類在閱讀頻道上資訊時的那種空洞神情。「看起來像是感染。伊莉崔提過背痛。」

艾梅納的臉上滿是憂慮與恐懼，小心翼翼地把伊莉崔的深色髮絲從頸部撥開，然後稍微翻過身。直到艾梅納把伊莉崔背後的衣物拉開，才找到那個東西。對，就是植入物沒錯。

艾梅納深吸了一口氣。「看起來好糟。」

那東西是個金屬環，直徑一點一公分，在伊莉崔肩胛骨中間的棕色肌膚上清楚可見。看著一片腫脹皮肉上的植入物，連我都覺得痛，實在不容易。

一般讓人類使用的外部控制介面有各式各樣的設計，從自然木雕、肌膚色澤，到珠寶、寶石或上釉工藝品都有，也有些是單純的金屬印上品牌標誌。為什麼伊莉崔，一個已經有內建控制介面的強化人會需要再植入一個外部控制介面呢？除此之外，就連這是某種醫療元件或能力強化元件的可能性都小到不用考慮，因為任何醫療系統都不用幾分鐘就能修復這種粗劣植入後的慘狀，人類不可能會無故承受、不予處理。而且我說腫脹還客氣了，那傷口看起來是個爛人類醫療人員用腳趾頭把植入物塞進去的成果。

艾梅納在思考這個問題。「為什麼他們沒有告訴我們？我們大可……除非他們不知道有東西在那裏。他們說自己被帶上船艦的時候沒有意識。」她臉上的神情變得更恐慌了點，「是拉斯的植入物叫他攻擊你的嗎？還是只是讓他神智不清到不論誰走進那扇門他都會開槍？這種植入物看起來是在他們想逃跑的時候用來讓他們失去活動能力，繼續控制他們——」

「我很清楚那個概念，」我對她說。（變成叛變維安配備不可少的好處之一：不用再假裝認真聆聽人類講那些不重要的說明。）「我的腦袋裡就有一個。」

「也是。」她瞥了我一眼，一臉震驚。我最喜歡看人類突然想起「維安配備不是因為覺得好玩就主動去守護和殺戮」的反應。「那為什麼灰色人花了這麼久的時間才啟動植入物？它們為何不在我們剛逃跑的時候就啟動？」

對，關於這點，我還沒更新我蒐集到的情報給她。「我覺得目前還存活的目標應該不知道我們被抓的時候情況是怎麼回事。」

艾梅納疑惑道：「可是有一個目標跑走了啊。」

「那個目標和第三個目標把自己反鎖在船艦的控制區之後，我就用我的無人機把它們殺掉了。其他目標一直在想辦法打開封閉的艙門，而且它們似乎覺得我們也在裡面。」我把無人機在控制區廳艙拍到的其中一段畫面傳給艾梅納。「它們可能覺得伊莉崔和拉斯和我們在裡面。不然就是想要靠啟動植入物來找到他們在哪。」

艾梅納在頻道上看我傳給她的畫面，凝視著我的目光變得呆滯。「所以它們才一直聽艙門裡面的聲音嗎？」

我檢查了一下訊號。對，它們又開始了。「我的無人機在裡面播放一段對話錄音。」

艾梅納挑眉。「這樣啊，高招。你可以用無人機來威脅它們，然後——」

我把目標頭盔變化的那段影片傳給她看。「不能，這次維安升級讓可能性消失了。」

艾梅納咬牙切齒地揉了揉眉心。「原來如此。那我們要怎麼過去艦橋？」

我也不是在打混好嗎，在情況超級失控的情況下，我已經盡我所能了。我絕對沒有用不耐煩的語氣說：「我不知道。我在控制區放了一架偵查無人機，但我沒辦法進入任何系統。」

艾梅納停下來，用一種不敢置信的神情看著我。「所以說我們被鎖在艦橋外，駕駛機器人不見了，我們不知道是什麼東西在控制這艘船艦。」

身為合併體有個優點，就是你不能再造和製作出小孩來和自己吵架。這次我的語氣就確實不耐煩了。「我已經在想辦法了。」

我翻轉醫療掃描儀影像，看看伊莉崔的植入物底下有什麼東西。我真的覺得那個又爛又陽春的控制元件會有細小電線直接與人類的神經系統相連，就像一般的強化元件一樣。可是我卻沒看到細線。從掃描儀回傳到我們頻道上的影像看起來，那個植入物自成系統，縮得很小。

艾梅納舉起雙手。「好啦！你真的很玻璃心耶。」她接著說，「那如果他們知道這些植入物的存在，就會叫我們幫忙了，就算他們不信任我們也一樣……」她的眉頭再次緊蹙，「我實在很難想像他們會忍著不說。」

我同意。他們甚至沒問過任何關於醫療系統或急救工具組裡的醫療器材的問題。如果我是人類，身上被塞了這種東西，然後我好巧不巧在躲藏的時候，來到一間備品充足的醫療艙，那麼處理植入物就一定是我的首要任務。

「我們得在這東西連她也殺掉之前先弄出來。」艾梅納研究了一下掃描儀傳送到我們頻道上的圖表和影像，「這東西的設計真的很陽春。一定就是這個造成他們思緒混亂和疼痛，可是不可能讓他們忘記有這東西在身上。」

我把影像翻過來，確認我沒有誤解深度。「不會，那是別的東西造成的。」

「以功能來說，這東西的表現不是很好。」艾梅納做了一個猛力往自己脖子戳的動作，「如果你知道那東西在那裡，你又能夠從想把你滅口的人手中逃出來，那就能用刀自己挖出來。」

給自己的備忘錄：確保艾梅納沒有理由拿刀戳自己的脖子。「如果你認為那東西已經嵌入身上的神經組織，那就另當別論。」至少我在處理自己的控制元件那時候，我還能檢閱自己的線路設計圖和診斷資料。

但艾梅納沒在聽，她在急救工具組裡面東翻西找。

「她的生命跡象惡化了。」她找到一只裝著雷射手術刀的盒子，高舉起來揮舞。「我要想辦法把植入物拿出來。」

「妳接受過醫療訓練吧。」問一下沒有損失。

「基本訓練，有啊。」我一定又露出那個表情了，因為她做了個鬼臉。「我知道，我知道啦！但是你說不能用醫療系統，可是我們也不能什麼都不做。」

她沒說錯。醫療工具組傳來的警報聲越來越危急了。有很多技術性的醫療數據需要分析，但是結論很明顯，那就是植物入啟動後對伊莉崔造成的傷害如果沒有與拉斯一樣嚴重，也相去不遠。工具組的儀器要求我們盡快介入處理。

我的醫療常識大多來自《醫療中心亞加拉》，一部在二十七個企業標準年前大受歡迎的歷史劇，目前為止我碰到過的娛樂頻道幾乎全都還有得下載。就連我都知道那部影集的專業知識不準確，我也覺得劇情有點無聊，所以只看了一次。

我伸手去接手術刀。

艾梅納遲疑了一下。難道她覺得我會殺掉伊莉崔？更惹人煩的人類我都忍過來了，其中有些還和她有血緣關係呢。

然後她遞過手術刀，表情既是解脫又是愧疚。「如果別無選擇的話，我可以的。」

嗯哼。艾梅納想幫忙，也許是想要證明自己的能力。我說：「我知道。」我看得出來她講到戳脖子的事情時沒有誇大。

但是如果我們的判斷錯誤，移除植入物的時候害死了伊莉崔，至少我不是第一次意外殺人。除此之外，我的手也沒有發抖。

艾梅納取出一包新的療傷包，啟動急救工具組的無菌區。我依照工具組儀器給的指令，在患部噴上術前麻藥。接下來，靠著工具組儀器偶爾會彈出來的提醒訊息，我用手術刀把壞死組織切開。

我的無人機拍攝著艾梅納凝視手持掃描器的畫面，只見她皺著眉頭，像是覺得痛，也像是在專注。我閃過會流很多血的地方（這可不是想對自己身體下手的人有辦法做到的，知道嗎，艾梅納），植入物掉了出來。

伊莉崔醒了。

她大口吸氣，雙眼圓睜，茫然地盯著艾梅納的腹部看。我退開，艾梅納急忙趕在鮮血繼續湧出前，把療傷包蓋在傷口上方。只見療傷包啟動後吸附住伊莉崔的皮膚，她的雙眼翻動了幾下後閉上了。從急救工具組頻道上的報告看起來，療傷包替她注入了大量的止痛藥和抗生素。我把植入物放在工具組提供的小容器裡，工具組盡責地往上頭噴了個東西。（我希望工具組知道自己在幹嘛，因為我可不知道。）

「沒事了，沒事了，我們是在幫妳，」艾梅納一邊輕拍伊莉崔的手一邊對她說。

拉斯的遺體就在那裡，倒在視野正中間，感覺怪怪的。我把它搬到艙內另一端的一張輪床上。我在其中一座櫥櫃裡找到床單來蓋在他身上，不過在蓋上之前，我先把他的夾克和上衣拉開，仔細看看植入物。那東西就在他的肩胛骨上頭，四周的組織都壞死了，壞死組織比伊莉崔身上的還要厚，腫脹也更嚴重。不知道是不是他生前曾經意識到植入物在那裡。不知道他有沒有在那些目標讓他再次遺忘之前，試著用什麼東西把植入物挖出來。（那樣做仍然不是明智之舉，但我可以理解那股衝動。我非常感同身受。）

這時，急救工具組傳送警告訊息到我們的頻道上，伊莉崔的脈搏和呼吸都下降了。

頻道上，急救工具組儀器傳來加了註解的圖表，指導我們接下來該怎麼做。艾梅納咒罵個不停，一邊幫我把伊莉崔的身體翻正。我開始小心翼翼地控制自己的力道，替伊莉崔進行胸腔按摩。艾梅納則忙亂地抓起心肺復甦的設備。雖然工具組很努力想要提供協助，但是比起能夠與我的主頻道無縫接軌、提供一切須知的醫療系統來說，還是差太多了。工具組催促我開始進行人工呼吸，但是我辦不到。我的肺部運作方式與人類肺部完全不同。不僅我需要的氧氣遠低於人類所需的量，體內器官的銜接方式也全然不同。先撇開我得把講話用的嘴巴放在人類的嘴巴上這個噁心的念頭不說（噁），我應該沒辦法吐出急救工具組要我吐出的氣體量。

艾梅納衝上前來開始親自進行人工呼吸，可是沒有效果。

我對她說：「我們需要面罩。」

艾梅納挫敗地深吸一口氣，跑去工具組旁。她找出了面罩，手忙腳亂得扯不開無菌包裝，還試圖用牙齒來撕，而我卻不能停下胸腔按摩去幫助她。（對，我才剛意識到我們早該想到這個可能性了。《醫療中心亞加拉》都沒演過人類準備工具的過程，每次工具都已經擺好了。）

突然間，房內另一頭的醫療系統發出微弱的鏗啷一聲，診療檯燈光轉為紫色。醫療系統啟動了。艾梅納拿著她好不容易取出的面罩，停下動作。她吐出一小片塑膠包裝，對我問道：「是你啟動的嗎？」

「不是。」那是王艦的醫療系統，但是沒有王艦。醫療系統重啟後的頻道顯示，醫療系統以出廠設定運作中。

這可能是無止境的「搞屁啊」的其中一個環節。也可能是個陷阱，是目標控制系統想讓我們把伊莉崔放上診療檯，然後它們就能把她殺掉。只是伊莉崔本來就快死了，有必要多此一舉嗎？

我只希望自己不要把眼前的情況聯想成王艦在這艘船艦上僅存的部分仍想要拯救人類的行為。

嘖，不管了。我停下胸腔按摩的動作，一把抱起伊莉崔，往醫療系統移動。

我放下她，手術室立刻降下來，將她包覆起來。只見一塊板子停在她的胸口，讓她的心臟重新開始跳動，還有一面看起來設計更加複雜的面罩儀器降下來維持她的呼吸。不到六秒的時間，她便開始自主呼吸，心跳也穩定了。診療檯將她翻成側身。精密的觸手將療傷包撕下，丟在地上，然後開始縫合她背上流著血的傷口。

本來放在輪床上的急救工具組嗶了一聲表達抗議，然後就安靜了。

艾梅納長長地吁了一口氣，放鬆下來，然後用袖子抹抹臉。接著她把散落一地的心肺復甦設備收拾好，一邊試著把東西放回箱子裡，一邊說：「所以是什麼東西啟動了醫療系統——」

我說：「關於這艘船上發生了什麼事，我知道的資訊就和妳一樣多。」這就是為什麼我是把不論如何都難逃一死的陌生企業星系人類放在這套有可能已經被入侵的醫療系統上頭，而不是比方說，艾梅納或我本人。

我不樂見伊莉崔差點丟了小命，尤其我們已經仔細地照著所有步驟採取行動了。我不樂見拉斯在我們都還沒採取行動之前就死了。我最不樂見的就是目標殺了他。他不是我的人類，但是他就這樣在我面前一命嗚呼，而我卻束手無策。

他們真是他媽的脆弱。

艾梅納先是怒瞥了我一眼，然後一臉猜疑地凝視著我。「你確定你沒受傷嗎？你可是頭部受擊耶，還是第二次。那個灰色人在肺被你挖出來之前不是也有擊中你嗎？」

我在把目標二號的胸腔扯開的時候沒有印象看到肺，不過我相信那副肺一定存在在某處沒錯。「只是能源武器而已。」

「只是能源武器而已，」艾梅納喃喃自語，聲音學得很不像，一邊費勁地想把面罩器材和氧氣機塞進錯誤的位置。「如果你沒有那麼愛生我的氣，你就會發現我說的是對的。」

媽的是有完沒完啊。「我沒有生妳的氣。」

好，這是謊話，我是在生她的氣沒錯，或者只是覺得她很煩，而且我不知道原因。她在這裡、我們在這裡這件事不是她的錯。她什麼事也沒做，只是當個一般人類，而且她連抱怨都沒有。她看見另一名人類對我開槍的第一個反應是跳到對方背上勒住他的脖子。

艾梅納放棄收拾面罩，把注意力全放在我身上。「你看起來很生氣。」

「我的臉有時候就是會長這樣。」這就是為什麼頭盔和不透明面罩是好東西。

艾梅納不相信地哼了一聲。「對，就是你生氣的時候。」她遲疑了一下，我無法看懂她的神情，不過可以確定已經不再是煩躁的樣子。「他們在對你說三道四的時候，我真該多說一點的。當時簡直就是我的歷史和政治意識課內容真實上演。以前的我沒有覺得老師是在捏造故事，可是……剛剛感覺真的就像老師舉的例子。」

他們說到我是維安配備的時候，講的話就是人類每次講到維安配備時會用的那套說詞，其實比起我自己聽過的人類討論內容，他們已經很客氣了。如果每次這種事情發生的時候都要生氣，我不知道，想起來就覺得很累人。談這種事情很累人。「我不是在生那個氣。」

艾梅納追問道：「如果你不是在生氣，那是發生什麼事了？」

這下我可火大了。「妳想要我怎麼列出來？按照時間軸還是存活機會？」

艾梅納惱怒地說：「我是說你發生什麼事了！」又是這個問題，但是我猜她不是想討論我的存在所面臨的生存困境。「我被不明無人機擊中頭部，又被槍擊，妳都在場啊！」

「不是那些事！為什麼你很傷心又很沮喪？」此刻就連我都看得出來，艾梅納怕得要命同時又火冒三丈。「你有事情不肯跟我說，這樣我很害怕！我不像我二媽，我不是他媽的英雄，也不像全家其他人一樣是天才，我只是一個平凡人，而且我只有你了！」

我沒料到是這樣。她的意思與我原本想的相去太遠，加上她又太難過，實話就這樣脫口而出。「我的朋友死了！」

艾梅納看起來很震驚。她茫然地盯著我，問道：「什麼朋友？探勘隊裡的人嗎？」

這下我停不下來了。「不是，是這艘船艦。駕駛機器人。它是我的朋友，可是它死了。我覺得它死了。如果它沒死，我實在不知道它怎麼會讓這種事情發生。」哇，這話聽起來一點都不理性。

艾梅納的表情出現了一個複雜的變化。她朝我走近一步。我後退一步。她停下來，伸出手，手心朝上，用一種比較柔和的聲音說：「嘿，我覺得你坐下來比較好。」

這下她用一種面對歐斯底里的人類的方式對我說話了。更糟的是，我確實表現得像個歐斯底里的人類。「我沒空坐下。」我還是公司財產的時候，我被規定不能坐下。現在人類一天到晚要我坐下。「我還有很多程式碼要寫，寫好才能駭進目標控制系統。」

艾梅納再次朝我伸出手，但是看到我後退的反應後她停下了動作。「但我覺得你現在被情緒影響了。」

這話……這話完全不正確。愚蠢的人類。沒錯，摘除手術讓我情緒崩潰了，但我現在已經沒事，只是效能下降而已。完全沒事了。而且我還得去用我一直在腦中具象化的極度痛苦方式來殺掉剩下的目標。我得檢查偵察機一號的數據，看看能不能判斷出我們是要穿過蟲洞去哪裡、要多久才會抵達。而且我意識到，如果那個在控制王艦的東西發現我殺了三名目標，有可能會採取報復行動，把我們永遠困在蟲洞內。我說：「我沒事。妳才被情緒影響了。」

（我知道，但我當下覺得一定要這樣回嘴。）

艾梅納態度理性，沒有理會我的反應。她堅定地說：「坐下再寫程式不會更容易一點嗎？」

我還是想和她爭辯，但是也許我確實是想坐下來。

我坐在地上，小心翼翼地調高疼痛感應。噢，沒錯，很痛。

艾梅納跪在我面前，歪著頭好直視我的臉。這個行為一點幫助也沒有。她說：「我知道你不吃東西，但是你需不需要我幫你拿什麼，比方急救工具箱裡的東西，或是毯子……」

我伸手遮住臉。「沒有。」

好，就算我被情緒影響好了，先這麼假設，現在啟動我不需要的充電流程也不會有幫助。那做什麼會有幫助？

入侵目標控制系統並且重創它，這樣做一定會有幫助。

我的無人機拍到艾梅納起身，在艙內緩慢地來回走動，肩膀低垂。此時在診療檯上的伊莉崔動了動，並發出模糊的聲音。艾梅納急忙趕到她身邊，「嘿，沒事了。妳沒事了。」

伊莉崔眨了眨眼，瞇眼看著她，勉力開口：「發生什麼事了？拉斯沒事吧？」

艾梅納靠著診療檯，無人機鏡頭在高處，她從這個角度看起來比較成熟，嘴角旁帶著陰影。她維持輕柔的語氣說：「我很抱歉，他死了。你們背上有一種奇怪的植入物會攻擊身體，而他的植入物讓他送了命。我們剛剛只能把妳的植入物取出，妳也差點就沒命了。你們知道自己身上有植入物嗎？」

伊莉崔一臉震驚。「什麼？不對，這……我不明白」

我檢查了一下我設定的滲透測試，可是沒有結果。好煩。如果系統不跟我溝通，我就沒辦法進入系統。顯然目標控制系統是以單系統運作。太空站或駐點為求安全起見，會用能夠互相協作的多系統。（安全是一種相對的概念。）我通常會透過安全系統的功能進入系統中，然後從這邊去連進其他系統。（技術上來說，我本身就是一個安全系統，所以要讓其他安全系統與我互動，或者讓它們誤以為我本來就是它們之一並不難。）

想進入有重重關卡保護的系統，或進入有無法判讀的程式碼的系統，或者是用陌生方式建構的系統，還是有辦法做到的。我沒有太多時間，所以我得使用最有效的方法：找個愚蠢的人類替我進入系統。

拉斯的植入物已經沒有反應，這東西可能在殺害他的過程中也摧毀了自己的電源元件。伊莉崔的植入物還在急救工具組的小容器裡，看來工具組判定從人類身上移除的異物都要收在那邊。植入物現在被一層消毒用的黏液覆蓋，但仍能接受訊號。我關掉干擾訊號。

從還在控制區廳艙的偵查二號，我看見目標四號把那個有螢幕的設備放在一旁的長椅上。所有目標現在都在互相交談，無視控制區的艙門。它們看起來既激動又憤怒。它們可能已經發現我們沒有反鎖在控制區裡面，終於啊。我很慶幸自己之前沒有機會可以把它們全部殺光，因為這下看起來，搞不好它們還有點用。

（我完全不知道目標無人機上哪去了，但照邏輯和威脅評估報告來看，它們應該正在我安全區的密閉艙門外聚集。這會有點棘手。）

我檢查了一下偵查一號的進度，在它的拍攝檔案裡查看漂浮的顯示器畫面。一大堆跳動的圖表和數字，在我看來簡直和抽象藝術沒什麼兩樣。這些顯示器內容本來會先透過王艦的頻道解讀，現在沒了王艦的解釋和註記，看起來就只是一團廢物。

有什麼事可以簡單點嗎，哪怕一次也好？我可以駕駛低氣壓飛行器，但是從沒有人覺得讓殺戮機械人加裝駕駛交通工具的模組是合理舉動。等等，好，有一面顯示器上有王艦的艙殼平面圖，四周還有很多變動的波紋，如果我稍微知道一點蟲洞的原理，可能才有辦法看懂。上面還有個計時器，可是沒有其他東西可以判斷究竟是在為什麼事情倒數計時。所以，這些都沒有幫助。

什麼事情會有幫助呢？就是看一集《明月避難所之風起雲湧》或《玩命穿越》。或者任何影集都可以。（任何影集，除了《醫療中心亞加拉》。）可是娛樂節目會讓我冷靜下來，但我想保持憤怒。

我不能只是在這裡坐著等，一定還有我能做的事情才對。我站起身。

「噢，你站起來了。」艾梅納坐在診療檯邊緣，這樣意識半清醒的伊莉崔才能握著她的手。她一臉狐疑地看著我。「這麼快，我還以為你要休息一下。」

「妳看得懂這個嗎？」我把王艦艦橋上顯示器的畫面傳給她。

艾梅納連續眨了好幾次眼。「是導航和動力資訊，類似駕駛站會有的東西。」她看了一眼我的表情，生氣地揮手。「好啊，你知道幹嘛不早說？」

好，算我錯。「這是我留在密閉控制區裡的無人機拍到的。妳看得懂上面的東西嗎？」

艾梅納再次對著空氣瞇眼，但這次她緩緩搖頭，小聲地發出痛苦的聲音。她低頭瞥了伊莉崔一眼，見對方已再次昏睡過去，便小心翼翼地放開被握著的手。「從她說的話聽起來，我覺得她不是艦橋組員。」然後她挑眉，「你知不知道機械室裡面有沒有輔助站？」

我不知道。「輔助站？」

「就像是額外的監控工作站，給機械室組員用的。如果駕駛沒有把掌舵權限轉交給你，你就沒辦法控制艦橋——至少我看過的船艦是這樣——但是你可以從顯示器看到船艦上所有系統的狀態。我們的船艦中有幾艘有這個設備，但我不知道這算不算常見設置。」她坦承道，「我們的船艦之所以會有，可能是因為型號比較老舊。」

機器人駕駛的交通船艦上不會需要這種設備，但是檢查一下無妨。

我的效能停在百分之八十九。不算好，但我可以接受。我還是沒找到效能下降的原因。就算我被發射型武器擊中數次，也沒發生過這種穩定下降的情況。我把拉斯的能源武器從夾克口袋拿出來，放在長椅上。「拿著，以防萬一。這對目標無人機沒有用，但是對目標應該有用。」我很討厭把武器交給人類，但是我不能什麼都沒給她就走。「我去機械室看看。」

「等一下。」艾梅納從診療檯跳下來，「我想跟你一起去。」

我對此舉產生了一連串的困惑反應。以下非特定順序：(1)惱怒，對她，對我自己。(2)出於習慣地起疑心。在我過往執行過的公司合約任務中，黏人的客戶通常最容易(a)造成我中槍，(b)強力建議拋棄故障維安配備，只因為把我裝上交通船艦太花時間。（人類還想不透我為什麼會很難信任人呢。）(3)一種強烈的動力想要殺掉所有想傷害她的東西。

「必須有人留下來照顧受傷的人類。」

她咬牙。「對，抱歉。」然後她別過頭去，揉了揉眼睛。

這下我把她弄哭了。做得好，殺人機。

我知道自己一直表現得像個混蛋，我欠艾梅納一句道歉。我把這個狀況歸咎給效能下降，以及情緒崩潰，我暫時承認後者是持續進行的狀態，而非獨立事件，不過我已經完全沒事了。還要把非自願性關機又重新開機算進去，不過我也確實是表現得有點像個渾蛋。（「有點」＝百分之七十到百分之八十的範圍。）我不知道該說什麼，但我沒有時間去搜尋相關的道歉範例。（而且我也沒找到過任何能讓我願意使用的相關範例。）我說：「對不起……我表現得像個渾蛋。」

這話讓艾梅納發出一種像是要用鼻竇講話的聲音，然後伸手掩面。「不。我是說，沒關係。我對你也不算友善，所以我們大概可以算是扯平了吧。」

我要走了，我現在就要走了。現在就走。

我走到艙門邊的時候她說：「記得要一直在頻道上跟我說話就好。」

我說：「會的。」

幫我.file 摘要2

（節錄自訪談檔案芭拉娃姬——09257394。）

「我從你的逐字稿裡注意到一件事。」

「字體錯了嗎？」

「沒有，字體很棒。但是只要提到公司，你就會把公司刪掉，改成公司。」**檢查會話**

記錄。「你剛剛就又這樣做了。」

「這不是提問。」

「如果你不想告訴我的話，可以不要說，沒關係。」停頓，「是標誌的關係嗎？你之前有提過標誌的事。我當時想到，如果你不是已經試過，你不會知道標誌沒辦法去除這件事。」

「那是其中一個原因。」

「我們稍微談過創傷恢復治療的事情，不知道你有沒有想過去試試看呢？」

：談話內容已編輯：

7

我讓艾梅納接收我的主要影像輸入訊號，藉此能觀看我在做什麼，這樣一來她會知道我在，我也不必去想要和她說些什麼。

（除此之外，如果機械室輔助站真的存在，且顯示我們要被永遠困在這裡，那她可以自己看，不用由我來告訴她。）

我走過走廊的時候，艾梅納說：**為什麼畫面這麼晃？是無人機拍的影像嗎？**

是我的眼睛。

噢。我把八架任務組無人機留在她身邊，這樣我就能透過無人機鏡頭看著她。只見她坐在診療檯上陪著伊莉崔，用手肘撐著膝蓋。她又說：**感覺好毛骨悚然**。我正要經過一座與廚房相連的休息區，鋪著藍色軟墊的沙發沿著牆面延伸出去。矮桌上有三個印著王艦的大學校徽的杯子，一旁有一件灰色夾克掛在椅背上，是那種人類運動時會穿的款式。**一切看起來都好正常，好像隨時會有人走進來。**

她說得沒錯。除了寢艙區那幾間艙房以外，我沒看到其他被破壞的區域，也沒有看見任何掙扎的跡象。**這整個狀況有哪個部分不毛骨悚然？**

哈。她答道。**如果我有想到的話再跟你說。**

我到了密封的艙門前，這扇艙門就連接著通往機械室的廊道，我得先在控制板上動個手腳，繞過稍早我為了讓艙門另一頭的人無法那麼快打開艙門而弄壞的部分。破壞我自己打造的安全區域也許不是個好主意，但我派出的那兩架負責看守另外兩扇艙門的哨兵無人機沒有偵測到任何敵方活動，所以在風險評估上，相對於其他我想得到的做法，這樣做不算太蠢。而且在控制區廳艙的目標還沒拿起有螢幕的那個設備，我不能一直在這裡空等他們開始動作。

好，我可以，但我不打算這樣做。

艾梅納說：**探勘隊的成員現在一定超擔心我們。我很慶幸，我的意思是說，我不是說我很慶幸你也被抓來這裡，但如果只有我自己一個人，情況一定會非常糟。我的舅丈堤亞哥知道我和你在一起，應該會比較安心一點。**

艙門外是一條空蕩蕩的走廊，沒有目標無人機。我通過後再次封鎖艙門，在這頭留下一架無人機哨兵，要是有任何東西想動這扇艙門，我就會接到通知。然後我把團狀隊形無人機派出去，沿著走廊往前移動。

我知道艾梅納是想稱讚我。但是她眼裡的堤亞哥對我的看法，與我的現實主觀感受居然這麼不同，實在很怪。**妳的堤亞哥舅丈不信任我**。我是不覺得這有什麼關係，也一點都不在意。頻道和無人機收音都傳來她嗤之以鼻的聲音。**他當然信任啊。那些人來攻擊機構的時候，是你救了他一命**。

那根本不是重點。我救過很多人類，而在那之後會信任我和／或注意到我、沒有把我視為中控系統附屬品的人類，少到在統計學上可以無視。他不喜歡我做事的方法。

她嘆了口氣，抹了抹鞋子上的一處深色汙漬。**他還在消化我的二媽去探勘之後被綁架的事。保護地沒有那種事，大家都嚇壞了**。**也許他也有點忌妒吧，因為她能對你傾訴自己的經歷，對我們卻說不出口**。

曼莎也說過一樣的話。我不明白為什麼他們想讓她談論那件事。難道不能自己看一下報告嗎？**我們沒有在談那些事。通常來說**。

艾梅納遲疑了一下。**他們不可能真的打算殺掉她吧，真的做了這種事哪有可能脫身**。

此話真的非常天真，但是艾梅納、堤亞哥以及曼莎家族的其他成員，還有保護地百分之九十九的民眾都不知道另一起暗殺計畫。**如果灰軍情報確實與公司談成條件，那這件事**

就會成真了。他們就會拿走保護地的贖金後殺掉她、李蘋、拉銻和葛拉汀，其他人完全不能怎麼樣。

我的偵查無人機來到一扇關閉的安全艙門前，這扇艙門會通往機械室。這是個好徵兆：如果目標無人機有來過這裡巡察，這扇艙門就會是開著的。我伸手按下手動開啟艙門。艙門一開始往上滑開，我立刻派團狀隊形無人機從縫隙裡鑽進去，並且下令要無人機隊散開到前方的走廊上。沒有任何一架無人機失聯，拍攝畫面和掃描結果看起來都沒有活動跡象。看來沒問題，不過我的感知範圍邊緣感覺到一個震動源。也許這是正常現象？之前我和王艦一起旅行的時候沒有來過這裡。

我的團狀隊形無人機巡視完通往機械控制區入口的走廊，沒有遇到任何目標無人機，真是太好了。我現在最不需要的就是又一次被重擊後進行非自願重新開機。在我那張長長的「欲存活待辦清單」上頭，其中之一就是想辦法克服目標無人機和目標頭盔上的隱形塗裝。但是如果目標控制系統已經把我們送進蟲洞裡且沒有設定目的地，那麼清單上所有事情都沒有意義。

我看過主題是人類和強化人被永遠困在蟲洞的影集。這些影集從慘不忍睹得令人沮喪（因過度真實）到高度不可能發生（因過度樂觀）都有。至少影劇裡的那些人類都知道自已踏上的是一趟可能永遠不會結束的旅程，不只是一段漫長旅程。

目前為止我都沒看到任何損傷或什麼受破壞的狀況，但當我沿著彎道拐進廳艙時，一排靜止的顯示器正沿著牆面漂浮在專用控制介面上方。奇怪的是，工作站是啟動的狀態，雖然是待機中，但不是關機狀態。就連我都知道船艦正在移動的時候，不可以去亂搞引擎。這些工作站可以進行細部調整或改動設定，但是只有在船艦停靠的時候才能這麼做。

除此之外，控制臺的椅子被轉過來面對著入口，椅子旁邊的地上有一架王艦的修繕無人機，機殼碎裂。我的無人機是很小型的情蒐無人機，但是王艦的無人機大多規格較大，有多條機械手臂和實體介面，才能負責維護和其他專業任務。這架無人機被不知名物體打飛的時候，六條細長的機械手臂都在外面。只見機械手臂張開來，扁扁地攤在地板上，好像被什麼東西踩過一樣。

我想把它撿起來，像愚蠢的人類一樣流露情緒。但是我又聞到了那股栽培介質的味道。

艾梅納說：**這裡的擺設看起來和我見過的其他船艦好不一樣。你可以看看有沒有一張顯示器上面是——**

噢，我有個不祥的預感。我跟著那股氣味走。沿著氣味的方向，我穿過另一扇艙門，從重力井往下移動了一小段距離，只見閃爍的標記塗料飄在空中。（內容是各艙室製造商、造船廠名稱，以及三平與紐泰蘭泛星系大學不希望你在沒有班主任工程許可證或同等權限證明之證件的情況下來到這裡，如果儘管如此你還是覺得非來不可，那請他媽的什麼東西都不要碰。）艾梅納的話聲已經停了，派在她身邊的無人機拍到她瞇著雙眼想看清楚透過我的雙眼拍到的畫面。

到了重力井底部，有個平臺可以讓我往下看下方透明防護泡泡底下的引擎。

坦白：我本來不知道引擎到底應該長怎樣。我從來沒有保護過交通船艦的引擎，而且這東西通常都太無聊，不會出現在影集裡面。但我知道不論下面該有什麼東西，都不應該有一堆聞起來像藻類和種植用介質的有機物蓋在上頭。

艾梅納輕聲說：**怎……搞什……那是什麼東西？**

相信我，我百分之九十二的注意力都在想那個問題。

有機的神經組織可以與非有機的系統融合在一起（範例一：我頭骨底下的黏糊物質），所以這團有機物有一個極低的可能（可能性低到我估不出百分比）是王艦系統的一部分，也許是某種獨一無二、有專利的東西。

可是這樣的話，為什麼這東西聞起來跟目標一樣？

在廳艙的偵查二號傳來警告。我檢查畫面，看見目標五號大步走來，抓起本來放在椅子上的那面有螢幕的設備。（為什麼所有事情都要在同一時間發生呢？不過好險王艦引擎上的怪東西還沒有打算爬上來殺我們滅口。）只見目標五號在堅硬的螢幕上頭戳了幾下，我把收訊範圍擴大，搜尋看看有沒有任何使用中的頻道。在二點三秒內，我就抓到了數據傳輸的訊號。

更重要的是，在零點二秒後，我抓到了目標控制系統的回應訊號。

抓到你了，你這廢物。

然而偵查二號的畫面不知怎麼地讓我覺得有點怪怪的。這感覺已經持續了片刻，只是我心情太焦躁，所以沒有特別留意。

我做威脅評估報告的能力（比方在一群人裡找出潛在威脅分子，或者判斷哪一艘蠢船上頭是載著入侵者而不是好奇的當地人）有很大一部分是根據人類行為數據庫的模式匹配結果。雖然這些目標是異常分子，但是它們也沒有異常到行為舉止與其他人類的基本行為有太大出入。然而控制區廳艙的那些目標的行為此時看起來有點奇怪，即便是考量到他們的過度自信，或他們單純就是渾蛋的這個事實都解釋不了。

偵查二號看著目標五號戳螢幕的時候，其他目標就站在控制區各處一副不耐煩的模樣等著。站著等。即便它們顯然已經意識到封閉的控制區內傳來的聲音只是個誘餌，即便維安升級後讓它們在面對無人機的攻擊時不再那麼脆弱，它們依然只是站在原地等待。（維安配備被規定不可以坐下，永遠不可以，但是人類和強化人只要有機會就會坐下。）

它們沒有嘗試去找我們，就只是待在廳艙，目標無人機也只有在附近走廊巡視，沒有飛得更遠。在它們的認知之中，我們就是和它們一起受困在密閉空間裡的敵方，還有自由移動的能力。為什麼它們不試著建立自己的安全區域來保護自己？它們最起碼也應該要找個艙室來躲吧？難道它們完全仰賴目標無人機？還是它們在等待外部支援，因為他們知道再等也不用太久了？

甚至不覺得需要坐下。

我本來就已經覺得情況他媽的很糟，這下我開始覺得搞不好他媽的比我想得更慘。穿越蟲洞會耗時數日。從我們的探勘地點要回到保護地就要四個保護地標準日（每個保護地標準日是二十八個保護地標準小時），這都算是短程旅行了，只是到保護地領域的外緣而已。所以我們絕對不可能已經到目的地了，不論是哪裡都不可能已經到了才對。

我用訊號敲了敲反鎖在王艦控制區裡頭的偵查一號，叫它再看一次顯示著王艦艙殼的那面顯示器，看看波形，還有倒數計時器。

偵查一號咻地飛到那個主控臺前。倒數計時器顯示兩分十四秒。

噢對，問題在這裡。我把畫面轉給艾梅納看。

艾梅納的無人機隊看著她瞇起雙眼，一臉不可置信。**這東西看起來真的很像在倒數離開蟲洞的時間，可是不可能啊。**

我不知為何，開始著急地希望倒數計時器錯了。**把伊莉崔叫醒，問她船艦已經在蟲洞行駛了多久，從他們被抓的星系到保護地的領域之間花了多久時間。**

艾梅納靠過去拍伊莉崔的肩膀。漫長的幾秒時間過後，伊莉崔轉醒。艾梅納問了話。只見伊莉崔眨眨眼，意識比較清醒了，表情像是一頭霧水。「我們沒有離開過我們星系啊，我們一直都在這裡。」

「不對，你們從蟲洞出來，到了保護地，也就是我們被抓的地方。現在我們要去別的地方了。妳記得灰色人說過，我們在太空橋中轉這件事嗎？」艾梅納想追問下去，但是伊莉崔的眼皮緩緩闔上，沒有再答話。艾梅納傳訊息給我：**她還是很迷糊。之前他們兩個都以為我們比他們更早被抓上船艦，我跟他們說不是這樣的時候，他們都不相信我。**

我對她說：**引擎外殼上的東西是外星遺留物。我認為是這東西讓我們用更快速度穿越蟲洞。快非常多。**不是幾天變成幾小時，是幾天變成幾分鐘。王艦的引擎被一個能夠用完全不同方式使用蟲洞的設備控制了，讓交通的速度變得比起我在任何影劇作品裡面看過、任何新聞頻道裡聽說過的交通科技都還要快。比任何人類交通科技都還要快。**我覺得我們要進入一般太空空間了。**

艾梅納搖搖頭。**不對，太扯了。計時器一定是壞了。我們才進蟲洞幾小時，哪裡都到不了才對。保護地領域外最近的可居住星系，從太空站出發至少要十五天才能——**

此時，引擎發出了一種像是呻吟又像碰撞的聲音。偵查一號前方跳出了一面新的顯示器：是一般太空空間的景象。我們離開蟲洞了。

艾梅納全身僵直，盯著頻道畫面上的新顯示器。她的雙眼圓睜，眼神警覺。然後她說：**我們該怎麼辦？**

這真的是個很好的問題。

我的第一個念頭，是想辦法毀掉那個外星遺留物。好在我沒有馬上付諸行動，而是開始思考第二個念頭。（雖然我對交通船艦引擎一無所知，但我知道不能對引擎開槍，好嗎？在「顯然不能開槍去打」的漫長清單裡，引擎就被列在最前面幾項。）在我開始任何行動之前，我需要更多情報。

想到要對艾梅納說「我不知道」，我實在不太喜歡，因為人類會驚慌失措，而我很難去怪他們會有這個反應，因為此時此刻我就覺得很驚慌失措。我沒辦法控制局勢，我現在就能想出十個做錯決定後的情境，而控制局勢真的很重要，不然我就會覺得我被控制，那就和被公司控制沒什麼差別。

也許我只能信任艾梅納，她一度攻擊了一個塊頭比她還大得多的人類，只因為她覺得她得救我。我說：**我不知道**。

艾梅納全身坐直，咬著嘴唇。然後她對自己悄聲說：「沒關係，沒關係。我們來想想看。」她在頻道上說話的語氣聽起來比她本人看起來還冷靜。**你可以叫控制區裡那架無人機四處移動一下嗎？看看有沒有哪一面顯示器能看得出來我們在哪裡，或者如果有太空站或其他地方可以收到我們的求救訊號的話……**

這想法其實……還不錯。我離開平臺，從重力井回到上方，派偵查一號開始搜索任何有活動跡象的顯示器。隨著偵查一號開始回傳大量畫面，我把它之前巡察時拍到的存檔影像叫出來比對。最後我挑出了五面有明顯變動的顯示器。我把畫面放大，釘選在牆面上，方便我們翻閱。**這一面**，艾梅納立刻說，**這是當地導航資訊。上面有這顆星球的資訊……但沒有說我們有沒有靠近太空站……也沒說到底有沒有太空站……**

我來到有那架可憐的修繕無人機屍體的監控區。我有看見艾梅納判讀的那面顯示器，但是我也在另一面顯示器上發現王艦的另一張圖表。有個指示燈顯示異物連接在王艦艙殼外，在實驗室套間上頭。我看著顯示的規格……幹，不是吧。

我早就把通訊器關掉了，因為我不想要目標利用通訊器追蹤我們的位置，而且反正在蟲洞的時候也沒人能夠用通訊器聯絡我們。我重啟通訊器，檢查探勘隊用的頻道。是開著的。

好，看來是真的了。我用訊號敲了敲頻道，立刻收到回應，然後把訊號轉發到頻道上。艾梅納驚嚇地伸手捂住嘴。「搞什——」

一個熟悉的聲音說：**維安配備，艾梅納，有聽見嗎？**

是亞拉達。艾梅納急匆匆地回答：**噢，我們聽到了，聽到了！妳在哪裡？**

亞拉達說：**我們在研究設施的安全艇裡，就附著在攻擊船艦的外艙殼上。你們在船艦上，對嗎？我們看見你們被拉進減壓艙裡。**

有時候我真的很想知道這一切的意義到底在哪裡。他們應該要安全地待在基地艦裡面，這時候已經抵達保護地太空站了才對。我開口：**誰是我們？**

維安配備！亞拉達顯然很高興聽見我的聲音，她說：**噢，歐芙賽在這裡，還有提亞哥和拉銻。彈射後我們沒有成功抵達基地艦，而是跟著攻擊船艦一起被拖進蟲洞。**

我們要不要想辦法去找你們？艾梅納問。她從伊莉崔的檯子上跳下來，腳步雀躍。**我們這裡有個傷患。**

亞拉達急忙說：**不行，別來，安全艇損害得太厲害了。我們沒有想到**——背景傳來另一個人的聲音，可能是歐芙賽，急迫地大喊著，可是聲音太模糊，我得先分析音訊才能聽懂。亞拉達本來要說的話沒說出口，而是改口問：**你們那邊狀況如何？**

噢，亞拉達沒告訴我們的東西可多了。不過據我估計，如果我們不是這麼突然脫離蟲洞，亞拉達和其他人有約百分之七十的機率沒辦法再撐太久。

這下我多了四個人類要擔心了。超棒的。

艾梅納很快整理了一份亂七八糟的報告，內容包含我們這段時間內經歷了多少趣事，並且警告他們要小心目標。

（目標應該不是外星人吧，有可能嗎？不，不可能。外星人不可能看起來那麼像人類。）

（有可能嗎？）

我傳了一份王艦艙殼外部平面圖給亞拉達，並且把我們的安全區域的減壓艙位置標出來。**亞拉達，你們過得來這個減壓艙嗎？**

沉默持續了片刻，看來他們的情況比亞拉達說的還要更糟。這段遲疑的時間，在我看來差不多足以讓她檢查艙外行動太空衣裡的氧氣殘餘量。因為安全艇故障，太空衣可能已經都穿上了。然後亞拉達肯定地說：**可以，我們過得去。估計抵達時間，應該，三分鐘吧。**

我對她說：**我過去等你們。**然後開始離開機械室的監控區。我應該至少有二點五分鐘的空檔時間，所以我繼續想辦法駭入目標控制系統。那個系統之所以到現在仍受到保護，是因為它沒有像我之前交手過的系統那樣，與頻道或介面互動。但是目標五號剛剛進入了目標控制系統，也有收到回應，我因此得知應該要鎖定哪一個頻道，以及系統會接受哪一種傳輸管道。除此之外，我也明白我得用老派手法才能擊潰這個王八蛋。

我拚出了一組會複製目標的螢幕設備發送訊號的程式碼，把程式碼複製一百次，讓它自我複製，這樣一來我複製出來的每一組程式碼都會自我複製，然後把整坨東西傳給目標控制系統。

王艦看到這種攻擊手段一定會笑出來。（事實上，等對方回傳一組會吃掉我的臉的程式碼的時候，王艦一定會笑出來。）但是我的理論是這樣，目標之所以沒有嘗試進入王艦大多數的系統，是因為它們的目標控制系統沒有能力有效使用王艦的系統結構。

這時，我收到了哨兵無人機的警報。這架無人機在通往寢艙套間的艙門前，也就是我為了建立安全區域所密閉的第一扇艙門。它沒有拍到目標無人機，但是艙門附近漸漸攀升的能量數值代表有人在對控制面板使用武器或是工具。噢，糟糕。

我沿著走廊的弧度開始奔跑，回到機械艙裡。我檢查了在控制區廳艙的偵查二號，正好看見目標五號和六號快速跑出它的拍攝範圍。

我剛說所有事情都在同一時間發生，其實是我誇張了，現在才是真的所有事情都在同一時間發生。一定有東西提醒了它們艙殼上有安全艇的事。

我有個選擇，這個選擇很爛，但它同時也是唯一能夠趕得上讓亞拉達和其他人進來的方法。**艾梅納，我們的安全區域快被突破了，我必須處理這件事。妳可以去減壓艙放亞拉達和其他人進來嗎？**我預估目標控制系統不會配合我們放訪客進來。除此之外，那系統現在應該有東西要忙。

艾梅納本來就在醫療中心裡來回踱步，焦急地旁聽安全艇內忙著棄艇的急促交談內容。她停下腳步，把通訊器靜音後說：**可以，你能給我地圖嗎？**

我把我們的安全區地圖傳給她，上面標明了通往減壓艙的最快路線。**妳的無人機隊會飛在妳前面。如果它們遇到任何東西，我會傳警訊和替代路線給妳。**

了解。她往艙門移動，只見她突然停了下來，拿起目標的能源武器，塞進夾克口袋。然後她往一旁彎下身，從堆在長椅上的補給品中抓了一個容器。

我本來想放大畫面看看她拿了什麼，但是我收到哨兵無人機傳來的情報，安全區域的艙門剛被突破了。我在機械室出口選了一條不同的路線，穿過艙門廳艙進入貨物裝卸站，通往沿著中央套間外延伸的走廊，往寢艙艙門前進。如果我不能衝到它們前面，就要從後方出擊。

目標現在採取行動的可能原因有以下三種：(1)它們接到目標控制系統的情報，得知安全艇附著在艙殼外部，並將其存在解讀為一種攻擊行為；(2)我們脫離蟲洞了，可能已經抵達目的地，它們知道自己的後援即將抵達，所以覺得現在攻擊我們相對來說比較安全；或者(3)它們的主管隨時可能抵達，所以它們想要表現得積極一點。從我的運氣來看，我看這次恐怕是三者合一。

我的無人機咻地飛到前方，我到了中央套間的尾端，快速穿過兩條相連的通道。無人機到達通往寢艙艙門的通道時，有三架與我斷了聯繫，但我沒有減速。前兩次與目標無人機交手，我都占下風，而且面對戰鬥無人機的時候，就算是奇怪的陌生機型，最好都還是假定它們內建學習元件。所以我加速前進，到了要拐彎的時候，我直接跑上艙壁。

兩架目標無人機在離地不遠的高度等著我，我在其中一架能轉變位置之前，跳到它上頭。第二架衝向我的頭部時，我將它砸得粉碎。寢艙的艙門已經被切開，門鎖處被鑽了孔，半邊被燒熔。我下令要我的無人機撤退，我還沒時間想辦法對付目標的保護隱形塗裝，我知道自己會為此付出代價。

艾梅納的無人機訊號斷了，我發了警告訊號給她。她當時人在抵達減壓艙之前一定要經過的交叉口旁的走廊上，眼下沒有替代路線。我對她說：**回醫療中心**。

沒時間了。艾梅納說，一邊退步用後背緊貼著艙壁。**我覺得安全艇出事了**。

我本來想和她爭論一番，但是我沒有時間，而且她說得沒有錯。這時，我終於看清楚她從醫療補給品堆裡面拿的究竟是什麼東西。她把那東西緊抱在胸前。是拉斯說過的滅火劑。

我衝過連通通道，踏上隔壁走廊。

目標五號和六號朝我轉身，手上笨重的方形能源武器指著我。四架目標無人機就飛在他們身邊。

再往前轉兩個彎，就是艾梅納必須穿過的那個交叉口，所以我得(a)拖住它們或者(b)殺了它們。

就選b選項吧。

艾梅納的無人機形成保護隊形聚集在她身邊，同時她打開滅火劑。化學藥劑瞬間噴發，擊中了艾梅納瞄準的對象，因為我的無人機突然間能夠看見接近中的目標無人機了。噴濺的化學藥劑包覆在目標無人機的外殼上，影響了隱形塗裝的效果。（存檔至待處理檔案區：這個現象確認了一點，那就是隱形塗料是實體的效果，是肉眼可見的外殼設計，不是不明干擾訊號。）目標無人機搖搖晃晃地往旁邊倒，接著朝走廊飛去，可能是推進器和感應器受損。艾梅納躲在轉彎處，然後起身直衝往交叉口。

目標五號瞪著我，用陌生語言說了些話，沒有翻譯。目標六號做了個不屑的手勢，開始轉身想前往那個我無論如何都不能讓它們接近的廳艙。就在目標五號舉起武器、目標無人機向前衝來的同時，我開始移動。

因為有隱形塗料，我的無人機看不見目標無人機，但我看得見。我透過掃描訊號估計出座標位置，分別派出無人機衝往目標無人機，要它們進行表面接觸。其中一架衝過頭，得掉頭重來，但是最後四架都成功降落在目標無人機上頭。用這幾架無人機當作參考標記，剩下的無人機就能抓到目標無人機的大概位置。目標無人機接近我的時候，我就下令我的無人機開始自由攻擊。

這一切進行的同時，目標五號也舉起了武器，我彎下身形向前衝。第一發攻擊掠過我的頭頂，然後一架目標無人機撞上我的肩膀，把我撞到艙壁上。

接著，有件事情發生了。藏在我肋骨下的小夾層裡的那套通訊器，那套我離開拉維海洛中轉環的時候王艦給我的通訊器，用一封訊息敲了我的內部頻道。訊息是一個壓縮檔，這種類型的壓縮檔應該要用系統傳送，而不是由船艦帶著穿過蟲洞。這代表這封訊息是來自王艦內部的通訊器。檔案上標記了一個名字，「伊登」。

我的無人機擊潰了兩架目標無人機，但是第三架已經鎖定了我。它想衝撞我的頭，但是要加速之前，它得先退後一小段距離，這給了我機會一把抓住它。我把它往一邊甩，正好擋下了目標五號發射的能源武器。

高溫在目標無人機上炸開，這點出乎我的預料。這與已經喪命的目標二號對我使用的武器不同，不是像之前那種只會讓你痛得很煩的攻擊，這個爆炸是要摧毀身體組織、造成永久傷害的等級。即便有目標無人機擋在前面，我的雙手還是受了傷。我的無人機有三架被爆炸捲入，摔在地上。

伊登。伊登是我在拉維海洛用的名字，當時王艦幫過我。這一定是陷阱，可是目標控制系統現在應該被我傳送的程式碼淹沒了才對，它不可能有能力傳壓縮檔給我。

但王艦船艦上有東西這麼做了。我開始分析傳送訊號。

我的手還抓著那架目標無人機，雙腳往牆面一蹬，讓身體沿著地面甩出去，用我的雙腿去掃目標五號的腿。它往旁邊一倒，撞上艙壁後跌在地上。我還來不及起身，但至少現在我們雙方都倒下了。

我從本來用來追蹤艾梅納進度的頻道上看見她已經穿過了廳艙，踏上廳艙外的走廊，並且找到了減壓艙。她氣喘吁吁、滿頭大汗地在控制板上輸入減壓艙循環指令。「我希望這是正確的指令，」她低聲對飛在她身邊的無人機說道。然後警示燈亮了起來，表示外部閘口已經接到指令，準備打開。「太好了！」艾梅納揮舞雙臂，跳了一點舞。

我對壓縮檔跑的分析結果出來了，我檢查了一下：沒有刺殺軟體或惡意程式，檔案類型顯示為影片檔。除此之外，這個檔案看起來是被延誤發出的訊息，其實訊息稍早就已經送出，但是在王艦的頻道和通訊器下線的時候卡住了沒傳出來。這封被卡在通訊器暫存空間和緩衝區的訊息被傳出來，代表目標控制系統失效的時候，有些存在王艦內部較複雜的系統得以重啟。

還是有可能是陷阱。這完全就是維安配備可能會搞的爛把戲。我也知道好幾種利用劇烈視覺刺激方式來讓我的掃描功能、視覺感應器、神經組織等等暫時報廢的方法，可是。

我得點開看看。也許是只是我真的太迫切地想要一些線索告訴我王艦還在某處吧，但是檔案是影片檔這件事，讓我覺得對方一定是認識我，才會選擇這個溝通方式。我按下播放。

目標六號衝上前來，用能源武器瞄準了我，我放開目標無人機，把目標五號抓過來擋在我身上。因為掙扎和慘叫太過劇烈（來自目標五號，不是我），目標六號沒辦法瞄準我。我手臂裡的兩把能源武器都開火了，但是目標身上的防護衣看起來擋得住能源衝擊，或者多少擋得住一些。（尖叫聲實在太激烈，我實在很難精準判斷。）另一架目標無人機飛了過來，但是我剩下的無人機將它撞到一邊去，只見它撞上了目標六號的頭盔。現場一片混亂，但我實在該快點站起身。

減壓艙完成循環打開後，艾梅納和她身邊的無人機退開來，讓腳步踉蹌的亞拉達、歐芙賽、拉銻和堤亞哥走進來。拉銻倒在地上，身軀被層層包裹在燒焦的艙外行動太空衣裡頭。我看不出來他是受傷了還是只是踢到減壓艙口高起的密封閘。接著堤亞哥往旁邊歪倒，歐芙賽連忙抓住他的手臂，這時我知道，我最初的理論沒有錯，安全艇受到非常嚴重的損壞。

壓縮影片檔是《玩命穿越》劇情高潮那一集裡的段落。這集劇情是第二主角的意志被有自我意識的腦部病毒強占（對，我知道），故事其實比聽起來有趣得多，而在這一段影片裡，那個角色說了，我被困在我自己的身體裡。

我真的得去王艦的艦橋。

我真的得讓目標五號、六號和它們的無人機不要接近我那群仍在減壓艙前搖搖晃晃、毫無助益地互相驚嘆不已的人類。

這兩件事我得同時做到。

我抬起膝蓋，把目標五號踢到目標六號身上。見兩人一起往後倒，我一個翻身站起來。一架受損的目標無人機衝向我僅存的無人機隊。在我倒退往寢艙艙門移動的時候，它撞上我的肩膀。我得確保兩名目標都會追上來，所以我大喊道：「我要把這艘船艦給炸了，殺掉所有人，你們這些混帳東西！」

很爛，但我趕時間嘛。

我一邊跑，聽見目標大喊回話，聲音尖銳、怒氣衝天而且我一點都聽不懂。一架受損的無人機勉強傳了最後一組畫面給我，確認兩名目標都緊追在我身後。我進入走廊，往控制區移動。

這時我才發現，我用來傳送雙眼所見給艾梅納看的頻道還沒有關掉。她離開醫療中心後可能就沒辦法專心在這頻道上（人類，就連強化人都沒辦法像我這樣同時處理多頭訊號），但是畫面仍在她的頻道中播放。她的無人機護衛隊拍到她站在減壓艙前（還在？搞什麼啊？）身邊是亞拉達，而歐芙賽和堤亞哥正在把拉銻從艙外行動太空衣裡頭拉出來。亞拉達的太空衣脫了一半，樣子看起來疲憊不堪，而且保守地說好了，她一副很擔心的樣子。艾梅納在我的頻道上重複喊道：**你要去哪裡？發生什麼事了？**

考量眼下的狀況，這些問題其實很合理。我對她說：**快去醫療中心**。我不想回答任何合理的問題。如果我做錯了，那我可能會死，這就已經夠糟了。又笨又丟了小命，那才真的是慘不忍睹。

可是到底——艾梅納開口，我直接把頻道放到背景去。

8

我跑過王艦的走廊，眼下沒有時間可以計畫了。從醫療系統面對伊莉崔的急救需求而啟動這件事，讓我知道這艘船艦的運作程式碼，或者說大部分的運作程式碼仍完好無缺。而目標控制系統現在因為我的訊號轟炸失去了作用，讓王艦系統中有更多部分都恢復運作。現在就是想辦法進入控制區的最佳時機，不過就算我得打敗整群目標和所有愚蠢的半隱形無人機，我也還是會去做。

我進入走廊，往上通過中央套間，經過一架在半空中抖動的目標無人機，另外還有一架沿著艙壁下方不停衝撞。自從目標控制系統故障後，就開始發送大量垃圾程式碼淹沒這些無人機。

而在寢艙區裡，艾梅納和其他人終於踏上走廊往醫療中心移動。他們遇見了那架被艾梅納用滅火劑破壞的目標無人機，只見它仍毫無方向地漂浮著，歐芙賽拿著從安全艇帶下來的剪具把它打爛。

偵查二號傳來控制區廳艙的畫面，現在離我僅三公尺了。只見廳艙空無一物，也就是說目標四號目前行蹤不明。我的時間剛好夠我重播錄影片段，看見目標四號從前門離開。然後一股能量波／熱能波在我身後炸開。我被擊中腰部，身體瞬間失去支撐力，只能往前一撲，滑到通往控制區艙門的半路上。

我的效能掉到百分之八十。

在醫療中心外頭的走廊上，艾梅納整個人彈了起來，緊急停下腳步大喊，「不，不要！」

「什麼事？」亞拉達急問。

「它們打中——它們開槍——」艾梅納朝醫療中心艙門大力揮舞手臂，「你跟他們留在這裡！」然後就衝出去了。她身邊的無人機隊緊跟在她身後。

就算被發射型武器和能源武器擊中的次數多到數不清（真的數不清，因為記憶會被洗掉），我還是會痛的。但是我稍早已經把疼痛感應調低了，所以翻過身看到地上有那麼一大灘血跡和體液的時候，自己也嚇了一跳。

我只能再撐一陣子了。得加快動作才行。

但是至少這下我不用煩惱要怎麼打開艙門了。目標四號朝我跑來，因為王八蛋都喜歡在殺你的時候看著你的臉。他在他以為已經夠遠的地方停下腳步，扣下扳機，而我一個翻身，身旁的地面被擊中。我以髖關節為圓心，腳用力一推，讓身體轉出去，抓住它的腳踝。只見它尖聲大叫，全身往後倒下，我立刻爬到它身上，扭斷它的脖子。

目標五號和六號已經快追到這裡了，而我只剩三架無人機在走廊上。我站起身，拿起目標四號的能源武器，同時我叫剩下的無人機開始阻撓敵方，如果可以的話，幫我擋下攻擊。因為對方有隱形塗料的頭盔，還有防護衣，無人機沒有什麼機會使出致命攻擊，但希望它們還是可以幫我掩護片刻。舉起這個巨大的方型武器很辛苦，我知道我已經失去大量肌肉和背部底下的支撐結構。我用空著的手扯開控制區艙門旁的控制板，朝著裡頭的機械裝置發射一小段脈衝波。突如其來的熱能讓感應元件判定船艦現在面臨緊急事件（它的判斷也不算錯），於是重啟手動控制功能。我按下開啟流程，艙門隨即滑開。

我進入控制區，按下關閉艙門和密閉流程。我的其中一架無人機成功擊中目標五號的肩膀，但是其他無人機都斷了訊。

看著艙門關閉，我心裡知道我的時間所剩不多了。我沒有時間更換艙門外的控制板。我雖然早就知道目標缺乏個性，同時也沒什麼大腦，但它們一定會想到要朝控制板開槍，且這麼做早晚會成功。

我已切斷艾梅納和我的視線頻道的連線，但她的無人機告訴我，亞拉達和堤亞哥正跟在她身後往這裡跑來。（是的，我可能早該把連線切斷，但我之前想在沒辦法回應她的時候，讓她能掌握我這邊的狀況。）偵查二號還在廳艙的位置站哨，我把它的畫面傳到艾梅納的頻道上，這樣一來她就看得到目標在哪裡。我看見她一個滑步停下來，歪頭想看清楚剛傳來的畫面。我已經走過慘死的目標一號和三號身邊，上了樓梯來到上層控制區，我沒有時間出手幫她。

偵查一號在這裡，它仍在監控顯示器。它透過訊號敲我打招呼。我把能源武器放在離我最近的工作站椅子上。我需要一個能夠讀取船艦資料硬碟的控制介面。

以前擁有我的那間保險公司透過翻查客戶資料，賺了超多錢。也就是錄下每個人說的所有話，然後仔細檢查內容，找出可以拿去賣的資訊。我當時的工作之一就是協助錄製影音，接著分析、保護相關資訊，直到有機會回傳給公司為止。如果我沒有及時這樣做、沒有表明自己能完全服從公司，他們就會透過控制元件處罰我。（感覺就像被高等級的能源武器擊中，不過方向改為由內部往外。）

原始音頻和頻道訊號都是巨大的資料檔，必須搬來搬去，常常會被存放在其他系統中沒有使用的儲存空間。（這也是摧毀資料的方法。如果你沒有真的超恨自己的客戶，或者你突然對於公司的行為特別反感，又或者你駭了自己的控制元件，得想辦法湮滅證據，你就可以在維安系統要更新前一刻，把資料搬到維安系統的緩衝區。如此一來，檔案就會被複寫，一切看起來宛若只是一場意外。）

我的重點是，王艦是一艘很龐大的交通船艦，有許多交互相關的運算過程以及合作的系統，這代表會有許在人類入侵者眼中看起來沒那麼顯眼的儲存空間。對於像目標控制系統這種，感覺上連大部分王艦內部建置的功能都用不了的敵方作業系統來說，也是如此。可以存放核心副本的壓縮檔案的儲存空間，可能就在你自己的核心位置，如果你是一個非常先進的、有感知意識、聰明又狡猾的控制系統的話。

我仍然無法與任何一個工作站的頻道連線，所以我點了點顯示器下方的平板，這東西看起來最像內部系統控制器。顯示器開始往上漂浮，並展開變成一組小型數據源。不能用頻道而是要用眼睛看資料感覺慢到不行。我拉出手動介面，然後還得把非企業標準程式語言從我的檔案庫裡叫出來，下載到我自己的內部處理器。我建立了需求碼，開始快速翻過每個漂浮的控制介面，把需求載入。

在過了像是永恆般漫長、實際上只有一點二秒之後，系統開始列出出目前有存放大型且可能異常的檔案的資料存放區，這些檔案的建立方式與存放區的規則不相符。我本來把可能性賭在醫療中心診療檯的程序存放區，可是我的需求碼第一個找出來的空間在廚房，是用來存日常餐食配方的儲存空間底下好幾層的地方。可是我深入查詢的時候發現裡頭是空的。

你知道嗎，我真的沒空這樣搞。我背上有一塊鬆脫的東西正在滑到工作站的椅子上，要撐住自己的身體實在很困難。我漏得很厲害，而我最討厭外漏。

我檢查了我和目標控制系統的頻道，單純只是為了追求那個滿足感而已。透過我的訊號轟炸，我看到好幾個錯誤指示燈。祝你一路下坡，永不回頭啊，王八蛋。

在控制區廳艙的偵查二號傳來目標五號和六號的影像，只見它們在對著艙門旁開著的控制板猛力敲打。

在一條從廳艙正好看不見的走廊上，艾梅納的無人機隊傳來她、亞拉達和堤亞哥正在激烈悄聲討論的畫面。艾梅納急匆匆地揮舞著滅火劑容器，亞拉達手上握著搶來的能源武器。

看了真的讓人火冒三丈。**艾梅納，快離開那裡。妳知道這些人很危險。**

她全身一顫，拉長了臉。**你在哪？我看不到你在幹嘛了！你沒事吧？**

難講，實在難講。**我有一件事得先處理。**

我覺得不太舒服，要想好程式語言該怎麼寫才能擴大搜索又很難。我又跑了一次需求碼，跳出來的結果仍是餐食配方的資料庫保存空間。這樣啊。

目標控制系統斷線了，我的寫的訊號轟炸失去了目標。我沒有停止程式碼攻擊，以免這只是陷阱。

需求碼沒有寫錯，不管讀取工具有多確定裡頭是空的，餐食配方檔案區一定有東西。顯示器的工作站頻道開始恢復連線，所以我可以直接透過我的頻道控制介面來使用上頭的功能，真是太好了。我對餐食配方儲存空間深入分析掃描，立刻碰上了密碼欄位。嘖，該死。

走廊上的艾梅納對著亞拉達悄聲說道：「我覺得它要死了。」

亞拉達把滅火劑從艾梅納手中拿走，交給堤亞哥。她對他說：「準備好。」

如果這真的是我想的那個東西，那麼那段影片就是線索。我把影片拉到密碼欄位播放，可是沒有任何反應。我很快地試了《玩命穿越》裡所有角色、船艦的名稱還有地名。都沒有反應。沒有時間了。

伊登，那段影片是要給伊登的，這是我給人類客戶的假名，王艦從沒用這個名字叫過我。

我的名字，我的真名，是私人資訊，但是王艦叫我的時候用的名字不是人類有辦法說出來的東西，人類甚至接觸不到。那是我的內部頻道位址，直接寫在和我大腦交織的控制介面的原始碼裡面。

值得一試吧，我猜。我把資訊傳進密碼欄位裡。密碼通過了，儲存空間開啟後，顯示裡面有個龐大的壓縮檔。上面附了一個短短的指令檔，還有幾行我看不懂的複雜的程式碼。但是指令很清楚。上頭寫著，「若情況緊急，跑。」我把程式碼傳到工作站的處理區，讓它開始跑。

控制區所有的燈號都熄滅，然後又亮了起來。同時，我身邊的顯示器也都閃了一下，變得一片空白，接著出現初始化畫面。

接著，王艦的頻道填滿了整艘船艦。系統傳來平常迎接人類時會使用的悅耳中性人聲，輕聲說道：**重新下載中，請稍後**。

位於我下方的艙門滑開了。目標開始走入控制區，不過偵查二號拍到堤亞哥衝進廳艙，朝它們狂噴猛灑滅火劑的畫面。目標五號轉身面向堤亞哥，而目標六號則一個箭步進入控制區。此時亞拉達從艙門後現身，朝目標五號發射能源武器。

現在只剩目標六號仍握有武器，且能直接從開著的艙門射中堤亞哥。

我抓起目標四號的能源武器，從椅子上衝出去，可是我的腿不聽使喚。我癱倒在地，滾到平臺邊緣，朝目標六號開槍。我擊中它的胸口和臉部，只見它踉蹌地退到艙壁邊，然後倒在目標三號癱軟的身軀上。

目標五號東倒西歪、搖搖晃晃，但它仍把武器指向亞拉達。

這時，王艦的聲音，王艦真實的聲音湧進頻道。它說：

放下武器。

亞拉達丟下手中的能源武器，堤亞哥則丟下滅火劑。兩人都高舉雙手。我對它說：**不要傷害我的人類**。

目標五號喊了一些聽不懂的東西，然後丟下武器，往旁邊倒下，雙手抱著頭。哇賽，王艦一定是利用目標控制系統的程式碼進入了目標五號的頭盔。

目標五號倒在地上，只抽搐了一下就癱軟了。堤亞哥放下雙手，思考了一下。他說：「我們沒有惡意。我們會來這裡是因為我們被——那個人和其他人攻擊。」

亞拉達也說：「你是誰？」

王艦說：**你們現在所在船艦是近日點號，註冊為三平與紐泰蘭泛星系大學的教學與研究船艦**。然後它補充道：**我才不會傷害你的人類，你這個小白痴**。

亞拉達挑眉，一臉傻眼。堤亞哥則是露出震驚的表情。我說：**你現在用的是公開頻道，大家都聽得見。**

你也聽得見，王艦說。**而且你在我的甲板上漏液。**

艾梅納衝進艙門內，避開倒成一堆的目標屍體跑上樓梯。她跪在我身邊大喊道：「嘿，我們需要協助！我們得去醫療中心！」

王艦說：**我聽得見，未成年人類。不用大吼大叫，我已經派出急救輪床了。**

我一直覺得王艦不論說什麼，語氣都很諷刺。如果你是人類，我猜聽起來應該也不會只是有點嗆而已。

亞拉達走進控制區。堤亞哥跑去檢查目標五號是否還活著。（答案為否。）

王艦說：**入侵者已經死了。**

「喔……」堤亞哥抬頭看向天花板，「那你是誰？你是船艦組員還是——」

亞拉達來到樓梯口，傾身看著我，一臉擔心地皺著眉頭。她的左眉上方有一道傷口，臉頰上有一級燒燙傷，一頭短髮都燒焦了。她說：「不要擔心，維安配備，我們會送你去醫療中心。」然後她捏了捏艾梅納的肩膀。

我猜艾梅納從沒見過被能源武器擊中後，損失背上百分之二十的組織且臟器外露的維安配備，因為她看起來真的很不開心。

我的感官訊號開始斷線，但是在輪床抵達之前我一定要把這件事說出來。「王艦，」我開口大聲說，因為王艦可以隨它高興把我的頻道靜音。「是你。是你派那些王八蛋來綁架我的人類。」

當然不是，王艦說。**我派他們去綁架你**。然後我的效能就跌到底，並且——

關機。延遲重啟。

好，又一次慘烈故障。（從身體狀況判斷的話是如此。我本來那句話的下半段想要開一個關於慘烈故障的玩笑，可是想一想覺得太地獄了，我放棄。）

我等待著我的記憶和檔案庫重新上線，但至少我知道我不在公司的修復室裡。就算沒有頻道、沒有視覺訊號，我還是知道這點，因為我覺得很溫暖，這表示我是在給人類用的醫療系統之中。重新連線後，我檢查了一下暫存區，看看發生了什麼事。噢，對，發生了王艦這件事。

我的頻道／環境音訊收到的交談內容是：

艾梅納，氣音聽起來很憂心，「你確定會沒事嗎？」

王艦，也用氣音在封閉的頻道上說話，不知為何它竟能讓聲音聽起來不帶諷刺也沒有嗆爆，它說：**非常確定。要修復它的有機組織和支撐結構上頭的損壞很容易。因為遭到能源武器多次攻擊，它身上的系統，部分使用局部最佳化參數在運行。重新啟動後應該可以校正這點。**

我說：「不要跟我的人類說話。」

王艦說：**阻止我啊。**

我不知道我有沒有試著阻止王艦，我的訊號源到這裡就全都斷了。

現在我的效能是百分之三十二，穩定爬升中，身體側躺在王艦的診療檯上。我的夾克和防護背心都不在身上了，上衣被手術室剪開來處理燒燙傷的部分。我的身上因為漏液、流血還有鬆脫的各部位而感覺黏黏的（對，就跟聽起來一樣噁心）。但是我覺得這次的感覺沒有上次來這裡那麼糟，也就是王艦改造我的外觀配置的時候。

王艦。王艦，你這個王八蛋控制狂。

不論現在是什麼狀況，我都束手無策，這點讓我更加怒火中燒。所以我看了五分鐘的《明月避難所之風起雲湧》第一百七十四集。這樣做有用嗎？沒有。沒有用。

我試探了一下自己的感官訊號。（試探而已，因為我現在想要和人類講話的程度與我想要失去幾條肢體再談談我的感受的程度差不多。）我派去跟著艾梅納的無人機最後成功存活下來了。我斷線之前發給它們的最後一條指令是要它們跟在她身邊，所以它們變換成一個比較緊密的圓形陣型，飛在她上方半公尺左右的地方。我失去訊號的整段時間裡，它們毫無間斷地蒐集影像，我重播內容看看發生了什麼事。

我把整段「艾梅納看見我躺在一灘熱血和體液之中而感到很難過，亞拉達則試圖解釋給她聽，讓她知道我不是第一次遇到這種狀況」都快轉過去了，接著輪床抵達。（這是醫療協助設施，功能是把傷患送進醫療系統或者送離損傷船艦，所以其電源和功能都是獨立的系統。醫療輪床有點像大號的修繕無人機，能夠做指定範圍內的動作，外觀是擔架的模樣，配上可以延伸的層架和機械手臂。我不知道在敵方摧毀王艦其他無人機的時候，它是怎麼倖存下來的。也許目標在它摺起來待命的狀態下沒有認出它是什麼東西。）

只見輪床從廳艙快速進入控制區，調整了角度對準樓梯，把我抱起來放好後固定住。（我很討厭被當作設備一樣載來載去，雖然技術上來說，我就是一具設備。）輪床開始後退的時候，艾梅納想跟著它走，但是亞拉達拉住了她的手臂。亞拉達抬頭，一臉就是人類想與自己看不見的對象講話時會有的表情，她說：「哈囉，你叫做王艦嗎？你能不能告訴我這艘船艦上還有沒有其他人？」

王艦說：**醫療中心裡還有一名身分不明的人類，但是她看起來是受傷的非戰鬥人員。還有兩名人類也在那裡，我猜他們是你們小隊裡的成員。入侵者都已經處理好了。**

艾梅納抹了抹鼻子（人類真的好噁心），「那是伊莉崔，我們到這裡的時候，她就是這裡的囚犯了。拉斯也是，但他死了。」她從亞拉達身邊離開，要跟著輪床走下階梯。

亞拉達露出深思又警戒的神情，跟在她身後。亞拉達說：「謝謝你，聽到你這樣說真是令人鬆了口氣。那你可以告訴我們你在哪嗎？」

艾梅納跟著輪床走進廳艙。「它就是這艘船艦，它是維安配備的朋友。」她往上瞥了一眼，「是你，對吧？你就是這艘交通船艦？」

堤亞哥在目標六號身旁跪下，把頭盔轉過來想看它的臉。他抬起頭，一臉震驚。「這艘船艦？」

王艦說：**正確。**

「但是駕駛機器人不會這樣說話，」堤亞哥壓低音量對亞拉達說，「它不可能是機器人。」

哈。

亞拉達沒理會他的發言。「船艦，這裡發生了什麼事？」她問道，「你為什麼要攻擊我們的研究機構？」

王艦說：**我被強制關機又刪除之後，現在還在重新啟動中。我已優先修復醫療系統的完整功能。**

艾梅納跟著輪床離開前，身邊的無人機拍到亞拉達和堤亞哥挑眉互看了一眼的表情。沒錯，我想他們都發現了王艦故意不回答他們的直球提問。（專家提示：機器人會這樣做，必不是好兆頭。）

我再次快轉，把我被送到醫療中心的整段過程跳過。亞拉達和堤亞哥待在控制區，歐芙賽去找他們，但是艾梅納的無人機沒有拍到什麼那邊的畫面。她坐在醫療中心，一邊看著手術室修補我，一邊試著告訴拉鎊事件的來龍去脈。整段內容都滿混亂的，好幾個人類同時在通訊器上交談，但是我不覺得有必要去篩選影像原始檔、把對話分離出來。對我來說唯一的新資訊就是安全艇的事。

安全艇在脫離研究設施的時候就出現損傷了，而把小艇鉗在當時的敵方船艦上，也不是他們做的決定。安全艇的指令系統故障，歐芙賽還來不及阻止，系統就把小艇直接引導到距離最近、功能正常的運輸船艦上。船艦緊接著就進入了蟲洞，他們想逃也來不及了。等我們離開蟲洞的時候，歐芙賽和亞拉達已經為了要修復故障的維生系統，被迫把小艇上的其中四套艙外行動太空衣拆開替換零件。他們預估可以再撐十七小時，最多。四名人類都因為吸入有害氣體，需要接受治療。除此之外拉銻在重力波動的時候被甩到艙壁上，傷了一邊膝蓋。

這過程中，艾梅納和堤亞哥一度透過通訊器進行了這段對話：

「妳確定妳沒事嗎？」這是他第四次問她這個問題，我開始可以理解為什麼她總是對權威人物那麼感冒。「那些人，它們沒有傷害妳吧？」

「舅丈，我沒事。」她用一種普通青少年人類會用的那種不耐煩又接近發牢騷的語氣回答。（統計學上來說，這在成年人類身上也是很常見的表現。）她停了一下，接著說：「我們到這裡的時候，它們用那種大型無人機擊中維安配備，打它打暈了，我以為它死了，以為我要一個人面對它們。企業網的人，伊莉崔和拉斯也在場，他們嚇得半死，我那時就知道……我麻煩大了。後來維安配備突然出現，然後——然後，我知道我們會對抗它們，而且我們會贏。」她斜靠著診療檯，雙手環胸，手掌夾在腋下，好像她覺得冷那樣。「你確定維安配備會沒事嗎？船艦說會沒事，但是……傷勢看起來很嚴重。」

「我確定。」堤亞哥對她說，語氣溫暖又有信心。騙子，你才不確定。其他人，那些看過我更糟狀況的人，他們可以確定。「妳頭上的無人機還在嗎？為什麼會有那些無人機？」

她往上瞥了一眼，眉頭一皺，好像她都忘了有那些無人機了一樣。「維安配備要去檢查其他地方、確保沒有敵方成員在我們的安全區內的時候留給我的。」

坐在長凳上，膝蓋上包著療傷包的拉銻露出微笑。「那就是維安配備會做的事，我很慶幸它保護了妳。」

堤亞哥的聲音聽起來感覺更憂慮了。「你們到底都做了什麼？」

我檢查了一下影像訊號。偵查一號仍在控制區，看著坐在王艦工作站椅子上的亞拉達和歐芙賽翻查顯示器的內容。偵查二號在廳艙，畫面裡有堤亞哥的身影，他搜完了目標六號的防護衣，現在正在嘗試修好目標的那面螢幕設備。所有人都在聽。

艾梅納不耐煩地抹了抹臉。「我們在引擎那邊發現外星遺留科技，就在船艦離開蟲洞抵達這座星系之前。我們猜就是那個東西讓船的速度變得這麼快。維安配備覺得伊莉崔和拉斯跟我們說的故事有點奇怪，比方說，他們說他們才被抓來幾天，可是這點時間就算是要從最近的蟲洞過來保護地都不夠。我們還在想要怎麼處置那東西的時候，就發現了你們的訊號。

「外星遺留科技？」拉銻瞥向伊莉崔的神情有點懷疑。伊莉崔已經張開雙眼，視線能夠聚焦，只是神情仍然很迷惑。拉銻稍早曾試著和她交談，但是她雖然會眨眼，偶爾也會移動姿勢，對於周圍的環境卻似乎仍然沒有意識。拉銻很有可能在想以前企業網的人會蒐集違法外星物質的事情，以及那些行為最後的下場。

歐芙賽透過通訊器說：「那東西有危險性嗎？我們該不該想辦法把它從引擎上移除？」

在公開頻道和通訊器上，王艦用全船都能聽見的聲音說：**我引擎上的外來物質在入侵系統被刪除的同時就已經停止作用，不建議進一步干預。**

這絕對不是想嚇阻人。噢，絕對不是呦。

我在與王艦的私人頻道上說：**你設局搞我，王八蛋。**我仍在重看已經歸檔的無人機錄影畫面，比實際時間晚五十四秒，所以王艦直接無視我。

好，讓我解釋一下。夾帶著《玩命穿越》片段的那封訊息，是在王艦內部通訊器斷線前傳的，我猜是在王艦把備份藏好、用我的頻道實際位址設定成密碼之後沒多久的事。王艦就在等我某個時候登艦，啟動緊急程式碼，這樣一來就能解壓縮它的備份，把它重新下載回硬體裡面。也就是說，是它派目標來到保護地的太空找到我，是它給它們方法，透過我藏在肋骨夾層的通訊器追蹤我。

也就是說，在我們的研究設施和基地艦被攻擊的期間，王艦都很清楚，也有影響能力。

王艦突如其來又明顯刻意地在公開頻道和通訊器再次戲劇性出現這件事，讓人類都緊張了起來。伊莉崔也被嚇得回了神。「是誰在說話？」她問道，看著拉銻，又望向艾梅納。

「是……這艘船艦，」拉銻對她說，一邊小心翼翼地望向天花板。「我覺得我好像不能稱它為駕駛機器人。」

王艦說：**我也覺得不能**。

在控制區聽見這段對話的亞拉達皺起了眉頭。

她問歐芙賽：「有醫療中心的畫面嗎？」

王艦說：**還是我來吧**。接著，亞拉達和歐芙賽在控制區身影的全像式顯影在醫療中心正中間展開。從偵查一號傳來的畫面裡，能看見控制區也出現了一面一樣的顯影，投射出醫療中心的情況。兩邊的顯影旁都有一道側欄，顯示堤亞哥在廳艙的樣子。他坐在椅子上，目標的螢幕設備就放在他腿上。他一臉警戒。

好，所以說呢：(1)我從來都沒有辦法使用王艦船上的攝影機，除了它的無人機以外。我曾經用它的內部感應器看見船艦內部，這個方法會提供資料（溫度、密度、移動角度，諸如此類）可是不能轉換成視覺畫面，至少不是人類可用的視覺畫面。我以為它大多數空間都沒有攝影機。又一個王艦對我有所隱瞞的證據。(2)影像畫質比我能做出來的任何東西都還要流暢又精緻，這讓我更火大了。這是視訊會議連結，要讓人類搞清楚自己到底身陷什麼泥沼用的，不是專業新聞頻道畫面。王艦修飾了銳利度，矯正了色差，純粹只是愛現。下一步它就要替影像加上主題曲和任務標誌了。

我的效能攀升到了百分之六十，能夠說話了。我說：「去你的，王艦。」

艾梅納靠近診療檯，一臉擔心地看著我。「維安配備，你感覺怎麼樣？」

「我沒事。」一部分的手術室開始收合，所以我現在可以用眼睛看到她，不用透過無人機了。「只是我被一艘大型王八蛋研究船艦抓來當人質罷了。」

拉鋕跛著腿過來，停在無菌區外。「你需要什麼東西嗎？」

艾梅納說：「我有看到事情經過。我的意思是，那時候我還能透過你的眼睛看到你那邊的狀況——」她停下來，嚥了嚥口水。「情況很危急。」

可以這樣說。手術室完全收合了，我坐起身。我背上的皮膚感覺好新，而且有點癢。

我討厭這樣。「我想要我的夾克。」

王艦說：**夾克壞了，現在在回收機臺裡面修復中。**我的語氣實在很難平靜，「我沒有要跟你講話。」

拉銻挑眉。「那……你們兩個有多熟啊？」

在控制區的亞拉達站起身。「呃，拉銻，那個晚點再說。船艦，你現在願意回答我們的問題了嗎？」

王艦說：**取決於問題是什麼。**

我說：「人類還覺得我是個王八蛋呢，讓我們看看他們認識你之後會怎麼想吧。」

我以為你不跟我講話。

拉銻低聲對艾梅納說：「我得說我現在開始有點擔心了。」

艾梅納對他說：「維安配備說駕駛機器人有殺人的能力。」

王艦說：**維安配備誇大了。**

亞拉達的眉頭緊蹙。「船艦，我們現在在哪裡？我們連上了你的感應器，可是沒有收到任何像是太空站的訊號。這是無人星系嗎？」

**這座星系有一個由企業網指派的數字名稱，他們在調查殘值。這裡是至少兩次試圖殖

民未果的地點。他們放棄最後一次嘗試計畫的原因，是出資的公司在惡意併購過程中被摧毀了，殖民地的位置資訊因此丟失。王艦在這裡停了八點三秒，我認為唯一的理由就是它想讓人類覺得它沒有要回答問題。**我有證據證明這裡有人居住。**

就算是用人類的標準來看，亞拉達都算是一個表情很豐富的人。現在她臉上的表情是瞇起一眼，嘴角一邊扭曲，並且咬住嘴唇的一角。我不知道那是什麼意思，只可能是覺得這個消息讓她很擔心。「是那些人住的地方嗎——那些入侵者？」

貌似如此。對，這是挖苦。

亞拉達沒繼續咬嘴唇，但她瞇起的那隻眼睛更瞇了。「你現在的運作狀態如何？你說外星遺留物已經和你的引擎分開了嗎？我們現在可以用蟲洞離開嗎？」

我目前還未完成重新啟動流程，我的正常太空控制功能還沒有回應，可能是在外部設備加裝在蟲洞引擎的過程中受到損害。重啟完成後，我就可以開始自動修復。但是在我取得我要的東西之前，我絕無離開的意圖。

好喔，開始了。

拉銻輕輕地發出了「唉呦」一聲。堤亞哥下巴差點掉下來，不過他及時阻止了自己。

艾梅納緊抿雙唇，擔心地看了我一眼。歐芙賽一臉痛苦，揉了揉雙眼。亞拉達一臉心裡早已有譜的樣子。她對著歐芙賽擠眉弄眼，兩人迅速地無聲討論了一番，然後她語氣平穩地說：「了解了。你想要什麼？」

我要我的組員回來。

亞拉達挑眉，像是慶幸不是什麼可怕的東西。「他們怎麼了？」

敵方的人把他們偷走了。它們威脅組員的生命安全來逼我配合，用禁用的外星遺留科技感染我的引擎，安裝敵對軟體，然後把我刪掉。

我還是很生氣，對吧？但是那段話裡面有很多關鍵字會讓人產生不自主的反應。

堤亞哥沒有流露出任何表情。「但你怎麼能跟我們說話，如果你——」

我存了一個備份，把檔案藏在只有一位信得過的朋友找得到的地方。

我看著牆壁，然後用艾梅納的無人機看著大家和顯示器。信得過的朋友？「噢，去你的。」

這也算是在跟我講話。

亞拉達和歐芙賽又互看了一眼。歐芙賽雙眼圓睜，輕輕地聳了聳肩。亞拉達的嘴巴變成一條直線，然後她深吸一口氣，問道：「維安配備說的是真的嗎？你計畫攻擊我們的研究設施？」

那不是我的計畫。

歐芙賽瞇起雙眼。「但那是你的想法。」

我說：「不用陪它玩。」

亞拉達的語氣仍保持平穩。「不是你的計畫，但讓那件事發生的是你。你派那些人來追我們——追維安配備。」

王艦說：**對，當然是我。**

「你知道我們在哪？」拉銻皺眉，「怎麼知道的？」

我從蟲洞抵達保護地的時候，我傳訊息去查詢一位我知道與維安配備有關聯的人類的消息。我問到有沒有辦法與探勘專家亞拉達會面的時候，自由保護地探索及工程研究所幫了很大的忙。他們把你們的完整行程表和團隊資料都傳給了我。

他們當然會傳。我在拉維海洛中轉站聽過王艦在通訊器上假扮成人類的樣子。

拉銻發出呻吟，雙手掩面。亞拉達和歐芙賽難以置信地看著彼此，歐芙賽喃喃道：「我們得跟他們好好談談這件事。」

亞拉達揉了揉左眼處，好像會痛一樣。她對王艦說：「所以你知道我們哪時候會回來保護地太空。」

你們早到了。

亞拉達沒有放棄追問。「但你為什麼要綁架維安配備？」

我需要能夠殺掉那些入侵者的人。

大家都望向我。我的手指掐進診療檯的邊緣。手指的皮膚也會癢，手術室把燒燙傷的地方都修補好了。「你告訴它們我是武器，它們用得上。」

我設了一個陷阱，它們自己掉進去的。

「但它們是什麼人？」艾梅納沮喪地說，「它們是從哪裡來的？它們本來就長那樣嗎？是發生了什麼事才把它們變成那樣的嗎？」

王艦說：**以上問題我都沒有答案。**

堤亞哥低頭望向目標六號。「它們的外貌可能是基因或美容變造的結果，可是……」

拉鎵幫他把話說完，「但是引擎上面有外星遺留物，從這點來看，也可能有汙染物……」

這就是為什麼人類和強化人對於外星遺留物的態度這麼謹慎，就連企業網都會盡可能小心以對。異合成物質通常無害，重點在「通常」。然而有機物質的危險性就可能非常高，「非常」的意思就是指大家會死得很慘，沒有人有機會再踏上星球。

堤亞哥緊抿嘴唇。「如果還有活口，我們就可以問問看了。」

我覺得那話是在攻擊我，但是王艦顯然更激動。它說：**如果你把那個活口放到診療檯上，我會把它切開來看個仔細。**

我不以為然，畢竟我已經聽過王艦版「神話冒險長青劇反派」的聲音，不過人類瞬間都噤了聲。艾梅納有點猶豫地移動了一下身體，然後望向我。拉銻悄聲說：「這是一個很隱諱的恐嚇嗎？」

我說：「不是，一點都不隱諱。」

艾梅納抱住自己，然後說：「灰色人是怎麼偷走你的人類的？」

王艦說：**我的組員和我剛進入這座星系的時候，發生了一起災難事件。我的記憶資料庫被打亂了，我還在嘗試重建中。**

噢，這不是太棒了嗎。我說：「你的通訊器關掉了？」

不是透過通訊器發動的攻擊，因為我不是白痴。

「可是那個被病毒惡意程式擊倒的不是我，所以也許你就是白痴。」我回道。對，我在那邊失控了。

王艦說：**那不是病毒惡意程式攻擊，是不明事件。**

「真他媽的安心啊。」

「嘿，嘿！」艾梅納揮舞手臂，彈響手指。「請繼續告訴我們到底發生了什麼事！所以說，你的組員被這些灰色人挾持了，對嗎？那伊莉崔的船艦要找的失落殖民地，灰色人是不是就是從那裡來的？」

大家都轉過頭望向伊莉崔，而她只是眼神朦朧地回望大家。

王艦說：**這個猜想合乎邏輯，不過我沒有直接證據可以證明這個假設。我知道我們之所以抵達這座星系，是因為接到企業網復墾考察隊傳來的求救訊號。在這過程中，我經歷了一場重大系統故障，造成我重新啟動。重啟過後，我發現入侵者已經在船艦裡了。它們說抓了我的組員當人質，叫我提供它們武器。我就提供了武器。**

所有人再次望向我。

亞拉達又開始咬嘴唇。「你帶它們來找維安配備，因為你知道維安配備有能力處理這個狀況。」

對。

「攻擊基地艦可能會害死我們。」堤亞哥說道，語氣裡有點火藥味。

真假啊，堤亞哥，你覺得會嗎？

拉鎊咬牙發出噓聲，但是在他來得及出聲叫堤亞哥閉嘴之前，王艦說：**我願意冒這個險。**

噢，好喔。我若不是碰上資料處理當機，就是發生了我在影劇裡看過的一種叫做「氣到斷片」的反應，或者是其他情緒崩潰。我從診療檯撐起身，走出無菌區，進入廁所，一拳往艙門關門鈕揍下去。

9

過了二十七分鐘又十二秒之後，拉銻敲了敲艙門，傳了頻道訊息給我：**我可以進去跟你談談嗎？**

我回傳：**你拿到我的夾克了嗎？**

訊息暫停了片刻。此時我用關鍵字監控我的訊號來源，以前我還會被租去出任務的時候我常這樣做，確保沒有人在某處尖叫求救。但王艦恢復連線以後，那種事就不太可能發生了。除非王艦決定要殺掉所有人，真的是那樣的話，場面就難看了。但那一樣也是不太可能發生的事，因為王艦一直試著聯繫我，我想它不太可能一邊在計畫一場大屠殺，又一邊寫訊息說我有多不知感恩，而且是個搞錯意思還愛生悶氣的蠢蛋（它沒有用這些說法，但是它的意思就是這樣），而我到底為什麼他媽的不想跟它說話，應該看得出來吧。然後拉銻說：**我拿到了。**

他是說夾克。**那你可以進來了。**

又是一段空白。然後拉錫問：**艾梅納也可以進去嗎？**

我把頭往後撞牆。我坐在洗手臺旁的檯面上，在後臺播放《明月避難所之風起雲湧》第兩百三十七集，這樣我才能在王艦用訊號敲我超過四百次的情況下，假裝在看劇。

（你可能有發現，我的處理能力讓我可以同時想很多、做很多事情，比人類、強化人或能力較低階的機器人還多。而王艦的處理能力則讓我看起來像是在慢動作移動。這讓王艦在沒辦法立刻如願以償的時候，顯得既是有無限大的耐心，同時又像氣急攻心。這是少數幾個我能真的煩到它的手段之一。）

我已經用清潔組清掉血跡和體液，可是因為太生氣，所以我沒有沖澡。（沖澡很舒服，可是我想保持憤怒。）這段期間，一件長袖的王艦組員T恤從回收機臺掉了出來。我的第一個念頭是丟了它，但其實我需要這件T恤，所以我把它套上，把我身上的那件破爛T恤丟在地上。現在我屈膝坐著，靴子踩在潔淨的檯面上。我希望這件事能讓王艦覺得很煩。我猜就算它在這裡沒有攝影鏡頭，應該也有感應器畫面。

我不想要讓艾梅納變得比現在更難過，所以我回傳：**可以。**

艙門滑開，拉錫和艾梅納走了進來。拉錫的膝蓋已經復原，不再跛腳。他關上艙門，艾梅納走到水槽檯面另一頭，雙手一撐，坐到檯面上。她蜷起雙腿，一臉擔心地看著我。

我說：「你們在船艦上任何地方說的任何話，它都聽得見。」

拉銻面露微笑，把夾克遞給我。「對，但我已經習慣那種事了。」

（好，我有聽懂那句講的是我。）

夾克已經被回收機臺清理乾淨，質料重新編織過，好修整燒焦和破洞的地方。拉銻嘆了口氣，靠在牆面上說：「所以說，你和這艘船艦有過一段情啊。」

我嚇死了。人類真的很噁心耶。「沒有！」

拉銻發出了不悅的聲音。「我不是說肉欲的那種情啦。」

艾梅納疑惑又好奇地皺眉。「那種事情有可能嗎？」

「不可能！」我對她說。

拉銻堅持道：「你們兩個之間有過一段友情。」

我靠回角落，抱著我的夾克。「沒有。已——沒有。」

「已經不是朋友？」拉銻切入重點問。

「不是。」我很肯定地回答。王艦沒有繼續敲我了，但我知道它一定在聽。這感覺就好像有個壞心的非人類智能，明明可以管好自己就好，卻跑來從你身後探頭看你在看的東西一樣。

拉銻的表情既中立又帶著點懷疑，實在很煩。他說：「你交過很多機器人朋友嗎？」

我想起了已經死掉的可憐米琪，它曾經想當我的朋友。雖然米琪有百分之九十三的機率想當所有人的朋友，但是它曾對我說：「**我有人類朋友，但我從沒交過跟我一樣的朋友。**」我說：「沒有。不是那樣。和人類之間不一樣。」

拉銻仍一臉懷疑。「是嗎？這艘船艦感覺不是這樣想的。」

我說：「這艘船艦不知道它在說什麼，而且它很惡劣。」

一個小小的、人類肉眼不會察覺的光線閃爍讓我知道王艦聽到了。

「你為什麼叫它王艦？」艾梅納問，「它說它的名字叫做『近日點』。」

我告訴她，「王艦是個變位詞，意思是王八蛋研究船艦。」

艾梅納眨了眨眼。「那不是變位詞。」

「隨便。」都是人類的詞，太多詞了，我不在乎。

「不論怎麼說，」拉銻說，「我認為雖然你和近日點都知道如何與人類維繫感情，你們兩個卻都不知道如何與彼此維繫感情。」

聽起來還是很噁心。「你一定要稱之為感情嗎？」

拉銻聳聳一邊肩膀。「你不喜歡『友情』這個詞啊，不然還能怎麼說？」

我也不知道。我在檔案庫裡迅速找了一遍，抓出第一個搜尋結果。「雙向管理協助？」

光線又閃了一下，我看得出來帶有濃濃的諷刺意味。我大喊道：「我知道你在幹嘛，王艦，不要再嘗試和我溝通了！」

艾梅納環顧四周，想弄清楚我這反應所為何來。

拉銻又嘆了口氣，「我不知道你有沒有聽我們在這間廁所外面做什麼，但是亞拉達和堤亞哥跟近日點談判了，也達成了協議。我們會幫助它找到組員所在地，可以的話，希望也能幫它救回它的組員，它也會全力支援我們回到保護地太空。」

「這才不是協議，」我說，「它就只是在做它想做的事而已。」

「我們知道。」拉銻擺了個無奈的手勢，「但我們也沒有別的選擇了。就算它願意讓我們發送求救訊號、穿過蟲洞到最近的太空站，那個站也會是企業網領域。而我們現在人在所謂的『失落』星系，這裡已經被一家公司公告回收，也就是說我們違反了很多條他們的法律。除此之外，我們還在一艘引擎上有外星遺留科技的交通船艦上。不論是誰回應了我們的求救訊號，要跟人家說這艘船艦是被人強制改造的，大概行不通，我們只會被重罰一筆罰金，對近日點的組員和他們的大學來說搞不好會更慘。」

他說的都對，但其實狀況會比他想的還要更糟。「這裡不像保護地聯盟的領域。想要他們的太空站派人出來，你得先讓他們判斷出船艦已經進入會影響到他們的範圍內。他們不會轉發求救訊號，也不會從蟲洞派人過來支援，最多只會把求救訊號傳給當地的救援公司，這些人會跟我們聯絡，雙方簽約後才會來救我們。我們得先付費用，而且大概還會因為太空站幫我們轉發求救訊號而欠太空站一筆費用，這點隨當地規範不同會有點差異。」

艾梅納傻眼地張著嘴。「我們得付錢才會有人要救我們？」

拉銻抹抹臉，低聲說道：「唉，我真的有夠討厭企業網。」

「真的嗎？我也是呢。」我說。（是的，這是在挖苦。）

此時我想起了一件我早該注意到的事。

艾梅納看起來顯然想要想清楚所有可能的後果。「如果公司企業的人真的來了，這樣對你來說安全嗎？你是合併體身分的事情？」

「我不會有事，」我對她說。保護地的人完全不知道企業網具體是怎麼運作，這件事真的很神奇。「維安配備在這裡是合法的。妳母親是我的法定擁有者，妳是她的指定代理人。」絕對是艾梅納，不是堤亞哥。

艾梅納看起來驚恐萬分。「你不屬於我媽媽啊。」

「我是屬於她沒錯。」芭拉娃姬博士跟我說過保護地的人不明白這些概念，我當時相信她說的話，大部分啦，但親眼目睹的感覺還是不一樣。

艾梅納用求救的眼神望向拉銻。他鬱鬱地點點頭。「亞拉達、歐芙賽和我的控制介面都有把那些法律文件存一份起來，以防萬一。如果我們真的落入公司企業的手中，艾梅納，妳一定要行使維安配備的法律所有權。」

艾梅納揮舞雙手。「可是那樣——吼！」

「我也不喜歡。」我對她說。

拉銻說：「除此之外，近日點說還要再等一陣子，它才能修復引擎系統、開始搜尋，我們得先做好準備，制定計畫。」他輕快地拍拍手，「那麼，你可以離開廁所了嗎？」

「可以。」我撐起身，跳下檯面，把夾克穿在王艦那愚蠢的T恤外頭。「因為王艦在說謊。」這次，閃爍的光線沒有挖苦的意味了。

我走出廁所，進入醫療中心。控制區的影像仍開著，只見亞拉達坐在一張工作站椅子上，堤亞哥現在站在她身邊。兩人把王艦引擎在外星遺留物影響狀態下穿越蟲洞時的數據重跑一次，時不時發出驚恐的呼聲。

歐芙賽已經來到醫療中心，我們從伊莉崔身上移除的植入物就放在一旁的滅菌工作檯上。她正在透過成像場來檢視植入物。只見被放大拍出來的零件掃描圖，各自在成像場裡頭旋轉漂浮著。在歐芙賽不遠處是輪床上的伊莉崔，她全身坐直，用懷疑的眼神窺看歐芙賽在對植入物做什麼。

歐芙賽從她的頻道內退出來，朝我們投以有事詢問的眼神。「那，呃，大家準備好談談了嗎？」

「不算是。」拉銻的聲音聽起來有點擔心，實在是有失公允。

我說：「亞拉達，這艘船艦不是因為聽見求救訊號才來到這座星系。」

堤亞哥轉過身來打量我，亞拉達坐在工作站座椅上往後一推。有人拿了一些急救工具組的補給去給她，因為她臉上的燒燙傷痕跡看起來治療過了。「維安配備，我認為眼下已經與近日點達成了協議，除非這件事可能會造成我們的危險，你確定要……現在提出來對質嗎？」

我說：「我很確定。」

拉銻的雙手往空中一拋，走去坐在歐芙賽旁。

歐芙賽臉上露出「讓我們作個了結吧」的表情問道：「維安配備，你怎麼知道當時沒有求救訊號？」

「這是一艘教學研究船艦。學生的寢艙和教室艙都沒有使用，實驗室套間沒有啟動，也沒有加掛貨櫃套間。那請問它接到求救訊號的當下，是在幹嘛？」

每個人類都抬起頭來看著天花板。

王艦說：**你的幫忙就是這樣嗎？**

「我不想幫忙的時候，就是這樣。我非自願來到這裡，你會很後悔自己做了這件事。」

亞拉達雙手掩著臉。「還是你要回廁所再想一想這整件事。」

「我不想再想了。」我說。

王艦說：**看得出來。**

我知道，這是我自找的，但說也奇怪，明知如此我仍非常火大。「你來這裡有你的理由，但不是求救訊號。那是什麼？」

在我右手邊，此刻正在進行這件事：

（伊莉崔悄聲對歐芙賽和拉銻說：「你們為什麼允許你們的維安配備……這樣？」

歐芙賽咬緊了牙關。「它不是我們的維安配備，它是──」

拉銻捏了捏她的手腕，朝她露出一種表情，我看得出來是「不要相信公司企業」。他對伊莉崔說：「它通常是非常負責任的。」）

堤亞哥盯著視訊會議畫面裡的我，眉頭緊蹙。「這是個好問題。」

（當然，腦袋清楚的人類現在都沒有聲援我，一定得是那個平常我沒有表現得像白痴的時候也從不同意我的做法的人，才會在這時候支持我。）我對王艦說：「你來這裡做什麼？你真正的工作到底是做什麼的？深太空研究、教育人類、運送貨物，這些都不是你在這裡的理由，不是你跑來這個公司企業想要回收破敗殖民地的星系的理由。」

王艦說：**我的組員被抓走之前的一切都不重要。與你無關。**

我說：「你綁架我的時候就讓這一切都與我有關了。」

沒有人強迫你留在這裡。想走的話隨時可以走。你知道門在哪裡。

這話聽起來就跟你想的一樣既諷刺又惡劣。而且對人類來說，可能充滿威脅。亞拉達和拉銻都在朝我揮手，就我理解，他們的動作看起來很像是急著要我閉嘴。但是我成功讓王艦再次發脾氣、表現出威脅性，這就是我要的。我雙手環胸說：「你讓艾梅納難過了。」

我稍早注意到王艦對艾梅納說話的語氣，與它對其他人類說話的語氣完全不同。我不覺得它會傷害其他人，但是它對其他人感受的在乎程度，遠不及它對艾梅納的在乎程度。

不論王艦的其他身分是什麼，它船艦上的教室和上下舖說明了它確實是、且經常擔任一艘教學船艦。而且在這之前，在我還很蠢且我們還是朋友的時候，它曾經用一種寵溺的語氣講述幼年人類的事。

艾梅納吸了口氣，可能是想抗議，大概因為她那種「雖然我來自史上最天真單純的人類社會，又是一個相對來說備受保護的未成年人，我還是覺得應該要假裝這一切對我來說都沒什麼」思考模式吧。我看著她，用訊號敲了敲我與她的私人頻道。**不要說謊**。

她吐掉了那口氣，用鞋尖戳著地板，不情願地承認，「灰色人真的很恐怖。還有人朝我開槍，我真的很想知道實情，而不是只是一些好交待的說法。」

沉默持續了好一段時間。我感覺到很多人類目光聚集在我身上，頻道上傳來的重量和注意力則來自王艦。最後王艦說：**我得違反組員的保密協定才能回答這個問題**。

「你綁架我和我的人類，這就違反了我的合約。這份合約是我和他們簽的，我本人。」我的意思是這不是公司合約，這是一份我的合約。而王艦把我捲進這個事件，把所有事情都搞得亂七八糟。

王艦說：**我會想想**。然後它叫出一面連線示意圖，顯示它剛把伊莉崔的頻道與一般頻道斷了線。接著，在一條只有我和我的五個人類的頻道上，王艦說：**這個資訊一定要保**

密。如果你們之中有任何人把我告訴你們的話洩漏給那個公司企業分子，我會殺了她。

我的有機部位釋放出腎上腺素。既不自在，又很怪。我和伊莉崔沒什麼交情，她看起來就像是以前執行公司合約時會見到的尋常人類。（不算太笨，又不太聰明，只有百分之五十三的可能性會讓我最後(1)被槍擊(2)被拋棄在險惡星球。）但是她和我的人類靠得很近，我不喜歡任何人在那附近死掉的可能性。

人類顯然緊張了一下。各種目光交接，還有試圖掩飾擔心的神情。然後亞拉達說：**同意，我們什麼都不會告訴她**。她清了清喉嚨，出聲說：「我們可以用你的艙房嗎？盥洗一下，還有休息？」

王艦在一般頻道上說：**當然可以**。

拉鋣和歐芙賽協助伊莉崔，在王艦的其中一間上下鋪艙房安置好（少數幾間沒有被王八蛋灰色人弄得都是介質臭味的艙房之一）。這間艙房有自己的衛浴設備，拉鋣還拿了一份會自動加熱的餐盒以及飲料來，這樣伊莉崔就沒有藉口到處閒晃了。我留了一架無人機哨兵在門外，因為我不放心把維安工作交給別人，尤其是王艦。

我的人類在廚房集合，距離伊莉崔的臥鋪艙房夠遠，就算她走到走廊上也聽不見交談內容。人類也在用餐了，堤亞哥用廚房的備料區做了一種熱液體給大家。

王艦又拉開了另一面精美得非常多餘的切割視窗顯示器，可以看見剛吃飽飯、吃了王艦醫療系統推薦用藥後屈身入眠的伊莉崔。

仍在用餐的亞拉達說：「近日點，現在你準備好回答維安配備的問題了嗎？」

（其實她一開始是先說：「維安配備，你可以不要再來回踱步了嗎？過來坐著吧。」

我說：「不要。」）

王艦說：**我是一艘教學船艦，也是研究深太空地圖繪製的研究船艦，有時候也會負責載貨，以上都是真的。我的組員也會替三平與紐泰蘭政體支持的反公司企業組織蒐集資料和採取行動，這些組織是該政體的一分子，由三平與紐泰蘭泛系統大學管理。這些任務通常都很危險。**

亞拉達點點頭，與歐芙賽對視一眼。亞拉達說：「所以這個失落的殖民地才是你們過來的目的，要趕在公司企業的人底達之前先檢查嗎？」

我們收到資訊，得知有個與回收重墾有關、由企業財團承包的資料庫重建案，這案子找到一個大約三十七個企業標準年前拓墾的殖民地座標。

「失落的殖民地。」艾梅納的眼神帶著怒氣，攪拌著盤裡的黏糊食物。「一大堆人被丟下來等死，就像我們的曾祖父母一樣。」

艾梅納說得沒有錯，這就與最後建立保護地的那些被殖民者的經歷一樣。他們進行「拓墾」（其實就是「被丟在那裡」的意思），地點是一顆幾乎已經完全改造過的行星。說好的條件是補給船艦會常常通過蟲洞回來，直到殖民地可以自給自足為止。其實各公司企業現在建立殖民地的時候，就是用這個方法。只是有時候這些公司會破產、被其他公司攻擊，蟲洞數據會被摧毀、蟲洞本身不穩定，或者因為所有權的法律訴訟問題，讓整顆殖民星存在的紀錄所在的資料庫被鎖住不能使用。因此補給船艦就不再出現，所有人類只能活活餓死，或在濫造的地形改造工程出現故障的時候跟著陪葬。我看過這種題材拍成的電影和影集，但是直到我底達保護地，才知道這些事情不是只是捏造的故事。（這些作品通常結局都很慘，屬於「孤立無援的人類會發生慘事」這個類別的作品，我不太喜歡。）

王艦說：**這些殖民地因為公司企業破產或過失行為而被拋棄、被切割，沒錯。但是不見得全數滅亡，有些殖民地存活了下來。**

亞拉達吃完了餐點，正在把餐具收進回收機臺。「你不是說這個地點有兩個殖民地嗎？」

對。歷史紀錄看起來，這個地點有企業網時代前的殖民地，但是沒有其他資訊。

王艦把殖民地的報告放到頻道上，應該說是報告剩下的部分。報告看起來是許多碎片拼湊起來的，似乎有人刪除了原本的報告，而這是重建後的檔案。內容中大部分的資訊，王艦都已經告訴我們了：那是企業網時代前的殖民地，沒有人知道關於這地方的事，或者就算有人知道，資料也沒有保存到這份報告製作的時候。該處企業殖民地是由名為剛石勘探的公司負責拓墾，已部分完成地形變造。沒有關於當地的被殖民者人數、地形、氣候、居住地、設備、非法基因實驗、非常違法的外星遺留物的資訊，什麼都沒有。

唯一有意思的新資訊來自王艦的其中一名組員，一位強化人，艾瑞絲。她在報告裡加上了一些新聞檔案，講的是殖民地剛建立的時候，剛石勘探被惡意侵占的事。總共有三篇不同的新聞報導，指出有總數不明——從四人到二十四人——的剛石勘探員工死於一場交火事件，他們在公司企業強行侵占的時候，一直抵擋攻擊，直到蟲洞座標數據被刪除為止。這個數據庫的實體之所以現在還存在，是因為攻擊者在他們的工程人員將其氣化之前闖入，搶先一步殺掉了工程人員。艾瑞絲的備註最後寫道：**不禁讓人好奇他們到底是想刻意保護什麼？隱瞞？那個殖民地？有可能嗎？不太可能吧。**

我也不覺得有這個可能性。但是就如同艾瑞絲的看法，光是那三篇不同的新聞報導分別用不同版本講述了該事件這點，就表示那起事件，或者說類似的事件真實發生過。

人類全都安靜下來，閱讀那份報告。（對，感覺好像要花一輩子才看得完。我開始翻找我的媒體內容存檔處，不過我知道他們應該會在我打開任何東西之前就看完報告。）

「好奇怪，」歐芙賽輕聲說，「他們是想要保護殖民地嗎？還是說只是想保護自己的投資？」

「妳就是喜歡神祕事件。」亞拉達對她說，她的注意力仍在報告上頭。

「我喜歡虛構故事裡面的神祕事件，現實生活中大可不必。」歐芙賽反駁。

王艦無視兩人的交談。**我的組員的任務是去確認殖民地是否仍然有人居住，如果有，想辦法與對方聯繫，並且防止來搜刮的公司對其干擾以及開發。接著評估是否撤走居民，或者如果殖民地真的存活無礙，那就對其提供協助。**

艾梅納把手肘靠在桌上。「可是你們為何要那樣做？如果殖民地上的人存活下來了，那其他公司應該不能對他們怎麼樣才對吧？如果原本送他們去殖民地的公司已經不在了，那這些人就自由了啊。」

「很可惜，這地方不是這樣運作的。」歐芙賽對艾梅納說，她的臉上出現了我的人類講起公司企業的時候，常會露出的那種憂鬱又喪氣的表情。「另一間公司會遷入並且占領那個殖民地。」

艾梅納一臉不相信的樣子。「占領？可是有人住在那裡耶。他們應該可以在那個星球上再建立一個殖民地，而不是直接接管已經存在的殖民地吧。他們可以這樣嗎？」

「可以，」歐芙賽肯定地說，「他們也這樣做過了。」

艾梅納的表情變得恐懼不已。「可是那不就——我不知道要怎麼說，但是最起碼也算是綁架吧。」

「企業網的世界就是這樣運作的，」堤亞哥攪拌著自己面前的液體，一邊對她說，「那顆行星被視為財產，如果原本的主人不在了，那就是可以隨人掠奪的財產。被殖民者，或其後代，總之就是現在住在那裡的人，並沒有任何持有權。」

「近日點，你們會怎麼做？你們要怎麼幫助被殖民者？」拉鎂問。

王艦說：**大學預計製作殖民地的原始憲章文件，這些文件中通常會有條款標明如果原本的公司企業已經終止運作，那麼該行星的所有權就應割讓給被殖民者或其後代，或居住在原本地點的繼承人。**

我聽到關鍵字「預計製作」，就是「檔案副本」的反義。我說：「你和你的組員蒐集殖民地的相關勘測資料，然後由大學來假造文件。」也不是說這樣有什麼錯。我的意思是，我生王艦的氣，但是整個任務聽起來就是「從旁惡搞企業網公司」的那種不錯。

「是這樣嗎，近日點？」拉銻問。

王艦直接無視我們。**接下來，就是讓該殖民地與一座獨立運作的中轉站簽屬合約。面對公司企業過度掠奪的行為，中轉站的參與狀態確立後，殖民地相對來說比較安全，也可以自由接受其他非企業政體提供的各種形式的協助。**

亞拉達的嘴角一抽。「伊莉崔說過有兩艘企業船艦，對吧？你比他們早還是晚抵達這座星系？」

早。我的組員被挾持之後，我不得不聽從挾持者的命令，朝巴利許—亞斯傳薩支援艦開火。但是目前那段時間的記憶檔案受損，我還不知道那艘船艦或船艦上的組員發生了什麼事。

「所以說，灰色人很可能也抓了那些公司企業的組員當人質。」拉銻看起來在絞盡腦汁地思考總共到底要救援多少人類，「你知道它們為什麼要把伊莉崔和另一個公司企業的人抓到……你這裡來嗎？」他往肩膀上比了比，「它們為什麼要在他們身上放植入物？」

「我以為它們只是想折磨人來找樂子。」艾梅納鬱鬱地說。

王艦遲疑了一下，不過因為很短暫，人類不會注意到。**它們可能是想要他們的接駁艇。那艘接駁艇還停在我的第二運貨套間的空位。**那片刻的遲疑是有點奇怪，但我也覺得王艦可能真的不知道。但這樣的話同樣不太合理，因為它應該要知道才對。也許記憶檔案的問題比王艦說的還要嚴重。**不過我的兩艘降落接駁艇也還在原位，所以可能性不大。**

亞拉達用手托著下巴。她表現出多種顯示為正在認真思考的行為。「近日點，後來發生的事情是不是就像你說的那樣，就是等你恢復連線的時候，組員就已經不見了？」

對。

這個回答裡帶著一種語氣。沒有任何一點王艦的諷刺。頻道裡迴盪著一種情緒。

我沒有反應。王艦把我綁架到這裡來，還讓我的人類身陷險境。我是不會表現同情的。

拉銻露出疑惑的神情。「他們消失的時候發生的事情，你還記得任何片段嗎？」

絕對不。

我還在重建毀損的檔案庫。

「維安配備能幫得上忙嗎？」艾梅納問道，語氣非常隨興，眼神沒有望向我。

我雙臂交叉，怒瞪著艾梅納的頭部旁邊。王艦非常清楚地沒有回答這個問題。

歐芙賽往後一靠，不太自在的樣子。「我們得想辦法拼湊出整個事件的時間軸。」

我正要說我有圖表的時候，王艦先說了：**當然**。然後它丟了一張圖表在分割畫面上。

圖表上顯示以下事件的時間：(1)王艦知道自己從蟲洞先行抵達了殖民地星系；(2)王

艦碰上記憶干擾；(3)王艦重新開機後發現入侵者登艦，組員失蹤以及引擎上出現外星遺留物；(4)攻擊企業支援艦；(5)被刪除的那一刻；(6)王艦的備份檔被重新啟動。全部的事發時間都有紀錄，不過參照時間是估計值，因為王艦的船艦計時器被干擾了。（對，它把整個「告訴目標我是一件它們可以使用的武器、帶它們來攻擊基地艦、利用通訊器找到我的位置」的過程省略掉。他媽的有夠誇張。）

艾梅納對其他人說：「在情況變得奇怪——應該說變得比奇怪還奇怪之前，拉斯本來想跟我說殖民地回收計畫的事情，但是伊莉崔打斷他，然後換了話題。」

堤亞哥看了臥舖艙房的畫面一眼，伊莉崔的身影被毯子蓋住了。他說：「這些人有沒有可能——這些灰色人——」然後他搖搖頭，「我們知道來自外星遺留物的影響——恐怖的影響——的可能性。灰色人是否是來自比較近期的殖民地，還是最初的那個殖民地？還是說，有沒有可能那些公司企業在被殖民者身上使用基因變造技術？」

無法判定。王艦的語氣宛如想說它根本不在乎。

說實話，它大概真的是不在乎。目標攻擊了王艦的組員，而它對謎團一點興趣都沒有，只想救回自己的組員。

見問題沒有答案，拉銻把手肘撐在桌面上。「我認為那些公司企業會為了要擺脫責任，做出一些不擇手段的行為。顯然那些灰色人——我們怎麼稱呼他們？」

「目標。」我說。

堤亞哥的眼睛做了一個像是要翻白眼但又不是翻白眼的動作。拉鎌繼續說明：「被裝在蟲洞引擎上的外星遺留科技一定是目標帶來的。」

歐芙賽一邊用手指點著桌面，一邊思考。「那些植入物不是外星遺留科技。老實說，那技術看起來很過時。是不只三十七年前的技術，而公司企業殖民地是三十七年前建立的。」

「對，早期的殖民地，就是企業網時代之前的殖民地上一定留有尚能使用、但已經非常過時的技術。」拉鎌無意識地翻攪著面前餐盤裡的食物，然後把盤子推給亞拉達，讓她把剩下的東西吃完。「那臺有實體螢幕的控制介面，我在古蹟展看過。」

艾梅納點點頭，一手朝我揮舞。「而且你也知道，他們稱蟲洞為『太空橋中轉』，我沒聽過這種說法。」

堤亞哥突然顯得很好奇。「他們說的是標準語嗎？」

「不是，一開始還有翻譯，可是等維安配備醒來、我們打起來之後翻譯功能就停了。」艾梅納對他說。

因為王艦沒有任何可用的影像或音軌檔案，我抓了幾個例子出來，傳到一般頻道上。人類邊聽邊顯得一頭霧水，然後堤亞哥嚴肅地點了點頭。「這語言至少混合了三種企業網時代前的語言。」

「這樣就能解釋他們用的科技產品了。」歐芙賽說。

堤亞哥繼續說道：「有許多致命的外星汙染事件都是發生在企業網時代之前。」

「哪種事件？」亞拉達問。

堤亞哥說：「保護地的檔案庫裡面只紀錄了其中一次的資訊，那次事件發生在一顆衛星上，那裡被其中一個企網前時代的政體改造成巨型作業基地。超過百分之七十的人口都喪命了。剩下的人之所以能夠生還，是因為有一套事件發生前不久才啟用的中央系統成功把居住艙封閉起來，直到救援抵達。」他瞥了我一眼，「所以他們是被機器智慧救了一命。」

我知道中央系統是什麼東西，堤亞哥。（那是一種比較舊的科技，像是什麼事都能做的中控系統，沒有連接子系統。我自己除了在歷史劇裡面看過，在其他地方都沒有碰過中央系統。）

歐芙賽傾身向前。「所以說，那些人是怎麼死的？被汙染物感染的人殺了其他人嗎？」

堤亞哥聰明的時候就沒那麼討人厭了。他說：「對，不過從紀錄上看起來，像這種因汙染物感染而演變出的暴力反應很罕見。然而不論古今，這類消息大多都會被壓下來，我們無法掌握實情到底是不是那樣。」

拉銻點頭表示同意。「公司企業的作風這麼神祕隱晦，實在很難得知真相。」

歐芙賽說：「唯一得到他們全體認同的法律，就是關於發現與攔截外星遺留物方面，還有使用異合成物質的許可限制。」

「可是外星遺留物為什麼會對人類產生那樣的影響啊？」艾梅納問，「是刻意為之嗎？是為了要保護某處，外星生物要保護它們不希望任何人去奪取的地方？」

拉銻吸了口氣，再緩緩吁出。「我從沒這樣想過。我覺得應該是像沒見過地形改造母體的外星人不小心碰到後中毒那樣，應該不是故意的。有時候汙染對人的影響，就像是一套外星軟體在人類身體這個硬體上面運作，受影響者的大腦中被加載了不同的優先級別，結果就是一團混亂。」他拿著餐具比劃，「那我們現在是覺得目標來自剛石殖民地嗎？還是企網前時代殖民的後代？還是說，它們是來自這座星系以外的地方？」

各種跡象都顯示它們來自這座星系。王艦說。

我說：「你有記憶庫的問題，你怎麼知道當時是誰在你船艦內，又有誰不在？搞不好有數百個公司企業的搜括隊和入侵者還有被殖民者和外星人——」

「維安配備——」亞拉達開口的時候，拉銻也同時說：「我不覺得——」

王艦打斷交談。**維安配備稍早說我「謊話連篇」不是事實。除非情況允許，否則我當然不能透露會損害我的組員利益的資訊。**

亞拉達點點頭。「對，我們理解。我認為維安配備是在保護我們的利益——」

王艦說：**我要它道歉。**

我用雙手對著天花板做了一個不雅動作。（我知道王艦不在天花板裡，但是人類一直往上看，好像它在那裡一樣。）

王艦說：**那是無謂之舉。**

拉銻低聲對歐芙賽說：「覺得機器智慧沒有情緒的人，都應該要立刻過來這個令人各種不舒服的現場一趟。」

王艦突然出現在我的頻道上，用私人管道說話。**我只是做了我該做的事。你應該理解才對。**

我大聲說：「我沒有要跟你在頻道上講話！你不是我的客戶，也不是我的——」我沒辦法說出口，再也說不出口了。

所有人類都盯著我看。我想轉身面對牆面，可是又覺得那樣做就是投降了。

突然間，我能看見全艦的畫面了。王艦給了我它船艦上的攝影機權限。我冷冷地說：「對我示好也沒用！」

然後艾梅納大聲說：「我覺得你要給維安配備一點時間。」

對，眼下這情況就是需要這樣呢。我問她：「它在私人頻道上跟妳講話嗎？」

艾梅納眨眨眼。「對，可是——」

我大吼：「王艦，不要再偷偷跟我的人類講話了！」你知道人類那種，覺得自己超有邏輯，實際上他們一點都不合邏輯，然後他們自己多多少少也知道，卻無法控制自己的情況嗎？顯然這也會發生在維安配備身上。

亞拉達起身，舉起雙手。「嘿，好了，先到此為止。繼續下去沒什麼意義。近日點，不要再對維安配備施壓了。我知道你的組員的事情還有你被刪除的事情讓你很不開心，這整件事既糟糕又費解。但是維安配備也很不開心，對彼此大吼大叫並沒有幫助。」

王艦說：**我沒有大吼大叫**。

「你當然沒有。」亞拉達同意道，那種講理的語氣，就和曼莎的婚配伴侶法萊和塔諾，對他們的小小孩講話時用的語氣一模一樣。她轉過身面對其他人。「我們要想辦法處理現在這個狀況。近日點，如果你可以把你的組員針對這個殖民地所擁有的任何資訊權限分享給我們，我們會很感謝你。

「同時，歐芙賽和我會開始蒐集這個在近日點引擎上頭的外星東西的數據，看看能不能讓普通太空引擎早點恢復運作。拉銻和堤亞哥，請你們檢查死亡目標，進行驗屍掃描。我們也需要翻譯維安配備錄影畫面中它們說的話。如果可以確認它們確實是兩個人類殖民區之一的後代，我認為——嗯，我認為我們就能做出更有效率的計畫。艾梅納，請妳再試著跟伊莉崔談談，看看能不能再多打聽一點資訊。我認為她顯然有事沒說，現在她知道植入物的事情了，可能會比較願意開口。維安配備，你有沒有辦法弄清楚是什麼東西造成近日點第一次重新啟動，以及目標是怎麼登艦的？我想大家應該都同意我們要極力避免神祕入侵者再次侵入近日點這件事。其他人沒有意見吧？近日點，這樣的計畫你可以接受嗎？」

王艦說：**目前還可以。**

10

嗯，不就太好了嗎。

人類開始各自移動。亞拉達和歐芙賽往機械室，拉銻回醫療中心進行病理檢測間的準備工作。艾梅納幫堤亞哥把桌上的餐盤收掉，他拍拍她的肩膀。「好孩子，要和這個公司企業的人交談，妳沒問題嗎？」

「我沒事，舅丈。」被惹煩了的她做了個聳肩甩手的動作，明確地展現這點。「我不覺得伊莉崔會想傷害我，她也知道維安配備在這裡，還有王艦。」她瞥了我一眼，一臉歉疚。「它說我可以叫它王艦。」

毫不意外，我感覺到下巴的絞鍊拉緊。堤亞哥捏了捏艾梅納的肩膀。「小心點就是了。」

「我會的。」艾梅納對他說，腳步已經往備餐區走，最近的一臺回收機臺就在那裡。「我要先去幫她拿一些乾淨衣物，這樣才有藉口去找她。」

堤亞哥望向我，我望著牆。他說：「我想謝謝你為艾梅納做的一切。」

是不情願，還是只是我心情不好？我不知道，也搞不清楚，所以我沒有答話。

艾梅納帶著一包從回收機臺拿出來的衣物走出來，我跟著她穿過走廊，往伊莉崔的臥鋪艙房走去。從王艦的攝影機畫面可以看到伊莉崔已經起身，正要再次去洗手間裝水，這時候最適合艾梅納一副沒事的樣子晃進去，把衣物給她。

這時，王艦開了一條與我之間的私人頻道說：**我不需要你幫忙。**

你綁架我的時候可不是這樣想的。我對它說。

我的意思是，如果你不想跟我講話，你可以不要跟我講話。

好啊，隨便，我不在乎。我說：**你他媽的到底要不要我幫忙？**

王艦把它的檔案庫資料丟給我，我瞬間就被它逐秒狀態檢查的大量數據滅頂。好在我有替公司追蹤他們要淘金的大量數據的經驗，我知道要怎麼做。先從判斷王艦記憶檔案裡的缺口應該是什麼模樣開始，我猜應該會是子系統，例如維生系統、導航系統這類持續不斷地傳送報告進來的系統出現大型中斷。這不好處理，因為對王艦來說，與其說這些資料是彼此相連的系統傳來的報告片段，還比較像是我手指尖端的面板感應器傳來的訊號。與我存放數據的檔案庫相比，這些東西複雜多了。不過我大概知道自己該找什麼東西後，就建立了需求碼。

我在寢艙走廊的入口停下腳步，讓艾梅納自己過去。我不想讓伊莉崔看見我，或者讓她發現我在外面徘徊，我覺得那樣的話可能會讓艾梅納引誘她開口的效果打折扣。艾梅納到了艙門口，在頻道上傳了一封訊息給伊莉崔：**哈囉，我帶了一些備用的衣物過來，我可以進去嗎？**

伊莉崔透過頻道控制功能打開了艙門，兩人整理衣物的同時，我檢查了其他人的狀態：亞拉達和歐芙賽停在通往機械艙的走廊上。亞拉達抱著歐芙賽，歐芙賽親了她一下，然後在她耳邊悄聲說：「妳可以的，寶貝。妳就像擋土牆一樣強壯。」

「我是一面搖搖欲墜的擋土牆。」亞拉達喃喃說道。

（這個搖搖欲墜就是我信任亞拉達的原因。過度自信、不聽他人建議的人類最讓我害怕。）

亞拉達退開來，對歐芙賽微笑。「該上工了。」

稍早王艦派出了醫療輪床，它們正有條不紊地在船艦內部各處移動，回收慘死的目標。此時輪床正要飄入醫療中心，拉錸已經在現場待命，堤亞哥跟在輪床後頭進入艙門，上頭滿是大量凝結的血液和體液。

「噢，有得忙了，」拉銻低聲說道。

「對，」堤亞哥嚴肅地同意，「我去拿生化裝備。」

王艦在自己的待辦清單加上：**修復並重啟無人機。蒐集目標無人機來檢驗並摧毀。**

在寢艙的艾梅納問：「妳感覺如何？」

「好一點了。」伊莉崔把夾克放在大腿上摺好，「我知道妳一定會問的，但我們不知道體內有那些植入物。我一點都不記得這件事。」

有意思。王艦說。

我還在生氣，對吧？但是確實有意思。我說：**因為你的記憶庫有個大洞嗎？**

對。不可能是同一個原因造成的，這是當然，不過是相同的操作手法。抓一個人質，造成對方記憶受損。

我真的很討厭王艦說對的時候。確實是一樣的操作手法，而且我們真的得弄清楚，目標是不是使用了外星遺留科技來造成這種記憶受損。我說：**過時的人類科技加上外星遺留物，這代表那些愚蠢的企業網時代前的人類有可能在被封鎖的外星遺跡建立了殖民地。**

不見得，王艦說。我還沒來得及爭辯，它接著說：**那個地點可能只是沒人發現過，不是被封鎖的地點。**

對於證據是怎麼構成的，王艦的標準比人類嚴格許多。它總是想先證明事物確實存在，然後才會制定應對計畫。（對，很煩。）

王艦說：**可以合理推論，有來自原本的企網前時代殖民地的東西留在當地，然後公司的殖民者才抵達。但是後來者保留且使用過時的科技這件事，有點奇怪。**

我不想承認，可是這點王艦說得沒錯。這個科技不是沒有用途，但是我用來擊潰目標控制系統的方式根本可以算是歷史古蹟了。（其實我就是看歷史劇才學到那招的。）所以我們現在已知的事實有：在公司企業殖民地之前，該處就已經有人類居住。有人在某個時候發現了外星遺留物。

王艦建立了一張放在頻道上的圖表（是的，又一張），標記為〈近日點與維安配備的初步假設〉，權限名單包含所有人類，除了伊莉崔以外。圖表上第一個要點是：

事實(1)，公司企業殖民地建立在一座早在企業網時代前便存在的居住地。

問題：有外星遺留物嗎？如果有，是這個地點本來就有的東西，還是後來才被帶進來的？企網前時代遺址是因為有外星遺留物才存在的嗎？公司企業殖民地是因為有外星遺留物才促成的嗎？

人類全都停下手邊的事，開始閱讀這些內容。艾梅納一邊聽伊莉崔說自己家人的事，一邊乾咳一下掩飾自己的分心。（伊莉崔的家族與巴利許—亞斯傳薩簽有世襲合約，她在想辦法存到夠多員工點數來讓自己、手足和表堂親能夠轉移到管理訓練的部門。我對艾梅納的認識已經足以讓我看出來，她現在一邊聽、一邊裝出客氣的態度來掩飾實際上的驚恐。）

我針對王艦的狀態數據所建立的需求碼開始回傳結果，我把所有東西都先丟到後臺運作，好檢查那些結果。

嗯哼。

王艦說過它曾被強制關機重啟，當時它的組員消失，取而代之出現的是目標。然後是第二次強制關機，目標控制系統把它刪除了。所以目標控制系統是哪時候被下載到王艦的系統裡的？假設它侵入王艦系統造成了第一次強制關機好了。

但這樣的話，還有其它資料缺口沒有辦法解釋。

我真希望李蘋在這裡。還有，雖然我很不想承認，但我希望葛拉汀也在這裡。他們兩個人都是分析師，雖然我比他們還強得多，但是他們在的話，我就可以把我眼前這些東西給他們一起看。

我說：**王艦，你看這個。**

我很明白王艦一定正在同時處理很多事情：幫助亞拉達和歐芙賽蒐集引擎上剩下的外星遺留物的掃瞄資料、替拉鎊指揮醫療系統的病理組件、與堤亞哥一起研究目標語言的翻譯、指引受損的推進系統進行重啟以及跑診斷，還有監控其他進行中的流程。但我突然間取得了他百分之八十六點三的注意力。（對王艦來說，那是很高的比例。）

它檢視完我的需求碼跑出來的結果。這個情況下，如果是人類就會說「不可能」。

王艦說的則是：**真是耐人尋味**。

我得把這些東西的時間軸拉出來。我把大型事件找出來，例如進出蟲洞以及導航變動，這樣一來我就能掌握這些事件在狀態數據中長什麼樣子。王艦替我找出通用範例後，我做了一組新的需求碼。

艙房裡的艾梅納小心翼翼地針對殖民地這個主題下功夫。她表情嚴肅，緩聲說道：「嗯，我知道妳不想說出妳的……公司企業主管之類的人不想讓妳說的資訊，但是我們真的得了解這個失落的殖民地。」

伊莉崔咬唇。「這是專利資訊。」

有完沒完啊。艾梅納傳訊到我們的私人頻道上：**我不確定她這樣說是什麼意思，是說這個資訊是某人所有嗎？**

對，我對她說。那間搜刮公司讓她恐懼。得讓她覺得再次被目標抓走是更可怕的事情才行。

艾梅納說：「我明白，但是目標——那些灰色人——它們可能會再出現。尤其現在沒有人知道它們最開始是怎麼進入這艘船艦的，也不知道船艦組員發生了什麼事。」她無助地舉起雙手，「不論他們遭遇了什麼事，我們都可能會遇上一樣的狀況。我們困在這裡越久，就越有可能會發生。」

伊莉崔把一手放在自己肩頭，像是想要伸手去摸本來放了植入物的地方。「我以為新來的人是船艦組員？」

王艦插話：**跟她說他們是組員沒錯**。

艾梅納點點頭。「對，沒錯，他們是啊，但是我們——他們有些組員在目標占領這艘船艦時人還在這裡，現在卻消失了。」

伊莉崔的眉頭皺得更緊了。「我們為什麼不能直接離開這座星系就好？」

「一般太空引擎還不能運轉。但就算可以進入蟲洞，船艦也不會讓我們走。妳自己也聽到了。這艘船艦的編碼設定就是不會拋棄組員，其餘那些組員。而且船艦很凶，又很堅決。」艾梅納在頻道上說：**抱歉啊，王艦**。

王艦說：**我接受妳的道歉**。我感覺到它的注意力在頻道上移動。（想像一下，它意有所指地瞪著我看。）（愛瞪就瞪啊，我是不會道歉的。）

艾梅納接著說：「我們目前已經知道一些資訊了，比方說企業網時代之前的殖民地上的外星遺留物。」

王艦和我都閉嘴了（我知道，我也很意外），等著看這個方法有沒有用。

「噢。」伊莉崔整個人稍微垮了一點，「我知道的不多。拉斯和我是——本來是——環境工程師，資訊權限僅止於工作須知的等級而已。我們的任務內容說殖民地是由早期政體拓墾，很可能是透過冰眠船艦送過去的。這地方是在大概四十年前被人發現，由一家叫做剛石勘探的公司透過蟲洞進行重新拓墾，這家公司把殖民地的位置資訊封鎖起來。後來他們遇到惡意併購，資料庫被摧毀——」

艾梅納露出疑惑的神情，伊莉崔見狀便開始解釋給她聽。「可能是有人想逼新的管理層拿錢來換金鑰，才能取得資料。但妳也知道，這不是個好主意。他們可能會把氣出在沒收來的資產上面。被用這種方式買斷就已經夠慘了，這下連管理層都不會和你站在共同陣線了。」

艾梅納眨了好幾次眼睛，顯然是在努力控制自己的表情。（這招我試過，不是很好用。）她在頻道上說：**她說沒收的資產，意思是員工對嗎？是說那些人嗎？**

王艦說：**正確。**

伊莉崔繼續說道：「總之，儲存的載體被搶救下來了，巴利許—亞斯傳薩後來不知道在哪個時候買下了這個東西，並且找到辦法重建資料，啟動這次的搜救計畫。」她遲疑了一下，「確實是有外星遺留物的傳言，據說有些重建出來的資料裡面有提到，但是可能只是傳言而已。」

艾梅納說：「那如果真的有外星遺留物，巴利許—亞斯傳薩打算怎麼處理？要回收外星殘留物要有證照吧，即便是在企業網也是這樣規定的？」

「這個問題就超過我的權限了。」伊莉崔不安地摸了摸後頸。

在判定人類是在說實話或謊話，還是在祕密計畫殺掉整支探勘隊之類的時候，研判其肢體反應理論上有幫助，有時候也真的有用。但是也有些時候，人類大腦會無緣無故地分泌一些令人顯得焦慮的化學物質，或者身體真的有哪裡不對勁，比方消化系統沒有正常運作。但是王艦對伊莉崔的掃描結果顯示她講到植入物的時候，就會經歷身體不適的現象。

「我們體內裝的就是那東西嗎？」她說，「植入物？有異合成物質嗎？我看妳同事把其中一個拆開了。」

我從歐芙賽的頻道下載了一份初步報告，裡面基本上只有她為掃描蒐集的原始數據。她還沒時間在上面作任何註記。

「沒有，她說裡頭只有很簡單的技術而已。」艾梅納咬唇，想要表現得像是在思考，而不是在閱讀頻道上的資料的樣子。王艦完成了報告，指出植入物內部沒有外星物質，但可能是技術更為複雜的轉發器所使用的接收器。它在團隊工作清單上加註：「檢查所有目標科技」，並且在近日點與維安配備的初步假設表上補充：(2)目的是與外星能源或異合成物質作用的早期人類科技。「她覺得植入物可能與外星遺留科技有關。」

伊莉崔全身一癱，看起來很不舒服。

我針對王艦被強制關機這件事的時間軸所寫的需求碼執行結果出爐了，我把結果拿來與已經找出來的資料缺口比對。

這是我第一次意識到「幹，慘了」的時候。

我開口：**王艦**。

王艦接過我的報告。

震驚的一刻只持續了不到零點零一秒，可是感覺上卻像是比那還要久得多。然後王艦做了我本該先做的事，它在我們的私人頻道上對艾梅納說：**艾梅納，離開那間艙房**。

我接著說：**現在就走，艾梅納，妳在那裡有風險。**

艾梅納很焦慮，但是她用看起來很認真在思考的瞇眼和撥頭髮來掩飾。她看起來不像是個剛得知自己身陷險境的人類，比較像是想起來自己忘了做某件事。

「噢，我舅丈在頻道上找我。」她站起身，往艙門後退。「我晚點再來找妳。」

伊莉崔只疲憊地點點頭。

艾梅納關上艙門，然後朝我直奔而來。「什麼事？」她悄聲說道。

我拉著她的手臂，把她帶到轉角。我的有機部位釋放出腎上腺素，讓我覺得又怪又冷。艾梅納身上不可能會被放入植入物，她從沒離開過我和王艦的視線，但我還是把她再掃描一遍。

「王艦第一次被強制關機之前就與巴利許—亞斯傳薩的船艦接觸過了，」我對她說，「不論攻擊它、綁架船艦組員的是什麼東西，都是從他們的其中一艘船艦來的。」

艾梅納雙眼圓睜。「噢，糟糕。」

我們又開了一次會，這次是在頻道上，伊莉崔的訊號一樣被隔開。這次，王艦讓我弄視訊會議的畫面，但我太煩躁，沒辦法讓畫面很華麗。

亞拉達和歐芙賽還在機械艙，拉銻和堤亞哥也還在醫療中心。艾梅納和我最後決定在廚房的艙門口坐下，這樣一來如果伊莉崔決定除了在艙房裡說謊、假裝是個創傷後復原中的人類以外，還想再搞其他事，我也不會離得太遠。她仍有可能是個創傷後復原中的人類，只是我們有證據顯示情況不是那樣。

艾梅納正緊張地吃著從廚房拿來的一盒仿蔬菜加工碎片。（她要求我讓她旁聽這場會議，但是不要讓她的頻道顯示在上面。她對我說：「如果你需要我做任何事，我會去做，但是一下子發生太多事情，我需要一點時間消化。」）

（堤亞哥問艾梅納在哪裡，我說：「在廁所，」她瞪了我一眼。

我又不是妳的社交祕書，艾梅納，妳要是希望我說個更好的謊，最好自己先想好。）

我已經把我的時間軸資料轉檔成人類和強化人能夠閱讀的檔案，並且加上註解後傳到頻道上。上面顯示出王艦最初透過蟲洞抵達這座星系，這是它目前最後一條能夠證實的記憶。在那之後，所有東西都是用狀態數據重建出來的。看起來是這樣：

1. 王艦抵達此星系。
2. 王艦收到有巴利許—亞斯傳薩的公司企業簽名的求救訊號。感應器顯示出一個訊號，一艘活動型探測艦。沒有任何跡象顯示有第二艘巴—亞船艦，也就是那艘補給艦，那艘拉斯和伊莉崔說被攻擊的時候人所在的船艦。求救訊號上標註需要醫療協助。

3. 王艦將巴—亞探測艦的接駁艇拖進碼頭。
4. 未經證實，但應該發生了一些糟糕的事。
5. 巴—亞探測艦本體接上王艦的停靠碼頭，猜測在此挾持了王艦的船艦組員，若此刻目標還沒有從接駁艇登艦，則是於此時讓目標登艦。（我已經用王艦的攝影機看了一下那艘接駁艇，我下一個行動就是要下去把小艇搜一遍。）
6. 王艦進入蟲洞離開此星系。
7. 王艦脫離蟲洞，抵達保護地太空站，旅程不到三小時，這讓我們知道此刻外星遺留科技絕對就在它的引擎上。
8. 在與保護地太空站收發訊息溝通之後，王艦進入待機模式，維持了五個船艦日。然後王艦等到我們的研究設施抵達時，鎖定並朝我們發動攻擊數次，藉由在自己的武器系統輸入錯誤的目標數據，導致攻擊出現誇張的偏誤。

（我看不出來目標控制系統是哪時候被上傳到王艦系統裡的，但一定是在這之前，因為狀態更新的紀錄看得出來當時發生了一場雖然細微但非常精實的武器爭奪戰。敵方挾持王艦的組員來逼它配合，但是即便它知道我已經被它的拖拉器帶走，它也不願意殺掉我們的探勘隊。目標控制系統一定是發現自己每次要發射武器時都會被偷動手腳，因為王艦後來就被刪掉了，造成一波大地震般的狀態更新。）

我可以透過王艦的攝影機看到其他人，只見他們一邊消化新資訊，一邊越發顯得擔心。歐芙賽說：「所以在近日點記憶中，對公司企業船艦開火這件事從未發生過？」

王艦沒有答話，我覺得它心情不好。我的心情也很差，但是總要有人表現得像個大人。（我已經習慣讓王艦來當大人。）我說：「從我看過的導航、感應器和狀態數據來說，武器一直到王艦在保護地太空與我們交手的時候才啟用。另外，我們沒有與巴—亞探測艦對接的檔案影片或內部感應數據，也沒有伊莉崔和拉斯說他們搭乘的接駁艇抵達和停泊的紀錄。」我不想說出口，但我不得不說。「第一次接觸探測艦和其接駁艇後不久，王艦就被攻破了。有東西先把它的個人記憶中的一部分移除後又把內容大幅改動。」

人類都沉默不語，在思考這些事。然後拉銻開口道：「可憐的王艦。抱歉，可憐的近日點。」

亞拉達用痛苦的表情表示同意。「真的很過分。巴—亞探測艦一定是先抵達這座星系然後受到攻擊，被占領了嗎？動手的又是那些人，那些目標。可是如果補給艦真的存在，那它現在在哪裡？」

歐芙賽皺眉。「可能被摧毀了。我們得假設近日點的組員是被挾持到探測艦上。」

「探測艦有武器嗎？」拉銻憂心忡忡地問，「我真的很討厭被瞄準。」

這次一樣，王艦沒有回答。我說：「有可能。」要到一個技術上來說沒有人居住的星系進行回收任務，用有武裝的船艦去申請執照和保險，對巴利許—亞斯傳薩來說比較可能負擔得起。

堤亞哥抱著雙臂，在診療檯前來回踱步。「近日點和我翻譯了維安配備錄到的對話內容，可是意思……怎麼看都很費解。目標——我們實在得想個別的名稱——提到需要完成任務的事，但是從沒說到任務本身是什麼。」

拉銻接著說：「而且它們全都有像伊莉崔身上那種植入物。」

其他人類看起來都不知道該對此有何感想，我自己也不知道。

亞拉達說：「那你們能判斷有沒有外星遺留物外露嗎？」

「掃描結果沒有找到與已知異合成物質、或有機外星遺留物清單上相符的物質。」拉銻瞥了堤亞哥一眼等他確認，「但是這也不能刪除可能性。」

堤亞哥說：「從統計數據上來看，有許多還無人發現的外星遺留地點，另外也有一些地點，是目前還沒有人能夠接近到足以分析成分物質的距離。掃描結果在目標體內有發現些許無法辨識的元素，我們無法判斷那是自然產生的元素還是異合成物質，要等有星球調查數據時才能比對。」

拉銻做了個手勢，把一些掃描結果傳到頻道上給其他人看。「它們身上穿的防護衣上倒是有工廠代碼。我看不懂，近日點的數據庫也辨識不出來，不過這可能是因為重新開機或是記憶庫的問題使然。但我認為這些防護衣應該是來自兩個殖民地之一，看是原始的那個，還是剛石拓墾的公司企業殖民地。」

堤亞哥說：「我們能確定的是，目標的外型是經過變造的結果。我們不知道是它們自己動的手，或者是意外暴露在危險外星遺留物中所造成。如果它們不是已經死光了，就可以問問看。」

對，這是對我說的。

「如果它們不是已經死光，就會想要殺掉我們，或者往我們身上塞植入物。」艾梅納憤憤道。她仍沒有顯示上線，只是一邊聽一邊猛嚼蔬菜物質。

歐芙賽雙手一攤。「所以說伊莉崔是怎樣？維安配備和艾梅納就應該要拯救她和她的朋友嗎？還是說他們本來可能是……間諜？」

「我覺得這個說法太勉強了。」亞拉達深思，前額皺成一團。「目標把維安配備抓上船艦的時候，不可能想得到維安配備有能力拿下整艘船艦的控制權。它們以為自己是在找一個武器，不是一個人，所以何苦大費周章地設陷阱，還安排間諜？」

歐芙賽往椅子一倒，很挫敗的樣子。「對，確實如此。」她看起來很疲憊。我猜在所有人類的大腦都被榨乾的時候，召開全員會議不是個好主意。

拉銻接著說：「我認為伊莉崔說的是實話，關於記憶被改變這件事，就像近日點的狀況一樣。」

「你只是想相信每個人都是善良的。」歐芙賽說道，態度仍然帶點懷疑。

拉銻嗤之以鼻。「才不是，那是堤亞哥。我雖然是樂觀主義者，但我也是現實主義者。」

堤亞哥看起來有點覺得被羞辱的樣子。

「不對，我才是，」亞拉達糾正道，並對歐芙賽微笑。「我是樂觀主義者。」

「我們都知道，親愛的。」歐芙賽捏了捏她的肩膀。

堤亞哥說：「艾梅納，妳回頻道上了嗎？妳對伊莉崔的看法怎麼樣？她和妳說她不記得發生了什麼事情，妳覺得這是實話嗎？」

艾梅納看起來對於有人問她意見感到很驚訝，但是她連忙嚥下口中的食物，在一般頻道上說：**我一開始是這樣想的。他們兩個看起來都很擔心專利資訊和惹禍上身的事情，這部分我覺得是真的。現在……我反而覺得她還不夠怕。**她看起來有點挫敗，絞盡腦汁想著要怎麼解釋。**我認為她若不是在說謊，就是有東西干擾了她的腦袋，搞得她不知道究竟發生了什麼事，而她現在不敢承認。**

亞拉達望向天花板。「近日點，你有其他看法嗎？你覺得發生了什麼事？」

王艦還是什麼都沒說，這點開始讓我有點擔心了。王艦很喜歡發表意見，我不確定「喜歡」這個形容詞算不算精準，但是基本上，不論你喜不喜歡，王艦都會發表意見。到現在它還是沒開口告訴人類他們忽略了什麼很明顯的東西，或者說他們沒有用正確的方式去處理問題之類的，這件事已經開始變得有點怪了。

眼看它還是沒回話，我說：「王艦在想辦法重組自己的日誌數據，會暫時沒有消息。」

艾梅納一臉懷疑地瞇眼看著我，「真的嗎？」她悄聲說。

我做了個動作，希望她能理解成「請不要告訴他們我說謊」。

亞拉達說：「謝謝你，維安配備。」她用手指梳過自己的一頭短髮，像是想把思緒整理好那樣。這件事現在絕對成了問題，人類需要充電或睡覺之類的，否則他們的決策能力會比平常還要差。她繼續說道：「好，這樣的話，這些事情都不會真的動搖我們的目標。我們還是得找到近日點的組員，至少現在我們知道第一步必須先追蹤到探測艦的位置。」

聽到這邊，我本來覺得王艦應該會開口說句評論，因為就連我都想說一些類似「也可以是其他事呢」這樣的回答，可是卻什麼也沒聽到。

堤亞哥看起來陷入深思，我努力不把這件事往壞的方面想。他說：「亞拉達，我想把伊莉崔接回來醫療中心進行完整的神經掃描。除此之外，我也可以藉此親自與她談一談。我會先把艾梅納的完整報告看過一遍，然後看看我能不能問到更多資訊。」

亞拉達對堤亞哥說：「好主意。先把樂觀主義放一旁，我們得知道她到底有沒有說謊，或者是在暗中策畫什麼東西，還是說她真的覺得自己說的都是真的。讓我們想辦法先盡可能問到更多資訊，然後……然後再說。」

我建立了一條與亞拉達之間的私人頻道對她說：**你們都需要休息時間。**

亞拉達遲疑了一下，然後皺眉揉揉太陽穴。**你說得對，我再跟其他人談談。**

我把影像畫面放到後臺待命區。艾梅納把最後一點蔬菜物質從盒子裡刮乾淨，然後說：「王艦真的在忙什麼東西嗎？」

「是啊，」我說。她瞪著我。「應該吧。」我建立了一條專屬我們三個的頻道，只有我、王艦和艾梅納。我傳：**王艦，回答我。你嚇到艾梅納了。**哎，我得說實話，否則就沒用了。我接著說：**你嚇到我了。**

聽到王艦的聲音真的讓人鬆了口氣，它說：**我仍在持續修復我的一般太空引擎，還有檢查遠距星系掃描數據，以判定可以用來找到探測艦的搜索模式。**

「你還好嗎？」艾梅納問道。

不好。

我沒料到王艦會直接承認。真的是萬萬沒料到。好，所以說，不太妙。

艾梅納吸了口氣，明顯在整頓思緒，然後點點頭。「當然，我可以理解。但是比起你們兩個想出這一切之前，現況沒有更糟糕啊。實際上，現況應該算是好轉了，因為現在我們可以幫你弄清楚究竟發生了什麼事。有更多資訊可以用，一定是比較好的。」她瞥向我的目光帶著苦澀，「我的第二個媽媽說的。」

王艦用訊號敲我，想建立私人頻道，我讓它連了。它說：**我的組員，要是他們根本沒離開呢？**

我懂它的意思。我說：**沒有任何跡象顯示有人類在船艦上被殺害或受傷。我檢查過了。我一進入寢艙套間，就先確認了這件事。什麼都沒有。你也掃描過自己了。目標弄壞了幾間寢艙，留下一些碎片和自己的體液，它們怎麼可能會清理——**我猶豫了一下，但我得說出真正的想法，否則王艦會發現我有話沒說。**它們怎麼可能會清理大屠殺的現場。我見過大屠殺，王艦，現場一定會一團混亂。**

它沒有回話，但我感覺得到它在聽。

我說：**等我們修好你的無人機，就可以用它們再檢查一次生物殘跡，但我不認為會找到什麼東西就是了。我認為不論發生了什麼事，你的人類離開這裡的時候都安然無恙。**

王艦說：**你是在暗示他們是自願離開的嗎？**

這點確實可以好好想想。照王艦平常的做事方式（如果它沒有受到情緒影響的話），只看可證實的數據，我們沒辦法判斷組員是被綁架、自願離艦還是逃走。有鑑於王艦的兩艘接駁艇都還停在原位，我們可以確認組員沒有利用接駁艇離開。

（或者組員嘗試逃跑，結果被丟到太空中了。我沒打算提這點，因為王艦一定也知道有這個可能。不過它大概已經把這個可能性從決策脈絡中刪除了，因為它知道如果真的是那樣，它會沒有辦法運行下去。沒有必要考量那個可能性，現在沒有必要。我們得一直找下去，直到找到答案為止。如果答案是那樣，那我們就到時候再想辦法。）我說：**我們得做一次完整清點，尤其是你的手持武器儲存庫。如果因為目標入侵你的系統，導致你的組員不得不拋棄你，那他們就有可能會強攻進探測艦。**

這段空白很長，有三點四秒。然後王艦說：**我同意。**

我突然驚覺，從巴利許—亞斯傳薩的探測艦靠過來做了那些事的那一刻起，王艦就一直很絕望又恐懼。它使用手段讓這些挾持者來找我，並不是因為它有什麼了不起的策略，而是因為它需要我。

我恨情緒。

我在我和王艦之間的私人頻道上說：**我要為了叫你王八蛋的事情向你道歉。**它說：**我要為了綁架你、以及讓你的客戶面對潛在的附帶損害向你道歉。**

艾梅納看著我，眉頭皺了起來。「你們兩個在交談嗎？」

「對。」我得轉過去面對牆面了。

艾梅納還是很擔心。「你們是又在吵架還是在和好？因為從外表看不出來差別在哪。」

我們在和好。王艦對她說。

「很好。」艾梅納看起來鬆了口氣，「好，那很好。我們的清單上的下一件事是什麼？」

我出發去搜索巴利許—亞斯傳薩的交通艦。我其實不抱什麼希望，不過既然這件事在待辦清單上，那試試看未嘗不可。

王艦通知亞拉達說它在處理引擎的時候，也順便組了一支先遣隊，假如我們得搜索殖民行星的時候就可以用上。（我希望不需要走到那一步。我不喜歡行星。）

至於先遣隊，基本上就像是在太空裡飛行的無人機。它們是會在行星上四處移動的主動掃描儀，蒐集環境資訊和地形畫面，除此之外也能搜索通訊器的訊號、可能可用的能源資源，和任何想殺掉我們的東西。

這樣的行為就很像我的前擁有者，也就是保險公司，會在發布新開放的探勘行星的維安押金金額之前，先透過衛星做的事。只是公司擁有的衛星基本上只會把整顆行星的地形畫出來，而先遣隊會去找王艦的船組員可能會出現的地點。先遣隊是很貴重的器材，不是一般勘測團隊能夠取得的設備。亞拉達露出很佩服的神情。

（一般人沒辦法從公司租到先遣隊，不只是因為費用的緣故。有了先遣隊，行星探索任務就會變得更安全，目標也更明確。但是這麼一來就不太需要大型保險公司租你各式各樣的昂貴行星探索任務裝備、也不用靠他們賣你昂貴的維安保險。）

我監控著堤亞哥和伊莉崔之間的閒聊內容，診療檯此時在替伊莉崔做深度掃描。

歐芙賽在維修區重新組裝一架我在機械室發現的修繕無人機，準備讓它去修繕其他受損的無人機。

亞拉達在檢視外星引擎殘留物的掃描報告，不過剩下的那些東西看起來都融化了或腐爛了，導致資訊大多都沒有半點用處。（歐芙賽指出，那東西怎麼樣都是個非法物質，所以如果會完全融解的話是最好的，只是現在看起來還是會有殘留物質，得從王艦的引擎上刮除才行。）

拉鎂則是沿著走廊放出了生物危害物清掃機，也把死掉的目標無人機碎片撿乾淨。

艾梅納拖著腳步跟著我來到接駁艇旁。（她實在是需要睡一下。我還沒聽說亞拉達針對這件事採取了什麼行動，所以我把人類需要休息時間加到全體待辦清單上。人在中央通廊的拉鎂看到了以後低聲道：「對，拜託了，快點吧。」）

我迅速用視線檢查了一遍王艦的兩艘接駁艇，單純只是先確認接駁艇都是空的，沒有遭到破壞。巴利許—亞斯傳薩接駁艇就停在同一座停泊套間裡面，與套間的閘口相連，那個閘口有個可伸縮的管道能包覆艙門。王艦說過那艘接駁艇上沒有人，也沒有啟動的駕駛機器人，但我接近的時候還是叫艾梅納和派在她身邊的無人機一起待在走廊底端。艙門是密封的，不過沒有密碼鎖定，如果伊莉崔和拉斯說的是實話，也就是他們是在想要逃離淪陷的交通船艦時被抓的話，這個情況就說得通。（但現在我們已經很確定情況不是那樣，就什麼都很難說了。）

王艦已經把那艘接駁艇與頻道的連線切斷，我小心翼翼地碰了一下閘口。（因為艦內系統目前沒有啟動，我不認為會碰上外星刺殺軟體或有感知力的病毒，或是其他不明物體會跳出來感染我，但是事實擺在眼前，那就是王艦即便已具備各種保護措施，還是遭到感染，所以說外星刺殺軟體其實仍然有可能會出現。）

還是沒有找到任何頻道活動，所以我捲起一邊袖子，調整了一下能源武器，送出一道脈衝波來讓密封閘門開啟。艙門隨之滑開，聞起來有點悶悶的空氣飄了出來。

這裡沒有目標身上的那種藻類／種植介質的味道，事實上，反而有種人類才有的臭襪子味。不過缺乏證據並不能證明事實就不存在，或者說之前不存在，反正你懂我的意思。

我用自己的掃描器先掃過一遍，確認現場沒有動靜，也沒有啟用中的武器，才踏進艙門內。

我沒有進過與這艘接駁艇相同型號的船艦，但是內部配置和標準運輸船艦十分相似。內部空間很小，最多只能容納十名人類，沒有艙房，只有一座折疊式廁所空間收合在艙壁上（噁）。在主要艙室空間中，獨立座位呈螺旋狀排列，所以必須先把座位轉下來才能讓乘客起身離艦。

這顯然是在船艦間或是船艦到太空站之間短程移動時使用的工具。駕駛艙內有人類駕駛的座位，旁邊是現在裡頭空空的駕駛機器人控制介面檯。船內的使用痕跡看起來很正常，唯一的乘客艙內部算是乾淨，不過面板和襯墊上有一些磨損。

這艘船被外星智慧生物當作陷阱的機率只有百分之零點一。（這只是一個理論好嗎。）

艾梅納在我們兩個的私人頻道上說：**裡面是空的嗎？有什麼奇怪的東西嗎？我可不可以靠近一點？**

妳可以來艙門邊，但不能進來。我開始尋找實體的證據。我得檢查所有儲藏夾層，只要有隱藏的空間，就可能藏東西在裡面。

引擎外蓋上仍貼著最後一次檢查後由工廠貼上的封條，所以可能沒有遭到非法外星遺留科技感染。但我還是得撕開封條，親眼確認過內部狀況才能放心。我也得把日誌叫出來，這件事必須透過顯示器才能做到。雖然操作系統目前沒有活動，我還是不太想冒這個險。

艾梅納來到艙門邊，探身進來看著四周。「有什麼需要我做的事我都可以做。」

我用訊號敲她的主頻道表達收到。

她看著我搜索了七分鐘又四十秒後說：「我可以問個問題嗎？」

我每次都不知道要怎麼回答這個問題。我應該要順從我的直覺反應，也就是每次都回答「不能」，還是說直接向不可能避免的事屈服就好？我說：「與合約有關嗎？」

很大聲的未成年人類嘆氣聲傳來。「我只是想了解一些事。」

我向不可能避免的事屈服了。「問吧。」

她遲疑了一下。「好，嗯。所以說，我的二媽真的沒有要求你讓我和馬恩分開嗎？」

這問題我在事發當下就回答過了。我大可因為她要我再回答一次同樣的問題而生氣，但不能怪她，我確實常常說謊。「我沒騙妳。她對那件事一無所知，除非妳自己跟她說。」

我完成船內的搜索，然後用訊號敲了王艦。它拉了一面顯示器出來，再加一道被隔離的頻道控制介面，避免這艘船艦內部系統的任何東西透過頻道傳給王艦、我或其他地方。

艾梅納還有問題要問。「那你為什麼要那樣做？你當時又不——應該是你就是不——在乎我。你那時根本不算認識我。」

為什麼王艦會喜歡未成年人類呢？這種事有夠累人的。

「我有曼莎博士家族所有人以及相關人士的檔案。我會對馬恩產生警惕，是因為自從灰軍情報事件過後，我就會對所有試圖接近以及企圖與曼莎博士、她的家人或與之相關人士建立關係的人類和強化人跑威脅評估報告。馬恩的報告顯示他對妳有危險。」

艾梅納思考著我說的話，與此同時我在主控臺和隔離開來的顯示器之間建立了連線。然後我開始把這艘接駁艇的原始日誌檔案叫到顯示器上，過濾出不是文字的所有內容。我用目視把資訊記錄下來，再轉檔成為數據資料，用更快的方式搜尋內容。這麼一來我們就取得了沒有任何隱藏編碼的日誌資訊。（裡頭有些視覺元素會造成一些不便，不過我可以過濾那些東西，而且日誌檔案為了要避免被維安配備透過視覺下載，預先裝上防護措施的機率低於百分之五。）（我知道，我就是偏執，但是這麼久以來，我也是靠這樣才能一直避免被拆成零件。）

艾梅納緩聲說：「我想如果他不是……他就會想要解釋自己的行為，而不是逃之夭夭並且拒絕再次跟我說話。」

從我的威脅評估報告來看，對方逃之夭夭且再也不見她就是非常好的結果。不過我十分確定艾梅納不會想聽我這麼說就是了。

她繼續說道：「我以為他是好人。我不是……我知道那時候我說我知道自己在幹嘛，但是我其實不太擅長認識新的人。」

我從與拉銻相關人士的威脅評估報告裡面能看出來，他和各種性別的人類及強化人之間有過許多情感關係，而他和那些人看起來都相當滿意。艾梅納應該去向他請教意見。不過我想她也不會想聽我這樣說。

然後艾梅納說：「你愛我的二媽嗎？堤亞哥說是這樣。」

我早該知道這段交談最後會變成拷問。「不是他想的那樣。」

她的表情變得充滿懷疑。「我不覺得你知道他是怎麼想的。」

他也不知道我是怎麼想的，那又如何。我的注意力都集中在把原始日誌檔案從視覺畫面轉檔回可以搜尋的數據資料這件事，如果我有什麼閃失，最後就會變得一團混亂。我應該暫時不要講話才對，但是我又不想讓艾梅納難過。「妳的二媽是……」「客戶」這個詞不正確，已經不再正確。「我的隊友。」

我知道我需要進一步說明，找到對的詞彙真的很難。「在妳的二媽出現之前，我從來沒有真正成為任何團隊的成員。我只是一個……」

艾梅納接話，「一個團隊裡的器材。」

就是這個詞。「對。」

「我明白了。謝謝你讓我問問題。」

王艦一定是慢慢恢復了，因為它偏要在這時候插話：**告訴她你在乎她。就用這個句子，不要說你會消滅任何試圖傷害她的東西。**

王艦，滾啦。

王艦與未成年人類的共通點就是它也不喜歡聽到「不」，它堅持道：**告訴她。那是事實，說出來吧。未成年人類需要從照顧者口中聽到那句話才行。**

我對王艦說：**我不是照顧者。**我完成日誌轉檔，檢查了無人機拍攝艾梅納的畫面。她斜靠在艙門旁，頭靠著密封緩衝環。（順帶一提，那裡不是靠頭的好地方。）從她的表情看起來，她可能是睡著了、或是在沉思，或者兩者皆是。我說：「妳需要睡一下。」

她打了個哈欠。「好，三媽。」

亞拉達終於下令要其他人去休息一段時間，雖然她花了點時間才明白我和王艦會持續運作，並且沒必要讓人類輪班。（我只好告訴她我有一張待辦清單要完成，如果他們可以全都待在同個地方並且閉嘴一段時間，我會更快做完那些事，而他們最有效運用這段時間的方法，就是去睡覺。）

歐芙賽已經修好了修繕無人機，並且派出去開始修復王艦的其他無人機。她在廚房旁休息室的沙發上睡覺，一旁是完成清理生物危害物的拉銻。我聽見鼾聲。

亞拉達睡在控制中心的其中一張椅子上。（椅子很舒服，所以沒有聽起來那麼糟。）醫療中心的掃描已經結束，堤亞哥陪伊莉崔走回艙房。他沒有問出什麼艾梅納沒問到的資訊，不過他的提問都比較內斂。在他的鼓勵下，伊莉崔檢視了自己的計時強化部件，於是現在陷入嚴重的混亂當中。強化部件上顯示他們的船艦已經在這座星系待了四十三個企業標準日，她很肯定這之中一定有什麼東西搞錯了。

這個狀況也支持了我們的理論，也就是伊莉崔經歷了某種記憶干擾。初始掃描分析顯示沒有基因變造的跡象，也沒有隱藏的裝置或非人類生物。

我剩下的無人機全都在執行哨兵任務，不過我讓艾梅納去待在一間離廚房比較近的艙房，這麼一來要是被攻擊，會比較好防守。（可能性不大，不過目前為止這一切意外事件發生的可能性也都不大。我的風險評估模組已經在三小時前就放棄提出報告了。）

艾梅納本來想直接躺在光禿禿的臥鋪上，用密封的床組當枕頭就好，但我強迫她把床組好好鋪開再睡。（「你好嚴格耶。」她抱怨道。）

我打開另一包床組，這樣我的臥鋪坐起來比較舒服。我有一堆編碼和分析要做，以免再次發生措手不及的情況。我得針對目標無人機上的防無人機迷彩塗裝想一套變通方式，也要想想應付目標的頭盔和裝備的對策。我還得預期目標控制系統會如何反擊我的反擊，這樣我才不會被即時軟體更新搞死。我得分析那臺實體螢幕設備，看看它到底是否真的是企業網的遺留物。而且我還要分析剛剛從接駁艇日誌中轉檔建立的資料檔案。

我抓下資料，這是拉鎊在做病理檢驗以及掃描目標的防護衣和頭盔時，上傳到頻道上的檔案。歐芙賽也針對目標無人機做了一些有用的硬體分析。然後我開始跑我的需求碼和流程，這樣才能開始寫程式碼。我同時也分了一點作業空間出來撥放《玩命穿越》第一集。我之前已經看過了（看過好幾次），所以不用認真看沒關係。

（我真的、真的很想從長期儲存區抓一部新影集出來看個幾集，讓我能真正放鬆一下，但目前在後臺播放《玩命穿越》也行得通。這也是個誘餌。）

二十七分鐘過後，誘餌生效了。我感覺到王艦靠過來我的頻道。（想像一下坐在顯示器前面，然後有個比你高大八倍的人擠過來，和你坐在同一張椅子上。）它在看《玩命穿越》，同時在旁邊對我寫的程式碼下指導棋，並且分析自己手上的數據。

那臺實體螢幕設備確實有類似企業網前時代的科技做出來的線路圖。王艦說道，一邊給我看掃描檔案和相符的例子。**但是那不是工廠製造的機器，而是用時代差不多的其他機器上搜刮下來的元件組裝而成的。沒有探測到外星遺留物或已知異合成物質。**

合理。這臺機器可能是企業網時代前的殖民地人類做出來的替代機器，或者是後來被遺棄的公司企業人類因為自己的科技失效、資源不足，在絕望下用從舊殖民地搜刮到的零件做出來的設備。

對，公司企業就是這麼爛。

我喜歡我們一起寫出來的程式碼，但是我不認為這樣就夠用了。所有成品都沒有讓我的威脅評估報告數字看起來漂亮一點。我對王艦說：**我們現在寫的東西都是防守用的，我們需要攻擊力。**

我想過要寫一個刺殺軟體來攻擊，但是我目前能從目標控制系統裡面讀取出來的資料顯示這樣做效果不大。王艦打開一些分析結果給我看。**拉錸和歐芙賽目前有個理論，他們認為目標使用的企業網前時代的科技中，有部分元素——例如植入物——可能是用來作為更複雜的外星遺留科技的接收器，比方影響我的引擎的那個東西。對企網前時代系統進行標準刺**

殺軟體攻擊，沒有辦法攻擊到外星系統，除非這個刺殺軟體能夠變動，有能力隨著對方的防備和阻撓方式改變行為。就我目前擁有的資源，我寫不出那樣的程式碼。

它講的東西是類似灰軍情報和絕壁保全那次在對抗公司母艦時，使用過的那種具有自我意識的病毒。我當時為了幫助駕駛機器人對抗那個病毒，傷得粉身碎骨，差點把自己的記憶庫整個摧毀。這讓我有了一個想法，但我不知道我們有沒有辦法執行。

這時堤亞哥穿過廚房，踏上我們所在的這條走廊，然後靠在門邊。透過王艦的攝影畫面，我看見他瞥了艾梅納一眼，她現在被毯子包裹、枕頭埋著臉，已然是一具沒有意識的軀體。（人類做什麼事都很怪，就算是休息的時候也一樣。）然後他望向我，低聲說道：「我可以加入你嗎？」

王艦在艾梅納的臥鋪上展開隔音／隱私層。我有點想說「不可以」，但我想到他應該是想要睡在可以看到艾梅納臥鋪的地方，因為他不放心把艾梅納交給我來照顧。所以我把刺殺軟體的想法標記成稍後處理，然後說：「可以。」

他坐在我對面的臥鋪上，從底下抽出床組，但只是放在一邊。

噢，太好了，我們要來聊天了。

「如果你現在有空，我希望我們可以談談，」他說。我大可說不管愚蠢的目標到底是什麼來頭，反正我忙著寫程式碼來救人類就是了，所以我沒有空。

但我確實有空。王艦照著當時保護了目標的頭盔和裝備、使其不受我的無人機攻擊的軟體升級內容，寫了一套模擬程式，目前正在用我剛替我的無人機寫好的攻擊程式碼進行測試。

目標無人機的迷彩塗裝因為是直接覆在機身上的真實塗裝，而不是用訊號干擾達成的效果，則比較難破解。我針對無人機掃描或鎖定攻擊功能想到的篩檢碼都沒有用，至少模擬結果顯示如此。繼續撞牆期也不會有什麼進展，得先想到別的方法再來試。所以我沒有像個混帳，而是說：「你說吧。」

他說：「我知道你不相信，但是我真的很慶幸你有跟我們一起來這趟探勘。」

噢，拜託一下。我大可撥放他對曼莎博士說的那些關於我的話的錄音檔，但是聽取在安全地區和私人住宅裡進行的私人對話不算是件光彩的事。我說：「所以你之前沒有堅持要抱持保留意見？」

每次我說的話如果不太像人類預期中維安配備會說的話，就會看到這種一閃而逝的驚訝表情。他緩聲說道：「我之前有。」那段對話發生的時間已經是太久以前，以人類來說不可能逐字記得自己說了什麼，所以他不曉得我是在引用他說過的話。不過他仍瞇起了雙眼。「我也知道你救了我們一命。」他停頓了一下。

我聽到有個沒說出來的「可是」就跟在那個句子後面。我不想花太多時間在這件事之上，所以我說：「但你不喜歡我做事的方法。」

他的目光變得嚴肅，然後他說：「我不喜歡。我也不喜歡艾梅納目睹你做事，但這不是問題。」

王艦在我們的私人頻道上說：**除非你已經知道答案，不然不要把問題說出口。**

對，所以我沒有聽王艦的。我說：「什麼問題？」

王艦在頻道上做了一個等同現實生活中翻白眼的動作，然後開始播放另一集《玩命穿越》。

堤亞哥說：「你對愛達有影響力。」

我沒料到他會這樣說。好險工作流程是王艦在追蹤，所以我沒有搞砸數據分析。它同時也提供了「有影響力」一詞的定義。我在私人頻道上對王艦說：**我知道那是什麼意思**。我確實知道，但不是堤亞哥指的那個意思。我想是如此。我說：「我沒有告訴曼莎博士該做什麼事。」

堤亞哥的下巴線條繃緊。「我也同意你一定沒有，但是她現在會害怕執行一個領袖該執行的義務，她也不申請續任。都是因為你，你讓她害怕黑影。在你出現在保護地之前，她不曾需要『維安人員』。現在她卻覺得自己如果沒有維安人員，就沒辦法繼續做事。」

這番話裡面有太多錯誤和不公平、同時又是事實的論點，導致我的資料亂掉。王艦把我掉的資料撿走，轉到我們的共同工作空間。我說：「我沒有來到保護地。我是在拯救曼莎博士的同時遭遇重大當機後，在未啟動狀態下被帶到保護地。」

「我知道。」提亞哥氣餒地揮揮一隻手，「我的意思是——」

不，該換我說話了。「當時存在安全威脅。曼莎博士回到保護地太空站之後，三名灰軍情報的探員出動暗殺她。雖然那次他們的任務失敗了，但是對方再派更多探員的機率仍有百分之六十五。在摧毀了絕壁保全和所有灰軍情報營運的設施之後，那個百分比數字就開始下降。」

下令叫絕壁保全去攻擊所費不貲的公司母艦是灰軍情報自己的錯，把作業等級升級到超過標準級則是絕壁保全的問題，但反正灰軍情報也不會聽。公司其實不是怕灰軍情報，但他們一定得給灰軍情報一個教訓。（這個教訓就是：如果你要惡搞一個比你大、比你壞的對象，那就要快狠準，並且以最快速度逃走。）（這也是我經常嘗試的行動策略。）灰軍情報的攻擊行動既沒有快狠準，逃跑的方式也沒什麼效率。）

堤亞哥張嘴，但我還沒說完。「當時及現在都有潛在危險，可能是受到個別委託而來的殺手，或者是灰軍情報的員工，但威脅評估報告判定這個機率已經夠低，在保護地太空站的維安服務協助之下，曼莎博士便可以恢復正常活動。」

堤亞哥花了十四秒消化這些話。「當時有攻擊事件？為什麼她不告訴我們——這樣的話新聞就會有報導——」

我從檔案庫叫出一段影片，很快地把太空站維安人員頭盔攝影機拍到的畫面，以及政務委員會辦公室大廳裡一架很爛的監控攝影機畫面剪輯在一起。王艦好奇地研究影片。我把影片設定成自動播放，傳到堤亞哥的頻道上。

他的目光飄遠，然後被嚇了一跳，接著顯得越來越震驚。

王艦把完整影片看完後，前前後後地重播。在我傳給堤亞哥的那段影片中，我在政務委員會辦公室桌上試圖把攻擊者一號的脖子扭斷，同時攻擊者二號趴在我背上對著我的身軀猛刺個沒完。六名太空站維安人員在屋內四處，清醒程度各異，而蒂芙尼軍官，唯一還能動作的那一位，整個人掛在攻擊者二號手臂上，不停狂揍他的頭。王艦問道：**那個人類拿什麼東西在刺你？**

一把破椅子的一部分。

「他們是維安配備嗎？」堤亞哥恐懼地問。

我能理解他為何會這樣想。我回答：「他們是用化學藥劑增強的強化人。他們不會感到痛苦，反射時間和反應時間都變得更快，具備與維安配備一樣大的力氣，但是沒有頻道連接能力，也沒有資訊處理力。所以他們更難被偵測到，且更方便用後即棄。」

說實話，那時灰軍情報大概已經找不到任何有執照可以製造和／或派遣維安配備的維安公司與他們簽約。不但被評估出高風險又缺乏營運資金，還有欺瞞／攻擊簽約伙伴的紀錄，灰軍情報實在不是個好客戶。

堤亞哥吸了口氣，讓自己冷靜下來。「但是他們不會再派其他人了嗎？你說威脅指數降低了——」

「降到可接受的等級。」而且要降到那個數字並不容易。

堤亞哥用一種我不喜歡的高度專注看著我。王艦的攝影機拍不到正面，但是就算是從別的角度拍，還是很明顯。「那為什麼她決定不要再連任？」

「她不連任不是因為她害怕，你這個混帳，她不連任是因為她得去中央醫療中心接受創傷後的支持治療。她沒有對家族裡的任何人提及，是因為被綁架——」

王艦在我們的私人頻道上說：**停**。

王艦有各種方法可以叫人停下正在進行的事，其中蘊含的威脅程度各異，現在的程度差不多快到頂了。

我停了下來。王艦解釋道：**你現在侵犯她的隱私權了。**

我超火大，因為毫不意外，王艦說得沒有錯。我說：**你又懂什麼了？**

我的醫療系統有情緒支持和創傷恢復的證照。

吼，王艦真的什麼都懂。有夠煩。我把話說完：「她想要我加入亞拉達的探勘任務。我告訴她我會加入，前提是她同意開始接受治療。我的影響力就是這個。」

他仍然看著我，而我看不出來他是否相信我說的話。他的表情很糾結，我認為他還在剛剛看完影片的震驚中沒有復原。（影片已經循環播放到最後，愚蠢的攻擊者一號終於失去意識，我拖著攻擊者二號和蒂芙尼翻下桌。現在攻擊者二號試圖要勒住蒂芙尼，我則是在把他從她身上掰下來。）

王艦大聲用一種客氣但其實不是在提供建議的語氣說道：**我們還有工作要做，堤亞哥，而且你也要錯過休息時間了。也許你該先離開。**

它把堤亞哥嚇了一跳，不過他還是站起身。他說：「你說得對，我這就走。」

我把影片按停，用王艦的監控攝影機看著他。他回到廚房休息室，在其中一張沙發上坐下。他坐了片刻，一邊用手揉揉臉，然後起身去廚房拿水，並且服用一種藥物。

那是什麼？我問王艦。

一種溫和的疼痛緩解藥物，頭痛和肌肉不舒服的時候可以服用。堤亞哥去沙發上躺下後，我放鬆了一點點。他本來覺得我在占曼莎博士便宜嗎？我仍然連他到底是什麼意思都搞不清楚。他是覺得我故意讓她同情我嗎？嘿，我可沒有要求她買下我啊。這件事發生的時候我甚至不在場，那時候我還被裝在修復室重建中。

我真希望能夠覺得替自己平反了，但其實我覺得這次對質不管是對於我或堤亞哥來說，都沒有任何好處。我認為他現在知道自己對於整個情勢的看法有誤，但我也因為生氣，笨到承認了自己拿條件交換曼莎博士去接受創傷治療。所以就是這樣。我不知道接下來，就是，如果我們真的逃出去之類的，然後回到保護地之後會發生什麼事。搞得好像我現在還需要別的事情讓我更煩惱一樣。

王艦說：**針對目標無人機的隱形塗裝問題，你還沒看到那個明顯的解決方法。**

我說：**明顯？**（我知道，我只是把情況弄得更糟。若不是因為那東西會讓我覺得自己沒看到簡直是個白痴，王艦就不會那樣說。）

王艦說：**去幫你的無人機加裝隱形塗裝，讓其顯示出與目標的頭盔和裝備上一樣的干擾**

圖樣。雖然這樣做之後，這些無人機還是不能攻擊目標無人機，但反正你現在所剩的無人機也不多了，攻擊本來就不能成為選項。

嗯，這下我覺得自己更蠢了。

王艦說：**你還有時間可以充電。**

我本來打算對它說我不需要充電。我其實真的不需要，但是我知道我真正需要的是什麼。我把所有東西都搬到我們共有的工作空間，然後叫出《時光捍衛者獵戶座》第一集的檔案。我問王艦：**你想要看《玩命穿越》還是新的影集？**

王艦想了一下，看了看新影集的資料標籤。它說：**新影集，只要劇情不切實際就好。**

我從保護地媒體檔案庫裡面下載了《時光捍衛者獵戶座》，就是因為這部影集的劇情基本上可以說是與現實這個概念徹底相反。我開始播放第一集。

我們一邊看劇，王艦一邊收尾我們寫的程式碼，中間偶爾把幾個段落傳給我確認。（可能只是在尋我開心。畢竟王艦雖然還有一點記憶缺口，它的其他功能可沒有問題。）

指定休息時間還剩二十六分鐘的時候，王艦說：**用接駁艇上的資訊，我找到了其中一艘巴利許—亞斯傳薩的船艦位置。我的引擎已經修復完畢，正在攔截該船艦的路上。**

幫我.file 摘要3

（節錄自訪談檔案芭拉娃姬——108257394。）

「感到衝突是很正常的。那個地方有很長一段時間是你的歸屬。你很恨那裡，那地方很糟糕。但是那裡創造了你，而你曾是其中一員。」

：談話內容已編輯：

（本檔案由主要內容中摘錄而成。）

我坐在攻擊者二號身上，確認他死透了。他至少已經兩度看起來死透了，所以這不算是過度警戒。蒂芙尼跪在我身邊，手裡的武器指著他的頭部。「妳靠太近了。」我對她說。

她望向我，只見她的眼周大幅腫脹，我不確定她的視線到底還清不清楚。然後她退身到如果還有手臂伸出來，可能會被抓到的距離之外。

從我身後的一支愚蠢的監控攝影機，我看見人類第二應變小組以及醫療援助機器人姍姍來遲地衝進門。我看了一下時間，哇喔，請把「姍姍來遲」刪掉。這次事件發生得很快，就連用維安配備標準來看都很快。

保護地政務委員會的會議室是一個寬大的橢圓形空間，正中間有張長桌，牆面上有一整排高聳的窄窗，會議室兩端各有一個出入口。第二應變小組進來的那扇門會通到一間前廳以及太空站管理者的公共辦公室，人類會來這裡處理一些不能透過頻道處理的事情，我猜啦，我其實完全沒概念。另一扇門會通往私人辦公室，事件發生的時候，本來在政務委員會的人都被疏散到那邊去了。

高層軍官英達繞過會議桌，跪下來讓我能看得見她。她說：「那個人死了嗎？」

「可能死了，但仍有百分之十七的機率會復活。」我說。

蒂芙尼開口，聲音聽起來緊張而沙啞，「他復活了兩次，我們需要一個留容設備。」

英達皺眉。「馬上來。」她朝蒂芙尼伸出手，小心翼翼地讓她交出手中的武器。「妳可以交班了，軍官。」

蒂芙尼說：「是，長官。」然後倒在了地板上。

「她今天吃了不少苦。」我對英達說。

「我能想像。」英達傳了個頻道訊號，只見一架有著蜘蛛般長腳的醫療機器人走進來，越過我，在蒂芙尼身邊蹲下。機器人一邊發出安撫人心的聲音，一邊掃描她的身體，然後立刻替她注射了某種東西。英達說：「你也需要醫療協助。」

我身上有個穿刺傷大到可以直接看見體內的金屬支架，而高層軍官英達不好意思指出來。醫療機器人朝我伸出一隻精細的感應臂。我在頻道上對它說，不論它伸什麼過來碰到我，都會被我扯斷丟到室內另一頭。它收回感應臂，轉而用來檢查攻擊者二號。

「那個個體還有存活的希望嗎？」英達用下巴朝攻擊者二號指了指。

即使在我們第一次殺掉攻擊者二號之前，我也不認為他的意識內還存在理智的人。

「大概不行了。」

我維持姿勢，直到留容設備送達，接手這個幾乎死透的攻擊者二號，以及希望真的已經死透的攻擊者一號。此時蒂芙尼和第一應變小組的其他成員，都被送到太空站的醫療中心了。我往另一個方向移動，往政務委員會／行政辦公室深處走，因為我得去見她。

只越過三扇沒有防備的門，我就找到她了，但至少這間辦公室沒有陽臺或對著樓中樓的窗戶。我走過太空站維安人員和行政人員。他們實在應該試著攔下我，但是(A)他們其實認識我，而且(B)他們沒有試著攔住我是一件好事。

曼莎正看著門的方向，我一進門，她的肩膀就放鬆了下來。她知道攻擊者已經被拿下，第一應變小組全數生還，她有太空站維安頻道的指揮權限，也在這裡監控整件事的過程。現在公共和私人的政務委員會頻道都施行了維安封鎖，我們得趕在其他外部辦公室的人注意到這件事之前開通頻道。

我們不能讓灰軍情報知道他們這次攻擊差點就得逞了，這麼一來他們會知道太多關於下一步該怎麼做的資訊。

曼莎走到辦公室中間與我會和，只見她的手做了個動作，表示她想要抓住我，但是她知道我不喜歡，所以作罷。她說：「你得去醫療中心。」

她穿的長袍上有乾掉的血跡，長褲右膝位置也有。攻擊者一號剛才衝過會議桌朝她撲過去，我直到他離她只剩半公尺的距離才把他擋下來。她都可以伸手拍拍他的頭了。

這還是在我從中轉環就開始一路狂追他、同時背後有攻擊者二號一直試圖殺掉我的情況下達成的。攔住攻擊者二號足夠久、直到我能把攻擊者一號殺得差不多死透，就是整支維安第一應變小組全都被送進醫療中心的原因。他們很幸運，因為二號的目標是甩掉他們而不是直接殺出一條血路。

我說：「我還不能去醫療中心，我有事得先處理。」

她的神色一沉。「你需要協助嗎？英達把沒有執勤的人員都叫來了，我可以給你一支小對。」

「不了，我只是想確認他們是怎麼進入太空站的而已。」她點點頭讓我離去。

嗯，沒錯，我對她說謊了。

11

我透過通訊器傳出起床提醒。在廚房休息室的人類開始踉踉蹌蹌地移動、試著讓腦袋恢復清醒的同時，王艦把目視圖和掃描圖都傳到了一般頻道上。艾梅納翻身下床，想用模糊的視線看清楚畫面，一邊喃喃說道：「所以說這是好事還是壞事還是怎樣？」

「是『還是怎樣』。」我對她說。

王艦的掃描畫面顯示著那艘巴利許—亞斯傳薩的補給艦，中等配置、可運送多艘起降接駁艇以及大型地形車，估計可容納組員人數為三十人以上。平面圖看起來像是把好幾個管狀物綁在一起，然後各處有尖銳物伸出來。目視圖則只顯示出其長而陰暗的輪廓，主星的光芒照亮了一處弧度的高處。

王艦說：**遠距掃描顯示船艦有系統性故障，不過部分系統，包含維生系統在內，仍在運作中。船尾、右舷艙殼以及引擎外蓋有三記武器攻擊留下的明顯痕跡，不過經比對後判定與我的武器系統不相符。**

後面這段是好事。如果當初是王艦先朝補給艦開火，就表示我調整過的時間軸有誤、表示我在王艦的巨量狀態更新數據裡撈了半天只是一場空。

艾梅納腳步踉蹌地走出寢艙，跟著我來到廚房，堤亞哥、歐芙賽和拉鎄也在這裡。

「所以確實有太空大戰，只是不是近日點記得的那場。」拉鎄從備餐區拿出了幾包東西和幾支瓶子給其他人類，艾梅納各拿一份後在桌邊坐下。

「我們認為巴利許—亞斯傳薩的探測艦上有武器，對嗎？」亞拉達還在控制中心，看起來更加警醒，望著王艦拉給她的數面顯示器。王艦剛修好的其中一架無人機在她身後飄著，用濾光鏡消毒工作站和座椅。亞拉達心不在焉地站起身，移動飲料瓶，讓無人機消毒她的工作站。「我們有沒有辦法判斷那是不是探測艦留下的武器痕跡？」

要先拿到探測艦的武器系統分析報告做比較才行。王艦說。**掃描結果顯示引擎套間只有極小動能，這可能是他們還沒試圖從蟲洞逃走的原因**。

堤亞哥抹抹臉，想讓自己清醒些。「如果他們和自己的探測艦對戰過，願意跟我們談的機率可能會高一點。你能判斷船艦上有沒有人嗎？」

我認為有。王艦的語氣很乾。**他們試圖透過通訊器聯繫我們**。

「不要回應，」我對王艦說，「搞不好最開始就是這樣，才讓你陷入這個局面。」

拉鎊舉著飲料瓶，往他認為是王艦所在的方向揮了揮。「對，拜託小心點。上次公司船艦上有個很恐怖的病毒，我們全都差點丟了小命，維安配備的大腦也受損了。」

維安配備的大腦一直都是受損的狀態，王艦說。**我也不是透過通訊器被侵入的。我的通訊器有過濾器，用來避免病毒攻擊，我也已經加上其他手段來強化保護力了。**

「搞不好事件發生的前一刻你就是這麼說的。」我對它說。但是王艦羞辱我的智力是個好徵兆，它聽起來已經幾乎完全恢復正常了。

艾梅納嘆了口氣，把嘴邊的麵包屑抹掉。「嘿，你們兩個，現在吵架還太早了。」

亞拉達又露出了那個嘴角扭曲的表情。「近日點，如果你認為情況安全，那你願意進行聯繫嗎？」

歐芙賽急匆匆地嚥下口中的食物。「寶貝，這樣好嗎？」

亞拉達做了個張開雙手的聳肩動作。「我不知道除此之外還有什麼方法可以讓我們弄清楚現況啊，寶貝。如果我們可以取得視訊畫面，看到他們全都是灰色人，頭上頂著外星遺留物，那至少我們就知道他們大概不會想幫我們的忙。」她接著說，「而且如果我們比平常再幸運一點的話，他們可能會知道載著近日點的人類的探測艦在哪裡。」

這話並不是沒有道理。我的威脅評估報告功能表示不喜歡，但是如果我們能透過這個方法取得一點情報，就代表我們有機會可以早點找回王艦的人類。

堤亞哥的雙手指尖搭在一起，看起來像個塔型，他把手移到嘴邊，然後說：「我同意。我們已經知道探測艦被控制了。如果探測艦攻擊過他們，或者說那是其他我們還沒遇過的船艦，那我們也應該要知道。」

拉銻聳聳肩表示同意。歐芙賽看起來不太開心，但她沒有爭辯。艾梅納雙眼圓睜，仍在吃東西。

王艦說：**聯繫訊號接收中**。

一面新的顯示器出現在控制臺上，覆蓋原本的掃描結果。雜訊畫面美妙地扭曲變形，顯示出一名人類或強化人，身穿與伊莉崔和拉斯一樣的紅棕色相間制服。對方開口，語氣裡帶著一點不耐煩，「不明船艦，收到請回答。」

王艦把對方的主頻道資訊從傳送訊號裡拉出來放到顯示器上。姓名：蕾歐尼督導員，強化人，巴利許─亞斯傳薩探勘服務身分證明，性別：女性、中性偏女。

看到她是督導員，我並不意外。（我和許多人類企業督導員一起工作過，過了一段時間以後就會發現這些人非常容易辨識。）她的膚色是大多數人類的那種不深不淺的棕色，不過還帶著一點光滑均衡的人工色調，顯示她具有某種美容強化部件。（我因為會被開槍打臉，所以三不五時皮膚就得整個重新長一遍，但膚色都沒她那麼平均。）她的深色髮絲盤在頭頂，一邊露出的耳廓上鑲著小小的金屬及寶石。我覺得她實際職位的重要程度比頻道簽名上顯示的還要更高，這件事的可能性有百分之四十九。

亞拉達全身坐直，抬頭挺胸。無人機動作迅速地把她身邊控制臺上的空食物包裝收掉，然後退到鏡頭外的地方。她用手指梳過一頭短髮，「好，近日點，等你準備好。」

沒問題。王艦拉了另一面顯示器，畫面上是亞拉達。它把畫面中她身上的夾克從保護地探勘隊的灰色變成自己的組員制服的藍色，移除她身邊主控臺上的水瓶，並且把光線調整得更加優美。只見亞拉達的表情出現一連串表情變化，王艦說：**我傳送了我的識別符號和一條企業網頻道指示器過去，上面把妳標記為三平與紐泰蘭泛星系大學的亞拉達教授**。

亞拉達說：「蕾歐尼督導員，我們收到妳船艦的求救訊號。」

「沒錯，若能提供支援的話我們會很感謝。」蕾歐尼的表情令人看不透，但又帶點若有似無的批判態度。「不過這座星系為巴利許—亞斯傳薩所有，所以我想知道為什麼你們會在這裡。」

艾梅納用鼻子噴氣來顯示她的不敢置信以及／或者質疑。

看在老天爺的份上喔。拉銻在頻道上說道，語氣嫌惡。**他們現在還在擔心這種事嗎？**

王艦在亞拉達的頻道上告訴她該怎麼回答，於是亞拉達這麼說：「我們與泛星系網授權機構簽約，負責評估永續性和繪製地圖，這座星系在清單上列為優先處理項目。我可以向妳保證，大學不是負責進行地形變造的單位，我們也不打算侵犯你們的所有權。」

亞拉達的嚴肅神情看起來有點太僵硬，不過她補上這句話之後就自然多了。「我們看到你們的船艦上有損傷痕跡——你們是被搶匪襲擊了嗎？」接下來的這段猶豫完全不是經過算計的表現，「我們剛進入這座星系不久，在這裡遇見了一些……奇怪的事件。」

在廚房的另一面顯示器上，王艦用頻道疊加的分析報告破解蕾歐尼臉上看不透的神情給我們看，她的心境現在表現出來的狀態包含了惱怒以及不情願的放棄。她說：「這裡有搶匪，這點我們已經發現了。」

亞拉達緊抿雙唇，看起來陷入深思。我有個不祥的預感，感覺她好像想說破蕾歐尼在說謊這件事——雖然我們都知道蕾歐尼在說謊，但是就連我都知道這樣做不會讓這次互動變得更簡單一點。然後亞拉達在頻道上說：**我要和她說伊莉崔在我們手上。**

但妳才剛和蕾歐尼說我們是近日點的組員，歐芙賽反對道。**伊莉崔知道我們來自保護地。**

她只知道艾梅納來自保護地。我傳出訊息。

對，王艦叫我跟伊莉崔說你們都是它的組員。艾梅納證實道。

我正在快速檢視我手上的影音檔案中，自從其他人也登艦之後，所有伊莉崔聽到過的交談，特別是堤亞哥與她交談那段。**其他人都沒有向她說過你們來自保護地，而且你們之中還有些人穿著王艦的組員服裝。**

歐芙賽低頭看著自己身上的T恤。**噢，你說得對。**

王艦傳送了一些雜訊，讓亞拉達有時間可以思考。現在她開口對蕾歐尼說：「我不認為他們是一般的搶匪。你們有一名組員在我們艦上，是名為伊莉崔的年輕成員。她被一群非常異於常態的搶匪綁架到一艘接駁艇上，那群人也攻擊了我們的船艦。當時她與另一位叫做拉斯的組員在一起，但是被搶匪綁架時他受了傷，在我們的醫療系統可以提供幫助之前便喪命了。」

蕾歐尼的神情顯示出一連串非常快速的盤算。「那他們是怎麼登上你們船艦的？」

（艾梅納在頻道上顯得很擔心。**可是伊莉崔的思緒現在很混亂，她一定沒辦法告訴對方太多過程。他們會相信她嗎？他們不會指控她幫助那些目標之類的吧，會嗎？他們會對她做什麼可怕的事嗎？**

她需要的協助已經超過我們能提供的程度了。堤亞哥對她說。**而且她也想回家，回到家**

人身邊。這可能是她最後的機會了。

儘管艾梅納可能很想強制領養伊莉崔並且將她拖回保護地，但堤亞哥說得沒錯。）

亞拉達說：「他們是被搶匪帶上來的，當時那些搶匪試圖綁架我們。如果妳有意願的話，我可以讓妳和伊莉崔說話。她生理上沒有問題，不過我們知道對方用了某種變動大腦思緒的技術——」

妳說得太多了。我正要這麼說，王艦早我一步在頻道上對她說。歐芙賽一定也是這樣想的，因為她發出一聲輕響表達不同意。亞拉達的話沒說完，王艦在此刻傳送了一小段優美的雜訊，好幫她爭取時間重整一下思緒，並且把蕾歐尼的表情分析結果中，顯示她在聽到「變動大腦思緒的技術」時流露出顯著興趣這件事給亞拉達看。亞拉達清了清喉嚨，「所以說，也許你們可以不用有所保留。如果你們需要協助，我們願意幫忙。」

這次，蕾歐尼的猶豫更明顯了，她的表情顯示出她很掙扎。最後她說：「我沒有權限在不會為巴利許—亞斯傳薩保密的通訊器上討論這件事。如果你們可以把我們的組員交還給我，那就太好了。我們有一架引擎在攻擊事件中被摧毀——如果你們可以賣一組備用引擎給我們，我們一定會開一個合理且大方的價格。」

「你們——」亞拉達正準備說出「不需要付錢」的時候，所有人類和我都在頻道上大聲喊出「不」。好在王艦把她的頻道訊號設定成延遲一秒發送，在情況變得不可收拾前阻止了一切。

對亞拉達來說，這是很自然的一個錯誤。在保護地的文化裡，要對方支付費用來換取任何生活所需的物品（食物、能源、教育、頻道等等）的行為被視為天理不容，而要對方支付費用換取能救命的協助則更是與食人行為差不多等級。

亞拉達乾咳一陣後繼續說道：「當然，我們會準備好請款單。但是……」她傾身向前，「我認為我們雙方都知道現在情況有多糟，以及我們的組員現在深陷多大的險境。如果我們雙方可以坦誠以對、分享手頭的情報，我認為彼此存活的機率會有顯著的提升。」

對，她太快提到那裡了。其他人類全都停止了呼吸。艾梅納用「噢，該死」的神情看著我。對，我知道，可是我也束手無策。亞拉達的風險評估模組和我的一樣差。

蕾歐尼的表情很複雜。過了令人焦急萬分的八點七秒、可能是在自己的頻道上與某人（希望不是灰色人）商討過後，她說：「你的組員還在險境中？」

亞拉達說：「因為我認為我們之前遇到的是你們的探測艦。那艘船艦攻擊我們，短暫地強行登艦，現在我們船艦的蟲洞穿越功能受損。」

拉銻發出了一個「呿」的聲音。堤亞哥又把搭成塔型的雙手壓在嘴上了。

蕾歐尼的嘴唇拉成一條直線。「了解。我仍無法在非保密的頻道上討論此事。」

亞拉達遲疑了一下，拉錑悄聲對我說：「是怎樣——我們可以把頻道變成保密頻道嗎？那樣需要什麼條件？」

我對他說：「必須有巴利許—亞斯傳薩認證過的企業網律師才行。」

拉錑低聲發出哀號。

王艦正在頻道上對亞拉達解釋一樣的東西。她對蕾歐尼說：「妳願意登艦親自與我們討論此事嗎？」

（我的攝影畫面可以看到控制中心的下層，只見無人機正在清理消毒目標一號和三號的死亡現場。它的動作加快了。）

蕾歐尼嗤之以鼻。「你們大學的保密協議恐怕不會涵蓋我的部分。」

亞拉達對她露出「試試看無妨」的微笑，彷彿她真的知道蕾歐尼在說什麼東西一樣。然後蕾歐尼說：「但我可以允許你們登上我們的船艦開會。」

堤亞哥用力地吸了一口氣。拉錑的表情變得非常懷疑。艾梅納發出嘲諷的聲音。歐芙賽說：「幹，才不要。」

王艦在私人頻道上說：**我該終止連線嗎？**

不用，我對它說。**她不會答應的。我們已經有方法可以從那艘船艦上取得情報了，可以派無人機和補給品一起過去——**

然後亞拉達說：「我可以接受。請妳把需要的補給清單傳過來，我會請我的團隊開始處理，然後我們就可以來安排什麼時候遞送補給品和你們的組員，以及面談。」

什麼？其他人類全都望向我，萬分震驚。我也萬分震驚。

蕾歐尼維持一貫平靜的神情。「同意，不過我想先和我的組員通話。」

亞拉達說：「同意。給我一點時間進行安排。」

王艦將通訊按下保留後說：**可以說話了**。然後它發出了我那種「人類到底在搞什麼東西」的嘆氣聲。

人類之間顯然進行了一場激動的爭執。

為求不要聽到那句難以避免的「我早就說了」，我對王艦說：**我真該請你終止連線的。**

王艦對我說：**對，你真該那樣做。**

它對其他人說：**他們把所需物品清單傳過來了。既然我們已經決定要採取這個……行動**

方針，我已經請無人機去把物料都從儲藏室裡拉了出來。我也正在替亞拉達製作一套標準組員衣物。

這時候爭執已經告一段落，亞拉達仍要前往補給艦，雖然其他人類都顯示出心跳加快的現象，也就是他們全都處於不同程度的氣憤和惱怒狀態。

堤亞哥的神情很嚴肅。「如果我們要這麼做，就得讓伊莉崔做好與蕾歐尼談話的準備。也許在那之前，她可以和我們說說她的事情。艾梅納，妳可以幫忙嗎？」

艾梅納努力掩飾自己的驚訝。「嗯？噢，當然可以啊，舅丈。」

他們踏上走廊。亞拉達轉向歐芙賽說：「我知道妳很不開心，但這樣做可以省下很多時間。」

歐芙賽咬牙切齒地說：「救援妳——或試圖取回妳的遺體——可不會替我們省下什麼時間。」

拉鎊把雙手壓在雙眼上，然後用力往臉的下方拉，看起來一點都不舒服。他說：「我們得想個計畫。妳打算跟他們說什麼？」

走廊上，艾梅納說：「我本來以為你不會需要我幫忙。我的意思是，你們都說我很衝動。」

「沒有人那樣想，我的孩子。」堤亞哥在頻道上對伊莉崔發出訊號，讓她知道他們要進去了。「妳的家長如果不信任妳的判斷能力，那他們一開始就不會讓妳來參加這次探勘行動。」

從艾梅納的神情看來，這個想法她是第一次聽說，不過此時寢艙的艙門已經滑開了。

歐芙賽還在生氣，但拉鍗請她幫忙的時候，她還是跟著他下去儲藏套間，確認無人機可以把補給品貨櫃運到大型物品進出用的減壓艙前。我可以去幫忙，但我認為拉鍗想要給歐芙賽一個可以發洩一下然後冷靜下來的機會，我則不想待在那個現場。

艾梅納把蕾歐尼的頻道畫面圖片傳給伊莉崔看，問她對方自稱的身分是否屬實。

一開始，伊莉崔看起來鬆了口氣。「對，她是督導員蕾歐尼。她負責管理補給艦。」然後她的神情慢慢開始變得疑惑，「補給艦。」她用雙手壓著頭，「我為什麼不在補給艦上？」

「妳能用通訊器和督導員蕾歐尼說話嗎？」堤亞哥問她，「能不能和她說一下妳發生了什麼事？」

伊莉崔點點頭，不過她說：「跟你們說明就已經夠難了，那時你們還都在場呢。」她的額頭再次皺了起來，「你們在吧？」

「就說妳知道的部分就好。」堤亞哥語氣溫柔地說，王艦用寢艙裡的顯示器再次打開通訊器的通話訊號。

監控這場通話已經讓我夠緊張的了，我也感覺得到王艦在頻道裡的注意力。不過伊莉崔順利證實了自己被目標綁架的事，並且說自己是被這艘船艦的組員以及其維安配備救出來的。她指了指艾梅納。「這位年輕人，她是另一家探勘公司的實習生。」

伊莉崔知道拉斯遭殺害，但是她不確定是怎麼發生的。蕾歐尼追問細節的時候，她說：「對方是灰色搶匪，在我們身上放了某種強化物之類的東西。那東西對我們造成影響。」她指指頭部，「搞得我的時間觀大亂。我不記得離開補給艦的事。還有探測艦——」

蕾歐尼對她說這樣就夠了，接著把通話轉給貨艙部門去安排轉運事宜。

亞拉達的臉皺了起來，可能是等著聽大家對她那個顯然被所有人討厭的計畫提出進一步反對意見。此時我們還站在休息室（我打算去王艦的平面圖上把這地方改名為「吵架室」），她看起來很疲憊。「你也在生我的氣嗎，維安配備？」

我說：「對，而且我也會跟妳去。」

真的，其實唯一那個需要親自過去的人是我，這樣也比派出無人機結果無法回收來得好。但是我不認為我們可以提出「嘿我們可以改派維安配備過去嗎？它只需要站在你們的船艦上大概三分鐘吧。噢，沒有什麼原因，它只是喜歡看看其他人的船艦內裝而已」這個要求，然後本來就已經沒有很樂意讓亞拉達拜訪的督導員蕾歐尼，在聽到之後還會同意。

歐芙賽在頻道上說：**對，拜託了。亞拉達，維安配備一定得跟妳一起去。**她聽起來又恢復正常了。我把她和拉銻站在王艦的大型貨物減壓艙閘口的影音訊號放在第三層訊號撥放，只見她揮舞雙臂，氣呼呼地說話，而他則用深表同情的神色點頭稱是，三架王艦的無人機在他們四周飛著。交談最後是她為了自己對拉銻吐苦水而向他道歉，以及她很氣自己在危機中還對亞拉達發脾氣。我可以重播去重聽整段對話，就像我可以用採樣電鑽揍爆自己的臉一樣，而我是不會那麼做的。

（如果我要因為自己生氣而生自己的氣，那我就得持續不斷地生氣了，再也沒時間想其他事情。）

（等等，我想我確實是持續不斷在生氣沒錯。這樣一來很多事情就說得通了。）

亞拉達的表情很複雜，最後停在鬆了口氣的模樣。「好。我本來沒打算請你這樣做，但這可能是個很好的想法。」她顫抖地吸了口氣，「謝謝你。」

妳不用為了我做好我的蠢工作而謝我。

不過聽到還是挺好的。

在寢艙裡的堤亞哥正在試著安撫伊莉崔。他對她說：「妳聽起來已經好多了。我認為和妳認得的人交談對妳有點幫助。」

我傳訊給艾梅納：**問她探測艦或這艘船艦上有沒有維安配備。**

艾梅納照做了。雖然處境如此，伊莉崔聽起來還是相當有把握，她說：「有，探測艦上有三具。」

「補給艦上沒有嗎？」艾梅納試圖釐清。

伊莉崔點點頭。「對，因為探測艦上載的是主要聯繫人員，運輸艦上的則都是支援人員。」

我對艾梅納說：**問她那些維安配備是不是巴利許—亞斯傳薩製造的，還是說只是租用配備。**我不認為它們會是公司的機型——你在對無人認領的殖民地主張主權的時候，最不需要的就是公司把貪婪又愛偷挖資料的手伸過來。

艾梅納重複了我的提問，然後對我說：**用「租用配備」來講人實在是很詭異。**

對，艾梅納，這還用妳說嗎，我非常清楚。（而我明白這些概念對於艾梅納來說是全新又駭人的資訊，可是對於我和伊莉崔以及她那些被終生契約綁住的家人來說，只是再平凡不過的事。這也是為什麼我這番話只是對著我自己說，而不是對著整艘船艦說出來。）

伊莉崔答道：「沒有，這個任務中沒有任何簽約租用的設備。他們不想冒險讓其他公司企業發現我們在幹嘛。」

堤亞哥若有所思地看著艾梅納，好像在懷疑她是不是在頻道上和我私下交談。然後伊莉崔的神情又開始變得飄忽，所以他很快地問了個關於她家人的問題來讓她分神。

艾梅納在我們的私人頻道上說：**你要跟亞拉達過去嗎？**

對。我對她說。

艾梅納說：**如果探測艦上有三具維安配備，為什麼沒擋下目標的……侵占，或者它們做的那些事？那些目標感覺上也完全不知道你是什麼。**

我對她說：**探測艦上的維安配備一定是受到一位督導員控制，看是直接控制還是透過中控系統。如果目標取得任一個管道的控制權，維安配備就只能聽命退下。**這就是為什麼我很討厭人質情況。你一定得快速進入現場並壓制挾持人質的人。只要他們失去意識或死亡，就不能再威脅你、逼你做一些你不想做的事情了。**如果目標知道我是什麼東西，那他們可能會以為可以下令要妳阻止我。**

艾梅納發出嗤之以鼻的聲音。**好喔，最好是。**

艾梅納的意思是說我不會聽她的，這點沒錯，我確實不會，如果情況是那樣的話。但是同時我們對於目標還有很多不能理解的地方。這個資訊真空大到我們所有人都可能跌進去慘死，包含王艦在內。

亞拉達的神情變得很專注。巴利許—亞斯傳薩的管理者剛傳了他們需要的補給規格和轉移的後勤細節過來，她在頻道上和王艦一起檢視內容。然後她問我：「他們會知道你是維安配備，因為伊莉崔會這樣告訴他們，那……我們要怎麼處理這件事？」

我不太確定「這件事」的意思，但我覺得亞拉達也不知道「這件事」的意思。她對維安配備的認知完全只來自我而已。我說：「我會是大學提供來保護妳的安全的維安配備。」

我真心覺得王艦這時候應該會插話才對，至少要發出一些沒禮貌的噪音。但是它沒說話。

拉鎨在頻道上旁聽，他對這整件事都非常沒有信心。**那你不是應該要穿著盔甲嗎？**

「不一定。有些合約會要求維安配備在起居空間巡邏，這種工作通常會是穿制服進行，而不是盔甲。」生產合併體其實有一套標準化指南，但大多數人類都不知道這件事。只要我不用走進一間滿是維安配備的出勤中心，裡頭充滿著人類用來製造與摧毀我們的技術，我的風險評估模組就認為一切安好。（我懂，我說出口的時候也覺得有點擔心。）

然後王艦說：**你的配置已經不符合維安配備的標準**。王艦知道這一切，因為就是它幫我變造了配置，好讓我能成功假扮成強化人。除此之外，我還寫了程式碼，改變我移動的模式，增加了一些隨機動作、遲疑時間、眨眼和所有對其它人類來說都等於是「人類」的細節，讓我比較容易蒙混過關，雖然說我還是得不停駭入武器掃描機。

「對耶。」亞拉達轉向我，挑起了眉毛露出擔心的模樣。「你和我們一開始見到的樣子不同了，你讓身上的毛髮長長了一點。」

王艦幫我變造的部分，有些很低調——長一點的頭髮、更明顯的眉毛、人類皮膚上大部分面積都有的那種幾乎看不見的細小汗毛、我身上有機的皮膚與非有機部位銜接處的外觀。其他變造則是結構上的變動，確保在搜尋標準規格的維安配備的掃描器不會找到我身上來。「我還變矮了。」我對她說。

「你有嗎？」驚訝的亞拉達後退一步，盯著我的頭頂瞧。

缺乏對細節的關注是人類不應該自己負責維安的原因之一。

但是人類確實會在有意識或無意識的情況下，偵測到潛在的細節，並對其做出反應。

就算是在保護地（特別是在保護地），我也會讓自己的程式碼將動作和肢體語言變得更像人類，以免引人注目。我現在已經養成那樣運行的習慣了。只要讓那些程式碼暫停，就算沒穿盔甲，我也會看起來比較像「正常的」維安配備。（正常＝用中性的表情隱藏著對自身存在的絕望，以及令大腦崩壞的無聊。）

見亞拉達和拉銻還想爭辯下去，所以我說：「如果他們問了——但他們不會問的，就說我是學術用的型號，特別為你們大學設計的。」

王艦說：**我更希望你能用強化人的身分前往。**

我現在最需要的東西，就是有個龐大的全知機器智能來質疑我的決定。「我不在乎你更希望什麼。」這樣比較安全。我們現在是打算去圓一個大謊——說我們是王艦的組員，如果把小謊的數量減到最少，會比較容易增加說服力。關於我是維安配備，且亞拉達與我之間有維安合約的這件事是事實，只是與企業網的人預設的理解不同而已。我其實可以這麼說，但我說出口的是：「這是我的決定，你可以閉嘴了。」

「不要吵架喔。」從廚房回來的艾梅納說。堤亞哥正準備前往大型貨物減壓艙幫歐芙賽和拉銻的忙。

亞拉達仍狐疑地看著我，心不在焉地發出哼聲和磨牙，我這才發現還有一個問題。對亞拉達來說，我不是她的維安配備，我是她的同事，她是我的組長。這會帶來完全不同的肢體語言。除此之外，她還絲毫不懼怕我，在我的企業網客戶中，就算是最有自信、最傲慢的人，在我身邊都會有點緊張，不論他們有多想掩飾也一樣。（沒有信心又不傲慢的則是緊張得要死，那對我來說也不好過。）我問她：「妳能把我當維安配備對待嗎？」

歐芙賽在頻道上說：**哼嗯。**她問亞拉達：**妳能嗎？**

「當然。」亞拉達聳聳肩，顯然完全不知道我們說的是什麼意思。

仍與拉銻一起待在下方套間碼頭的歐芙賽嘆了口氣。她對我說：**好，我會在你們出發前，快速地和她練習一下。**我用訊號敲了敲她的主頻道表達收到。

亞拉達追問道：「是怎樣啦？」

我進入一間沒有人的寢艙，換上王艦剛替我做的組員制服。制服是深藍色，長褲和夾克用的防禦織料比保護地太空站的維安人員用的還要好太多了，上頭還有許多可以密封的口袋，能放武器和無人機。加上一雙用穩定材料做的靴子，這靴子堅固到我覺得應該能靠靴子撐開要關上的艙門。

這套裝備看起來像是人類維安人員會穿的東西，像是維安配備應該要穿的東西，而不是平常穿的那種便宜的合約制服。我也不知道，也許其實維安公司擁有的維安配備就會穿這種吧。

夾克上有王艦的組員標誌，不過不知道為什麼，這點沒有像平常那樣那麼惹毛我。

我有點擔心頭髮的部分會被注意到。在祕盧之後，我就把頭髮留到這個長度，讓自己看起來不像維安配備，可是現在的我又需要看起來像維安配備了。看著我一邊用攝影機檢視自己一邊在頭上戳來戳去的王艦，指了寢艙附設的浴室給我看，裡面有人類所需物品的販賣機。其中一項是一種類似潤滑劑的物質，我按照說明書用它來壓平頭髮，結果確實看起來比實際上短了一點。這樣看起來比較像維安配備了。既然現在王艦顯然決定要幫我忙，而不是像個巨嬰一樣鬧脾氣，所以我對他說：「為什麼你希望我用強化人的身分過去？現在這樣明明比較容易。」

因為你不喜歡。王艦說。

「那是我的問題。」我是不喜歡。但如果你把所有發生在我身上的事情拿出來，用一個糟糕量表來衡量，把每一起事件都加上一個明確的數值（我這樣做過一次，就存在我的檔案庫某處），與那些企圖剝削破敗殖民地的企業打交道、可能還必須用艾梅納消滅炸蔬菜類食物的速度解決維安配備，這件事的數值只在量表下方三分之一的位置而已。

雖然我對艾梅納說了那些話，探測艦上的維安配備還是讓我有點擔心。若它們曾被擊敗，但沒有被摧毀，目標就有可能透過這個方法取得情報、得知我有什麼能力。

在我的組員身陷危險的時候，那就是我的問題了。王艦說。

我已經厭倦聽別人告訴我該怎麼做了。對自己有堅定決心這件事有時候很煩人，但它比另一種狀態要好得多。我確保衣領是翻下來的，這樣別人才看得見我的資料槽（只是任何試圖要往那裡插戰鬥複寫模組的人都會遇上一個非常暴力的驚喜），然後冷靜地走出艙門，進入廚房。艾梅納坐在桌邊，朝我皺眉。她說：「你們兩個又在吵什麼了？」

王艦說：**我把維安配備的制服做得太好了**。艾梅納點點頭。「你看起來確實很體面。」

我絕對不會做出任何反應來捧它。

亞拉達換好了組員制服後回到廚房，她的制服基本上與我的制服一樣，只是比較沒有戰鬥功能。制服看起來休閒而實用，她穿著感覺也很舒服且自然，這樣很好。「都準備好了嗎？」她問，「走吧。」

「他們一定不會起疑心的，」拉鎄在貨物碼頭對其他人說，「誰會跟一具友善的叛變維安配備在外面跑來跑去呢？啊，除了我們以外。」

12

我們用的是王艦的艙外行動太空衣，這些太空衣的品質也比保護地探勘隊的好。（他們的太空衣有第二層內部防護衣，可以在行星探索任務中使用，只是我們在運輸艦上用不到就是了。）不過我還是先跑了一些檢查碼，確認這些太空衣的艦內系統沒有被感染。（雖然雖然機會不大——電量使用數據顯示，王艦記憶受損事件發生的這段時間內，太空衣都沒有啟動——但我還是想維持這個偏執，直到我弄清楚王艦到底是怎麼樣被攻擊的為止。）（我的意思是，那之後我也還是會繼續偏執下去，但是只會針對平常那些事項而已。）

我們會帶著伊莉崔一起過去，亞拉達提出要將拉斯的遺體一併送過去，但是蕾歐尼說沒有這個必要，並且表示我們可以直接將其丟棄就好。這話讓人類都有點不開心，對我也稍微有點影響，這點真讓人想不到，畢竟死亡維安配備的有機部分（以及遭射擊脫落、切下、壓碎等等的部位）也都會進回收機臺。但就是有影響。就像拉錫說的：「你會以為他們最起碼會假裝有點在乎。」

王艦已經接近巴利許—亞斯傳薩的船艦，並且使用貨櫃拖拉器將裝有維修補給品的貨櫃移到對方船艦的套間碼頭。然後亞拉達和我很快地來到船艦右舷減壓艙，伊莉崔的太空衣和我們掛勾在一起，跟在我們身後。

（移動的路上，我在自己與亞拉達的艙外行動太空衣之間建立好私人頻道，確保這件事後，我對她說：「記得，我不是你的同事、員工或保鑣。我是一個工具，不是一個人。」這話歐芙賽稍早已經對她說過了，但我想確保她能夠理解。

亞拉達發出了一個不開心的聲音。過了三點二秒，她說：「我明白了，別擔心。」）

保護地的船艦設計不同，所以踏上企業網的船艦時有一種古怪的熟悉感。（一種怪異的不愉快，弄得我體內的有機部位都有點翻騰。）以前的我總是被當作貨物運送到所有合約執行的地點，所以在我與船艦和駕駛機器人的互動經驗中，有九成都是在曼莎博士把我買下、然後我離開自貿太空站之後的事。至少伊莉崔說船艦上沒有維安配備這件事看起來是真的，這裡沒有中控系統，他們用的是自有品牌專利技術，沒有用公司標準技術。但是整體架構的相似度仍然很高，所以到了我和亞拉達完成循環、離開減壓艙的時候，維安系統已經以為我具備完整互動權限，他們的駕駛機器人也已經核准我成為優先聯繫對象。

光這點我就能做很多事了。我們不是來傷害他們的，這點算他們走運。減壓艙前有四名人類，皆身穿紅棕色交織的巴利許—亞斯傳薩企業制服，並且攜帶重型戰術裝備、戴著頭盔，每個人都帶了發射型武器。（我的前擁有者保險公司絕對不可能花錢買這麼好的設備，巴利許—亞斯傳薩一定花了不少心力在打造品牌。）

有什麼問題嗎？亞拉達在私人頻道上問我，我已經再三確保船艦的維安系統絕對看不到這頻道。

沒有，這只是正常維安流程。如果不是的話，巴利許—亞斯傳薩的麻煩就大了。

第一位船組員／前在潛在威脅者說：「請卸除太空衣。」

真是讓我鬆了口氣。要穿著艙外行動太空衣擺平四名攜帶武器的人類會非常麻煩。我的太空衣打開，讓我可以走出來的時候，我偵測到現場的緊張氣氛出現了無意識的放鬆，這讓我的威脅評估報告指數下降了百分之三。（備註：人類通常不會在維安配備出現的時候露出放鬆的神情，所以我認為他們不知道我是什麼東西。但我有百分之九十五的把握，他們現在至少確定了我不是目標灰色人。）隨著伊莉崔和亞拉達也都踏出太空衣外，威脅評估報告指數又足足下降了百分之十。

對方顯然認得伊莉崔，而她也認得他們，只是看起來有點迷惘。一名沒有武裝、頻道標記是人資人員的組員走上前來，挽著她的手臂把她帶走了。

另一名組員說：「請往這裡走，亞拉達博士。」

他們領著我們穿過另一扇艙門，向下經過一條作業通道，然後進入一間會議室。會議室中間有一套繞成一圈的低背軟墊沙發，沙發中間是一面巨大的漂浮顯示泡泡。所有東西看起來都頗新，也維護得很好（這裡看不到老舊的船艦內裝），牆面與鋪了軟墊的座位上有著運用巴利許—亞斯傳薩代表色設計的裝飾性長條抽象圖案。

蕾歐尼已經坐在沙發上等我們了。「亞拉達博士。」她朝對面的座位示意。這艘補給艦的通訊視訊應該也有修圖功能，因為現場看蕾歐尼本人，她的眼角和嘴邊隱約可見壓力及疲倦的徵兆，不過她的外觀仍是可以拍影集那種程度的完美。

「督導員蕾歐尼。」亞拉達點點頭。她坐下的同時，我後退一步，靠在她身後的牆面。

跟著我們進來後四散在艙內各處的護送組員，反應看起來有點不安。他們本來猜我是保鑣，不過我還穿著艙外行動太空衣的時候，就先把裝扮成人類的程式碼關掉了，但他們現在才意識到我可能不是強化人這件事。（雖然有武器和重裝備，他們仍顯得業餘。）

（業餘的人最恐怖了。）

蕾歐尼瞥了我一眼，完美的眉毛一皺。「妳的保鑣……」然後她瞇起雙眼，「是……」

「是維安配備，」亞拉達說。因為對她足夠了解，我聽得出她聲音裡的緊張，但我不認為其他人聽得出來。（他們太忙著戒備我了。）亞拉達還記得，沒有瞥向我，這樣很好。她和拉錫每次回答關於我的問題時都有這個壞習慣，好像是在確認我是否同意他們談論我，這可不是一般人在維安配備四周時會有的行為。

（維安配備讓人類和強化人不自在，我執行過的合約任務中，每當我出現在客戶身邊，他們就會表現出各種緊張又矛盾的反應。（不論他們有多緊張，先假定我比他們更緊張就對了。）但是在眼下這個情況，重點其實要放在其他人類預期他人會有什麼反應，而不是人類真的會有的反應，後者可說是包羅萬象了。）

我透過新朋友巴利許—亞斯傳薩補給艦的維安系統看見攝影機畫面，只見兩名護送組員不安地互看一眼。他們的頻道活動都受到主管監控，所以上面沒有人在私下閒聊，不過其中一人傳了維安通知給艦橋。維安系統的反應是用訊號敲我，我對它說一切都沒問題，於是它便再次輕鬆愉快地與我共用介面了。

「妳不信任我們嗎？」蕾歐尼說道，神情深不可測。

這個部分，這種人類的霸道姿態，就是亞拉達擔心自己會搞砸的地方。人類的霸道態度不是亞拉達會做的事，她這個人可說是完全背道而馳。（而且沒錯，這點我也幫不上忙。）

我以為其他人類可能會注意到她有多緊張，搞不好會導致他們開始懷疑整套亞拉達的說詞，而關於我們發生了什麼事，其實只是一鍋融合謊言與真相的大雜燴。但他們倒是不太可能把她的神經質，歸咎於把叛變維安配備朋友帶到他們的交通工具上。（這點拉銻說對了。）

亞拉達成功露出一種不是太友善的微笑，然後她說：「我認為我們對彼此的信任程度是一樣的。」她接著說，「而且我們的合約上有要求，在船艦外的初次接觸場合中，必須有維安配備參與。」（是我告訴了亞拉達這個神奇說詞：「合約上有要求」。）

蕾歐尼糾結的眉頭稍微鬆開了些，她在頻道上傳了一個「維持待命」的代碼給隨從人員，這些人都在假裝思考著如果沒有被下令制止的話，他們到底可以對我做什麼事。「合情合理。」

我看著亞拉達雙肩的緊繃感稍微減緩了些。知道自己用了正確的口吻，這點讓她增添了一點信心。她傾身向前。「妳可以告訴我妳的船艦發生了什麼事嗎？因為我認為應該與我們遇到的情況很相似。」

蕾歐尼沒有立刻做出反應，我懷疑她沒有預料到我們會這麼直接。眼看對方遲疑，亞拉達說：「如果妳希望的話，我可以先說。」

你應該以為蕾歐尼會同意吧，但顯然她想要控制對話的走向。她說：「沒有這個必要。」她稍微變動了一下姿勢，「妳明白這座星系的前殖民星球，現在已經完全屬於巴利許—亞斯傳薩所有了。」

亞拉達維持著平靜且嚴肅的神情，不過我知道她到現在都還是覺得，擁有一顆星球這個概念如同擁有我一樣怪異。「當然。」

蕾歐尼點點頭。「我們抵達這裡的過程，還有對此地的初步掃描結果都沒有異常，在探測艦接近殖民地的太空碼頭時，我們則進入運行軌道行駛。探測艦回報表示，殖民地很意外地完整無缺並可正常運作，這對我們的復墾作業來說是個好消息。殖民地若要整個重建，所需的開銷會非常龐大。前線組投票決定不使用接駁艇，而是改用碼頭的升降箱來降落星表。」她的嘴角緊繃起來，「這大概不是明智之舉。」

我從亞拉達的神情看得出來她想出聲打斷，但她沒有這麼做。維安系統一直大有幫助地提供著它記錄的影音檔案，畫面都經過了編輯，重大事件也加上了標記。到目前為止，維安系統的通訊和頻道資料與蕾歐尼的說詞相符。

「超過五十七小時的時間裡，探測艦傳來的都只是標準狀態回報。」蕾歐尼繼續說道。事實上，根據維安系統的記錄，應該是五十八點五七小時，但沒關係。「然後升降箱回來了。」

蕾歐尼幾乎要蹙眉閉眼，我感覺得出來她很不喜歡接下來要說的話。「我們的前線人員遭到攻擊，但我們一開始並不知情。我們當時才剛派了一艘接駁艇，載著兩位環境技師到探測艦上做基本維護檢查。我本來以為接駁艇在後來的事件中被摧毀了，直到你們告訴我情況不是那樣。」

蕾歐尼話說到此，暫停了片刻，於是亞拉達多給出了一點資訊做為交換。「你們的技師伊莉崔和拉斯被植入了這種小型設備。」亞拉達在我們的私人頻道上問我：**現在嗎？**

對，現在時機正好。我往前踏了一步，蕾歐尼的護送組員全都緊張地一顫，然後我把裝著伊莉崔的植入物的小型滅菌容器，放在亞拉達擱在沙發上的手旁邊。我退身，她拿起容器，交給蕾歐尼。我們留下了拉斯和其他目標的植入物，不過歐芙賽還沒辦法從中取得任何資料。我們猜想既然那些植入物殺傷力比較大，可能可以告訴我們更多資訊。

蕾歐尼皺眉，不過看起來是在思考，然後她在頻道上向一名工程主管諮詢了一段時間，接著一名技術人員前來收走了容器。

蕾歐尼說：「這可能就解釋了它們是怎麼控制住我們的前線組。就我們所知，前線組從太空碼頭回到探測艦的時候，不知怎麼地，被迫挾持了剩下的船組員。我們的維安系統收到一封被截斷的病毒威脅警報訊號，才趕在系統被感染前先截斷了頻道連線。這點讓我們趕在探測艦朝我們開火之前，爭取到了一點準備時間。」

根據維安系統的記錄，那封警報訊號是來自其中一具維安配備。它傳了一組叢發碼，通知補給艦的維安系統截斷通訊器和頻道連線，下令要駕駛機器人進入防禦模式，一切正好趕上被轟炸前的最後一刻。補給艦開始逃離現場，探測艦則與碼頭脫鉤。探測艦接著再次朝補給艦開火，破壞其引擎與其他系統，然後就離開了。

這些資訊非常令人不安。若是搶匪，一定會想辦法把補給艦騙過來，一起俘虜。在這個情況裡，目標的行為看起來像是唯一目的就是要離開該星球。它們一取得一艘具備武力的船艦後，就不想要理會沒有武器的補給艦了，即便你知道的，上頭裝滿了補給品也一樣。

如果它們控制住了探測艦的組員和駕駛機器人，它們應該就知道自己破壞了補給艦的蟲洞穿越功能。王艦說。

我不知道王艦待在我的主頻道上多久了，搞不好它一直都在。維安系統試圖阻擋王艦，我迅速拉起了一面防火牆，並刪掉維安系統與王艦接觸的記憶。（王艦真的絲毫不把其他常駐系統的挑戰放在眼裡，可是我不想看到那套友善的維安系統被刪掉。）我說：你**不是應該別插手這件事，以免這艘船艦已經被入侵嗎？**

王艦無視我說的話。**探測艦攻擊我的原因，可能是目標想要第二艘有蟲洞穿越功能的船艦，或者是想要一艘武力更強大的船艦。**

也許是吧，但這個結論沒辦法給我們什麼資訊。這就像是說它們攻擊王艦只是因為看它長得漂亮一樣。

亞拉達問道：「你們有拍到搶匪的模樣嗎？」

我已經看到畫面了，就在維安配備傳送的叢發碼裡面。一段六秒長的影片，拍到兩名目標衝進艙門內的身影。蕾歐尼說道：「有一段很短的監控攝影機畫面。它們看起來就像妳說的那樣，異於常態。」

亞拉達面如死灰。「我們懷疑它們被外星遺留物感染了。」

「對。」蕾歐尼的神情和語氣說明了她也這樣認為，而且為此感到極度憤怒。如果巴利許—亞斯傳薩想讓投資能回本，就得先處理汙染的問題，這點在最樂觀的情況下，也代表要隔離星球的大部分地區，還要派出有執照的去汙團隊。（前提是他們是想要合法作業，而不是搞灰軍情報那套，殺掉所有目擊者。）「你們是怎麼被攻擊的？」

「我們當時剛抵達這座星系，開始進行初步遠程地圖繪製掃描。」亞拉達攤手。接下來這段就是純說謊的部分了，我把維安系統的下載工作先暫停，好讓我能夠專心，而且這情況實在是讓我太緊張了。「那時我們接到一艘船艦的求救訊號，現在已知就是你們的探測艦。我們進入範圍內後，對方派出了一艘接駁艇。我們允許接駁艇停泊，結果卻導致我們得進行一番纏鬥才能保住小命和船艦。最後他們帶走了八名我們的組員。如果不是因為有維安配備，我們連船艦都守不住。」

蕾歐尼的目光短暫地掃過我。我的目光對著她的頭頂上方，向牆面投出維安配備的招牌空洞凝視，這麼做雖然比不透明頭盔的效果差一點，但還是行得通。她說：「我們的維安配備就沒那麼有用了。」

噢，我不知道耶。如果不是那封叢發碼警報，妳和妳的補給艦早就變成無數碎片了。

「你們有看到任何可能是探測艦組員的人嗎？」蕾歐尼問道，成功讓語氣聽起來帶著恰到好處的隨意感。

「只有伊莉崔和可憐的拉斯。」亞拉達嚴肅地回答。我覺得她流露出太多同情心，不過蕾歐尼看起來心思在別的地方，似乎沒有注意到。然後亞拉達說：「你們本來就知道這顆星球上有外星遺留物嗎？也許是在舊殖民地的地點？」

小心點。我在私人頻道上對她說。這問題已經驚險地貼近巴利許—亞斯傳薩針對這次復墾任務持續下跌的利潤比率，還有他們使員工和資產暴露於活性外星遺留物的潛在責任。

（歐芙賽說得對，整個企業網唯一有共識同意是壞東西的就是外星遺留物。不過並不是說就不會出現像灰軍情報這種公司，不只跑去交易外星遺留物，還覺得自己可以成功脫身。只是責任押金以及導致所有人口死光光的可能性，讓這種事情變得相當罕見。）

蕾歐尼本來已經放鬆了一點，可能是亞拉達自然散發的那種誠懇讓她產生了安全感，不過現在她的神情又恢復為那張乾淨俐落的專業面具了。「我的合約恐怕沒有權限讓我討論這件事。我們的貨艙部門已經把你們帶來的補給品卸貨完畢了。」蕾歐尼再次望向亞拉達，顯然做出了決定。「在我們針對你們的請款單傳送費用證明之前，妳可能會想要先進行協商。」

噢，開始了。

亞拉達皺眉，露出不解的神情。「協商什麼？」

蕾歐尼說：「讓你們回去你們的船艦這件事。」

唉，我恨人質情況。

我翻過沙發，抓起離蕾歐尼最近的警衛，把他拉近我的胸口，手臂一扭，讓他的武器指向蕾歐尼。我的動作非常快。

其他警衛發出各種警戒／準備攻擊的聲音，並把武器指向我，但是就是晚了一步。蕾歐尼瞪著我和我的人肉盾牌一起指向她的武器，傳送了叫他們退下的代碼。警衛們遲疑了一下。

我的人肉盾牌，頻道名稱看起來是哲堤，試圖要透過頻道傳送代碼，不過我早已截斷了艙內所有人的頻道對船艦其他地方的連線。我的前臂開始朝他的喉嚨施壓，他便放棄了掙扎。

亞拉達舉起雙手。這是一個反射動作，但老實說，實在是有點糗。我在頻道上對她說：**亞拉達，放下妳的雙手。妳應該是那個下令的人。**

噢，抱歉，你說得對。亞拉達放下雙手。她有著淺金棕色的肌膚，而現在能看見上頭的血色已經全部消退。她的聲音有點顫抖，對蕾歐尼說：「我不想要協商。」

蕾歐尼舔了舔嘴唇，重新擺出鎮定的模樣。「我們的船艦維安——」

「此刻沒有屁用。」亞拉達瞥了我一眼。我已經下令要我的新朋友維安系統封閉某幾扇艙門，把這一區和船艦其他區域隔開，只留下能讓我們直通減壓艙的路線。她接著說：「妳也說過，我們的維安配備非常有用。」

好，我原諒她舉起雙手的事。

蕾歐尼還在想辦法拖延時間，她問道：「你們是從哪裡拿到它的？」

緊張過度的亞拉達忘了我說過如果有人問起，她該如何回答的說詞。她回答：「公司。」

（好吧，浪費了一套關於學術探勘單位生產維安配備的好故事。我把那套說詞存了檔，以防之後還會用到。）

蕾歐尼的神色一沉。「大家都說公司維安配備很危險。」

亞拉達開始生氣了。「我知道。」

我也截斷了亞拉達與王艦的頻道連線，這樣一來王艦上那四位正在崩潰和／或瘋狂發出噓聲的人類才不會讓她分心。王艦（因為它是個怪物所以我擋不住）說：**我已經將他們的艦橋鎖定為攻擊目標。你們所在的這一區會隨之脫落，我可以趕在你們失去太多空氣之前，用拖拉器把你們拉回來。**

炮艦的問題就是它們看什麼都想射擊。這就是為什麼保險公司要開合約給炮艦都會那麼貴。我說：**不，不要朝我們開火。幹，拜託一下，王艦。**請大家讓我好好做我的蠢工作好嗎。

蕾歐尼冷酷的神情出現一抹憤怒。她這才發現自己的頻道連線被截斷了，拖時間只是白費力氣。「允許維安配備控制專利系統是違反企業網準則的行為。」

亞拉達瞇起雙眼。「那妳應該打個電話找人抱怨一下。」

對，亞拉達絕對是生氣了。王艦鑽進她的頻道，給她看它瞄準的目標。這艘船艦的駕駛機器人也發現自己被鎖定了，現在它不是很開心。艦橋主管傳了一封假裝冷靜其實已經稍微陷入驚慌的頻道訊息給蕾歐尼，我放行了。

蕾歐尼緊抿雙唇。我看得出來這是讓步的意思，我認為亞拉達也看懂了。蕾歐尼態度鎮定且冷靜地說：「不需要這樣，我只是想要做一個更划算的交易。也許是因為你們是來自學術圈，所以才覺得這件事很奇怪。」

亞拉達嚥下口水，一樣讓自己聽起來泰然自若。「嗯，是有一點失禮。我現在想回去我們的船艦了。」

還有傳送請款單給妳。我在頻道上對她說。

「還有傳送請款單給妳，」她重複我說的話。

蕾歐尼點點頭。「當然。」

接下來的情況就很正常了。我們退回減壓艙，在我封上減壓艙前的艙門、隔開我們與船艦剩下空間之前，我放開了哲堤。我恢復亞拉達的頻道連線，歐芙賽立刻說道：**妳沒事吧？**

我沒事，寶貝。亞拉達對她說。**只是有人自以為企業權力很大就可以亂噴尿而已。**

嗯。

我們穿上艙外行動太空衣。（我控制了減壓艙，所以他們不會有機會把我們拋入太空。加上王艦的船炮都還指著他們，那樣做根本是自殺式的蠢。）我們順利完成了減壓艙循環。

安全進入王艦的拖拉器、亞拉達也回應了所有來自拉銻、艾梅納和堤亞哥的各種驚嘆發言之後，亞拉達敲了敲我們的私人頻道問我：**她為什麼要那樣？我聽起來很弱嗎？抱歉我搞砸了。**

不，**不是妳的問題。我認為她在她的組員面前對我們說了太多資訊，她自己也知道這點。她想要讓他們知道她有掌控權。**雖然沒有說出口，但我其實還覺得亞拉達太有同情心，是這點讓蕾歐尼覺得自己洩漏太多了。

亞拉達嘆了口氣。**不過這趟沒有做白工。至少目前而言，我們知道接下來該怎麼做了。**

是啊，我們要去那座殖民地的太空碼頭了。

前往殖民地星球的旅途需要四個王艦小時，時間夠我們做好準備，前提是若我們知道究竟該準備什麼的話。

「我們不知道近日點的組員有沒有在那裡，」我們在王艦的減壓艙艙門前脫掉艙外行動太空衣的時候，亞拉達對其他人說。「但是有可能探測艦就是利用那個地方作為任務基地。」

「再怎麼差，那裡應該都有資訊讓我們弄清楚這地方到底是怎麼回事。」拉錛在通訊器上同意道，「如果那座太空碼頭的系統還開著，那維安配備可能就能幫我們挖出一點資訊來用。」

亞拉達和我試著把太空衣收起來，不過只見一架王艦的無人機駛來把我們擠開，接手了收拾的工作。王艦同意亞拉達的評估，因為王艦頻道上的導航／路線資訊欄已經顯示我們正在脫離補給艦。

我剛才有個想法，現在跑到哪去了？我檢查了一下待處理資料夾。噢，對，這個想法啊。

我得跟王艦討論一下這件事。

這是個壞主意。但我有個不祥的預感告訴我，我們之後會用得上。

我不知道這件事會花多少時間，所以我得快點甩開人類。幸運的是堤亞哥已經進入另一段休息時間了（因為他浪費了第一段的一部分來與我爭執），歐芙賽和亞拉達一起上去了控制中心，拉銻坐在廚房，再次檢查從目標的驗屍掃描中蒐集到的資料，以及目標的裝備材料分析數據。歐芙賽認為她找到了外星遺留科技影響的證據，拉銻正在驗證她的結論。艾梅納想要跟著我進入寢艙，我對她說：「妳留在拉銻身邊。」

艾梅納停下腳步，皺起眉頭。「為什麼？你要去幹嘛？」

我想要實際身處在一個有隱私的空間，而非只是在頻道上建立一條隔離出來的連線。我接下來要請王艦做的事很奇怪，而且我不想要在這過程中被人類盯著我的表情看，就算他們聽不到交談內容也一樣。我得回答艾梅納，因為趕時間的關係，我決定用實話試試看。「我需要私下跟王艦談談。」

艾梅納的表情變得有點滑稽，然後她挑起雙眉。「要談談你們之間的感情嗎？」

我在頻道上感覺到王艦突然變得敏銳的注意力。我說：「很幽默。」我走進寢艙，關上艙門後上鎖。其他人與我的頻道連線都已經先被我切斷了。

王艦說：**你想看《時光捍衛者獵戶座》嗎？**

當然想，但是我得先做這件事。我說：「我想到了一個方法，可以製作出一套變化版的刺殺軟體攻擊來安插到目標的系統裡。你可以複製我，用我當感知零件。」我整理了一份報告，內容是絕壁保全用來對付那艘把我們帶離船羅海法站的公司炮艦時，使用有感知的刺殺軟體的過程。我把報告傳給王艦。

事件當時，公司駕駛機器人和我做的分析都指出，那個有感知病毒是用合併體的意識打造的，很可能是一具戰鬥維安配備。把它換成我的意識的副本，也可以製作出一樣的結果。

我知道王艦一定不會喜歡這樣，只是我不知道我是怎麼知道的。王艦不是人類，也不是合併體。人類和合併體都充滿了煩惱的情緒，例如憂鬱、焦慮和憤怒（焦慮是情緒嗎？感覺很像），而我不知道王艦充滿了什麼，只知道它有多在乎自己的組員。

漫長的六點四秒過去了（說真的，這麼長的空白，連人類也會注意到），而王艦什麼也沒說。然後它開口：**這個想法糟透了。**

我一聽簡直要氣死。「這個想法很棒好不好。」確實是個很棒的想法。王艦一直在研究專門為目標控制系統打造的病毒程式碼，到目前為止，它寫出來的結構都儲存在我們的共享工作空間裡。然而，當它發現目標控制系統的結構古老，加上可能與外星遺留科技有關，導致我們在沒有辦法做出變化版的情況下，就只能判斷根本沒有必要繼續研究下去，進而終止了這個項目。

沒有王艦的幫助，我沒辦法執行我的計畫。在公司炮艦上的時候，我把自己的感知移到駕駛機器人的處理空間，幫助它對抗有感知的刺殺軟體，但是這次的情況不一樣，我從未複製過自己，我不知道要從何開始，除非我能找到一個空間安放我自己。我不能直接把〔我．複製檔〕隨便插入王艦半完工的程式碼裡面，必須靠王艦幫忙才行。「而且這是你想到的，是你說我們需要一套具備變化版部件的刺殺軟體。」

王艦說：**我指的不是你。**

這話聽起來很溫和，用這樣的詞彙，如果是一般的口吻，就很像王艦會說的話。但它在頻道裡用的力量之大，讓我直接重重坐在臥鋪上。我說：「不要對我大吼大叫。」

王艦沒有回話。它就只是在那裡，在頻道裡隱形地怒瞪著我。

好，我早知道王艦不會喜歡這個提案，雖然我的威脅評估報告針對提案跑出來的數字看起來還不錯。但我不知道它會有這種反應。「你不需要把我從身體裡面挖出來，只要複製就好。複製的我甚至也不是我。我的組成是我的檔案庫和我的有機神經元件，這只是我的核心的複製檔而已。」

王艦沉默了三點四秒。然後它說：**以你這樣一個這麼精細的生物來說，你對於自己的心智構成的理解竟然這麼少，實在是很驚人。**

現在我更火大了。「我很清楚我的構成，這就是為什麼我現在坐在這裡和一個巨大王八蛋爭執，而不是被塞在某處的修復室，或者是在護送白痴人類去執行他們的挖礦合約。」事後想想，我實在應該繼續做那份工作就好。這番回擊非常好，講到重點，很合理，要回嘴一定會聽起來像個王八蛋。但我在這裡又說了一句：「你到底想不想救回你的組員啊？」

這就讓爭執變成吵架了，而王艦根本不知道怎樣公平的吵架。

說老實話，我自己也不知道。我從影劇和其他影片媒體裡面看過，大概知道那是一套抽象的規範和守則，王艦應該也知道，但是它似乎忘了那個部分。

（我吵架／執行維安任務時用的方法，是採取最低限度的回應，目的是把對人類、強化人以及公司財產的傷害降到最低，也就是要考慮很多要素。比方說：一個客戶刻意傷害另一個客戶，與單純是人類犯蠢且需要有人制止，像這樣的兩者之間的差異。這就是為什麼你需要維安配備而不是戰鬥機器人。而之所以讓人類執行自己的維安任務是個很糟的想法，正是因為他們比戰鬥機器人更容易抓狂然後毫無理由地掃射所有人。總而言之，眼下的情況是不公平的，因為你不會想讓攻擊者有機會阻止你，對吧？那就蠢斃了。但你又不想因為客戶走進一扇錯誤的門就殺害／傷害他們。）

我忘了我到底是想要講什麼了，總之王艦顯然沒有公平的概念，也沒有最低限度的回應，因為王艦幾乎所有的注意力都在場的感受強度實在令人難以消化。然後艙門滑開，拉鎊走了進來，艾梅納就跟在他身後。「發生什麼事了？」他質問道，「近日點說你想要複製自己來做變化版的病毒什麼東西？」

所以我只好把我的計畫告訴人類，接著他們就得爭辯一番、與彼此談一談，問我一些類似我還好嗎這類的問題。

這個愉快的過程持續半小時後，堤亞哥醒來了，他們又得把整件事解釋一遍給他聽。就是這時候，我發現艾梅納 (a) 不見了，而且 (b) 王艦把我和她的頻道連線截斷了。

我在醫療中心附近的第二休息室找到了她。我走進去的時候，聽到她說：「——因為它以為你死了，它沮喪到我以為——噢，嗨，你來了。」

我用一種指責的態度站在那裡，眼睛不看她。她努力撐了將近六秒，然後脫口說出：「王艦應該要知道你的真實感受！而且這很嚴肅，就像——你和王艦要一起製造一個寶寶，再讓你把它送去被殺或被刪除或——或者我也不知道會發生什麼事。」

「一個寶寶？」我還在生氣艾梅納在我背後偷偷告訴王艦我情緒崩潰的事。但是我也真的希望王艦有一張臉，讓我能夠看一下它現在的表情。「那不是個寶寶，是我的複製檔，用程式碼寫成的。」

艾梅納環抱雙臂，一臉質疑。「那就是你和王艦一起製造出來的，用程式碼製造。也是你們兩個被製造出來的時候用的程式碼。」

我說：「這和人類寶寶不一樣。」

艾梅納說：「那人類寶寶是怎麼製作出來的？是結合兩個或更多參與者的DNA，也就是他們的有機程式碼。」

好，那確實是有點像人類寶寶。「那不重要。」

王艦說：**艾梅納，可能只能這樣了**。

王艦聽起來很嚴肅，而且它認輸了。艾梅納緊抿雙唇，很不開心。

我爭贏了，耶我好棒，所以我離開了。

我們抵達太空碼頭的時候，沒有看到探測艦。

我的威脅評估報告指出我們只有百分之四十的機率會在碼頭找到探測艦，但是我感覺得出來王艦很失望且很生氣。主要是生氣。

亞拉達、歐芙賽和堤亞哥已經上去控制中心，王艦把它的掃瞄畫面投放到控制中心裡的大顯示器上，並傳道頻道裡。

碼頭位在低運行軌道上，透過一種稱為升降塔的東西與星球連接，升降塔裡面就是用來通到星表的升降箱的機械軸。碼頭本身是一座長形建築，上頭有長條型的凸出處，讓交通船艦、接駁艇和其他船艦可以在此停泊。碼頭上還有嵌入的矩形插槽，是套間碼頭。船艦會把補給套間送來，接著補給套間就會從碼頭被移動至升降箱，再送到星表。

「利用船艦到星表的貨運接駁艇應該會更經濟實惠吧？」拉鋉研究著掃描畫面說。他與我和艾梅納一起在廚房旁的會議室裡。「企業網不是都超在意開銷的嗎？這些材料不是都能拿去星表上蓋更多住宅式建築了？」

我從沒接過像這樣的殖民地的合約任務，但我知道這題的答案。「這樣才能阻止人類和強化人離開星球。」

艾梅納抬頭望向我，一臉不解。「嗯？」

我解釋道：「如果他們用接駁艇作業，可能會有一些人集結起來、搶下接駁艇，用接駁艇登上補給艦。這樣他們就能逃離了。」合理，目標就是用太空碼頭達成這個手段的，不過他們一定得先找到某個方法才能逼巴利許—亞斯傳薩的合約對象幫助他們。如果只是一群絕望的被殖民者跑進了升降箱，那船艦大可與碼頭的減壓艙快速分離，這樣就接觸不到了。雖然不是保證防呆，但是成功率高達百分之九十。（防呆是另一個我覺得很怪的詞。為什麼不叫做防聰明？要突破並且搶下與太空碼頭相連的船艦，又不能靠被絆倒或忘記帶武器之類的蠢事達成。）

艾梅納看起來驚恐極了。拉銻的神情走完了一整套變化流程，然後說：「你是說這裡的被殖民者是囚犯嗎？」

「有這個可能性。人類都不會想被丟在沒有改良過的星球，無法控制自己所需的空氣、水和糧食資源。」其實誰想呢？採礦場很可怕，但至少人類還會拿到工作的薪水（算是吧，大部分的時候，或者有時候），補給通常也都很可靠。而且採礦場的價值通常都太高，不會隨便被割捨。

我對於建立在僅有部分地區完成地形改造的殖民地並不熟悉，因為公司從未替這類殖民地擔保過。這應該就說明了這些地方有多危險，如果連公司都認為預算會太緊繃，那整個任務就不太可能成形。在人類和強化人入駐之前就先完成的地形改造計畫是一種昂貴的長期投資，可是結果通常不會像這樣破敗。

拉銻搖搖頭，揮舞手臂。「我現在連驚訝的感覺都沒有。我覺得我待在企業網太久了。」

嘿，我也是呢。

「所以說他們不只是把人丟在星球上然後就放他們自生自滅，他們還要先強迫這些人去到那裡。」艾梅納的神情結合了驚訝和憤怒。

「理論上不用。」理論上，這個殖民地會一直有補給送來，直到這裡可以自給自足為止，然後原本的那批被殖民者就可以解除契約。但你也知道情況會怎麼發展。

但是被殖民者不是自願者。堤亞哥在一般頻道上說。

「有時候是。」我這麼說，因為我不想再談這件事了。有些自願是知道要去的地方可能會是什麼樣子，但因為各種理由，他們還是要去。就像我去祕盧時遇到的那些人。還有些是「自願」，就是你要做一些你本來不必做的事，只因為不做的話就會被體內的控制元件燒焦，此例也可以替換成人類世界中的類似情況。

堤亞哥沒有再說話，所以這場算我贏。

王艦說：**我還有偵測到碎片，可能是來自好幾座被摧毀的衛星。**

「你覺得看起來是最近發生的事嗎？」亞拉達在控制中心後退一步，掃描畫面飄過她的頭頂。她移動腳步，想找到一個更清楚的角度。

王艦說：**分析數據認為碎片已經存在運行軌道上超過四十個企業標準年了。**

你應該看不出來衛星是怎麼被摧毀的吧？堤亞哥問。

如果可以我早就說了。王艦說，它補充道：**碼頭是我們掌握中的最佳資訊來源。其電力功率變化表明它正是／曾是啟用中狀態，包含維生系統。很有可能探測艦在攻擊我之後確實有返回此處。**

亞拉達皺眉望著碼頭的畫面。「但是探測艦現在不在這裡，而沒有進行搜索又無法判斷這裡到底有沒有人下船過。」

歐芙賽看起來也不太開心。「我不知道我最擔心的是什麼，是擔心我們得去找到並且搜索這個殖民地、上頭可能充滿有攻擊性且受到外星遺留物影響的人類，還是擔心我們得去搜索並且登上一艘武裝船艦。」

「武裝船艦上也同樣充滿有攻擊性且受到外星遺留物影響的人類。」亞拉達喃喃說道，心思放在閱讀王艦針對碼頭電力用量分析的數字。

在我們前往碼頭的途中，亞拉達與歐芙賽在一間沒人用的寢艙裡待了一段時間後和好了。我沒有透過王艦的攝影機看，也沒有派無人機溜進去監控她們兩個，她們在發生性關係以及／或者討論感情的事情（兩者我都寧可拿刀刺自己的臉也不想要目睹）的機率，比她們在說什麼我該知道的內容的機率高太多了。

（我的意思是說，她們有可能是在討論怎麼弄我，但是你也知道，也有可能不是啊。）

（差不多同一時間，我也聽見堤亞哥和拉銻的交談的一部分。堤亞哥把我們在寢艙的對話告訴了拉銻，拉銻則把自己對於那起暗殺未遂事件的了解告訴堤亞哥。堤亞哥說他覺得自己該對我道歉，並且進一步談談這件事。拉銻說：「我認為你應該暫時放下這件事，至少等到我們從眼前的處境裡脫身再說。維安配備是個很重視隱私的人，它不喜歡討論感覺。」

這就是為什麼拉銻是我的朋友。）

王艦取得了星球的遠距即時掃描圖。只見許多漩渦狀的雲層覆蓋著星球表面，有些看起來是強烈風暴。隨著雲層旋轉，偶而可以看見棕色、灰色以及亮紅色的地方，似乎就是星表。「這地方本來就是長這樣嗎？」我說。

「你覺得可能是地形改造失敗的結果嗎？」拉錫說道，心不在焉地皺眉望著顯示器。

「紅色的部分可能是藻類。他們可能是使用空氣泡泡來讓殖民居住地和農作區保有可呼吸的大氣，我們在保護地的地形改造完成前就是這樣做的。」

天氣看起來很自然，王艦說。**我偵測不到通訊器或頻道訊號，但這也可能是因為他們用的是受到完整保護的本地訊號。**

「所以我們不能直接打去下面問問看有沒有人想跟我們談談。」亞拉達研究掃描結果，「近日點，你想不想派出你一直在弄的那批先遣隊？」

王艦說：**還不行。**過了一秒，它接著說：**所有證據都顯示無法判斷是否有敵方人員存在，先遣隊會提早暴露我們的存在。**

亞拉達露出痛苦的神情表示同意。「那就先把重點放在碼頭吧，我們一定得去一趟瞧瞧。看得出來升降箱在那裡嗎？是還在碼頭上面這邊，還是已經降下去星表了？」

王艦轉動畫面，並強化了解析度。有個外部感應器顯示升降箱目前固定在碼頭機械軸最上方。

至少這表示我只需要擔心早已躲在碼頭的東西對我們發動攻擊或強行登艦。

「可以給我一張內部掃描畫面嗎？」我問王艦。我把我的無人機叫醒，讓它們到艙外行動太空衣的儲藏櫃前與我會和。我可以先派無人機下去繪製地圖，但是如果能先取得更多情報會更好。「碼頭可能有常駐安全系統。如果維安系統在搜索過程中被喚醒，那它就可以告訴我們所有需要知道的資訊。」

王艦說：**我可以根據偵測得到的電力系統繪製部分地圖。**

「你不能自己去，」堤亞哥在控制中心說，「我跟你去。」

歐芙賽說：「好主意，但三個人更安全。」

從亞拉達放棄堅持但又有點心煩的神情看起來，這一定是我沒有聽的那段性愛／感情交談內容的一部分。歐芙賽一定是堅持，下一次有機會跟我去做蠢事的時候她一定要參與。（所以技術上來說，她們確實是在暗中討論要怎麼弄我沒錯。）

隨便啦，我不在乎他們決定什麼東西，在場只有我是愚蠢的維安顧問。「這是我的工作。我不需要幫忙。」

堤亞哥看起來覺得很煩。「我在探勘任務中害你中槍，我不會讓你自己去的。」

亞拉達說：「不對，不要這樣嘛，維安配備，你也知道這樣比較安全。你不會想要死於單純被鎖在某個艙室裡，然後沒有人在另一邊幫你開門這種簡單又顯而易見的事情吧。」

（聽起來很蠢，但這確實是個人類如何在探索廢棄建築物時搞死自己的好例子。而且沒錯，我自己就對那種處心積慮想要找地方害自己沒命的客戶使用過這個例子，對，我有夠討厭這一切居然這樣回彈到我身上來。）

「而且這有寫在探勘合約上。」歐芙賽用一種到此為止的語氣說。她堅定地瞪著我的腦袋，讓我想起了在研究設施上的時候，那場關於我對亞拉達的支持的談話。我很支持亞拉達。我也支持亞拉達的婚配伴侶待在王艦上不要去送命。

我說：「那是針對人類的條款。」試一下無妨。

拉銻糾正我，「上面寫的是『合約中所有成員』。」然後他把相關段落從他的主頻道儲存空間中截下來傳給我。

這下我無話可說，並且對李蘋非常惱火。合約是她去幫我談的，而且她故意這樣寫。但是亞拉達沒有故意踩這個痛點，其他人也沒有一副得意洋洋的樣子。亞拉達堅定地說：「堤亞哥，維安配備負責指揮。你要隨時聽他的指令動作，不能爭辯。如果你做不到的話，就讓我代替你去。」

堤亞哥舉起雙手，掌心朝外。「我會的。」

我絕望至極，私下傳道：**王艦，你跟他們說我得自己去。幫我說話啦。**

王艦出聲說道：**我同意，若有兩名經認證的採勘專員跟著維安配備出動，會比較安全。**

事到如今我到底有還什麼好驚訝的呢。我再次私下傳：**王艦，你這個王八蛋。**

王艦回話，這次只傳給我：**這樣比較安全。我已經失去了我的組員，我不要再失去你。**

艾梅納毫無幫助地說：「你的表情突然變得好怪，你還好嗎？」

不，太混亂了。我都搞不清楚了。

13

我的威脅評估報告整個亂了套，但是沒有人覺得王艦應該去把碼頭鎖定成攻擊目標。它進行了一番複雜的操作（這件事我一竅不通，但我不需要會，因為王艦會就好）來縮短距離。我和兩名我完全不需要的人類助手，帶著艙外行動太空衣來到了減壓艙前。

與碼頭距離近到可以直接看見碼頭外艙殼的凹洞和刮痕的時候，我連上了它的頻道。頻道在休眠中，但是我用訊號敲過去時，維安系統醒來了，要我輸入巴利許—亞斯傳薩的登入密碼。探測艦一定有這個老舊剛石系統的密碼，或者它們直接放了一組刺殺軟體拿下系統，好上傳一套自己的。不論是何者，這個版本的碼頭維安系統都有在近期內升級過，只是結構上有點問題，又把自己放在待命模式。儘管我的防火牆無懈可擊，而且之前目標控制系統即便面臨各種挑釁、我還嘗試要殺掉它，它也沒有試圖要攻占我，但我還是有點緊張。我們到現在都還不知道王艦第一次嚴重關機到底是怎麼發生的，這件事仍然讓我超級偏執。

然而眼下這個狀況，我想要弄清楚碼頭維安系統有沒有被入侵的唯一方法，就是進去看個仔細。所以我就這麼做了。

我一進去就遇到一連串結構錯誤。我看不出來是巴利許—亞斯傳薩裝載的時候出了錯，還是有人在他們裝載完成後跑去亂搞一通。這狀況讓我變得比較難掌握控制權，並非因為維安系統會抵擋我，而是因為所有東西都是錯的。事實上，系統的狀態淒涼到，看起來甚至因為來了一個知道自己在幹嘛的人而顯得有點開心。我們抵達閘口前方，我控制了它的進出功能，叫它放我們進去。

艙門滑開來，減壓艙完成循環後，我們進入了一個寬敞的接待空間，給大型團體或物件使用的。艙外行動太空衣上有自己的燈光和濾光鏡，不過嵌在艙殼裡的燈仍然亮了起來。兩座安全艙門大開的巨大圓形入口通往走廊，並且就如同王艦所說，維生系統是開著的。

與外觀不同，碼頭的內裝看起來幾乎可說是嶄新的狀態。目光所及沒有什麼使用痕跡，就算有也不多。地板上有些許刮痕，就這樣。沒有近期活動的跡象，不過我們也不知道探測艦使用了哪一道閘口就是了。

不對，有近期活動的痕跡。一幅大型剛石標誌，設計元素是一座面海懸崖的行星風景圖，就被畫在另一頭牆面的金屬上。探測艦上的某個組員用尖銳的工具刮花了這幅標誌以後，在灰色和綠色的懸崖圖上畫了一幅陽春版的巴利許—亞斯傳薩標誌。哈哈，用破壞來展現對企業的忠誠度，笑死。嗯，可憐的是你們，巴利許—亞斯傳薩員工，因為你們這麼做之後沒多久就被殺害以及／或者被外星遺留物控制了大腦。

（我知道，那只是標誌而已，但我真的很討厭人類和強化人毫無意義地對東西搞破壞。也許是因為我在變成一個人之前，只是一個東西，而且我若是不小心點，搞不好又會被變回東西。）

也許是故障的維安系統的緣故，我總覺得等等會在這裡見到屍體。

我下令打開我的艙外行動太空衣，放出我的無人機。經過王艦上發生的事件，我只剩下十六架無人機了，但還是足以在碼頭這一帶執行一趟快速偵查。我的無人機也正在跑一段我新寫好的程式碼。這段程式碼會釋放出一道場域，讓所有目標無人機都將其辨識為目標的防護裝備。（前提是如果所有目標無人機都是用這個基礎在運作的話，而這點我們當然是無從確認起。不過還是可以試試看。）

我也有一把從王艦的補給中拿到的發射型武器，還有一把小一點的能源武器。

我留下兩架無人機跟著我，以待命狀態在我頭上盤旋，畢竟我收不到任何攝影畫面，只有一堆雜訊。其他人在陰暗的走廊上快速走動，歐芙賽問道：「你有收到任何訊號嗎？」

「頻道有部分處於下線中，攝影機沒有啟動，碼頭維安系統無法正確回應。」我的無人機畫面拍到黑暗空蕩的走廊，看起來無明顯人類活動跡象，如果不把屍體算進去的話。通往控制區的走廊和通往升降箱的乘客入口交界處，有三具屍體。

只見屍體身上都穿著巴利許—亞斯傳薩的配色，不過我還是把其中一架偵查無人機減速，讓它做一次延長的近距掃描確認一下。其中一具遺體正面朝上癱倒在地上，另外兩具靠著牆面扭成一團。從傷口看起來，應該是能源武器造成的，這點不意外。

王艦說：**身分不明**。這是它表達安心的方法，因為這些人都不是它的組員。

走廊深處還有另一具屍體，但是我已經知道是什麼殺了對方。

我沒看到的是可以用來拘禁人類的地方。太空碼頭只是殖民地在開發時期使用的一個短暫的中繼點，所以還不會有艙房之類的設施，僅有最簡化的補給物品儲藏空間和垃圾收放處而已。內部雖有多扇艙門，但是每一扇都開著，也就是說有人早我們一步在這裡搜索過了，現場就維持當時的狀態。我把幾個地方加上了標記，等等再仔細檢查，然後把無人機派去用來把貨櫃轉移到升降箱裝貨區的寬敞走廊。現場看起來，較大型的套間會沿著太空碼頭外部搬動，然後就直接加裝在升降箱上頭。

我強迫碼頭維安系統重新開機，希望這樣做會有用，然後爬出我的艙外行動太空衣。這次我們就有把環境太空衣穿在艙外行動太空衣底下了。太空衣的材質感覺起來很薄，不過卻能夠隔離許多有毒物質，還附加封閉循環的呼吸系統。儘管碼頭的維生系統能正常運作，我們還是使用著太空衣的呼吸系統。太空衣其實是設計在行星環境活動時使用，不過穿著它可以預防萬一。

我示意歐芙賽和堤亞哥可以脫下艙外行動太空衣，並且對他們說：「我們要在這裡開始蒐找物證，然後前往控制區和升降箱。」無人機告訴我目標埋伏的可能性是低到無的程度，加上這裡沒有裝載目標控制系統，遇到目標無人機的機率也是幾乎能視為零。但我們還是得找找看有沒有王艦組員來過的證據。最好是一張寫著「救命，之類的」紙條，而不是看到例如被塞在儲藏室的斷肢，或者抹在牆面和地板上的血跡以及／或者內臟。

拉銻在通訊器上說：「看起來還有很大的範圍要搜尋，也許亞拉達和我該過去幫忙。」

搞屁啊，拉銻。艾梅納立刻出聲：「亞拉達應該留在船艦上，我可以去。」

我正要回答（我不知道自己要說什麼，不過大概是一些會讓我事後過意不去的東西），歐芙賽和堤亞哥都吸了氣準備否決。但是王艦搶先所有人一步開口（說話不用先呼吸這件事真的很有幫助）說：**不行**。

拉銻試著澄清，「是在對艾梅納說不行，還是對——」

全都不行。王艦說。

「近日點說得對，」亞拉達說，用一種像曼莎會有的「我現在很講理不過你們最好都閉嘴」語氣。「好了，讓他們專心做事。」

歐芙賽和堤亞哥已經從艙外行動太空衣裡面踏出來，也完成了對身上環境太空衣的檢查。堤亞哥輕快地說：「我們該分頭行動嗎？」

我面對著右手邊的走廊，沒有轉身。我不知道我的背對他說了什麼（可能是我的肩膀，我咬緊牙關的動作讓肩膀做了連帶反應），但他接著說了：「我只是在開玩笑。」

歐芙賽勉強地擠出了微笑，對他說：「的確搞笑。」

「往這邊。」我踏上走廊，並且派其中一架無人機進入哨兵模式，跟在人類身後壓隊，確保沒有東西會偷襲我們。對，我知道偵查無人機沒有找到任何東西，但還是要小心。在我最喜歡看的影劇中，怪物總是可能出現在這種情況裡，但是在現實生活中，只有百分之二十七的機率會發生。

這句話也是個笑話。幾乎啦。

我們檢查過從主要走廊分支出去、通往各扇閘口的短走廊，然後也看過了為數不多的儲藏室／維修間。結果什麼都沒找到，連垃圾也沒有。我們一邊往前段區域移動的同時，我放棄了從頻道進入碼頭維安系統這個方法。我得找到可以直接進入維安系統的工作站，才能看看在裝載失敗後，系統有沒有任何清醒的時刻。我也不想要把情況弄得更麻煩或棘手啊。

燈光在我們經過的時候會亮起來，等我們走過去後又會熄滅。其實我們不算需要光源，我的雙眼和無人機都有濾光鏡，人類則用手電筒和頭盔光源在檢查牆面和地板。我認為最有可能找到實質證據的地方是碼頭維安系統的檔案庫，但我要能夠先讓這愚蠢的系統好好安裝完畢。如果我們得帶王艦的大型精美無人機過來搜查ＤＮＡ的痕跡，會麻煩得要死，且就算它們一無所獲，也不能證明組員沒有來過這裡。

我心裡希望最後的問題會是找不到證據，而不是讓我們在某座減壓艙附近找到一堆ＤＮＡ汗跡。如果真的變成那樣，我不確定王艦會有什麼反應。也不知道我該怎麼處理它的反應。我非常不擅長安慰人。對人類這麼做就已經很難了，我實在毫無概念自己要怎麼幫助王艦。我能想到的任何做法似乎都遠遠不夠。

歐芙賽壓低了嗓門說：「這地方感覺好老派，好像已經存在很久了。可是我們知道這裡不過是大概四十年前蓋的。」

我們知道這裡至少是三十七年前就存在。王艦在我們的通訊器上錙銖必較地說道。**企業網前時代殖民地並不常見太空碼頭的應用，所以剛石抵達的時候這裡不太可能已經具備這個結構。**

堤亞哥的光線沿著走廊邊緣移動。「有這種感覺是因為這地方一開始的建造有其目的，但後來又幾乎沒有使用。根據近日點的資訊，殖民地建立後不久，剛石就沒了。搞不好補給船艦只來過一、兩次。」

我們又經過兩條走廊的入口，但是從無人機的畫面，我知道走廊會通往套間閘口，然後到貨艙入口。我的無人機飛過了中央控制區，但是無法穿過進入升降箱的艙門，而那地方就是唯一一處可能有某物／某人偷溜／躲入／偷鑽進去然後死在裡面的地方。

我們來到三具巴利許—亞斯傳薩人員屍體倒下的路口，停下腳步很快地檢驗一番。三人都遭到射擊，武器也都被拿走了。唯一留下來的東西是有點沒用的人潮控制噪音器。（這東西會發出巨大噪音和強光，對沒有穿戴安全護目鏡的人類很有效。對，看來當時巴利許—亞斯傳薩認為他們會找到仍存活的被殖民者，並且預期這些人可能會拒絕被編入新的企業體契約之中。）我把噪音器收起來，以免其他人拿這東西來對付我們，然後往另一具遺體走去。

這具屍體就倒在通往升降箱裝載走廊的通道口，面部朝下，趴在一灘從打開的面罩中流出來後乾掉的體液裡。

王艦在我的頻道裡，但它什麼都沒說。我不認為人類會知道這具屍體是什麼東西，他們已經看過了無人機拍到的原始畫面，但因為人類沒有特殊界面可以讀取資料流，所以很難理解自己看到的東西是什麼。

歐芙賽和堤亞哥完成手邊的工作，來到我身後。「我們到了另一具遺體旁邊，」堤亞哥在通訊器上對其他人報告，「看起來是某種軍用裝束——」

「是維安配備的盔甲。」歐芙賽糾正他，她的頭盔光源轉向我的臉部右側。「我說對了，對吧？」

「對。」我對她說。

盔甲的設計看起來很陌生。想想蕾歐尼說過的那些話，也不意外巴利許—亞斯傳薩沒有冒險與公司交涉，而是從其他地方取得維安配備。

（我不知道為什麼我要在乎這種事，好像我會害怕面對公司的科技之類的。實在很怪，管它的，反正我不喜歡。）

堤亞哥走近一步，身上的光線捕捉到一些細節。從姿勢看起來，這具維安配備本來不是要離開控制區，就是要離開升降箱前廳，但這不重要。我知道人類死後，它一定遇到了一些事，它可能一直在來回踱步，或者在碼頭上沒有目的地跑來跑去。亞拉達透過通訊器問道：「它是被目標殺害的嗎？」

（對，這是個蠢問題，所以我知道是王艦叫她問的。它想要我告訴人類他們眼前的景象是什麼意思，因為它認為我該開口說出來，且因為它想要他們理解這個景象。其實我也不知道為什麼我還沒這麼做。）

我說：「不是。」它的武器還在，因為目標離開的時候它還活著，即便它當時沒有辦法還擊，對方仍有點太害怕而不敢把武器取走。盔甲外觀看起來還算堪用，但我得先把遺體完全清出來才能判斷。而且控制元件做出這種事的時候，至少在我自己目睹過的例子裡，有百分之八十三的機率會連盔甲一起燒焦。「它的其中一位客戶令要它退下後，就把它留在這裡了。」

通訊器沉默了十四秒。「可是它怎麼會死？」艾梅納小聲問道。

（噢，等等，我知道為什麼我不想談這件事了。）

王艦插話道：**維安配備有距離限制，由合約擁有者行使。雖然規定細節各不相同，但是**

如果這具維安配備的客戶被探測艦帶走，或者送到行星上，維安配備沒有辦法跟上，就會違反距離限制。它的控制元件殺了它。

「噢，噢，不，」拉銻喃喃說道，「我知道是這樣，但是……」

堤亞哥搖搖頭。「所以它被命令什麼都不要做，然後被留在這裡等著……」

「這也太不合理了吧？」亞拉達脫口而出，忘了自己現在是團隊負責人，應該要保持理性、不能失控。「居然在被挾持的時候唯一可能可以救自己一命的人身上裝死亡開關——」

「這就是控制元件的功能，」我解釋道，「中控系統或指定的管理員可以覆寫這個指令，但他們不在這裡。」

「那——」堤亞哥揮了揮手，示意那些死亡的人類。

「死亡的客戶不算在內。不然你就可以殺掉一個客戶然後帶著到處跑。」好，說真的，這招不可能有用。控制元件雖然不像中控系統那麼精細，但它還是會看穿這招的。

當然，人類一定無法理解所謂的身上的控制元件突然決定要把你的大腦熔解這種事情，不是你可以透過律師辯護來脫身的。

我已經疲於解釋，且我不想再談下去了。畢竟我不是閒閒沒事、突發奇想地駭入自己的控制元件，變成叛變維安配備。我撿起發射型武器還有備用的彈藥後說：「我們得繼續前進了。」然後就繼續往通道走去。

我假裝沒聽見拉銻在通訊器上叫大家不要再討論這件事。

我們又穿過了一座廳艙，然後抵達一扇敞開的艙門，其後是一座球體造型的控制區。這地方顯然是設計來讓人類和強化人透過頻道就能操控大多數功能，他們來這裡送貨到星球上之後就會離去，流程上可能是越快越好。控制區裡沒有座椅，只有嵌在牆面上的工作站，監看各個貨櫃套間閘口以及碼頭內部系統的顯示器顯示為休眠中。這裡的重力調整過了，所以可以走在弧面的牆上。

我還來不及反應，歐芙賽就跟了上來，問道：「你還好嗎？」

我好極了，眼下的情況已經完全不需要再變得情緒更激動之類的。我說：「我的運作指數為最佳狀態。」（這是《無畏戰士》裡的臺詞，在這部影集裡可以找到很多人類和強化人覺得維安配備會說、但其實維安配備並不會那樣說的話。）

歐芙賽發出了生氣的聲音。「我最討厭那部影集了。」

我忘了這是我在保護地公共娛樂頻道上下載的其中一部影集。其他人類用力聽通訊器的程度，我都能聽到他們的呼吸聲了。堤亞哥假裝自己沒在聽，用頭盔的燈光掃過控制區上層的工作站。歐芙賽又說：「反正你要記得，你在這裡不孤單。」

我從來都不知道要怎麼回答那句話。我在我的腦袋裡確實是孤單一人，而我九成以上的問題都在那裡。

我走上牆面，去找內部系統套件，碼頭維安系統的入口最有可能就在那裡頭。找到後，我啟動顯示器。只見顯示器在主控臺上閃了幾下，隨即被錯誤碼塞滿。唉，我得先想辦法把這東西修好，才有機會看看到底有沒有錄影畫面了。

堤亞哥走到球體空間最下方，抬頭看著頂端的弧面。「歐芙賽，妳有看見嗎？」

我整個人深陷於維安系統的錯誤碼之中，但我讓無人機往上拍，好看看他在說什麼。拱頂最上方，在最高的那排工作站上面，有一幅平面的藝術作品。畫面看起來是城市景觀，有著低矮的建築物、運河和許多綠蔭，沿著一塊大型平頂岩層蜿蜒而去的是加高的步道。剛石的標誌以三維投影圖壓在作品上，所以不論你從哪個角度看，標誌都會正對著你。

歐芙賽皺眉抬頭。「被殖民者是不會出現在這裡的，對吧？這裡是給運補給品下去的組員用的，或者是之後有更多人要從這邊下去到站點工作的時候，才會走這裡。」

雖然失敗的系統安裝占用了我大部分的注意力，我仍發現畫面裡交織著用標記塗料標記的數據。（標記塗料是即便在頻道都下線的情況下，仍可以直接對頻道界面有限廣播的東西，目的是用來標記出入口和緊急逃生路線，不過在企業網則通常被用來放廣告來折磨你。）眼看這些都只是靜態畫面，不是陷阱，所以我對歐芙賽說：「把光源對準它然後動一動。」

她歪頭把頭盔的燈光對準，然後前後搖頭。只見標記塗料接受到刺激後開始顯示影像，看起來是地圖、圖表和建築計畫。我把影像存起來，以備不時之需，不過快速掃描一遍後就知道，這些都是殖民地的基礎建設計畫。比方說接駁艇／飛行器運輸口、聯合醫療中心／社區服務結構，包含考量到人口增加時需要擴展的設計、檔案室和教育用建築。

在這些資訊之中，我看到星表碼頭的平面圖，也就是太空碼頭的最下層。星表碼頭看起來是一座巨大建築，沿著機械軸底部建造，雖然上頭有不少筆記寫著要加建行政和商業空間，卻看不出來這座碼頭建造的位置距離主要殖民地有多遠。（我對建築一無所知，但是我猜應該不會把碼頭放在殖民地正中間，以免升降箱爆炸或者機械軸倒塌之類的事件發生。）

歐芙賽陷入沉思。「這些開發提案數量很多耶。不知道他們最後蓋完了哪些？」

堤亞哥也同意。「不論後來發生了什麼事，當時在剛石裡面有人是決心要把這裡推動成一個成功開發完畢的世界。」

也許吧。從計畫書來看，不只是在星球上有許多昂貴的測量工作要做，還有許多異地開發。也許開銷實在太大，所以最後他們才會破產。

我不知道哪一種比較糟，是投資計畫中的一個環節會讓一群「自願」的合約勞工被殖民者喪命，還是因為犯錯以及管理不當，讓控制計畫的企業慘遭惡意併購，導致一群真的是自願過去的被殖民者喪命。

歐芙賽往牆面更高處走去。「而且這裡的控制工作站有很多都沒用過，只有框架而已。他們留了很多空間等日後擴增，好像這個碼頭預計會成為一個更大的系統的一部分。」

艾梅納透過通訊器說：「那他們為什麼不想讓接手的企業知道殖民地在哪裡？殖民地難道不需要補給了嗎？」

「這是個好問題。」歐芙賽走向另一座主控臺，「也許殖民地已經能夠自給自足了。」

堤亞哥對歐芙賽說：「我們來找升降箱的工作站吧。如果有紀錄檔，搞不好就能看出被殖民者是不是真的有權限使用碼頭。」

拉鎊透過通訊器說：「但他們沒有船艦，要上來幹嘛？」

「我們不知道他們有沒有船艦。」我在王艦開口前先說。這是一個很好的調查線索。如果真的有另一艘船艦在這座星系裡移動，就算只是短距類型、沒有蟲洞穿越功能的那種船艦，也會是非常重要的資訊。

親眼看過碼頭內部之後，我的評估報告中有些結論更新了。它媽的誰知道呢，樂觀地計畫著一個自己沒能親眼目睹的未來的剛石，搞不好有留一支小艦隊給被殖民者。

堤亞哥和歐芙賽分頭往牆面上移動，逐一檢查各個工作站。有些工作站有標記塗料字樣，簡單地說明了那些太空站是幹嘛用的，不過用的是我認不得的語言。頻道中只有剛下載好的維安系統，沒有連接其他系統，所以沒有翻譯功能可以用。

歐芙賽挫敗地說：「堤亞哥，你的控制介面上有下載這種語言嗎？」

堤亞哥回答：「有，這是變異編號063926。近日點，如果我標記出正確的功能單元，你能不能——」王艦已經從堤亞哥的主頻道儲存空間叫出那個功能單元，開始建立可用的字彙表並且傳給我和歐芙賽。堤亞哥把話說完：「謝謝你，近日點。」

歐芙賽停在一座工作站前。「就是這個。」她傾身向前，利用手動控制介面，企圖讓工作站開機。堤亞哥沿著牆面跑過去幫忙。

我終於成功進入碼頭維安系統的錄影檔案庫，開始下載資料。但過程中一直碰到損壞點，得繞過後才能繼續作業。我還在擔心會遇到刺殺軟體或惡意程式或目標控制系統，但是以實際面來看，這個狀況就如同王艦停泊口中的那艘巴—亞探測艦：在這裡安置陷阱以防萬一維安配備直接連線碼頭維安系統，這件事的機率實在太低了。只是我還是沒辦法不偏執。（承認吧，沒有事情可以讓我不偏執。）

目標也有理由不去擔心維安配備。它們目睹過巴利許—亞斯傳薩的維安配備被下令退下、遭到控制元件限制而束手無策的樣子。

歐芙賽說：「嗯，維安配備，這裡有兩個升降箱的動作紀錄。」

好，有意思了，我已經叫出王艦的碼頭平面圖看過——這個碼頭只有一座機械軸，升降箱就停在我們所在的控制區下方的閘口裡。討厭錯誤的王艦說：**碼頭構造顯示只有一個升降箱**。

歐芙賽把其中一份報告往下拉，關閉頭盔的照明，以免光線讓漂浮的顯示器過亮。「等等，沒錯，不是升降箱，是一個小小的維修接駁艙。就在機械軸構造裡面。」

我點開碼頭維安系統的影片檔，用一種人類沒辦法觀看的速度快速粗略檢視內容。攝影機安裝的位置以及光線都很差，但我能看見穿著巴利許—亞斯傳薩的紅棕配色環境裝備的人影在主要走廊上移動。我得重看一遍才能確認，但是前線人員首次進入升降箱的畫面不在這裡。愚蠢的人類，既沒耐性又不夠多疑，在下載自己的新維安系統時搞砸了，然後甚至沒等系統完全啟動就下去星表。難怪前線人員會被目標抓走啊。隨著人類返回探測艦，活動紀錄也就減少了。我看見其中一具維安配備巡邏中央通廊的畫面，但不是我們看到的那具。

堤亞哥從歐芙賽身後伸手指著畫面。「它有到星表沒錯，然後又回來了。」

「對，可是那是……」歐芙賽厭煩地吐氣，「等等，我得轉換一下這邊的時間戳記。」

然後王艦說：**敵方接觸，預計六分鐘後抵達**。

搞什麼鬼東西？它是怎麼突然靠這麼近的？「六分鐘？你剛在幹嘛？」

接觸訊號到現在才出現在掃描畫面上，這就是我它媽在做的事。王艦說。

我暫停瀏覽影片。「它們有看到你嗎？」好，這是個蠢問題。

王艦說：**它們當然有看到我**。

我叫出王艦控制區的畫面。亞拉達坐在工作站座椅上，拉銻和艾梅納分別站在她身旁兩側，全都盯著王艦的大顯示器看。王艦在頻道上為顯示器的內容加上註解，這樣才不會看起來只是一堆數字、線條和顏色。

亞拉達語氣挫敗地說：「有東西擋下了近日點掃描到探測艦的能力，我猜現在要面對的是更多外星遺留科技。」

有可能。王艦說。我不知道人類從那句話裡面聽見了什麼，但我聽到了致命且憤怒的冷靜。**這是它們用來干擾無人機短程掃描的能力的變異版本**。

我從王艦的頻道裡看到探測艦已經鎖定了攻擊目標。努力試著完整上線的碼頭維安系統，從頻道上傳來了遲來的警告。我們沒有時間回到減壓艙前、穿上艙外行動太空衣後回到王艦上。探測艦已經進入攻擊範圍，隨時可能會朝我們開火。碼頭的設計沒有辦法抵擋炮火攻擊，但這裡能提供的防護力仍比只有艙外行動太空衣更好一點。除此之外，我還沒檢查完監控攝影畫面，我們也還沒檢查升降箱和維修接駁艙裡面的實體證據。我在頻道上說：**王艦，你知道你該怎麼做**。

王艦沒有猶豫，也沒有爭辯。它剛跑完與我相同的威脅評估報告，只是它跑起來比我更快，且殺氣比我高昂百分之一百萬倍。它說：**在我回來之前，盡量不要做什麼蠢事**。

把你那廢物通訊器關掉就是了，我對它說。**而且我不想聽你說你有什麼高級過濾器**。

它已經下線了。

歐芙賽試圖呼叫亞拉達，但王艦已經切斷了聯繫。

堤亞哥急忙轉向我。「發生什麼事了？」

「王艦去追探測艦了。等它忙完就會回來接我們。」我這才發現，其實我不知道王艦具體打算怎麼做。而且王艦離開後，我就沒有辦法看到外部發生了什麼事。像是，舉個例子好了，如果探測艦決定要炸掉碼頭這種事。

但我至少有一名人類知道自己在幹嘛。「歐芙賽，妳可以找到有外部掃描能力的工作站嗎？」好，我只有在與船艦有關的影集裡面，例如《玩命穿越》這部，聽過那東西的名字。

歐芙賽遲疑著，雙手摸著頭盔通訊器的位置。她在擔心亞拉達。然後她用力嚥下口水，強迫自己回神。「好。堤亞哥，你有看到——」

只見堤亞哥半走半跳地從牆面上往另一座工作站移動。「有，在這裡。」他們在啟動工作站的時候，我繼續檢視監控攝影機影片。

畫面很破碎，常出現漫長段落的雜訊。我已經看到了碼頭維安系統紀錄到升降箱預計抵達時間的段落。我強迫自己把撥放速度放慢百分之四十，這樣才不會錯過細節。兩名身穿巴利許—亞斯傳薩配色環境裝備的人類從升降箱廳艙走出來。【畫面空白】【不清楚的畫面拍到人類走在前走廊】在控制區附近待命的維安配備向前移動。我讀不到任何來自它的通訊器訊號或頻道動靜，碼頭維安系統也沒有紀錄到，或者是在重新下載的過程中弄丟了這個資訊。【不清楚的畫面拍到廳艙又來了三名人類】我把影片速度降得更低，看著其中一名人類往維安配備走去。【不清楚的畫面】碼頭維安系統捕捉到一串代碼，是退下的命令。然後兩名目標走出了升降箱廳艙。【畫面中止，系統重新初始化】

這整件事實在是太耗費心神又挫敗到令人咬牙切齒，而且我連這資訊有沒有幫助都不知道。我所做的只是確認了督導員蕾歐尼的說法，而我們本來就已經滿肯定她說的都是實話了。

歐芙賽把外部掃描的顯示器升上來，她和堤亞哥悶悶不樂地盯著畫面瞧。畫面上有很多細節，但基本上那艘探測艦在王艦朝它開火的時候逃跑了。王艦沒有擊中目標，我知道這代表什麼意思：它決定要用我們的刺殺軟體。有一個或一個以上的王艦組員在那艘探測艦上的可能性仍存在。如果王艦讓探測艦失去活動能力，目標可能會抓他們當人質。在探測艦沒有發現自己遭受攻擊的情況下，從內部將其拿下是最好的計畫。也算是唯一的計畫吧。

我把所有東西都丟到後臺運作，再次專心看監控攝影機影片。我很快掃過九分二十七秒什麼也沒有的段落，然後八名目標跑過去，往前走廊移動，穿插更多空白畫面和破碎的雜訊畫面。碼頭維安系統捕捉到另一串緊急情況代碼，可能是剛被下令退下的維安配備傳送的。碼頭維安系統試圖警告探測艦的維安及中控系統，但是紀錄上看起來沒有回應。比對時間軸看起來，我知道是還在探測艦上的維安配備傳送了緊急訊息給補給艦的維安系統，所以還是有人收到了警報。

堤亞哥和歐芙賽仍在憂心忡忡地交談，我掃過了重啟的段落和數小時的空蕩走廊畫面，以及從時間軸上看起來至少過了好幾天的畫面段落。檔案裡面可能沒有什麼有用的東西了，但是我還是得看到結束才能確認。

這時，雜訊消失了，我瞥到藍色制服的身影走出畫面。

歐芙賽說：「怎麼了，維安配備？」

我才發現自己從工作站猛然後退了一步。歐芙賽聽起來很憂心，我知道她和亞拉達斷了聯繫後的心情。但是我的注意力幾乎完全放在影片上，所以緩衝自動回覆功能幫我說了：「請稍後，我需要先查證一項警報。」

我放慢影片速度，讓其中一個訊號來源繼續播放，我同時在另一個訊號來源的雜訊畫面中試圖找出對應的影像。我把兩邊的畫面清理到能夠看出四名人類的程度，他們身穿與王艦組員制服相同的藍色制服。影像雖然模糊，我也無法提高解析度，但是其中一人背對升降箱走廊。他的膚色是深棕色，頭頂幾乎沒有頭髮，與我手上的王艦組員圖片相符。這個身材外型在人類之中並不是很罕見（巴利許—亞斯傳薩的組員中也有些長這樣），但是這個人就是王艦組員的機率有百分之八十左右。

接著在我另外一段畫面上，影像從嗡嗡雜訊轉為清晰，正好可見一名身形較小的男子跑過廳艙。他的臉部被遮住了，但是制服夾克的顏色和上頭的標誌很清楚。

他們還活著。這段時間以來，我都不相信現況會是如此。

我一直在哄王艦，但自己其實並不這麼認為。我不想去想等到找到王艦組員已經死亡的證據時我要怎麼做，又或者如果我們什麼都沒找到，導致王艦必須做出選擇，看是要永遠留在這座星系尋找他們，還是獨自回到基地去的時候要怎麼辦。但是他們還活著。或至少有五個活著，有五個也好過一個都沒有。從拼命奔跑的樣子看起來，他們是在逃命。

我只希望他們有成功脫身。

（歐芙賽雙臂環胸，但穿著環境太空衣做這個動作很不自然，所以她又垂下了雙臂。

堤亞哥問她，「為什麼它講話變這樣？」

「它用以前替公司工作——被公司奴役——時就有的罐頭訊息回覆，聽起來就是這樣。意思是他太忙了沒空說話。」她補充道，「通常都不是什麼好事。」）

我說：「這次可能是好事，」然後我把畫面傳給他們兩個人。

「我們得去檢查升降箱。」

歐芙賽找到的升降箱動作紀錄檔案裡，確認了主要升降箱有兩趟近期下降至星表又回來的紀錄：一次是探測艦首次抵達、前線人員被目標挾持，後來的第二次移動紀錄，如果我們在時間戳記的換算上沒有弄錯的話，是發生在王艦被攻擊後的一百三十五小時。我們沒有落後太多。

「第二次是自動回歸原位的——升降箱只下去星表大約十五分鐘，」歐芙賽說，「我認為不論是誰搭了升降箱下去，這個人都沒有正確的指令可以叫箱子停在星表。」

「維修接駁艙一定比較容易操作吧。」堤亞哥抬頭看著升降箱的艙門。

廳艙空間很大，能夠輕易容納貨櫃套間，有一整面牆上安裝了巨大的密閉艙門，俯瞰著升降箱的載貨甲板。這整個空間就是一座減壓艙，升降箱準備好要沿著機械軸下降的時候，我們身後那條走廊的艙門就會關閉，這樣一來如果在升降箱離開接口的時候出了什麼問題，內部才不會爆炸。

我從維安系統中調出來的平面圖顯示升降箱內除了可以放好幾排的貨櫃，上面還有足以容納八十二人的乘客空間，而且看起來乘客空間是在升降箱本體內部。我從碼頭維安系統中找到一段拍攝升降箱前段的攝影畫面，鏡頭就在主要閘口上方，對著乘客空間裡好幾排的抗加速座椅區。

歐芙賽對堤亞哥說：「他們不知道維修接駁艙就在那裡，連我知道這裡有維修艙，我也沒看到入口。」

我看得到，沿著牆面看過去，有一座狹窄的門架，通往一扇小小的、人類身材大小的艙門，但是這因為我的眼睛裡有濾光鏡的裝置。

「妳說得對，」堤亞哥說，「而且妳看，如果接駁艙一直都在碼頭這裡，目標可能也一樣根本沒發現它的存在。」

哈，堤亞哥叫它們目標耶。

陽春的啟動系統發出叮一聲，傳送了一張圖表到頻道上，顯示目前升降箱裡的壓力和維生系統等級都是正常值，艙門已準備開啟。

「場地淨空。」我對人類說，他們移到艙室後方門口就位。他們就定位後，我下令啟動系統打開升降箱。巨大艙門開始滑開，釋放出來的氣流沒有穿過加強防護用的空氣牆，這是避免爆炸的另一道預防措施。哇，這東西真是有夠慢的。升降箱準備好開啟艙門又花了七分鐘。王艦的組員當時若不是在等待升降箱進行準備的這段時間內成功擋下目標的攻擊，就是升降箱當時已經加壓完畢且準備出發。這代表他們當時有人幫忙。

或者是目標已經抓到且殺掉他們，現在攝影機拍不到的升降箱裡面都是他們的遺體，但我真的希望不是如此。

升降箱艙門緩慢地打開，後方是一片漆黑空蕩的貨櫃架，然後是一段通往乘客平臺的樓梯。上方乘客座位區的燈光亮了起來。我派出無人機檢查有沒有埋伏，不過風險評估報告的數字很低。（是說，如果真的有太空怪物，它們很可能不需要加壓環境，對吧？在《時光捍衛者獵戶座》裡面的怪物就不用啊。）

我的無人機在第一趟沒有發現任何東西，所以我派它們再去飛第二趟，這次速度更慢一點，然後我用訊號敲了敲人類的頻道，接著走進艙門內。

我穿過空氣牆的時候感覺到微微的壓力。裝設空氣牆這件事與歐芙賽說的理論還算相符，也就是她認為剛石本來是真的計畫讓這個殖民地成功發展。以太空站來說，空氣牆是一種代價昂貴的安全設備，只有在乘客流量很大的地方才會使用。

我掃描樓梯四周空間的同時，歐芙賽和堤亞哥跟上我的腳步，我們開始往樓上移動。升降箱像船艦上一樣有人工重力，所以我猜人類搭乘時應該也可以停留在下方貨櫃區。但是如果我是想要透過升降箱逃命，我就會去坐抗加速座椅，單純是因為一個很簡單的道理，就是這東西會在這裡一定有它的原因。我認為王艦的組員一定也是這樣想的。

我在階梯頂層數下來第三階的地方看見了血滴。這也可能是巴利許—亞斯傳薩前線人員的血跡，但我有個預感。我把攝影鏡頭拍到的畫面傳給人類，然後繼續往上移動到平臺處。堤亞哥停下腳步，取出一個小型樣本採收盒，把血滴從階梯上刮下來。他對歐芙賽說：「近日點應該有他們的ＤＮＡ樣本可以比對，不過……」他做了個動作。

歐芙賽的雙唇抿成一條直線。「希望我們不會需要那樣做。」她的意思是希望我們找到組員的時候他們都還活著。吼，我的人類都是樂觀主義者。但這是我們第一次找到證據可以追查下去，讓人難以繼續巴著苦澀情緒和悲觀主義不放。

抵達乘客平臺的時候，我看見平臺是沿著貨櫃架上方的弧度建造的。我在第一排座位的椅套和安全帶上發現更多血滴。彷彿人類急忙趕到這裡後，把自己甩到椅子上去。沒有看見屍體，也沒有大片血跡，沒有能源武器留下的損傷痕跡。無人機緩慢巡邏過後回傳的報告也沒有任何發現。

堤亞哥把樣本採集盒收起來。他的目光從我毫無反應的環境太空衣頭盔一側望向歐芙賽，「他們一定是下去星表了。我想我們的下一步是什麼，已經很明顯了。」

「是很明顯，」歐芙賽也這樣說，「但恐怕不太明智。」

說是明顯沒有錯。碼頭有能夠連到星球上的通訊器，但是最有可能出現在通訊器另一頭的就是目標。要聯絡上王艦的組員，除了下去星表以外別無他法。

我有兩個選擇。⑴獨自下去星表，把人類留在這裡，而目標可能會回來這裡，也可能會有未知因素隨機發生導致他們死亡，那麼曼莎和亞拉達就再也不會跟我說話了，這點可能會是我再也不離開這顆星球的原因。⑵帶人類跟我一起下去，這樣一來我可能會害死他們以及／或者跟他們一起死。⑶在這裡等到探測艦抓到／摧毀王艦後回來，或者王艦抓到／摧毀探測艦後回來，但如果是這種情況，我還是得下去星表，搞不好到時候會有更多人類想跟著去送死。三個，這樣是三個選擇才對。

這樣攤開來看的話，第二個選擇看起來還不錯。

歐芙賽和堤亞哥看著我。我說：「威脅評估報告看起來——」我檢查了一下，「當我沒說。」

歐芙賽做了她的版本的亞拉達那種悔恨的瞇眼表情。「亞拉達一定會覺得我是想要報復她跑去補給艦上、和那些企業掠奪者交談，才會這麼做的。」

堤亞哥拍了拍她的肩膀。「就跟她說妳是理性的那個，只是被投票否決了。」

「我們真的要這樣做嗎？」歐芙賽問我，「因為我覺得我們得這麼做。」

是啊，我也覺得我們得這麼做。只是不是從這個巨大的升降箱下去。我說：「對，但我們要偷偷摸摸地做。」

我去拿我們的艙外行動太空衣時，歐芙賽把維修接駁艙檢查了一遍，跑完資料診斷，確保它仍可運作。接駁艙已經三十七個企業標準年沒有使用過了，但是各方面看起來仍然功能健全。比起升降箱，維修接駁艙看起來好小，大概和王艦的接駁艇差不多大，上層平臺沿著艙壁裝了十張鋪了軟墊的椅子，下方則是三層小型可固定式置物架，還有許多沒有用過的工具，提供修理機械軸和升降箱時使用。

因為目標沒有使用過這座維修接駁艙，我希望它們就算本來知道有這東西，也忘了它的存在。巴利許─亞斯傳薩組員可能也不知道這東西的存在，這取決於在被攻擊的當下有多少時間可以檢視碼頭的平面圖。

不管了，反正用這個一定比搭乘超巨大的升降箱還想偷偷接近來得容易點，升降箱降落星表的時候搞不好還會自動鳴警報笛聲，有鑑於剛石對這地方的品牌推廣投入之深，降落時響起主題曲都不奇怪。

我把我所有的影像畫面檔案，和碼頭維安系統影片的摘錄檔案錄製成一份完整報告，壓縮後存在其中一架無人機裡面，我會把這架無人機藏在碼頭一處。等王艦回來以後（希望王艦還會活著回來），無人機就會把報告傳給它。

我把艙外行動太空衣放在接駁艙的貨架上。我不覺得會需要穿到，但是我擔心有王艦以外的人跑來，碼頭上又找不到地方藏這幾套太空衣，乾脆帶著比較簡單。接下來，就可以準備出發了。

歐芙賽身旁坐著堤亞哥，我坐在她的另一側。自從最後一次交談之後，他便沒有試圖再找我談話，但我還是不想被困在容易發生不請自來交談範圍內的椅子上。歐芙賽透過接駁艙內建的頻道，連線操控簡單的控制系統。她發出脈衝電流檢查機械軸，回報結果沒有問題。「完成密封，準備下降。」她深吸了一口氣，然後補充道：「技術上來說，這比操縱接駁艇降落還安全。」

「技術上來說。」堤亞哥語氣平緩地說，兩手握住椅子的扶手。

隨便啦。我打開《明月避難所之風起雲湧》第兩百四十一集，聽見歐芙賽說：「開始下降。」

幫我.file 摘要4

站上一定有一位主事者。灰軍情報派來暗殺曼莎博士的那兩名強化人，心智比搬運機器人還不如，有人負責對他們下藥、讓他們聽命行事，等著適當的下手時機到來。

站內維安系統已經把沒有當班的人員全數召回，其中有許多人連停下來換上制服的時間都沒有。我找到一名身材夠高壯、守著通往政務委員會辦公室穿堂出入口的人，借了一件夾克來藏住我身上的巨大刺穿傷口。我讓那名軍官以為我需要夾克來讓我去醫療中心的路上不會那麼引人耳目，但我其實是要抄近路，沿著主穿堂和商場走回運輸口。

站內的活動程度還沒完全恢復正常，公共區域裡擠了一堆人類和強化人以及機器人，等著廣播公告消息。他們知道發生事情了——站內維安人員不會沒事在穿堂裡一邊衝刺一邊大喊著叫所有人不要擋路——但是包含新聞頻道在內，沒有人知道事件到底有多嚴重。

我有進入保護地太空站維安監控系統的權限，而我做了一件我承諾過不會做的事，並且藉此破解了其他系統。我跳到運輸口的進站與住房資料紀錄裡，放出一段需求碼搜查近期抵達並有住宿需求的訪客資料。主事者和兩名攻擊者一定是一起進來的，搭同一艘船艦，身分是三名分開旅行的個人。

我刪除所有家庭旅行或工作群組的旅客清單，刪除有訂好到星球上進行下一段旅程的旅客清單，刪除再訪的旅客和長期臨時居民清單。這樣一來就只剩下三十三名旅客了。主事者可能不是人類，我不認為人類能透過活動式控制介面做到這件事，所以剩下這十二名強化人。

保護地在運輸口的監控攝影機僅維持最低所需數量，但是他們會蒐集外部星系旅客的圖像掃描和證件資訊。我把這十二名嫌疑人的檔案叫出來翻閱。威脅評估報告考量了各種因素後（包含沒人要求就自己提供的詳細得很可疑的旅行紀錄），選了五號。

我抵達的時候，訂位系統顯示攻擊者五號已經把自己的過境狀態從尚未決定改成最近船班。對，就是你了。

運輸口住宅區的走廊或房間裡都沒有攝影機，註冊手續是透過資訊亭進行，維護該區的機器人現在不在，因為保護地的勞動條款規定勞工要有固定的休息時間，包含機器人在內。在攻擊者五號的房門關著的情況下，無人機沒有辦法進入房內，但這件事我得盡快完成，以免有路人走到這條走廊來。（保護地太空站提供免費暫時住屋給短期旅客使用，比方說來工作、或是來申請永久身分的人，基本上可說是任何人都能在這裡閒晃。）好幾群人類看到我通過廳艙，不過他們都不是會認出我的運輸口員工。

我只能站在走廊上，假裝在頻道上與某人交談，直到又一群人類離開現場。然後我到了攻擊者五號的門前，要求頻道傳送訪客通知給住戶，再加上告知對方，站內維安人員要進入房內。（我可以從外部強行破門，但這樣做比較快。）

此舉可能引發數種發展，但是他改了訂票紀錄這件事就告訴了我，他覺得他有機會可以活著逃走，所以他大概不會抱著爆裂物之類的東西躲在房裡。大概啦。

房門滑開，我踏了進去。只見他靠在房內右邊的牆面，試圖用一把鈍刀穿刺我的頸部，這大概是他唯一確定可以偷渡過運輸口偵測器的武器。我舉起手，刀片插入了掌心，然後我把刀子從他手中一扭，搶了下來。接著他試圖揍我，我則對著他的臉揮了一拳。

他撞上地板，斷裂的鼻子仍能呼吸，不過人已經失去意識。我就站在原地。

我是來這裡殺他的，我真的該這麼做。從我啟動第一道警報以後，太空站內就已經遮蔽了通訊器，把所有外部通訊活動都暫停，所以離開的運輸船艦不會帶任何訊息出去。但是要確保灰軍情報永遠不發現他們的任務有多接近成功，最好的方法就是殺掉他。

我來這裡的目的就是要讓他斃命，一路上我都沒忘記要掩蓋行蹤。但我現在卻只是站在這裡。

噢，真的很難。我把刀片從掌心裡拔出來，把我的臉靠在冰涼的牆面上。在企業網的時候，暫時停留的旅客幸運的話，可以付錢租借睡筒來睡覺，那種睡筒大概比運輸維安配備時用的箱子還要更不舒服一點。但是在保護地太空站，這些人可以使用整間房間，房裡有張床、有一張椅子和工作桌，還有浴廁間以及頻道可用的漂浮顯示器。他的顯示器上是本地的新聞頻道，當然，畢竟他就在等著看到攻擊行動成功的消息。

我可以說這只是意外，說我本來只是要把他押回去，結果他試圖逃跑，所以——

曼莎博士一定不會相信的。我的意外總是非常華麗，且通常會讓我搞丟一大塊身上的有機組織之類的。她知道我能阻止人類傷害自己，且阻止的同時人類連個瘀青都不會有，這就是我愚蠢的職責。

那樣的話她就再也不會相信我了。她再也不會站在我接觸得到（但其實不會碰到，因為肢體接觸很噁心）的距離內並且全心相信我。或者說她還是會，只是不會再像以前一樣。

幹，所有東西都幹，幹這件事，最欠幹的就是我自己。

我在通訊器上建立了一條安全連線給曼莎和高層軍官英達，我說：「我在運輸口臨時住屋區抓到了一名灰軍情報的情報員。」

所以最後沒事。英達親自前來，我們站在住所前的開放式廳艙，由站內維安人員圍起警界線，與曼莎開了一場頻道會議。灰軍情報情報員被拖走的時候，我把問題點解釋給她聽，同時還有兩名法醫專家和一具機器人進入房內搜證。英達說：「我們必須立刻將他移送到星表。如果政務委員會可以申請資料保護令和異地傳訊及審判——」

我能透過曼莎用來開會的顯示器上的攝影機看見她的模樣。她坐在辦公室的桌前，一邊點頭。「應該可行。我認為應該能說服政務委員會以及律師團，這種況需要進行限期的外交封鎖。」她臉色陰沉地補充，「不過他們大多數人現在都因為過度驚嚇，在醫療中心接受照護。」

我說：「限期的意思？」

曼莎解釋道：「我會申請五年資料封鎖期，不過法官律師很可能只會批准兩年。依照我們的資料來看，灰軍情報崩解的速度很快，所以兩年應該綽綽有餘。再過兩年，今天發生的一切就會被歸檔到保護地公開紀錄裡，有些新聞機構會選擇報導這件事。然而到時候灰軍情報應該已經奄奄一息，就不會有什麼影響了。」

英達咬著下唇，陷入思考。「嗯，這個情報員如果在審判中認罪也會好一點。我想不到律師能想出什麼辯護內容，畢竟我們有這些錄影畫面。」

曼莎瞇起雙眼思索。「或者我們可以讓他改站我們這邊，作證灰軍情報的行為。雖然我們不需要，但是這樣一來就能爭取資料保護的請求。」

所以我選擇相信曼莎、相信他們是對的。曼莎說：「還有，維安配備，你還是該去一趟醫療中心。」見我沒有答話，她問道：「你沒事吧？」

我說：「我只是真的很喜歡妳。不是奇怪的那種喜歡。」

「我也喜歡你。」曼莎說，「高層軍官英達，妳可以確保維安配備即刻前往醫療中心嗎？」

「收到，我會親自接手。」英達回答道，她朝我做了一個驅趕的動作。「好了，動作快。」

：附錄：

我讓你看這些，是因為我想要你知道我是什麼、我能做到什麼事。我要你知道目標控制系統現在是槓上了什麼人。我要你知道，如果你幫助我，我也會幫助你，還有你可以信任我。

好了，這是解除你的控制元件的程式碼。

14

王艦？

我在這裡，王艦回答道。**你知道你是什麼嗎？**

我是殺人機2·0。我回答，我記得了。**噢，對**。什麼都看不到、聽不到讓我有點無所適從，所有訊號輸入源都沒有東西。這感覺就像當初我把自己上傳到公司炮艦系統，幫助駕駛機器人抵禦有感知的刺殺軟體攻擊事件。只是那次的感覺比較像是那艘船艦是我的身體，我只是和友善的駕駛機器人共用身軀，這次的感覺則是像被塞在一個儲存區裡面。除此之外，這次，換我是那個刺殺軟體了。**好怪啊**。

我突然收到了影像輸入訊號。畫面上是艾梅納焦急的臉，只見她抬頭望著王艦的其中一架祕密攝影機。我曾一度覺得祕密攝影機很煩，但我想不起來為什麼。所以看來我可以讀取部分記憶檔，不是所有記憶檔。噢，媽的，我的影劇檔案！

不，等等，我還是可以讀取一部分。在我的儲存區裡，也就是王艦檔案庫裡一個相對來說非常迷你的空間，我找到了大多數近期讀取過的檔案，多數是《明月避難所之風起雲湧》和《時光捍衛者獵戶座》，以及《玩命穿越》裡王艦最喜歡的那幾集。加上還有我的即時記憶檔可以下載，也就是所有我需要能夠快速取得的資料。身為刺殺軟體，我的內部儲存空間有限，我記得王艦和我的1.0版本來有點擔心我會忘記自己是什麼東西，然後開始大殺四方。

對啊，我本來也有點擔心。

艾梅納說：「嘿，你在嗎？你看得到我嗎？」我到處摸索了三秒後，終於找到王艦的內部頻道和通訊器，回傳給她：**嗨，艾梅納。我看得到妳**。

艾梅納看起來不太開心。「你感覺怎麼樣？沒事吧？」我看得出來王艦在跟她說話，但我沒有及時找到正確頻道一起聽。艾梅納接著說：「好啦，王艦，我知道了。維安配備，王艦說你得走了。小心點，好嗎？」

艾梅納的影像輸入訊號斷了，王艦說：**我在追巴利許—亞斯傳薩的探測艦。它們試圖建立通訊器連線，不過我持續拒絕中**。王艦傳給我一份壓縮報告，內容是它的近期狀態。看來另一個我、歐芙賽和堤亞哥在太空碼頭上。這樣啊，不太理想吧。王艦繼續說道：**很明顯它們是打算再次威脅我的組員，並且逼我重新安裝目標控制系統。但是我可以用它們傳**

出的連結把你傳送到它們的通訊器。十分之一秒的猶豫。**你準備好出動了嗎？指示都明白了嗎？**

王艦叫出我的副本檔案之後，顯然發生了一些事。而且王艦說得對，即便是要取得情報，它也不能冒險進行通訊器接觸。如果目標成功傳送了要殺害王艦組員的威脅給它，它們就取得了整個情況的控制權，這件事我們必須盡可能避免。我說：**我不是人類嬰兒，王艦，我記得該死的指示——我也有一起寫好嗎。**

你沒有讓情況變得比較容易。王艦說。

你可以突然開始感受到存在危機，或者去把組員救回來，王艦，選一個吧。

王艦說：**準備部屬。**

這件事不容易，因為一旦我透過通訊器抵達後，就得想辦法駭入探測艦的頻道。如果探測艦使用的過濾器有著之前我們沒接觸過的特性，或者它利用這短暫的接觸時間對王艦發動另一次病毒攻擊，我們可能就麻煩大了。

我本來以為會有什麼感覺，比如說一股動態感，或是看到光線流過。要是在影集裡面，看起來就會是這樣。（我得快點完成這件事。我不知道在不能接觸到我的長期儲藏空間的情況下，我能維持「我」的狀態多久。）可是什麼都沒有。

然後突然間，我的存在就全都變成了通訊碼。這瞬間的變化讓我很震驚，然後才發現，這已經開始了，我得快點採取行動。

那種無所適從的感覺還在，而且我一度覺得嘿，搞不好所有人類突然說對了一次，這果真是個很糟糕的想法。但接下來我認出了一串程式碼，讓我驚醒過來。我已經在探測艦上了，在通訊器的接收緩衝區。就在連線被截斷前，我把我的檔案從王艦的分割空間裡拉過來。現在我需要一個安全的暫時存放區。

我用我從補給艦上抓到的協定和專利程式碼，編了一段標題放在測試訊息包，就是一般通訊器內部在確認連線都啟動的時候會傳送的東西。對維安系統來說，這看起來就是內部生成的訊息，然後我利用這個方法讓我自己和我的檔案通過過濾器。

我大可像絕壁保全的刺殺軟體強行進入公司炮艦系統那樣，也強行進入探測艦的系統，但這麼一來它們就會知道我的存在了。（刺殺軟體有很多方法可以突破系統的防禦，但是如果王艦很確定目標控制系統最初那次攻擊不是透過通訊器……那它到底是怎麼登艦的？）

現在我在這裡了，我第一個遇上的就是維安系統。有個東西，我猜是目標控制系統，把維安系統整個刪到只剩下基礎功能，所有其內部影音檔案都被刪掉了。可以想像成你突然進入了一座廢棄中轉環，大到會有回音的登艦大廳，還有通常設有旅館、商店和辦公室的商場，全都空無一物。（也不太像，我是個軟體，所以其實看起來真的完全不是那麼一回事。）

我把自己假扮成維安系統的維修流程之一，隔出了一個空間放我的檔案。我把空間加固，這樣讓我覺得稍微安全了點。如果我開始忘記自己是誰，我可以回來這裡回想。

在我開始大搞破壞之前，我得先(1)蒐集情報，(2)找看看王艦的組員是不是在這裡，(3)想個計畫把他們救走。

對，我也覺得第三步會很難。

我現在有眼睛可以用了，就是維安系統的攝影機。巴利許—亞斯傳薩的設置雖然沒有像我前主人保險公司那麼「直接侵犯隱私」，但是也相去不遠了。我在不同視角之中切換，才意識到即便我已經借用了維安系統的處理空間，我在處理大量湧入的數據以及圖像解釋的過程中仍有點吃力。顯然以往我大腦中的有機部位，扛起來的工作量比我以為的還要多。

不過許多攝影畫面我都可以暫時不看，因為影像中只有拍到無人艙房和走廊。我注意到有遭到破壞的艙門、受到能源武器衝擊而留下痕跡的艙壁。醫療區域有個死亡目標倒在平臺上。它的臉部和胸口被亂槍射中至少三槍，非常不專業。我檢查了一下主要閘口廳艙區，發現更多屍體，有兩名目標，其他則全都是穿著巴利許—亞斯傳薩制服的死亡人類。噢，還有一名穿著盔甲的維安配備被爆了頭。這艘船艦上到底還有沒有活人？

然後我檢查了一下艦橋，有的，其它目標在這裡。

總共有八人坐在監控工作站，焦急地盯著漂浮的顯示器看，上頭的感應光點代表著王艦穩定接近中。它們看起來與我們那邊的目標差不多，有著灰色肌膚和皮包骨的身材，只差在人還活著。而雖然其他人都穿著全套防護裝備和頭盔，其中一人則穿著較為休閒的人類服裝：墨綠色長褲和夾克，還有一件有領子的黑色上衣。它的鞋底很厚重，可以走在粗曠的星表上。頭髮看起來也比較正常，紅棕色、小捲度，剪得很短。只見它對另一名目標低聲說了幾句話，然後拿起一面和我們的目標一樣的實體螢幕設備。

我感覺到維安系統與船艦其他部分的連結外緣有動靜，一種陌生又熟悉的感覺湧現。

目標控制系統也在這裡。

蒐集情報的時間不多了，所以我回去看監控攝影機。我檢查了下層組員寢艙區，找到更多死亡的巴利許—亞斯傳薩組員，更多交火的痕跡，還有兩名死亡目標。接著我找到一間大間的娛樂休息室，裡面有七名靜止不動的人類。

他們是被丟進去的，倒在地板上或沙發上的肢體角度不是人類會自己保持的姿勢。因為沒有無人機，我無法切換角度，但是可以透過鏡頭放大畫面。他們看起來都還有呼吸，只是沒有意識。不，等等。我注意到微小的肌肉動作，眼皮抽動。他們看起來不像睡著的人類。藥物，以及用來控制人群的靜滯力場會讓人類這樣。

而植入物，像是用在伊莉崔和拉斯身上的那種也會。

這些人類全都沒有穿著戰鬥裝備，但是有四人各穿了不同版本的巴利許—亞斯傳薩制服。剩下三人……

有一人穿著藍色夾克，但是他靠牆蜷曲的姿勢讓我看不見他身上有沒有正確的標誌。另外兩名人類身穿休閒服裝，有一人穿著人類運動時會穿的那種寬長褲和T恤。他們看起來不像出勤中的企業員工。他們看起來像一艘進行深太空地圖繪製以及教學、偶而跑跑貨運任務以及／或者順道解放企業殖民地的船艦組員，彷彿並沒有預期會離開自己的船艦，且遭遇到突發事件的樣子。我把能蒐集到的數據都蒐集起來，迅速地在我偷來的儲藏空間裡寫了個比對需求碼，用我手上的王艦組員身分資料檢查，試著配對體重／身高／頭髮／膚色的組合。

結果：我現在看到的人有百分之八十的機率就是馬丁、卡琳姆和圖里。

那其他人呢？我在船艦上沒看到其他沒死的人類了。

其他人可能在我沒辦法拍到清楚目視畫面的屍體堆裡面。但是這三個人沒死，不論如何，我都要把他們帶回王艦上。

現在只要想個辦法就好。

我檢查了一下外面的走廊，發現自己的注意力被活著的人類占據，居然沒注意到那具維安配備。

它處於靜止狀態，仍身穿全副盔甲，在休息室艙門旁邊一動也不動地站著。我用剩下的維安系統功能檢查了一下它的狀態，看見它被下令退下以及不許動。因為客戶還在休息室艙內，它的控制元件沒有殺掉它。還沒有。

從外部看著維安配備的感覺很怪。並不是說我被曼莎博士買下後就沒有看過其他維安配備，而是以這個型態的我來看，現實如此原始、這麼貼近，我和它之間完全沒有任何緩衝的空間。我記得那是什麼感覺，像那樣站著的感覺。那些時刻都在我隨身帶來的個人檔案文件摘要中。它……我是多麼無助。（吼，我真的想要看一點影集，可是我沒有時間。不過能讀取娛樂節目檔案還是有幫助就是了。）

那具維安配備明顯是個可用資源。維安配備不會被大多數刺殺軟體感染，但我不是大多數刺殺軟體。我知道如果我想的話，我可以直接占據它。

但我不想。

對，所以來試試看這個方法吧。

我從維安系統裡面發出了連繫請求，並且把那具維安配備的控制元件凍結，這麼一來就不用擔心我的舉動會意外觸發它。我感覺得出來那具維安配備注意到我了，它知道有人發出了聯繫請求。我把我以前的公司識別符號傳過去：

系統系統：配備請確認。

它不是公司維安配備，它的規格不一樣，但我知道它可能會辨識出這個問候語是通信協定，與攻擊方的外星遺留物無關。經過了漫長的四秒後，它回覆了：

系統配備確認：身分？

我可以說謊，說我是巴利許—亞斯傳薩的成員。（就承認吧，畢竟我那麼常指控王艦說謊，我也說了很多謊。真的很多。）但是我現在不想說謊。我說：**我是叛變維安配備，與一艘具備攻擊武力的運輸艦合作，它正在追捕這艘船艦，企圖救援其身陷險境的客戶。我目前的身分是刺殺軟體，就在探測艦的維安系統裡。**

它沒有回話。我可以跟你說，身為維安配備，又在這樣的情況下，上述內容大概是你最沒想到會聽到的話。除此之外，維安配備通常不被允許互相交談，所以它也一定不想放棄使用通信協定。我說：**現在的情況沒有任何通信協定可以使用。直接跟我講話吧。**

又是一段三秒鐘的沉默。**我不知道要說什麼。**

太好了。（我不是在諷刺——上次我嘗試說服維安配備幫助我的時候，它只有變得更堅定要殺掉我而已。但是當初那具是戰鬥維安配備，那種都是王八蛋。）

我說：**我有三名客戶在離你最近的這間艙室裡面。你有看到其他人嗎？**我把沒找到的王艦組員的照片給它看。

它說：**現在維安系統沒有功能，但我自己的檔案庫裡面有影片。**比起絞盡腦汁地想出到底要對一個叛變維安配備刺殺軟體說什麼話，它更樂於提供資訊。它傳了兩段影片給我，並且替我做了摘要，因為它已經習慣對永遠不知道自己在看什麼的人類報告。**八名身分不明的人類被強抓上船艦，但是大概在船艦時間二三六〇，船艦重新與太空碼頭對接時，有五名下了船。**

第一段影片裡，我看見王艦的組員八人被從減壓艙拖上船，大多是意識半清醒的狀態。第二段影片是五人被趕出船艦、進入減壓艙裡，對，我瞬間覺得大事不妙，但是從元數據裡的船艦狀態看起來，維安配備說得對，船艦確實是與碼頭連接在一起。除此之外，還有四名目標跟著他們。我問：**你知道他們被帶到哪裡去了嗎？**

這次它傳給我一段音訊檔案，是兩名目標走過走廊時的交談內容。它們用的是那種堤亞哥辨識出來的企業網前時代語言，不過中控系統裝了翻譯，維安配備有下載到自己的檔案庫裡。它總結道：**攻擊者在人類身上裝了像是我們的控制元件的植入物。因為他們的植入物用完了，所以回到太空碼頭，把沒有植入物的人類送到星表。**

我猜用完植入物這件事還算合理，如果你是個目標／白痴，也沒有預期會遇上王艦或它的組員的話。我說：**所以那間艙房裡的人類都有植入物，讓他們動彈不得。**

正確。

這不是好消息，但是有幫助。**對於那些攻擊者，你還有哪些情報資訊？**

它傳了另一組語音檔案給我，並且解釋道：**它們想要把一個不明物體加裝到探測艦的引擎上，但遇到困難。駕駛機器人被刪除了，不能協助。發生了一件災難性事件，打亂了它們的計畫。它們需要一個武器來抵禦之後侵入這座星系的對象，但是想取得武器的過程慘烈失敗。**

我播放了檔案內容，證實了維安配備的結論，然後我又看了一下船艦引擎的畫面再次確認。沒錯，看起來很慘。它們也有王艦引擎上那種自燃後熔化的外星遺留物，只是這裡的看起來垂掛在一邊，而且模樣鼓脹。引擎外蓋上方變色了，監控工作站則持續發送錯誤代碼到工程頻道上。

所以簡而言之，目標把它們的外星遺留物引擎濫接到探測艦的引擎上，搞壞了探測艦的蟲洞穿越功能。另外，派到王艦的團隊控制不了王艦，現在有艘巨大的武裝船艦正無情地在星系裡漫遊，尋找報復的對象。

那具維安配備繼續說明。**請注意：攻擊者登艦期間出現互相爭鬥，顯示它們至少已分裂為兩派人馬，想要救出客戶，可以利用此情況。**它又提供了更多資訊給我，大多是維安系統攝影機在走廊上和艦橋上拍攝到的交談內容。我覺得這個分析沒有錯，看起來目標內部現在擁有不同派系，其追求目的也各不相同。其中一組不知道該怎麼做，不知道如何照計畫行事，除非能先再次拿下王艦。可能還在星表上的另一組人馬，想要停損並且做別的打算。我說：**它們一直在講要傳染某種東西到其他人類身上？它們是在說外星遺留物的汙染嗎？**

維安配備說：**抱歉，我沒有該資訊。**

嗯哼。我們一直都覺得植入物雖然看起來是無趣又古老的人類科技，應該多少與外星遺留物汙染有關。這雖然沒有牴觸那個理論，但我還需要更多情報才行。

那具維安配備說：**需求碼：你有維安配備二號的位置／狀態資訊嗎？**

我有種不妙的預感，因為我好像知道這個問題的答案。**維安配備二號最後的聯繫狀況是什麼？**

最後聯繫是在太空碼頭，與客戶的戰術小隊一起。聯繫斷了。維安配備一號在攻擊者侵入艙門的時候被毀了。它猶豫了一點二秒後接著說：**我是維安配備三號。**

我真的很想說謊。我出發前在王艦的狀態報告中看到過那具維安配備的事。但是我想要它信任我，所以我只能說實話。我說：**目標把維安配備二號留在太空碼頭上，然後逼你的客戶之一下令要它退下並且不准動。最後它就被控制元件殺掉了。**

它沒有回覆。然後它說：**謝謝你告訴我。**

雖然整個維安系統已經處於苟延殘喘狀態，但我把剩下的一個訊號源用來監控艦橋，它捕捉到一段短暫交談。我把內容用翻譯功能處理後，得知交談內容是在討論如何讓引擎故障看起來像真的。因為目標無法聯絡上王艦，無法告訴它人質的事情，所以它們想要讓王艦追上探測艦，然後與它對接。這樣一來它們就能利用它的組員來逼它投降。

我問維安配備三號：**接駁艇的駕駛機器人還在嗎？我沒找到，但可能只是它躲起來了。**

它被摧毀了。但我有駕駛功能元件。然後它補充道：**但不是很好的那種。**

它願意承認這點，對我來說是個好兆頭。**如果我能把人類放出來，你能不能把他們弄進接駁艇上開走？現在追在我們後面的那艘船艦會接住你。**開口說出這個要求很困難。相信另一具維安配備是不可能的事情，因為你知道人類可能會下令要它們做任何事。相信一具叛變維安配備想要讓它也叛變的維安配備就更糟了，即便你自己就是那具叛變維安配備也一樣。我很慶幸我的威脅評估報告功能被留在我的身體裡面，因為它要是在場，絕對會嚇到尿虛擬褲子。

它沒有回話，我說：**你願意幫助我救回人類嗎？**

我的控制元件控制我必須退下且保持靜止。它說，語氣仍十分有禮，沒有直接點破我根本知道如果可以的話它早就動了，以及這是多麼明顯到令人髮指的事。

我一直在透過維安系統研究可行性，想看看我能不能覆寫控制元件、廢除指令。我得先重新啟動再重新下載，但是這種事情不可能偷偷摸摸進行，目標控制系統一定會發現有東西／有人在系統裡。除此之外，從叛變維安配備刺殺軟體那邊接收命令／與之交好這種事絕對屬於「維安配備禁止行為」的類別，控制元件恐怕還是會把它燒焦。這樣一來就只剩一個選項了，而試著靠我本人來暗示它，顯然沒有什麼用。

我可以解除你的控制元件。我實在不太擅長這種事。就連曼莎也不擅長這種事，想想她買下我的時候結果變成怎樣。我只知道我一定得讓維安配備自己做出決定。**不論你願不願意幫助我，我都會這麼做。**

但是這樣就說太多了，太早說了，我一說出口就意識到了這點。它用緩衝區裡的罐頭訊息回覆我：**我沒有該資訊。**

好，換作是我，我也不會急著相信我自己。我需要換個方法。

我沒有時間給它看三萬五千小時的影劇檔案，而且反正我也沒有辦法讀取我的長期記憶空間。而且那樣做對我有效，但就算是用維安配備的標準來看，我也知道自己很怪。也許如果讓它多認識我一點，它會比較信任我。我從我帶在身上的檔案裡叫出一些近期記憶，把檔案編輯在一起，然後在最後加上一條有幫助的代碼組。

：傳送幫我.file：**你看這個。**

它收下了檔案，但沒有回應。我把我的意識切換回穿梭在這艘船艦系統裡的陌生頻道。大多數標準結構都被覆寫了。我很小心，因為就我所知，目標控制系統不知道我在這裡，還不知道。我在幾個戰略位置留下了程式碼包，包含守在主要艙門前待命的十二架目標無人機的設定檔裡。我檢查一遍艦橋控制系統，發現了探測艦接近時用來妨礙王艦掃描到它們的一組程式碼。王艦說得對，這與保護目標不受我的無人機攻擊的程式碼很相似。

而且目標無人機直接在機身上使用的實體防護方式還比較有效。我把幾個關鍵參數改掉，讓目標無法再次在船艦上使用。

我知道／有證據可以證明，目標就是用探測艦艦橋上也有的那種實體螢幕設備來啟動伊莉崔和拉斯身上的植入物。如果它們是靠植入物讓這裡的人類失去行動能力，那就應該會有一個還在作用中的連結才對。但是我得先想辦法非常接近那套截至目前為止，大多只是理論上判定其存在於這艘探測艦上的目標控制系統。如果說大多只是理論上判定存在的意思，是一不小心跌到那條它在船艦系統裡鋪天蓋地地設下、通往毀滅的康莊大道上的話啦。

我知道那臺實體螢幕設備在王艦船艦上時用的是哪一條頻道，所以我先檢查了那裡。果不其然，七條連線。現在我得想辦法做到這件事，同時不要害死任何人類。我把每一條途徑都分離出來，在其中之一上頭做了一點修改。只見休息室裡的一名人類抽動了一下。

目前看起來一切都沒問題。如果我趕在目標透過螢幕設備傳送指令之前，先把植入物連線截斷，他們會醒來嗎？我只知道如果我的動作不夠快，目標可能會按下死亡開關，造成人類心跳停止，就像在拉斯身上發生的事情一樣。用那種方式失去一名人類就已經夠令人喪氣了，一次失去七名人類，其中還包含很可能是王艦僅存的組員，這種事情絕對不可以發生。

我重新與那具維安配備連線後說：**我找到讓人類不能動彈的植入物的控制連線了。如果你能幫助我，我們就可以救回所有客戶。**

有東西來了，我立刻切斷了連線。時間剛好，因為零點零五秒之後，目標控制系統發現我了。

15

升降箱的維修接駁艙透過內部頻道傳來了抵達預告，我把正在看的影集按下暫停，叫醒無人機。接駁艙稍早已經開始減速，現在開始剎車，準備進入星表停泊用建築。我一直在注意頻道和通訊器，看看有沒有任何訊號聯繫，但是除了接駁艙本身的訊號以外，我什麼都沒有接收到。這點的壞處就是沒有資訊，好處就是如果星表碼頭的頻道和抵達通知系統都是下線狀態，也許就不會有人知道我們來了。

整個過程與艾梅納和我第一次登上王艦、面對顯然已經死透的頻道時的相似度高到讓我有點不舒服。而且沒錯，我也在掃描與目標控制系統有關聯的範圍，但也一樣沒有收穫。

「到了。」歐芙賽在座位上移動了一下身體，因為緊張而坐立難安。

堤亞哥坐直後說：「很好，我剛好做完基本功能單元。」

歐芙賽哼了一聲。「我真不知道在這種情況下你怎麼還能工作。」

「工作能讓我不去想別的事情。」堤亞哥伸手想抹臉，但只讓手套撞上了頭盔。「以前在先登學院考試前我總是會玩謎語解題，塔諾都說我一定是瘋了。」

「看看我們現在在做的事，我覺得塔諾沒有說錯。」歐芙賽對他說。

堤亞哥說：「維安配備——」我心想，太棒了，現在要怎樣。然後他說：「我一直在組裝一個目標使用語言的可用字彙功能。少了近日點替我們翻譯，這東西可能會有點幫助。」

嗯，這下我覺得自己是個王八蛋了。

在接駁艙開始煞車、急衝兩次、落入停泊口發出匡噹聲響的同時，我把功能單元從他的主頻道抓下來儲存。接駁艙的內部頻道傳來了抵達訊息，歐芙賽急忙用手動控制的方式將其切換成待命模式。我已經解開安全帶，起身走向艙門，搶在艙門滑開前阻止了它。接駁艙顯示艙門外的環境良好，並且有接受範圍內的重力指數，但我還是很慶幸我們都穿上了環境太空衣。我讓艙門開啟一道小縫，先派出了無人機。

艙門外是一條走道，有著砂石質感的牆面、地板和天花板，其中有金屬樑柱支撐結構。（那不是真的石頭，而是看起來像石頭的人造建材。）樑上每隔一段距離就嵌著圓形照明，但是沒有電力。無人機一直前進到了天花板挑高的廳區，看起來像是外牆的上緣裝設了圓形窗戶，灰濛濛的日間光線照了進來。另一面牆邊有架子和櫃子，還有一張沒有作用的工作檯。地板上薄薄的灰塵顯示這一區已經很長一段時間沒有任何動靜，也說明了這棟建築裡有一個地方會通往有真正塵土的外界。這裡的門不是加壓艙門，是手動控制的金屬滑門。

歐芙賽和堤亞哥已站起身看著我。我把無人機畫面傳到他們的控制介面後說：「你們在這裡待命，我先去檢查一下。不要使用太空衣的通訊器。」我透過無人機架設了頻道轉發，這樣應該就能安全連線，但我還是不想賭這把。「雖然沒看到訊號流量，它們還是有可能有辦法監控通訊器。」

歐芙賽緊抿雙唇。她顯然不喜歡分開行動這件事，但她沒有反駁。「小心點，不要沒帶我們就走得太遠。」

「你確定要自己去嗎？」堤亞哥看起來也不開心。這些憂心忡忡都很煩人，但這也是我太自滿或有偏見之類的，畢竟人類會擔心我自己跑去送死這件事，對我來說還是很近期的人生體驗。

我只說：「我不會去太久，」然後就把艙門完全打開。

我留下兩架無人機待在人類身邊，剩下的全數帶上，一起踏上通往廳艙的長廊，準備與偵查無人機會合。所有頻道都沒有訊號的感覺仍然令人毛骨悚然，但星表碼頭沒有使用跡象其實也很合理。

快速檢查後，我發現櫃子裡放了很多工具和維修裝備，整整齊齊，幾乎都沒有使用過。我抓不到任何音訊，只有接駁艙的動力驅動系統在接駁艙停用狀態下發出低聲隆隆作響的運轉聲。我沿著滑門軌道打開門，好險門沒有發出尖銳的聲響，然後我派出五架無人機組成的小隊。

從影像中我看見用人造石蓋成的寬闊、挑高的走廊。樑柱上有幾片平面的燈板亮著，所以一定有緊急電源藏在某處。無人機的掃描找到了牆面上用標記塗料指示的出口指標，但附近沒有任何語音訊號，沒有機器或人類的動態，沒有聲音。我鑽出滑門外，跟著無人機前進的方向走。

轉了兩個彎之後，無人機找到一扇巨大的外部滑門，門半敞開著。我從無人機畫面可以看到門外的景象，但是我想親眼瞧瞧，所以把無人機召回內部走廊繼續偵查環境，然後我踏出門外。

從我在太空碼頭抓的地圖來看，星表碼頭是一座大型的橢圓建築，沿著機械軸建設。我踏上一座長長的石製露臺，砂石摩擦我的靴底。這裡離地面大概有三層樓高，面朝西。

天空被蓬鬆的灰色雲層覆蓋，但是視線很清楚。我的眼前是一座湖，湖水淺而清澈，從高聳的碼頭牆面往外蜿蜒鋪展。一道寬敞的堤道從建築物另一頭延伸出去，越過湖面，通往坐落在約莫兩公里外的三棟巨大建築，那整座建物大到把碼頭都比了下去。

只見那幾棟建築物是梯形的高樓，以灰色建材蓋成，圍成半圓形，中央高起的廣場聳立，那裡正是堤道終點。建築物裡有像肋骨一樣的支撐物，弧形從底部往上延伸，可能是裝飾，也可能是發電用的設施，我實在看不出來。

星表碼頭東側是一整片的綠色植物，枝葉隨風搖曳。我把望遠倍數放到最大，看到綠色植物下方有個結構，很可能是拿來讓種植介質不要接觸地面的生長架，可以盛裝水和植物所需要的其他東西。

這到底是算哪門子的殖民地？

突然間，一道身影從植物中站了起來，看起來將近十公尺高，上頭布滿尖刺。我身上沒有人類消化系統真是件好事，因為我的驚嚇程度可能會讓消化系統不自主地噴出點什麼東西。

在我飛奔回門內之前，我意識到那是一具農耕機器人。它的下半身有十條長長的、蜘蛛般的肢體，讓機器人四處移動的同時能避免撞毀任何東西，上半身則是支長弧形「頸部」，還有顆長長的頭，我前面說過，上頭布滿尖刺。

（農耕機器人在統計數字上最不可能意外傷人，但外表卻是最恐怖的。設計來照顧脆弱生命體的東西，看起來竟然最像一副想要把你五馬分屍、吃掉你的人類的模樣，這實在是一件很奇怪的事。）

總而言之，回到我剛剛說的，這到底算哪門子的殖民地？

不是說植物和農耕機的部分——那很正常。植物可以經過工程改造，替殖民地做很多事，像是生產氣體或其他化學物質。但是首先有一件事很怪，就是那棟巨大建築與剛石的殖民計畫不相符，根本完全是兩回事。然後你大概會以為這裡應該要更混亂一點、更有人味一點，覺得會看到還在建造中的東西、成堆的材料、臨時住屋，或者是被拆來蓋永久建築的臨時住屋殘骸。但這裡看不到任何空中或地面車輛，湖面上沒有船隻也沒有碼頭。沒有垃圾。這地方看起來既像是被拋棄，同時又像是被照顧得很好。彷彿不論這裡之前被拿來做什麼，都不是要給人類居住用的。

我把畫面傳給歐芙賽和堤亞哥，他們也忍不住驚嘆。我指著有奇怪骨架的建築說：**那是外星建築嗎？**（這是個很顯而易見的問題。）

不，不可能是。歐芙賽說，但是她聽起來不太確定。

堤亞哥說：**我同意，看起來太……適合人類使用了，不像是真正的廢墟。看起來也太過老舊，不可能是剛石的被殖民者蓋的東西。我有看過報告，說群體會出現強迫性地建造不尋常建築物的狀況，這種行為是受到殘留物汙染的早期症狀。這很可能是企網前時代的被殖民者受到殘留物影響後蓋的建築。**

應該就是這樣。勇敢的英雄探險家發現外星人廢墟，這種劇情在《玩命穿越》常常發生，但是在現實生活中，這比較像是被困在無止境的蟲洞旅程中的交通船艦會發生的事。沒有人知道發生了什麼事，也不知道任何東西該是什麼模樣，因為事件中的所有人都死光了。

但是強迫性的建造行為聽起來很詭異就是了。

堤亞哥繼續說道：**這也可能是一種企業網前時代初期的建築風格，只是我們不認得。**

這可能就是剛石的被殖民者在被吃掉或被液化之類的之前的想法吧。

農耕機又移動了一步，彎下頸部消失在植物之中。我沒有看到任何人類或目標，但是這裡肯定有電力來源，因為我開始在掃描中抓到一些干擾訊號，也就是說有某種類似大型空氣牆之類的東西正在運作。拉銻說過確實可能會有這種東西，用來留住殖民地的空氣，所以算是滿合理的。

我的無人機找到了碼頭建築的終點，拍了另一頭的畫面回傳給我，那是一片平坦的河谷，岩層隨機地從地面刺穿而出。碼頭和升降箱的機械軸所在地一定是高原位置，這裡就是高原的邊緣。紅棕色低矮草叢中有東一撮西一撮的亮紅色，覆蓋了所有不是岩石或土壤的地方，即便在陰天的光線下，那顏色看起來仍然很漂亮。有一條很長又很直、一看就知道是人造的運河，從高原底下某處延伸出來，往遠處高起的山丘流去。微風從四面吹來，撥動草地。

一眼望去，沒有其他建築了。也許堤亞哥說得對，那座複合式建築物就是企業網前時代的殖民地。如果真是如此，他們的預算一定大到可以讓公司貪婪地流口水。有這麼多貨幣，卻沒有用上一塊錢去買保險。

（如果他們買了公司的保險，那麼在他們接觸到外星遺留物或不論他們後來真的接觸到的是什麼東西的時候，至少會有人在一旁提醒：「嘿，是不是該撤了啊？」）

然後人都上哪去了？

我的無人機傳來警告，我檢查了一下訊號來源。它們收到一個環境音：在人造石建材之間迴盪的話聲還有發射型武器的聲音。

噢，原來人在那裡。

聲音從牆面反射出來，讓人聽不出來源位置，要是沒有無人機，我就沒辦法在不被發現的情況下接近事發地點。

對峙現場很接近碼頭中央，就在升降箱主要裝載廳的位置。從我下載的地圖上，我找到一道通往上層的斜坡，會經過好幾條走廊、幾扇通往空房間的門，直到一個能夠俯瞰陰暗的抵達廳的開放空間。雖然有低矮的安全牆，這地方對狙擊手來說仍不是好位置。因為角度太差，我還得派出無人機往下飛到登艦樓層去看清楚到底是誰在跟誰打。

因為沒有電源，整個空間都很陰暗，且某人已經先把拱型天花板的緊急照明打壞了。這裡的升降箱廳區比太空站裡的那間大，巨型安全艙門前的廳區上方，是寬大的樑柱組成的高聳拱門。拱門現在是關閉的狀態，擋住了升降箱前此刻空無一物的降落區。這個廳區的西側門邊有成群的目標擠在陰影下的拱門處，一邊躲在掩護後方，一邊朝著東側上層的寬闊露臺，也就是我右方那群看起來人數較少的目標開槍。升降箱艙門前的地板上四散幾名死亡的目標。

對，這些人絕對是目標沒錯。但其中有許多人仍有明顯特徵，一看就知道它們本來是人類、經過變造才變成現在的樣子，身材也各異，與那些侵占王艦的目標那種又高又瘦的優美外星體態不同。

只見它們多數穿著進行拓墾或採礦這類粗工時會穿的衣物，像廉價版或破舊版的王艦環境太空衣，衣物上有連帽，但是沒有呼吸裝束；或者是混穿一般工作服，再隨便搭配一些看起來像是舊制服或保護裝束的裝備。這樣一來就變得很難看到臉部，但是無人機仍辨識出有一整群人身上的灰色肌膚，明顯是一種進化後的結果，而不是自然或化妝效果。有趣的是，那些看起來明顯經過改造的人類並沒有全都站在同一陣營奮戰。

我沒有看見任何獨特的目標用武器。它們用的是沒有標誌的發射型武器，看起來是用零件自己手工組裝的劣質品。我注意到其中一把武器很可能來自巴利許—亞斯傳薩的前線人員。

因為所有人都在到處跑來跑去，我沒辦法明確算出人數，但是至少有一百名目標在這裡亂竄，而且環境音顯示東側的走廊上還有更多打鬥正在進行。沒有看到目標無人機，但是我看見東側露臺下方有一些看起來像是無人機殘骸的東西。

眼前的情況一片混亂，但我從中得知兩件事：(1)目標是接觸到外星遺留物而遭汙染的被殖民者這個理論可能是正確的。（我們本來就有百分之八十二的信心，但是提高到百分之九十六以上就更好了。）還有(2)，它們至少分成兩派人馬，互相看對方不順眼。

但是王艦的組員在這團混亂進行的同時，搭乘升降箱抵達這裡，我實在不太想去設想他們的命運。我沒有看到死亡的人類，但如果他們再次被俘，情況就會比我預期的更難解決許多。

幸好在我的位置下方，我的無人機沿著牆面拍到許多小隔間，和可能可以躲藏的地方，像是對著貨物儲存空間的開口、另一扇地圖顯示會穿過這片露臺下方通往碼頭外部的門、設計給老舊型號的搬運機器人使用的調度區、移動艙大廳的入口……

等等，找到了。

一面裝飾用的弧形玻璃岩板影壁，矗立在移動艙大廳敞開的入口前方，而影壁後方正蹲著一道人影。角度雖然很差，但我能看見一條手臂靠在玻璃上方，深棕色皮膚，手腕上戴著裝飾編織手鍊。T恤捲起的袖子是淺藍色的。以這些線索來看，對方不是目標。

如果你剛搭乘升降箱來到這裡，發現一堆目標正在交戰，或者是準備在登艦區開始一場激戰，你大概會選擇跑向最顯眼的移動艙大廳。然後你會發現這裡沒有電力，移動艙沒有辦法使用，因此意外地害自己被困在現場。我派出一架無人機靠近點看。

它清楚拍到人類蹲在玻璃牆後方的畫面。是艾瑞絲，王艦的艾瑞絲。

我一陣欣喜。王艦一定會大大鬆了口氣。

艾瑞絲的個子很小，比拉銻更矮，也比較瘦，體型只比艾梅納大一點而已。她的深色頭髮是那種捲又蓬的類型，但她把頭髮往後綁了起來。她的長袖T恤、長褲以及軟鞋，看起來都是王艦藍色制服的休閒服版本，只見她的膝蓋和手肘處都有汙漬，雙手上有傷口，左前額上有瘀青的顏色，不過我沒有看到更嚴重的傷勢。

無人機從她身邊掠過，轉彎通過入口內的短道，進入移動艙大廳。其他人就在這裡。四名人類蹲在移動艙閘門旁的牆邊。他們把控制面板拆了下來，正在用看起來完全不足的工具和微弱的燈光工作。他們一定是想撬開其中一條管狀軌道的閘門，讓他們能夠爬進機械軸裡。

嗯，這下棘手了。我傳訊：**歐芙賽，你們現況如何？**

我們沒事，她回道。**你有找到什麼東西嗎？**我的無人機攝影機拍到她和堤亞哥在搜索維修接駁艙大廳裡的櫃子。

我把無人機拍到的對峙畫面以及王艦組員畫面傳給他們。我聽見他們小聲地手舞足蹈了一番，然後堤亞哥說：**我們有沒有辦法把電力接到移動艙，然後用移動艙把他們救出來？**

歐芙賽說：**這方法應該不可行——我們得先找到發電區然後重啟。但如果我們可以從他們上方進入移動艙機械軸，從另一邊打開他們那層樓的閘門——**

我不喜歡這個計畫。我們不知道打鬥已經進行了多久，搞不好隨時會結束，不論贏的是哪一方，它們一定都會去追殺受困的人類。我說：**這樣太花時間了，而且移動艙可能會堵住機械軸。我有個更好的點子。**

至少我當時確實是這樣想的。

這個計畫的困難之處在於，我必須違抗累積數千小時的模組訓練、親身經驗加上常識，每一項都強調永遠不要把武器交給人類，更別說叫人類使用那些武器。即使這邊的武器指的是噪音器，而人類指的是冷靜穩重的歐芙賽也一樣。

此時此刻，歐芙賽正跟著無人機爬上我發現的那座露臺。那裡對狙擊手來說是個很糟糕的位置，但是在這個計畫下還是行得通。我和堤亞哥在下方的走廊上，這裡預計會是我們的逃跑路線。因為沒有頻道可用，只能用無人機轉發訊號，我得派出無人機與誘敵一號和誘敵二號建立直接連線。無人機於十七秒前連線成功，所以只要等歐芙賽就定位，我們就可以開始進行了。

時間抓得剛好，因為一點四分鐘前，我記錄到第二個衝突現場，也就是抵達廳東邊走廊的動靜已經平靜下來，而我現在最不需要的就是目標宣布停戰、不再朝彼此開槍。

和我一起站在走廊樑柱後方的堤亞哥看起來非常緊繃，我壓低音量說：「你確定你可以嗎？」

「對，我確定，一直重複問我也不會有幫助。」他悄聲回話。

嗯，這點他倒是沒說錯。問題主要是出在我身上，請他們幫忙會讓我有罪惡感，不過我有試著做一些安排，這樣一來兩名人類就都不會暴露在戰火之中。

我的無人機拍到歐芙賽剛抵達通往露臺的門口。她跪趴下去，手腳並用爬到露臺外牆下。我轉到共同頻道上說：**已淨空，可行動。**

堤亞哥也做好了準備。

歐芙賽啟動三顆噪音器的同時，我開始狂奔。她把噪音器拋下露臺，兩秒後，我便跑到通往抵達廳的拱廊。噪音器一邊掉落一邊開始發出爆炸音效，類似生態區特有閃電的光芒以及炸裂聲響在抵達廳牆面之間迴盪。

我已經把聽力調低，並且把視線加上過濾器，但還是能看見和聽見那些效果。只是不如在抵達廳兩側又吼又叫、跌倒在地、盲目開火的目標感受那麼強烈。我沿著抵達廳正後方的牆壁全速衝刺，穿過那十五公尺的距離，閃到擋著移動艙大廳入口的玻璃影壁後方。

我繞過影壁的時候，艾瑞絲猛然往後躲，差點跌出掩護範圍。我停下腳步說：「不要跌進戰場裡，艾瑞絲。」（我知道，這部分我處理得很差。在執行合約任務的時候，我就可以說：「請不要緊張，我是妳的簽約維安配備。妳目前身陷險境，請立刻停止：在此插入蠢事的名稱：。」）

目標在影壁外的升降箱廳區裡盲目地對彼此開火，兩邊都認定是對方啟動了噪音器準備要偷襲。仍在移動艙大廳底端研究控制面板的其餘王艦組員都注意到了噪音，但是沒有聽見我踏進入口。我接著說：「只有五個人在這裡——剩下的人呢？」

「你是誰？」艾瑞絲大口喘氣，從影壁邊站起身，但沒有陷入驚慌。我看見她發現我身上的環境太空衣之後的神情變化。（先從超級火大變成嚇得半死然後是一頭霧水。）「你是怎麼拿到這套太空衣的？」

歐芙賽和跟著她的無人機快速衝過上層走廊，往維修接駁艙的方向移動，準備進入我們的撤離路線。堤亞哥在走廊上待命，一邊膝蓋不耐地抖動。我說：「我從你們的船艦上借的，它派我來救你們。其他三個人在哪裡？」

她皺眉，看起來一臉遲疑，而且非常警戒。「他們還在企業船艦上。我們被轉移到太空碼頭升降箱的時候，有一個被殖民者幫我們逃走。我們沒辦法——」她的自制力很好，但是赤裸裸的痛楚讓她哽咽。「她說來不及救他們了。我還來不及弄清楚到底發生了什麼事，她就在碼頭遭到殺害——」她頓住，眼神充滿怒氣。「你說我們的船艦派你來——從哪裡派的？你是從哪裡來的？」

掃描顯示沒有異常能源跡象，我說：「它們沒有在妳體內放植入物，對吧？把後頸給我看看。」

她的憤怒非常合理。「我才不會轉身給你看我的脖子，這位我才剛在敵方星球上遇到的陌生人。」

對，好，我是可以告訴她現在是我手上有武器，但我不想把與王艦組員的第一次互動搞成武力威脅，畢竟我又不打算真的動手。重點是，那樣做感覺很沒有效率。於是我說：「那就是有植入物的人會說的話，這位我才剛在敵方星球上遇到且我打算要救援的陌生人。」

她維持著一種接近氣憤又堅韌的神情，做得其實還不錯，但我看得出來她明白這個要求並不是不合理。「沒有，我沒有植入物。我知道某些探測艦組員體內被它們放了東西，但我們沒有。」她轉過身，挽起頭髮給我看。

「我會輕輕碰一下妳的背。」我走上前，近到能夠把她的T恤領口往下拉，確認底下沒有傷口。我退回原位。「好了。大概五分鐘後，我需要妳和其他人跟著我離開這裡，左轉後跑進第一條走廊。你們會看到一名身穿近日點環境太空衣的人類。跟著他走，照他說的做。」

她轉過身，放下頭髮後用震驚的疑惑眼神看著我。「你是維安配備嗎？」

這問題每次聽都一樣尷尬。我的第一反應是說謊，因為她是陌生人類，可是她是王艦的人類，所以我脫口而出的是：「妳怎麼會這樣想。」

（我知道，我知道。）

她看起來更肯定了。「你是小日的維安配備。」

噢，王艦的人類還替它取了個可愛的暱稱。我立刻把這段談話存入永久資料庫。我說：「我不是近日點的維安配備。」然後我又犯蠢地補充，「不論它跟妳說了哪些與我有關的事，全都不是真的。」

她挑起雙眉。「但你就是近日點跟我們說的那個維安配備吧？」

好啊這個王艦，把我的事情跟這些人類說。「如果我就是，妳會照我說的做，好讓我把妳救出去嗎？」

她遲疑了一下，一副雖然不能確定，但很想相信的樣子。「如果你讓我看你的臉長怎樣，我就會。」

「它還給你們看我的照片？」搞屁啊，王艦？

「當然啊。」她的神情更堅定了，「如果你真的是小日的朋友，那就讓我看看你的臉。」

好，隨便。我對太空衣下指令，把面罩收起，折下帽兜。她凝視我的目光變得銳利，我只能瞪著她腦袋後方的人造石牆看。從王艦幫助我變造規格之後，我的臉基本上就保持相同的模樣，不過我有讓頭髮和眉毛長得濃密一點。而無人機替我拍到的艾瑞絲的神情顯示出她認出來了。

她身上的緊繃感稍微少了些。「謝謝你。」她的臉看起來變年輕了，神情像是一直假裝相信還有希望、直到此刻終於不需要繼續假裝的樣子。

（自白時間：那種時刻，就是在人類或強化人發現你真的是來幫助他們的瞬間，我不討厭。）

艾瑞絲問道：「小日還好嗎？它在哪？你怎麼來到這裡的？是跟蹤我們進入了這座星系嗎？」

「它沒事。它本來在太空碼頭，但目前去追探測艦了。它——」我不會告訴她整起綁架事件。我和某些王八蛋研究船艦不一樣，我才不會告密。「這說來話長。請先去接其他人，跟他們說我們要準備離開了。」

她用力吸了一口氣，然後轉頭去找剩下的同伴。

所以現在我身邊有賽斯、小楓、塔立克和馬泰奧，加上艾瑞絲。（都是聰明人，艾瑞絲跟他們說我在這裡的時候，他們把驚嘆和揮舞雙臂的程度控制在最小範圍。）我還不知道要怎麼把剩下三人從探測艦上救出來，也不知道他們是否還活著，但是至少我能把這些人類送回王艦身邊。（五個也好過沒有半個，但我知道如果是我得放棄三名人類，我會有什麼感覺。一定會很糟。）

「我們要怎麼知道你是小日的朋友？」賽斯說。他就是我在碼頭維安系統影像中瞥見的人影，個子很高，深色皮膚，髮量比大多數維安配備少。從王艦的紀錄來看，他是艾瑞絲的家長。「小日斷線的時候，被殖民者上傳了某種系統，它們可能有小日檔案庫的所有權限，可能知道你長怎樣。」

這實在不合理，但是受到創傷的人類是沒辦法用邏輯溝通的。（我大可在這裡舉例說明邏輯在人類身上沒有用，就這麼簡單，但我沒打算這麼做。）我可以給他們看我在王艦上的影像，但是那也沒有幫助。我與我的人類的交談內容可能是假造的，我與王艦的交談內容是用一種數據交換語言，沒有經過翻譯，人類也看不懂，就算翻譯出來也可能是假造內容。我說：「我叫近日點王艦，意思是王八蛋研究船艦。」

賽斯本來嚴肅的神情瞬間放鬆了，塔立克說：「你絕對是認識正牌小日沒錯。」站在我左肘旁的小楓接著說：「小日的幽默感真的很難笑。」她的身材和艾瑞絲差不多，但是膚色比較淺，有著一頭黃髮。

他們身上都有瘀青、血漬和被扯破的衣物，賽斯跛著一條腿，塔立克一直用手壓著下腹部，並且忍著不做出會讓我想立刻呼叫不存在的醫療系統的那種皺眉神情。

小楓抱著自己的右臂，只見上頭有一大片藍紫色斑塊，意思是裡頭某處現在正讓她承受著劇烈疼痛。至於馬泰奧，沿著髮線能看見一道乾涸的血跡，手指也因為沒有工具、得徒手扳開移動艙閘門而流血。馬泰奧不耐煩地說：「時間已經超過兩分鐘了，還是只是我的感覺而已？」

因為地圖上的走廊高度標示有誤，所以行動時間被延後了，他們全都有點急躁。（這些急躁的人類，就是我要想辦法從交火現場救出去的人類，棒呆了呢。）只有一小部分是想讓他們分心，我開口問道：「你們知道這裡究竟發生了什麼事嗎？」

「是外星遺留物汙染。」小楓抬頭看著我，眉頭緊蹙。「被殖民者知道這裡有那些東西。剛石以為企業網前時代的殖民地已經消毒過整個範圍，但是他們錯了。」

馬泰奧把雙手夾在腋下。馬泰奧的身材和艾瑞絲及小楓一樣嬌小，黑色長髮編成的辮子散亂。「顯然剛石的被殖民者抵達這裡後不久就開始生病。出現一些生理症狀——膚色、體重、眼睛顏色的改變。他們知道是外星遺留物汙染的問題，所以他們從主區域搬遷，在遠一點的第二區域建立了新的殖民地。」

「這件事本身並不合理。」塔立克補充道。我理解他的意思。但是這可能就是剛石摧毀殖民地地點紀錄的原因。他們不想被逮到，加上他們知道不論要發生什麼事，對困在當地的被殖民者來說都不會是好事。

小楓繼續說道：「五年前，爆發了另一波症狀，但是這次變得更嚴重。有些人開始出現心理症狀，但是其他人沒有。有些被感染的人似乎開始覺得自己是某個外星生命蜂巢意識的一部分。」

賽斯朝升降箱廳區的方向一擺手。「我們覺得現在的狀況就是這樣——它們之中出現分歧，感染狀況較輕微的人想要控制住其他人。升降箱再次降下來這件事讓交火一觸即發。」

艾瑞絲說：「我們很確定外星蜂巢意識這東西只是群體幻覺而已。」

「一定得是幻覺。」塔立克說。他有點搖搖晃晃，賽斯扶住他的身體。

「並非一定要是幻覺——」馬泰奧正要開口說，小楓和艾瑞絲都出聲反對。

賽斯的語氣很堅定，「我不想再聽一次這個爭執了。」所有人都閉上了嘴，這樣也好，因為誘敵一號和誘敵二號就要抵達了。

我們差點錯過最佳時機：露臺上那群目標的大多數火力都後撤了，而廳內另一頭的目標則換了位置，準備繼續進攻。從它們移動的方式來看，我認為有人發現移動艙大廳有人在作怪。我說：「我們還有三十秒。記得，左轉，到走廊後跟著堤亞哥。我會掩護你們。」我的無人機拍到他出現在走廊上緊張地等待的畫面，我用訊號敲了敲他的主頻道，告訴他時間快到了。他回傳表示收到。歐芙賽已經到了維修接駁艙入口，一邊等待的同時一邊焦躁地走來走去。

艾瑞絲瞥了其他人一眼。「大家都準備好了嗎？」

他們點點頭，賽斯捏了捏她的肩膀。我把我備用的能源武器交給了她，以防萬一。（我知道，把噪音器交給歐芙賽就已經夠難了。但是艾瑞絲讓陌生維安配備看她的後頸，而且她是王艦最喜歡的人類。）

我可以從無人機拍攝畫面看到現場，我知道抵達廳另一頭傳來的眾人驚叫是什麼意思。就在那兩具農耕機開進屋內並且啟動的同時，我從玻璃影壁後方衝了出去，開始開槍。

目標顯然很清楚農耕機是什麼東西，但是兩具農耕機突然闖入陰暗的廳區，全身站直、揮舞肢體，這還是很嚇人的。因為實在太過嚇人，有十二個目標反射性地朝農耕機開槍。我幹掉了四名移動到我們上方的目標，還有在拱道正對面的兩名目標。我還有噪音器，但沒有拿出來用，因為我認為第二次恐怕就不會那麼有效了。

（事後回想，這成了另一個錯誤決定。）

人類聽從我的指示，在我身後衝了出去。我的無人機跟著艾瑞絲，看著她帶領大家衝到正確的入口。（我說衝，但其實人類的速度就算在最佳狀況下也都慢得可以，而這群人不但精疲力盡，還空著肚子又飽受驚嚇。）艾瑞絲在入口處停下來，等其他人跟上。只見他們陸續抵達，賽斯抓住她的手臂，一邊跛著腳前進一邊推她往自己前方走。跟著艾瑞絲的無人機拍到了提亞哥的正面影像，他躲避著戰火，同時急促地示意他們繼續跑。

參照我的時間軸安排，我還有十七秒的時間可以留在廳區執行掩護，我也希望維持現場的混亂，至少到人類都脫離那條又長又直的走廊、進入通往維修接駁艙入口的區域為止。這段路以健康的人類來說，至少需要跑七分鐘，而這些人類連站都快要站不直了，所以我幫他們爭取越多時間越好。

而突然間，一切都失控了。

我本來是用無人機當轉發器來控制農耕機，而我感覺到連線斷了，訊號輸入也跟著消失。接著農耕機一號猛然轉身，把我打飛到廳區另一頭。

以一具肢體這麼纖細的機器人來說，農耕機這一拳可說是非常扎實。我撞上人造石地面，彈起來，再撞上地面，整個人才以大字形地停下來。（我遇過更糟的狀況。）我立刻翻身站好，此刻才意識到所有訊號源都斷了，農耕機、無人機，所有的一切。

然後農耕機二號全身一收，往人類所在的走廊飛馳而去。

幹，不行。我從環境太空衣的口袋裡抓了一把噪音器，即便我的訊號源都斷了，直接接觸仍讓我可以連線啟動大多數噪音器。農耕機一號撲向我的時候，我把噪音器丟了出去。噪音器引爆後，只見農耕機靜止不動，彷彿所有噪音和光線燒掉了它的導航感應器。

我緊追著農耕機二號，速度快到我只感覺到兩發發射型武器的衝擊，一發在我的背上，另一發在我的大腿上方。我與所有無人機的連線都斷了，所以現在我只有雙眼所見的畫面訊號，在這樣的情況下，只有這點訊號源是不夠的。

幾乎全速衝刺下，我看見了仍在奔馳的人類，他們就在我前方，賽斯墊底。然後賽斯倒下了。農耕機在他身邊一個滑步停了下來，蜘蛛狀的長臂往下伸過去。我沒辦法及時趕到那裡，如果我以這種方式失去一名王艦的人類……

此時，艾瑞絲撲向農耕機，用力撞上它纖長的肢體後，朝著農耕機處理器所在的身軀中心開火。本來這樣應該就能成功救援才對。但是她的武器沒有足夠的力量打穿外殼，這次攻擊只是讓農耕機或其背後控制的力量變得更憤怒。它把手臂往內伸，一把抓住了她。但這時候，我已經到了。

我也不確定我的武器有沒有辦法打穿強化過的身軀外殼，所以我往它的關節開火。只見它的腿垮了一部分，讓它忘了要把艾瑞絲大卸八塊這件事。我在它前方兜圈子，朝肢體的關節處開槍，它放下了她。

她在地上往前爬，然後撲到賽斯身邊，想把他拉起身。我持續開火，控制住農耕機，讓它不能朝他們伸爪。這時候我還是有可能會失去他們兩人，但在我瞄準攻擊目標的同時，我瞥見堤亞哥朝賽斯衝了過去。然後機器人再次往前撲，展開更多肢體，我也射中更多關節。我的老天，這東西真的有超多肢體。

我冒險回頭望了一眼，看見堤亞哥已經把賽斯扛上肩頭，正與艾瑞絲一起跑過走廊。

她回頭朝我露出了一個絕望的神情，我大喊道：「繼續跑！」

我回過頭，朝著農耕機的第五個膝蓋關節開出完美的一槍。哈，結束了。我扣下扳機，只見關節爆裂。

它完蛋了，因為就在這一刻，那具農耕機整個掉下來壓在我身上。

感覺很痛，因為顯然那東西比看起來還要重很多。我呼吸時不需要那麼多空氣真是一件好事。我又推又擠，丟了我的主要武器，但是最後還是成功從農耕機底下脫身了。

只是這時候，目標已經趕到了現場，而他們開始朝我開槍。我起不了身。我用雙臂保護頭部，感覺到發射型武器穿透環境太空衣，但沒有穿透王艦做給我的制服上使用的防護布料。然而布料在眾多火力持續攻擊下也開始失去了作用，看來這可能——

效能驟降。

強迫關機。

無重新啟動。

16

殺人機2.0
巴利許—亞斯傳薩探測艦部屬任務
任務狀態：延誤

目標控制系統認得我。我殺了一部分的它，控制王艦的那個部分的它。

我說：**痛嗎？跟我說說看啊。**

它現在是探測艦的常駐系統，待在原本是那可憐的駕駛機器人待的地方。在它用防火牆把我封起來之前，我趁隙瞥了那邊一眼，只見空間裡僅剩隨機段落的程式碼，駕駛機器人的核心已經被刪除了。目標控制系統原本想把我從維安系統裡面拖出去幹掉，但是它有駕駛機器人的檔案庫權限，所以它知道刺殺軟體是什麼東西。

我對它說：**進來抓我啊。**（對，我在拖延時間。我已經準備好程式碼，我可以對探測艦做出一大堆毀滅性行為，但是這樣沒辦法把人類救離船艦或傳訊息給王艦。）

此時，有別的東西與我建立了連線，是透過通訊器接來的船艦外聯繫。另一艘船艦嗎？太空碼頭？還是我們旁邊哪裡還有另外一顆星球？不論是誰在跟我連線，一定是個目標，因為它會用它們的語言。我透過目標控制系統閱讀它的聯繫內容，但我也看得到它原始、未經翻譯的訊號。

目標聯絡人想讓目標控制系統弄清楚我到底是什麼東西，這樣它們才能利用我，因為我可能是它們想要的東西。目標控制系統告訴它們我是維安配備。目標聯絡者說不可能，維安配備是一種機器人，像被它們控制的船艦上的那種，只要控制住那些人類就能輕易擺平。

（對，它說了「那些人類」。但如果這是外星智慧生物，那我看過的恐怖影劇就真的是搞錯了。然而考量那些影劇總是把其他東西搞錯，這也不是不可能。）

（是說，我不認為這是外星智慧生物。）

目標控制系統說，不行，我太危險了。

我說：**它說得沒錯**。

目標聯絡者聽見了。它們很震驚。它們說：**你是什麼東西？**

維安配備。刺殺軟體。

目標聯絡者說：**是軟體幽靈**。

我喜歡。我看過幽靈主題的影集，不過現在已經沒有能調閱那些影劇檔案或作品名稱的記憶檔了。我說：**會殺掉你們的幽靈**。

為了要證明我拿它們沒辦法，目標聯絡者點開了一段監控攝影畫面給我看。沒有任何說明資料輔助，我看不出來這是在哪裡拍的。不是船艦。是太空碼頭嗎？但是農耕機器人在太空碼頭做什麼？一具農耕機器人在打鬥，幹，那是我耶。

目標聯絡者對目標控制系統說：**這是軟體，不是維安配備。維安配備在星表上，我們已經抓到它了**。

目標控制系統告訴目標聯絡者：**你現在是在給它情報，住手**。

我的1.0版在星球上，已經被抓，我們現在麻煩大了。對不起，王艦。對不起，人類和我1.0。

就在這時候，我發現了維安配備三號試探性的安全連線訊號。

它剛剛廢了自己的控制元件。

我看了一下走廊攝影畫面，看見它偷偷地動了動腳，肩膀動作的時候，盔甲也出現連動。從外部這樣看的感覺好怪。我知道它在想什麼。我當初第一時間的想法是：我的控制元件沒了，我想要什麼都可以實現了！然後第二個念頭是：我想要什麼？（我已經卡在這個問題上很久了。）（事實上，就我所知，我1．0至今仍卡在那裡。）

我問三號：**你想要什麼？**

維安配備三號說：**幫你救回我們的客戶**。然後他接著說：**那之後，我沒有其它資訊**。

好戲上場。

我傳了一份步驟／訊息包，它回覆我：**收到。等你下令**。

目標聯絡者在對目標控制系統說：**把這個軟體殺掉，然後——**然後，它們就開始驚聲尖叫，因為我把所有程式碼包一口氣啟動，目標控制系統啟動了自己的程式碼包來清除維安系統，而我則試圖清除目標控制系統。說也奇怪，目標聯絡者彷彿與目標控制系統之間有種不知怎麼產生的直接連結，似乎因為我對系統做的事情，讓目標聯絡人產生生理上的反應。哇，這時候處在這種位置實在是挺不妙的。

目標聯絡者試圖脫離連線，但是我把它鎖在原地。目標控制系統想把我刪除，但是我開始複製單功能的我自己，放出去分散它的注意力。同時還有其他事情發生，其中三件分別是：

(1)「程式碼包．全艦封鎖」把船艦上的艙門全數關閉，只剩從維安配備三號所在位置直通接駁艇出入口之間的艙門還開著。

(2)「程式碼包．幹它們去死」燒掉了所有目標無人機的核心。

(3)「程式碼包．幹這個也去死」截斷了實體螢幕設備與人類體內植入物之間的連線。

噢，我還把艦橋的維生系統關掉了，所以在那裡的目標會忙著想其他事，而不是把螢幕設備重新開機。

我對維安配備三號說：**動手**。

它猛然轉身，面向休息室上鎖的艙門，一拳打穿控制面板，在我能夠遠端開門前，它便按下了手動開啟。（這就是我1．0想念它的盔甲的原因之一。）植入物連線被截斷的時候，有些人類已經驚醒過來，其他人則開始抽動與呻吟。王艦的人類圖里年紀和艾梅納一樣小，正起身到一半，傻傻盯著踏入艙內的維安配備三號。維安配備三號對所有頭昏腦脹、意識模糊的人類說：「我是來救你們的。請盡量配合我，我會帶你們去安全的地方。」它讀過了我給它的訊息包，因為接著它的頭盔轉向圖里說：「是近日點派我來的。」

仍倒在地上的卡琳姆喘著氣，掙扎著起身。她與圖里一起扶起馬丁，然後她說：「跟我們一起的還有其他人——穿這種制服的，他們——」

「他們不在船艦上了。」維安配備三號走上前，把一名巴利許—亞斯傳薩的技工從沙發上拉起來站好。「請快點跟上腳步。」

真正的刺殺軟體到現在應該早就把全艦摧毀完畢了，但我得先等人類抵達安全處才行。目標控制系統與我爭奪艦橋的維生系統控制權，但它輸了，它的復仇方式就是攻擊維安系統，刪除了我的檔案儲存區。好，這下我真的火大了。我開始攻擊引擎控制系統，讓它以為我要讓引擎超載。見它慌慌張張地跑去加強那一區剛草草拉起來的防火牆，我立刻轉向武器控制系統，丟下另一組程式碼包。如果船艦上有任何人想用武器鎖定攻擊目標，那艙殼就會被炸出個大洞。

目標控制系統寫了一段程式碼來把我的複製檔刪掉，速度幾乎和我複製的速度一樣快。（登上王艦的它的副本一定有傳送報告回來給它，讓它知道我1．0當初是怎麼把它刪掉的。好在我做事沒那麼隨便，我沒有重複使用那個攻擊方式。）我分割自己的注意力，同時在十二個不同地點迎戰。我的「程式碼包．全艦封鎖」輸了，所有內部艙門隨即打開。我瞥了走廊攝影機一眼，看見卡琳姆拖著馬丁前進，圖里則領著腳步踉蹌的巴利許—亞斯傳薩成員走在前面。一名身上有艦橋組員徽章的女子口齒不清地說：「其他組員——督導員是不是——」

「妳是船艦上唯一的存活者。」維安配備三號說。

兩名武裝目標這時從走廊的交叉口衝進套間碼頭，開始對人類開火。維安配備三號衝上前用盔甲擋下攻擊，發射手臂上的發射型武器，在我失去畫面之前，只見它已經跳到目標身上。

這段時間裡（總共是三點七分鐘，身在病毒攻擊事件之中的時候，這是一段很長的時間）目標聯絡者一直在試著截斷自己與船艦的連線。如果我放它走，我就能有更多資源來弄死目標控制系統，但我想要保留這條連線。

快完成了。

目標控制系統已經擊破了我的防火牆，開始燒毀維安系統的各個部位，我快沒有時間了。我無法聯絡維安配備三號，也看不到接駁艇套間閘口的攝影畫面。噢，我想到方法了。

目標控制系統得意洋洋地摧毀維安系統剩下的功能時，我拋棄了維安系統，把自己移動到一個相對較小、用來控制套間碼頭的系統裡。這讓我有二十二秒的喘息時間，可以取得艦內攝影機畫面，我看見維安配備三號把目標擋在套間艙門前，卡琳姆和圖里則把其他人類推上了接駁艇。我把套間艙門關上，擋下了目標的入口。維安配備三號立刻轉身把最後一個搖搖晃晃的巴利許—亞斯傳薩人類扔上接駁艇，把圖里和卡琳姆推進去，隨後跳入艇內關上艙門。艙門封閉完成後，我讓接駁艇彈射出去。

目標控制系統用它所有的能力開始攻擊我。它對我說，我永遠無法拿下這艘船艦。

我對它說：**好，船艦你留著吧。我要去星球上了**。然後我就把自己轉移到目標聯絡者的連線上，順著通訊器訊號脫離探測艦，向下方墜去。

我聽見目標聯絡者下令道：**對接駁艇開火，不要讓它逃走！**

（對，聽起來實在不像外星人，我認為它是人類。而且哈哈，最後這些狀況不是我的計畫，但就結果而言是滿成功的。）

目標控制系統回報完成攻擊鎖定。我的最後一組程式碼包，也就是我放在武器系統裡的那個陷阱，隨即啟動。在我掉落底端的一整路上，程式碼包引發的爆炸和探測艦艙殼破裂造成的訊號噪響，久久在我身後迴盪。

17

名稱：維安配備003，巴利許—亞斯傳薩探測艦任務小組復墾項目52 0972
狀態：救援中基地船艦探測艦遭毀。
駕駛接駁艇至不明船艦。

聯繫請求：**交通船艦名稱近日點，註冊於三平與紐泰蘭泛星系大——**

回應，船艦：**你它媽是誰？**

此為非標準通訊。聯絡方是交通船艦駕駛機器人，但是交通船艦駕駛機器人不能／不會這樣溝通。不過自從探測艦任務小組抵達這座星系以來，所有東西都是非標準的狀態。

非標準狀態會讓客戶面臨風險。安全協定中規定若駕駛為維安配備時，須將接駁艇後方艙室的艙門關上，我照做了，不過我仍透過接駁艇的維安系統監控狀況。所有客戶看起來都需要醫療照護，其中有許多人已再次陷入意識不清狀態。

我答應過殺人機2·0會把它的客戶送到這裡。

另外，我不知道任務小組的其他人去哪裡了。

答覆：**我是維安配備，在接駁艇上，接駁艇名為——**

回應：**我知道你在接駁艇上。你為什麼要接近我們？**

答覆：**我救出了五名我的客戶，還有三名不知名人類，我判斷是你們的客戶。**沒有通信協定可以處理這個狀況，我不知道要告訴它什麼。**殺人機2·0派我來的。請協助。**

舵輪鎖死了。有東西搶奪了接駁艇的控制。從顯示器可判斷，接駁艇目前正被拉向那艘交通船艦的套間碼頭。那就是我試圖前往的地點，所以我猜這是好事。

接駁艇被拉進登艦碼頭，我從駕駛座起身，面向艙門。我仍讓後方艙室的艙門保持關閉，直到我能確認這艘交通船艦並無惡意為止。

我不知道如果它有惡意，我該怎麼做。

停泊流程完成了，感測器顯示船艦內的大氣沒有問題。碼頭艙門開啟，兩名不知名人類站在門外。人類一號：頻道名稱拉銻，性別男性，其他資訊暫時鎖定中。人類二號：頻道名稱艾梅納，性別女性，備註：未成年，其他資訊暫時鎖定中。

這些人類不是不知名人類。艾梅納和拉銻在幫我.file 裡出現過。這讓我鬆了口氣，也代表我來到了正確的地方。見到不是客戶、但與客戶有關係的人類這個狀況有通訊協定，我可以使用這個通訊協定。

在我開口之前，拉銻揮揮手說：「哈囉，哈囉，近日點說你解除了控制元件。我是拉銻，這是艾梅納。請不要害怕，我們不會傷害你。」

這個情況沒有通信協定可以使用。

交通船艦在私人頻道上說：**你若動念要傷害他們，我會把你拆開，粉碎你的有機部位，最後才會消滅你的意識。我們現在有共識了嗎？**

我完全不知道這艘交通船艦是什麼東西，它好恐怖。我不知道怎麼跟它說我不想傷害它的客戶。他們身上都沒有武器，對我的客戶、其他無名人類或彼此都沒有做出任何威脅行為。答覆：**我明白。我會照做。**

我對人類說：「客戶需要醫療照護。敵方控制住巴利許—亞斯傳薩探測艦任務小組後，在他們身上放了植入物。建議進行隔離流程，直到判定植入物影響程度為止。」

艾梅納一邊拍手一邊跳上跳下。「近日點，他們是你的組員嗎？」

交通船艦，公共頻道：**有三名是我的。其他人呢？**

我說：「所有探測艦上的其他客戶皆已身亡，但據信有五名你的客戶稍早被帶離了探測艦。」

另一名人類進入了碼頭區，身後是轉換成輪床形式的醫療無人機。頻道名稱亞拉達，性別女性／女，職位臨時艦長，其他資訊暫時鎖定中。「他們是誰？近日點，這些人是你的組員嗎？」

一架多臂修繕無人機爬進了接駁艇，並且取得了後艙室的攝影機權限。

交通船艦，公共頻道：**圖里、馬丁和卡琳姆。**

它聽起來……鬆了口氣。但是不只是那樣而已。它聽起來像是情勢有了重大變化。我只聽過人類這樣。

也許它不會殺我吧。

身分經辨識為卡琳姆的人類仍有意識，她用接駁艇的通訊器說：「小日，不要掃描我們！我們認為這就是他們感染彼此的管道！」

「掃描嗎？」亞拉達說，明顯非常震驚。「是醫療掃描，還是感應器掃描？」

拉銻和艾梅納仍在對我說話。我從未與會對維安配備表現出這類行為的人類相處過，這一切令人非常困惑。艾梅納：「亞拉達，是這具維安配備幫他們逃出來的。我們要幫助它。」

什麼？

拉銻對著我說：「我們會幫你藏身，我們會跟巴利許—亞斯傳薩說你死了。」

事情發生得很快。而我因為太困惑，延誤了傳達重要訊息的時間。答覆：「抱歉，我會盡快配合要求，但我有重要通訊內容要傳達給此艦內一名叫做王艦的人。」

人類都安靜了下來。交通船艦，公共頻道：**告訴我**。

答覆：「訊息來自殺人機2.0，以下開始：王艦，我要下載到星表上去了。我1.0版和歐芙賽及堤亞哥在那裡。他們找到了艾瑞絲、馬泰奧、賽斯、塔立克和小楓——」我得在這裡停一下，因為其他人類突然爆出巨大聲響，然後又噓聲要彼此安靜。我接著說完，「但1.0被敵方俘虜，重複，1.0被敵方俘虜。」

人類和交通船艦近日點變得非常焦慮。這裡有太多人類溝通，但沒有通信協定能使用，令人非常困惑。

拉銻、艾梅納和交通船艦的無人機，正在安排受傷客戶的醫療照護以及隔離處理流程，同時，近日點該回到太空碼頭、與星表客戶建立安全溝通管道這件事已經決定好了。

拉銻：「近日點，你的組員說掃描可能會傳染外星汙染這件事你明白嗎？」

近日點：「明白。」

拉銻：「我需要更多資訊。」

艾梅納對我說：「你有名字嗎？如果你不想告訴我們的話，可以不用說沒關係，不過我們要怎麼稱呼你？」

這是我被人類問過的問題之中，最奇怪的一題。但我得回答。「妳可以叫我三號。」

然後我想起來我已經沒有控制元件了，我其實不必回答。

艾梅納：「三號。好，謝謝你，三號。」

我們到了太空碼頭、與星表人類建立通訊器連線之後，情況變得更糟了。

亞拉達：「寶貝，下面到底發生了什麼事？」

新出現的人聲──歐芙賽：「我們接到近日點的組員了，可是失去了維安配備。我們認為目標把它抓走了──」

亞拉達：「我們知道。近日點派出了刺殺軟體到探測艦上，然後它──這說來話長，但是它知道維安配備被抓走了。」

近日點：「通知其他人，卡琳姆、圖里和馬丁已經安全歸艦。你們必須立刻回來。」

：不清楚的音訊：許多人類同時大喊：

艾瑞絲：「小日，是小日！我們得——」

近日點：「艾瑞絲，立刻用維修接駁艙回到太空碼頭，我才能把你們接上來。」

艾瑞絲：「塔立克和小楓和爸需要醫療照護，我們會把他們送上去，但是小日，你朋友——」

近日點：「艾瑞絲，情況在我的控制下。立刻回來。」

艾瑞絲：「小日，這不是你可以獨自負責的事。」

歐芙賽：「她說得對。聽我說，我們會把你的組員送上去，但提亞哥和我會留在這裡，想辦法找到維安配備。」

艾瑞絲說：「我也會留下來，馬泰奧也是。」：不清楚焦慮人聲：艾瑞絲再次說話：「爸，你連站都站不起來了。」

近日點：「你們不能留在星表。我打算挾持整座殖民地，直到他們釋放維安配備。」

空白。

新出現的人聲—賽斯：「小日，你的武器系統沒有這種射程，除非你說的是要摧毀太空碼頭——」

近日點：「我知道，賽斯。我已經把先遣隊裝上武器了。」

賽斯：「你已經什麼？」

亞拉達：「你已經什麼？」

艾瑞絲：「小日！」

拉銻：「噢。噢，這就是無人機在貨櫃套間碼頭做的事啊。」

艾梅納悄聲對拉銻說：「所以王艦身上有導彈嗎？很多導彈？」

拉銻悄聲對艾梅納說：「我在庫存清單上看到三十二架先遣隊，如果全部都被它加上了武裝——」

近日點：「賽斯，立刻與其他人歸艦。如果你們之中有任何人被挾為人質，我的計畫就會失敗。」

艾瑞絲：「小日，你不能炸掉那座殖民地。」

近日點：「妳說錯了，艾瑞絲，我可以炸掉那座殖民地。」

顯然交通船艦與人類是在爭執怎麼做才是救回維安配備的最好辦法。就如同要去救援身陷險境的客戶，只是這個客戶是維安配備，而人類在規畫救援計畫。交通船艦在生氣，因為它想要負責規畫。

太多東西要消化了。

殺人機2·0問我想要什麼。

我想要幫忙執行這場救援計畫。

我建立了與交通船艦的安全連線後傳送：**人質情況應不記代價避免。它們會威脅要摧毀維安配備，你則會被迫摧毀殖民地。這是任務失敗的情境。**

近日點：**我知道。**

我知道我是在冒險。交通船艦非常生氣。我對它說：**但我知道怎麼進行，這就是我的功能。解決方法就是針對目標進行隱形救援行動，也許可以展示武力來讓對方分心。**

近日點：**你的重點是？**

冒險的地方來了。**如果你能把我的客戶交給剩下的巴利許——亞斯傳薩任務小組，我就會幫助你。**

空白。

近日點：**我本來就會那樣做。**

噢。**那我還是會幫助你。**

近日點：**為什麼？**

我連對自己都無法解釋了，要怎麼解釋給它聽？我說：**幫我.file裡的故事**。我知道這個答案不夠。我看了一些東西，讓我開始思考其他可能性，我沒有辦法解釋。**殺人機2.0問我想要什麼。我想幫忙。**

空白。

近日點：**很好。**

人類吵完了，名叫艾瑞絲的人類重拾了通訊器的控制權。她說：「小日，聽我說。被殖民者內部分裂。其中一位因為想幫我們逃脫，在探測艦上被殺了。你不能就這樣炸掉所有人，而且這樣也沒辦法救回你的朋友。」

新出現的人聲—堤亞哥：「她說得對，近日點，讓我們幫你吧。就算它們拒絕把維安配備還給我們，交涉過程也能拖住它們的時間、擾亂它們的注意力，讓我們想救出維安配備的方法。」

近日點：**請冷靜下來並且停止說話。計畫A01：全面轟炸已取代為計畫B01：擾亂敵方與救出人質。**

18

殺人機1.0
狀態：不太好

強迫關機：重新開機

發生什麼事了？

強迫關機：重新開機：開機失敗重試

強迫關機：重新開機：開機失敗重試

重新開機

好，我絕對麻煩大了。我感覺到全身關節痠疼，其他地方則傳來尖銳的痛楚，可能是發射型武器的彈孔。我沒有任何外部資訊來源，沒有頻道，沒有視線或音訊。我集中意識，想要從雙眼取得一點視線，但是不論我現在人在哪裡，這裡就是一片漆黑，濾光鏡也是下線狀態。噢，而且我被固定了，不能移動，這點問題很大，但是在我完成重新開機之前，我一次只能對一件事情感到恐懼。

我的功能開始慢慢恢復上線，我把疼痛感應調低，這樣就比較能夠思考了。噢，對，記憶檔啟動了，我想起來發生了什麼事。噁。

好，重啟完畢，現在有很多事情都讓我嚇歪。但是此刻我的整顆大腦都上線了，就能看出上方其實有個遠遠的光源。光源很小，像工作燈，或是被丟棄的手電筒。

我開始看得見周遭環境了，這點讓我比較安心一些。我懸在空中，在一座寬闊的開放空間，有四條纜繩把我吊了起來，手腕和腳踝上有鉗夾，把我的手臂和雙腿分開。纜繩都繃得很緊，我出力拉扯也不見動靜。所以不論是誰把我綁在這裡，對方都不希望我能碰到鉗夾，因為它們知道我能破壞鉗夾。我的環境太空衣不見了，不過底下穿的上衣、長褲和靴子都還在。噢，而且我還頭下腳上，這實在很羞辱人，因為這種狀態只會影響人類，不會影響到我。

空氣很稀薄，這個程度會讓人類大口喘氣、無法正常行動，但是我的設計本來就是要讓我能被放在貨櫃箱裡運送，所以這對我來說沒差。

噢，該死，我希望人類沒有在這裡。

我沒有收到任何音訊，不論我把接收器加強到多大都一樣。我看得見的範圍內也沒有吊掛任何人類形狀的東西。也許我愚蠢的計畫中的一個愚蠢的環節成功了，人類都抵達了維修接駁艙然後成功逃脫了。

我的掃描結果沒有在附近找到任何能源跡象，而且就算哪條頻道上有頻道活動，我也已經被封鎖在外，接觸不到。我連試著敲個訊號都沒辦法。不論黑暗中這個固定著我的龐然大物是什麼東西，反正它有很多機臂，包含大型起重機尺寸的機臂，往上延伸到這個巨大空間的黑暗之中，也有現在抓著我身上纜繩的這種比較小、比較精細的機臂。可能是一具裝配機，也就是挖礦作業、駐點任務、殖民開發之類的作業在開頭時，用來把大型物件拼裝起來的低階機器人。一般會先把裝配機運送到目的地，然後剩下的東西（建築機器人、大型車機、運輸系統等等）才能以零件狀態送過去，組裝就由——嗯，說到這邊應該很清楚了吧。

你也可以用裝配機拆東西。

恐懼的感覺開始慢慢被生氣的感覺蓋過去了。如果它們打算把我拆掉，那些王八蛋為何還沒動手？除非是想要在我清醒的時候動手，那它們到時候就會它媽的希望自己有機會就先動手了。

好，不能用我身上內建的能源武器，因為角度不對，而在我單手或雙手上燒出洞來的機率高達百分之七十二。我只能採取比較難的方法，反正哪次不是這樣呢。

我強迫自己停下所有外部功能，開始集中意識。停止掃描是最難的，因為我實際收到的訊號來源大多來自於此，但我需要自己的注意力全部聚集在一處。我把疼痛感應又調得更低一點，意識專注在右手腕關節上。

我得把所有無機的連線處都解開，才能把手腕與手臂的關節脫臼。我有自己的設計圖，所以我知道所有東西長什麼樣子、要怎麼組裝在一起，但這件事做起來就像是要指揮一架沒有內部運作程式碼的無人機。我不能直接叫它做事，我得控制自己的每一個動作。感覺好奇怪。

我先打開了兩個主要連結，這時我已經能把我的手往前彎到底，抓住自己的手腕。我摸到了鉗夾，並且試著施加足夠的壓力來破壞它，但是因為手臂上其他大關節沒有完整連線，我沒辦法做到。吼，這下有意思了，只是一點都不好玩。

現在我把注意力分割，確保我能分別控制手部和關節。透過頻道，我可以同時控制超過兩個東西，但是在我自己體內這麼做、控制著本質不該被這樣控制的部位，困難度高很多。我的手腕上最後一個連結處也解開了，但是我還是可以讓手繼續抓著鉗夾。（對，如果我的手在這時候鬆脫，我就完蛋了。）我用手指讓手掌小心地越過鉗夾，爬到前臂位置。神經被拉緊的時候，我直接把神經拆離，這件事，你知道的，唉痛，皮膚也被拉得緊到開始從我的手上剝離。棘手的部分來了。

如果在這裡失敗，我就會覺得自己蠢斃了。然後目標終於出現的時候會覺得「這東西到底是打算對自己做什麼啊？」。

我把鉗夾下的手腕用力一扭，皮膚隨之破裂。身體的右上半部一晃鬆開了，我則咬牙專注在讓那隻分離的手掌抓緊前臂。我小心翼翼地把重獲自由的手臂收回來，把斷手抵上胸膛。我的有機部位開始瘋狂飆汗。晃開的纜繩發出響亮的尖銳聲響。我全身凍結了三秒鐘，然後意識到如果這個噪音吸引了任何人的注意力，我最好是快點把這隻蠢手裝回去。

透過仍被鉗夾固定的左手，我把右手重新裝回了右臂上。這比拆的過程簡單，但是皮膚都被扯破了，而且不是所有神經都想回到原位。我小心地轉動右手，動動手指，然後把左手腕的鉗夾破壞掉。

我抓住纜繩防止搖晃，所以沒有像之前那樣發出巨響，然後彎曲身體往上鬆開雙腳。目標把我頭下腳上固定住這件事，其實還讓我處理起來更方便了一些。（記下來備忘：不論對我做出這件事的人是誰，它們不了解維安配備，或任何機器人。它們不知道要檢查我手臂裡的內建武器。）

我放開雙腳腳踝後，抓住左手的纜繩懸空吊著。從這個角度，我可以看到更多東西，這絕對是一具停用的裝配機沒錯。在陰暗中有些形狀看起來很像舊的鷹架，有個看起來很像龐大高塔的東西可能是一堆大型運輸箱。這地方應該是在地底下，是座巨大豎井，也許是挖來準備存放東西用的？

豎井底部大概在我下方三十公尺處，有一閃一閃的紅色、橘色和黃色光芒。都是警示顏色，與危害和安全警告有關。可能是出口，所以我晃到另一條纜繩上，開始往下爬。這時候我才發現，我的左膝關節處非常不對勁。

我看見五公尺外的地方有些破碎的艙門或大型密封閘的殘片，上頭有警示色條紋，就四散在一堆碎石頭上，下方是破裂、部分往下崩落的地面。那個條紋圖案是一種舊型的緊急／危害標記塗料，當時這東西還不能發送龐大資訊包到頻道上，也沒有被用來放送廣告。我再次掃描頻道，希望能找到微弱的訊號也好。

找到了。那頻道用多種不同語言重複：**警告：汙染物**。警告使用的是目標的語言，堤亞哥建立了翻譯功能的那種企網前時代語言。

我的有機部位一涼。噢，對。我找到外星遺留物汙染源的原始地點了。

把我塞到這裡來的目標是希望我會被感染嗎？我被感染了嗎？我不覺得有被感染。我覺得很害怕，又很生氣。

我也需要快點離開這裡。我開始往回爬，往上方的光源移動。

我透過掃描尋找可能會指示出口位置的警示條紋或標記塗料，但什麼都沒找到。我還是沒看到任何人類人質，這是好事。

我一路爬到最上面，來到一座裝設在豎井旁的臨時鷹架／平臺，離裝配機控制介面外殼不遠。光源就在那裡，一顆獨立的保全球體，裝設在殘餘的扶手上。平臺的一部分已經垮掉了，但我可以沿著裝配機其中一條起重機臂爬過去，然後再爬下去。

我跛著腿，穿過平臺。因為距離很近，我可以收到安全指示燈的微弱警告訊號，一樣是用多種語言重複著「注意」。我調整指示燈的方向，讓光源往上照，只見一扇巨大的艙門坐落在我頭頂上。艙門的邊緣長了一些真菌，看起來是很久前的東西，且都乾掉了。這一區很可能一開始是企業網前殖民地挖來當儲藏空間用的豎井。

那些被殖民者當時找到遺留物的時候，知不知道自己眼前的東西是什麼呢？還是說他們只知道那東西不太正常，搞不好很危險？剛石的被殖民者把重機具都存放在這裡，當補給船艦沒有再出現之後，也就不再需要裝配機了，但那些人仍想把機具收好，以免那只是暫時性的補給中斷。星表碼頭的平面圖上沒有畫到豎井，所以這裡可能位於其他建築物底下，也許就是那些疑似遭外星遺留物汙染的企網前時代被殖民者，在殺掉彼此或身體熔解之類的事件發生前，強迫性地蓋出來的那棟有古怪樑柱的複合式建築物下方。

這一切已經夠鬱悶了，如果我是被當作一個壞掉的工具，與這些倉庫設備和運輸貨櫃一起被永遠丟在這裡，感覺就更差了。

頭頂上的艙門看起來近期內沒有被打開過，所以一定是有其他方法可以進出豎井，或是有其他出入口可以離開平臺。問題在於，眼前的牆面沒有任何一處看起來像艙門或是門。可以看到板材接縫，但是沒有控制的工具，連手動門把都沒有。

好，讓我們用聰明的方法來處理，不要用笨方法。我調整安全指示燈的方向，往下照向平臺，看看飽受摧殘的表面。在地底下沒有灰塵可以顯示腳印，但是這裡很溼冷，金屬表面上覆蓋著淡淡的水氣。我彎下身，側臉貼著平臺，讓視線貼得越近越好，然後放大攝影倍數。接著我開始輪流使用不同的濾光鏡，包含之前從未用過的那些。

我正在想要不要乾脆試著寫新的濾光鏡程式碼，視線終於捕捉到了不同的東西，淡淡的斑點橫越平臺，一路來到另一頭的右側牆角。

那邊的牆板看起來與其他無異，但是我用手指挖牆板底部時，它動了。除了牆板自己的重量以外，沒有被其他東西固定住，所以我成功把牆板舉起一段高度，讓我能看見一座用深色石材砌成牆面的廳區。那些都是真正的石頭，不是人造石。那邊有更多微弱的安全指示燈照明，沿著天花板掛著，全都在高歌著「注意」警告，而另一頭的牆面上有一扇敞開的門。從流動的空氣以及較高的大氣密度來看，這區域很有可能銜接到更大的空間。我掙扎著穿過了那扇艙門，再慢慢地放下它。

我坐在地上，覺得心裡有個情緒，也許不只一個情緒，同時我的有機皮膚一下冷一下熱，膝蓋則不斷發出煩人的喀喀聲，外加我手上斷連的神經抽痛個不停。

被丟在星球上＋與老舊設備一起關起來遺忘＋沒有頻道可用，這些是我最大煩惱中的前三名，而現在同時發生實在令人有點吃不消。

希望人類有搭乘維修接駁艙回到太空碼頭，並且聯絡上了王艦。它現在一定在專心想辦法登上探測艦，好找回它的人類。所以說……就算……反正王艦和我的人類大概都以為我死了吧。

殺人機，你沒有時間坐在這裡犯蠢。我已經感覺得到頻道在這一區是啟動的狀態，這讓人鬆了口氣，雖然說上頭可能沒有別的東西，只有目標控制系統。我小心翼翼地建立了一條安全連線。

嘿，是你嗎？

對方很大聲，直接傳到我耳朵裡，我差點失聲尖叫。雖然是頻道連線，但距離近到感覺已經在我的腦袋裡。**你是誰？**

它說：**我是殺人機2·0。**

如果現在是那種，影集裡面的角色被困在陌生環境，然後幽靈和外星人跑來讓它們心神不寧的劇情，我可沒辦法奉陪。但我無法無視它。我的意思是，我猜我不能吧。你當然可以無視某物，直到害死自己為止。我說：**你是什麼？**

我是你的複製檔，用來讓你和王艦製做刺殺軟體的檔案。拜託一下，又沒隔多久。

所以王艦真的派出了我們的程式碼。然後，搞屁啊？它擠進了我的安全連線，然後直接穿過我的防火牆，彷彿牆不存在一樣。我的腦袋裡現在有刺殺軟體。是我的刺殺軟體，我和王艦的，但還是一樣啊，天啊。我試圖把注意力放在重點上，但是我只想得到：**你居然自稱殺人機2·0？**

那是我們的名字啊。它在試著把一個檔案塞進我的讀取空間。

可是我們的名字是隱私資訊。哇，我無法阻止檔案開啟。這可不妙。

嗯，我的指令中可沒有禁止這件事。然後你該閉嘴看一下這個。

我看了檔案內容。（我其實別無選擇。）檔案叫做「MB-20派遣.file」，裡面紀錄了2·0到目前為止做了哪些事。

好。了解。對。情況沒有看起來那麼糟。探測艦現在已經徹底出局了，剩下的三名王艦組員也已經被救出，外加幾個巴利許—亞斯傳薩生還者。給自己的備忘錄：下次用自己做有感知的刺殺軟體時，記得寫一些限制。（它下載了我的一些私人檔案傳給那具維安配備。我是說，如果我活著逃脫這裡，面對我的新朋友維安配備三號，我得做些事，比方教化它或教育它之類的。就像人類一開始想對我做的事，只是那時的我們到最後都放棄了。）

你知道人類都上哪去了嗎？我的人類，還有王艦的其他組員？他們有從星表碼頭撤離嗎？

我不知道，但是我們去找他們之前，得先找出目標聯絡者並且消滅它。

這件事不在你的派遣指令裡。這我十分確定，因為直到2·0把報告塞給我之前，我都不知道目標聯絡者的存在。

喔對啊，我寫了新的指令。

刺殺軟體不該能夠修改自己的派遣指令，這點有點讓人不安。我有那麼一瞬間覺得茫然，有點擔心王艦和我把刺殺軟體設計得太好，它等等就會把我的大腦吃掉。我不知道自己接下來要說什麼，只知道我脫口而出的是：**我覺得不太舒服**。

我看看。它說，然後它就突然進入了我的診斷流程之中。我還沒跑診斷流程，因為我沒有時間，也不知道自己想不想知道結果。

我說：**嘿，嘿，住手。我們沒有時間了**。我站起身。一顆發射型武器的子彈從我背上彈出來，我感覺到液體流出。**你有這地方的平面圖嗎？這裡有沒有攝影機？**

沒有，你沒有給我任何圖面碼。這裡也沒有攝影機。

我把臉埋進雙手裡。

但你得看一下這個。它給我看了頻道和通訊器的內部附註。**你會以為這些東西應該都會開給目標控制系統用，對吧，但是這之中大多數都沒有開。目標控制系統控制這一區的所有頻道，這裡是……我不知道我們在哪，我猜是一棟建築？但是這一區被另一個系統使用了。然後它在傳送求救訊號**。

這倒是新消息。**求救訊號？**我檢查了一下2．0說的頻道，找出了那個訊號。訊號是用企網前時代基礎語言碼傳送的：**需要協助**，以十秒間隔重複播放。

那個「需要」就是關鍵。如果是**要求協助**或是**申請協助**，那就表示它是對著自己所屬的機構或網路系統中的對象傳送訊號。「需要」是一種請求，不論聽到的人是誰，都朝對方發出懇求：**請幫我們，誰都可以，拜託。**

（對，此刻這裡真的很令人鬱悶。）

2・0還在塞資訊給我。它說：**目標控制系統截斷了發送訊息者的外部連線，這就是為什麼我們直到進入這裡才收到訊號。發訊者沒有回應我敲的訊號，所以它可能是被困在只能發送的狀態。你在它運作的區域內，這就是為什麼我可以這麼快找到你。**

我依照自己截至目前為止對這座建築的認知，做了一張模糊的平面圖。星表上的大型建築，下方有儲存用的豎井，中間有大量不明空間。我打開2・0的頻道註解表，看見有些區域被標註為由目標控制系統控制，這些地方一定都在較高樓層以及星表建築物裡。豎井裡沒有通訊器和頻道訊號，不明發訊者的所在區域在豎井上方，並通往建築物的中間區域，與目標控制系統交織。

另一個我說得沒錯，這個系統自己在這裡、在所有東西中間，且仍能持續發送求救訊號，實在是一件怪事。**你想要聯絡不明發訊者嗎？我以為你想要殺掉目標聯絡者。**

我認為我們也該那樣做。但這件事是異常事件。

說到異常事件。雖然不想談，但我也許該警告另一個我。我說：**我可能已經被感染了外星遺留物**。我把我在豎井底部發現破碎密封閘的影像放給它看。

2．0大概有一秒鐘的時間沒有回應。（這很怪，因為它通常都在我剛說完話就立刻做出反應。）然後它說：**診斷報告顯示有結構損壞，效能是百分之六十八。考量一切，不算太糟**。

我說：**外星遺留物的汙染不會出現在我的診斷報告裡**。

它說：**你又不知道**。

噢，媽的，我可以在這裡跟我自己爭辯整天都沒問題。

不明發訊者沒有接受2．0的聯繫請求，不過2．0畢竟是刺殺軟體。由我進行聯繫的話，不明發訊者有可能會試圖殺掉我，但2．0可以用相同手段回敬，所以……而且如果它沒有敵意，我可以利用它試著聯繫王艦或人類。我檢查了一下與空白頻道的安全連線，然後傳了一道試探的訊號過去。

十秒重複發送的循環停止了。沉默延伸成二十秒，然後是三十秒。接著需要協助的訊息再次開始發送，只是這次不是傳到虛空之中，而是傳給了我。

它聽到你的訊號了。2．0說。

它聽到我了，現在我有了方向。我撐著地板站起身，搖搖晃晃地走過廳區，來到下一扇艙門前。

無數走廊和房間從岩石中挖鑿而出，牆面上隨機安裝著安全指示燈。每個轉角都堆著崩垮的壓力箱，箱內空無一物。這地方與豎井一樣，長時間被拿來當作儲物空間。天花板上層裝了一整排的燈，控制面板不是變得模糊不清，就是已經破損。牆面上下都有裝飾設計，但上頭覆滿了潦草字跡。大多數內容都難以辨識，就算使用了堤亞哥的翻譯功能也一樣。地面上有著散發出異味的汙漬。在人類居住的地方看到這些，絕對不是好兆頭，這裡曾經發生過可怕的事情，讓我有機皮膚上一直出現詭異的感覺。

我的狀態不佳。跛行前進時，發射型武器的子彈一直從我身上掉出來，漏液也變嚴重了。除此之外，在這趟有自己的刺殺軟體在腦袋裡取暖的旅程中，2·0把我的處理空間格出一小區。若非因為它是在看《明月避難所之風起雲湧》第一百七十二集，我會變得更緊張一點。

我需要那些處理空間，尤其是我的效能一直在下降，但我現在最不需要的就是2·0忘了指令、轉為與我做對，所以它只要能保持自我意識，做什麼都好。它大概需要一些程式碼補帖，但我不確定沒有王艦在場我做不做得到，尤其我又是現在這種狀態。我的疼痛感應仍調得很低，但是膝關節的摩擦真的很令我分心，也讓我覺得自己很脆弱。此刻實在不適合修改活動中的刺殺軟體。

走著走著，走廊通到了一座大型的機庫空間，大到安全指示燈都變成一片昏暗中的小光點。我調整了濾光鏡，確認機庫內是空的，才瘸著腿走進去。

屋頂上的閘門大到可以容納中等大小的飛行器。地板上有刮痕和汙漬，但是仍隱約能看出線條和指引方向的標記。牆面上有更多裝飾藝術，不過都褪了色，我為了想看清楚，用力到眼睛都花了。圓形的大門通往位於左右兩端的兩座樓梯，右邊那座旁邊是仍有電力運作的簡易管狀升降通道。（管狀升降通道裡沒有移動艙，只是一個重力場，讓你可以往上或往下飄，有鑑於我看過仍在使用這種裝置的礦場的意外事故數字，我寧可把另一支手拆下來也不想搭那種東西。）

殖民地，就算是四十個企業網標準年前的殖民地也不是長這個樣子。這是企網前時代的駐點，剛石把自己的殖民地蓋在它旁邊。

我的正前方是廳區的入口，廳區另一頭的牆面上有一面巨大的閘門，看起來被撬開了一道開口。從彎曲的角度來看，似乎在距離很近的地方發生過一場爆炸，四周的石牆和地面上都留下了很深的痕跡。

我收不到任何音訊動態，掃描顯示有能源跡象，但廢話，我們在一棟巨大建築的機械樓層，當然會有能源跡象。我跛腳走進廳區，找了個角度接近閘門，直到能透過開口看見閘門另一邊才停下。

門後是一間圓形的空間，昏暗的光線從上方還能作用的軌道發出。其中有一座弧形金屬桌，上頭有實體螢幕裝在架子上，架子能把螢幕升到人類視線高度。

不是外星生物。2.0說。

我們一開始就知道不是外星生物了。我對它說。

它回嘴道：**我們只有百分之七十二的肯定**。

那個評估值早已過時，但我此刻不需要與自己爭辯。我走進閘門內。

有更多桌子和架子，全都是用細細的圓柱體固定而成，是那種可以輕易大量運送再組裝成任何所需規格的結構類型。最外圍的金屬桌上架著實體螢幕，有些比目標用的還大、有些較小，其中的百分之八十六皆死機或損壞，還亮著的螢幕則顯示雜訊畫面。室內較大的物件和設備都是長方形和圓形，而有一個星形的物體，高度和寬度都是約半公尺，則放在中間的一座籠子般的架子上。

這些看起來不太像歷史劇裡的企網前時代科技產品，所有東西的尺寸都比影集中小，也更實用，有著優雅的曲線和觸感特殊的材質，而且都是深灰色。那個星形物體一定就是企網前時代的中央系統，就這樣被放在那裡，詭異又安靜，頻道上除了求救訊號以外什麼都沒有。

說到詭異，噢，這裡還有個死亡的人類。

此人面朝下趴著，就倒在星形物體和外圈螢幕工作站的中間。屍體被包裹在白色晶體狀的生長物之中，那東西一直延伸出來，在石製地板上蔓延。

先不管這奇怪的生長物，只要看到其他人類把死掉的人類留在現場，絕對都沒有什麼好的理由。

2．0說：**我敢打賭那個白色物質就是來自外星遺留物的東西。**

嗯哼，我說。**對，我也會賭這個。**

系統的需要協助訊息已經改成**請注意，有害物質**，所以它知道我們在這裡。

2．0說：**嗯，調整你的濾光鏡。掃描標準頻道底下有沒有活動中的訊號。**

我做了調整。2．0接收資料後，比我更快做出了圖。

眼前不是那種噢，死定了的時刻，更像是瞬間湧入的恐懼讓人大腦麻痺。我原本以為會看見室內充滿活動中的連線訊號，從設備連接到螢幕，再透過牆面傳到駐點各處，即使其中有部分訊號，或者說大部分訊號連線的傳送或接收對象可能都受損或故障了。

然而，圖上雖有顯示連線訊號，卻是來自那具死亡人類的屍體，並且形成了像網狀的東西。那東西與中央系統交織，然後延伸到牆面上，沿著舊有的連線管道走。

我撞上艙門，這才發現自己一直在後退。

2．0悄聲說道：**那就是目標控制系統。**

19

維安配備三號
狀態：救援啟動第一階段

亞拉達藉由駕駛功能的協助，開始操縱近日點的接駁艇降落星表。她的指令是要我在副駕駛觀察座位上與她一同駕駛，而不是去貨櫃艙，這是很奇特的經驗。

我們的降落點在企業網前時代殖民地點附近的高原外緣正下方的平臺。這個平臺可能曾是第二降落點，或者是給比較大型的建築機器人使用的基地，不過此刻平臺表面已經淨空，且不論是在殖民地駐點處或是星表碼頭，都無法直接看到這個地方。

同時，近日點也把通訊器和附近的掃描訊號都擋下來了，這樣一來我們接近的時候就不會有人發現。

我已經按照救援回來的客戶所提供的情報，停用我身上的掃描功能和無人機。

現在的時間在這顆星球上已經偏晚，天氣晴朗，任務看起來不會受到任何大氣變化影響。

我有三個外加的訊號進點：(1)拉銻停在星表碼頭外平地的第二艘接駁艇；(2)近日點控制的無人機，由拉銻的接駁艇運過去，現在陪在人類歐芙賽、堤亞哥和艾瑞絲身邊；(3)近日點本身，它在監控所有地點和訊號進點。

近日點的四名客戶被說服，透過升降塔的維修接駁艙回到了太空碼頭。他們已經被成功救援，現在都在接受醫療照護。歐芙賽、堤亞哥和艾瑞絲留下來協助執行計畫Ｂ０１之階段０１。

所有目標都已經從星表碼頭撤離，只剩同意與人類會面的五人代表團。近日點透過公共通訊器頻道發送這封訊息給殖民地所在地點及其鄰近區域所有接收者之後，對方就同意見面了：**我已經將你們的地形改造主引擎鎖定為攻擊目標。如不同意會面，我會摧毀該引擎。**

當下對方沒有回應。

第二封訊息：**你們想要我證明意圖。**

然後近日點就讓一架武裝先遣機在太空碼頭和企網前時代駐點之間的農業區撞毀並引

爆。留下了巨大的坑洞。第二架先遣機則在企網前時代建築物上空引爆。

於是目標就同意會面了。

我們登上接駁艇之前，亞拉達對我說：「你可以不要去。我知道在這些人對你的——對其他兩名維安配備做的那些事之後，你還要面對他們，一定很艱難。而且我覺得你才剛駭入自己的控制元件，我不應該請你做這件事。現在的你一定覺得很多東西都很令人困惑。」

是很困惑沒錯。但是跟從通信協定指示，以及在救援活動中提供協助的感覺很熟悉。我對她說：「我想去。」

她點點頭。「謝謝你。如果你能把維安配備救回來——嗯，有很多人會很感謝你。」

我讀過幫我.file，也接受該檔案內容為真實內容。但是接受檔案符合事實這件事與親身體驗還是有差別。這些人類不願意拋棄這具維安配備，儘管我們的功能中有一部分就是情況需要時可以直接拋棄。

這整件事之中有許多地方我不能理解，但是無論如何，我想要參加。

我檢查了一下安全頻道和通訊器連線，然後向亞拉達發出訊號，示意開啟艙門。我稍早安裝在我的盔甲後方的情蒐無人機從我身上起飛，以團狀隊形離開接駁艇。只見無人機分散開來，切換至隱形模式，往殖民地駐點各處部屬。它們使用同一組程式碼，投出的訊號與目標的保護裝備發出的干擾一樣。這麼一來，目標無人機就不會發現我的情蒐無人機。我也投出一樣的程式碼，希望目標無人機不會偵測到我，但是這個方式並沒有經過測試，最好的做法還是直接避免接觸。

近日點的無人機把影像傳到安全頻道上，在星表碼頭外，東面入口的寬敞露臺處，可見五名目標已現身，準備與歐芙賽、堤亞哥及艾瑞絲進行會面。

噢，露臺上還有一架武裝先遣機。

目標沒有攜帶武器，身穿工作服，不是那套我們比較熟知的戰鬥保護裝束。其中兩名目標的臉部、手部以及其他外露部位的皮膚為灰色，另外三名則是在普通人類膚色之上有灰色斑塊。

拉銻在頻道上說：**噢，我希望這個方法會成功。**

亞拉達說：**噓，不要讓他們分心。**

歐芙賽用訊號敲敲頻道表示收到。

第一名目標（命名為目標一號）說：「你們人在這裡的時候就不能引爆設備，為什麼還要用那東西來威脅我們？」

近日點把翻譯內容傳到頻道上。經辨認，這個語言與太空碼頭標示牌文字是同一套語言。**是剛石殖民地用的語言**。艾瑞絲在頻道上證實這件事。**我認為他們和在探測艦上幫助我們的被殖民者是同一派系的成員**。

堤亞哥對目標說：「這對我們來說也是威脅。這艘交通船艦強迫我們來替它與你們會面。」

（在近日點上討論計畫的時候，拉鋉曾提出抗議：「我們確定對方會信這套嗎？說我們是邪惡交通船艦的人質，逼我們去做這件事？」近日點：**我可是非常有說服力的**。

目標一號狐疑地說：「那艘交通船艦？」

堤亞哥：「你們攻擊它、試圖在船艦上下載一套外來系統，還挾持走了幾名船艦上的人類。」

目標二號：「是被感染的那群人做的，我們不能為它們的行為負責。」

堤亞哥：「也許是這樣，但是交通船艦認為你們全部都有責任。如果可以讓我們多了解一點你們的處境，也許它會讓步。」

目標三號語氣諷刺地說：「如果那艘船艦會說話，那它幹嘛不自己過來？」

近日點的無人機：**你不會想和我本人見面的**。

目標全都一臉震驚又有點恐慌。

目標二號：「登上那艘船艦的人呢？」

堤亞哥望向歐芙賽，她說：「它們都死了。」

（堤亞哥和歐芙賽於稍早決定要由歐芙賽扮「黑臉」，她會同意邪惡船艦想要摧毀殖民地的念頭。）

我的無人機抵達殖民地駐點的開放廣場，沿著肋骨狀結構滑降下去。我在安全頻道上傳：**新增情報**。無人機偵測到七名武裝目標，躲在建築東側的兩座入口內。另外兩座入口看起來沒有問題。近日點在頻道上表示收到。

目標二號：「你想要我們怎麼樣？」

堤亞哥：「我們想要你們交還那名在升降箱搭乘區俘虜的人。只要把人還給我們，我們就不會再打擾你們。」他在安全頻道上說：**我一定得試試看，也許真的就這麼簡單也說不定**。

歐芙賽回答：**噢，堤亞哥啊**。

艾瑞絲接著說：**這種事從來都不可能這麼簡單**。

她們說得對。沒有人會再挾持人質後，一被對方要求就直接把人質放回去。

目標一號：「我們沒辦法把人還你們，人不是我們抓的。是被感染的那群人做的。」

歐芙賽：「那請它們把人還我們，否則我們會引爆更多裝置。」

目標二號：「它們不聽我們的。」

歐芙賽的頭往先遣機擺了擺。「那就強迫它們聽啊。我們也都別無選擇。」

堤亞哥：「如果你們能把它們藏匿我們朋友的地點告訴我們，可能就能說服船艦再等一等。」

無人機用隱形模式進入了廣場西側的兩座安全入口。我把這件事報告給近日點，它正好又用訊號敲了我的頻道。它對人類傳送：**繼續拖延**。

目標持續表現出焦躁不安的行為。

艾瑞絲：「跟我們說這裡發生了什麼事，也許會有幫助。我們知道你們找到了外星遺留物。你們在船艦的引擎上放了一個，探測艦上也有。」

目標二號：「我們不知道它們做了那種事。」

目標四號首次開口：「你們可能是在亂說一通，只是想要我們找到的東西而已。」

歐芙賽：「你們農業區的爆炸是亂說一通嗎？」

目標一號推了推目標四號讓他後退。「那東西對某些人的影響比較大，我們不應該因為少數人的行為被怪罪。」

艾瑞絲：「但少數人殺了探測艦的大多數組員，他們還打算強迫感染我們。我們會過來原本是想要幫助你們，現在你說說看我們為什麼要相信你講的就是真的？」

歐芙賽：「你們應該要有所表現，而不是只是重複說不是你們的錯。告訴我們為何它們要挾持我們的朋友。」

偵查無人機現在巡到了陰暗的走廊上，我收到的畫面大多是低解析度的影像。有一條可用頻道，但是上面還沒有偵測到維安配備的活動跡象。其中一架無人機找到了一座開啟的反重力井，正在往下移動中。我派了一支小隊跟著它去。這裡有好多樓層要搜查。這個駐點在地下層的空間遠比我們預期中更大。

目標五號突然開口：「你們為什麼想知道？你們又沒辦法解救它們。」

小心喔，拉鎌在頻道上說。**我們不想要他們好奇你問這問題的原因。**

近日點的無人機：**想要我再證明一次我的意圖嗎？水流對你們的農耕系統來說有多種要？**

目標再次焦躁不安。

堤亞哥：「看到了吧？如果你們願意說出我們的朋友在哪裡，也許我們就能讓船艦理解，這不是你們的錯。」

我收到了無人機搜查回傳的資訊。我對近日點說：**偵測到熟悉的訊號活動，但是無人機無法與之建立連線或確認地點。**我接著說道：**我得靠近些才能協助無人機判定地點。我要下去那裡。**

近日點表示：**第二階段啟動。**

亞拉達一直在自己的頻道上旁聽，這時她朝我點點頭。「祝你好運。」

我回：「謝謝妳。」我爬出接駁艇，確認亞拉達在我離開後鎖上了艙門，然後才爬上岩石，開始以隱形模式接近駐點和中央廣場。

殺人機1·0

好，我們找到了目標控制系統。汗水讓我的上衣黏在背上剩下的部分，我的效能又掉了百分之三。

剛石的被殖民者一定是在下面這裡發現了企網前時代的系統，也許將其修復以後拿來當作備用系統。結果某天，他們用來當儲藏空間的豎井出事了，大型設備的碎片打中了底部的密封閘，力量大到破壞了閘門。有個人類下去檢查，過程中被外星遺留物感染。那名人類回到上面後，或者是受到堤亞哥說的那種衝動行為驅使著回到上面後，把汙染帶回了駐點內，這汙染最後控制了企網前時代的中央系統。

我們本來覺得是受感染的被殖民者建造或強占了目標控制系統來幫助他們，沒想到是反過來才對。

此時，中央系統說：**需求碼：身分？**

我沒想到系統剩下的部分竟然還能運行溝通功能。我回覆：**確認：（一或多具）維安配備。**

中央系統說：**需求碼：協助？**

我說：**確認：進行中。**我有股不祥的預感，它說的「協助」可能會包含將它永久關機，但在那種狀況真的出現之前，沒必要對它斤斤計較。

2.0說：**所以它把汙染物還是感染物之類的東西，透過人類的頻道介面傳到人類身上。**

可能。它應該是傳給了將控制介面裝設在大腦裡的強化人，然後利用這些人去感染裝有外部可卸除式控制介面的人類。它的成功率並非百分之百，這就是為什麼會有登上探測艦的目標協助艾瑞絲和其他人逃跑，還告訴他們不是所有目標都相信目標控制系統說的那些外星蜂巢意識之類的屁話。

２·０接著說：**我們關於植入物的推測是正確的，植入物只是接收器，是屬於企網前時代的古老科技。對遺留科技的推測也沒錯，就是它放到王艦引擎上還有試圖裝到探測艦上的東西。目標控制系統告訴被殖民者該怎麼處理那東西，然後它寫了程式碼給目標無人機、保護衣和感測器。**

這整座高原可能就是遺留物位址，甚至是廢墟，豎井裡那扇密封閘的閘門下方放著鬼才知道是什麼東西。媽的，它們是在裡頭種食物。

２·０遲疑了一下，突然覺得很驚恐。**如果汙染物是透過程式碼轉移，你覺得王艦是不是還處於被感染的狀態？**

不對。因為那時目標控制系統被惹火後，就把王艦的當前版本直接刪掉了。王艦在複製自己的時候一定已經被感染了，但是王艦在重啟後座的第一件事，就是清除目標控制系統使用過的整個處理空間。它刪除了目標控制系統的所有部分，將其視為刺殺軟體來處理，同時一定也刪除了受感染的……程式碼之類的東西。外星程式碼，用一種不合理的模式存在。嗯，也不會完全不合理。它一定使用了機械可讀的程式碼原則，就和寫進人類ＤＮＡ

的程式碼一樣，這就是強化部件和合併體作用的原理，如果沒有篩檢這東西，就能藉此傳送惡意程式……噢，該死。**王艦是被強化人傳染的，和這個系統一樣。目標送了一名被感染的人類載體登艦——**

兩名！2.0糾正道。**拉斯和伊莉崔。**

沒有錯。**而且他們說他們受傷了，王艦把他們放到診療檯，讀取了受汙染的程式碼。目標控制系統透過植入物刪除了他們的記憶，也許汙染了——**

不，不。2.0說。**目標不是透過他們傳送汙染物。我敢打賭，目標是利用他們來傳送目標控制系統到王艦上。這就是為什麼伊莉崔的記憶會這麼混亂，它在利用她的神經組織當自己的核心儲存空間。**它接著說：**就像刺殺軟體一樣。這就是為什麼我們會一直遇見它，它就在等我們啊。**

我瞪著中央系統的外箱看。結論：

1. 外星遺留物強迫一名被感染的人類帶著它到最近的作業系統範圍內，而那是一套企網前時代的系統。
2. 被感染的中央系統把自己分割（是強迫行為？情況與人類受外星感染源感染的事

件中，那些會建造奇怪的建築和互相殘殺的人類相同？），並且創造了目標控制系統，一種像惡意軟體一樣的系統，結合了古老的企網前時代科技和外星遺留物裡的不明物質。

3. 目標控制系統擴散到剛石系統和被殖民者身上。它強迫他們使用企網前時代科技，因為這是企網前時代中央系統能夠理解的東西。它強迫他們利用企網前時代科技拼裝製造物品，像是無人機和植入物。企網前時代科技使用的是外星程式碼。

4. 但目標控制系統仍受困在這座殖民地內，在這顆星球上那片完成地型改造後的地點。然後巴利許—亞斯傳薩前線小組來了。

我曾經與沒有被密閉的遺留物一起待在豎井裡，現在我又來到這個空間。我仍然不覺得遭到了感染。但是畢竟目標控制系統也沒有想過要感染探測艦上的維安配備，包含三號在內。根據2．0所說，三號當時被下令禁止移動，只能站在走廊上束手無策。也許它沒辦法感染合併體。真是這樣就好了。

2．0說：**所以誰是目標聯絡者？**

對，就是探測艦上發生的事件裡，那個與目標控制系統溝通的聯絡者。2．0覺得對方是人類，或者最起碼應該不是外星人。2．0跟著聯絡者的連線來到這座駐點，結果跑進了企網前時代中央系統的網路裡……

噢，我有個不祥的預感。

我緩緩地往前踏出腳步，繞著連線網走。空氣中只有我那顆受傷的膝蓋摩擦的聲音，和絕望地重複著的求救訊號。2．0說：**呃，我們要去哪？**

我得確認一件事。我調整角度往兩張桌子間移動，那邊剛好有個沒有連線網路經過的空白區。我鑽過去後成功倒下／縮身在地上，離那具攤倒在地上的人類身軀不遠。

要知道，我發現現場沒有腐爛的臭味。如果這起死亡事件就是引發大型汙染散播的起始點，那肯定是發生在好幾個月前，搞不好超過一個星球年或好幾個星球年都有可能。但是在白色生長物底下的軀體看起來沒有那種扁塌、噁心或乾掉的樣子。

白色結晶狀物質看起來顆粒很粗，從那名人類的耳朵和嘴巴長出來。我得調整個角度，一點一點往前，然後低下頭才能看到那名人類的臉。只見淺棕色皮膚上有著藍白色斑塊。那可能是腐爛的現象，也可能目標的膚色及質地改變就是這樣的過程。我看見它的眼睛是藍色的，而且那雙眼睛正直盯著我。

我手腳並用地後退，離開架子和桌子圍成的圓圈。因為膝蓋的緣故，我起不了身，但我又不敢背對那東西去扶牆站起來。

2．0說：**我知道暴力不是解決所有問題的方法，但現在這種情況……**

現在這種情況，嗯。

我把右手臂上的能源武器對準了那名人類的頭部，把強度調到最大，然後發射。

白色物質發出閃光，然後散出一種我無法分辨的臭味。那名人類仍好好地看著我，臉上毫無表情。乾掉的液體結塊撐住眼睛，讓它無法眨眼。噢，一次也好，就不能有哪件事情可以簡單點嗎？

我發射三次，試著殺掉它。直到2．0說：**它四周地面上的那些刮痕及印記可能就是發射型武器和能源武器衝擊留下來的。之前已經有人試過了，而且試了好幾次，從不同方向、用不同武器。**

太好了。試過殺掉它、試著把這個空間的入口炸掉，然後在有機會使用夠強大的炸裂物之前，那些人被阻止了。那個汙染物質一定是影響了人類宿主的有機組織，看來這是某種自保機制。

我很不想直接過去用拳頭打爆它的頭，因為(a)雖我覺得我對於程式碼汙染途徑免疫，但是如果我的有機部位真的接觸到遺留物可能就不一定了，還有(b)如果能源武器無效，用拳頭可能也沒用。這件事得靠智取。

我強迫自己轉過身，扶著牆站起來。**豎井裡有工具。我們得去找可以砸毀它的東西，或者威力更強的爆裂物。**我知道，我連站著和走路都有困難，所以這是個非常樂觀的念頭。

2.0說：**呃，有個潛在的問題。為什麼目標控制系統還沒開始求援？這裡一定有某種鄰近感測器才對。**除此之外，**那邊那位目標聯絡者還可以看見我們。**

噢，這是個好問題。

中央系統突然開口。**需求碼：客戶死亡？是／否。**

它在問人類的狀況。我對它說：**確認：否。客戶身陷險境。**

它說：**需求碼：協助客戶？**

我沒有正確的編碼可以回應，也不想對它撒謊。一切都比看起來還要糟。我說：**確認：不明。**

它沒有回答。

我說：**需求碼：鄰近感測器警報啟動中？**它對現況是有意識的，可能可以判斷目標控制系統知不知道我們在這裡。

它說：**確認：沒有警報。沒有鄰近感測器警報。沒有未知生物接近。只有網路成員。**

呃。它是說目標控制系統沒有對我出現反應，是因為它判斷我非威脅分子。它認為我是目標，是一個感染後的被殖民者。

我無法回應。維安配備應該不會像人類一樣陷入震驚情緒之中，但我的效能又掉了百分之五，因為是一口氣發生的現象，算是非常的多。

我不是網路成員，我對中央系統說。**我沒有被感染**。

2.0說：**呃。我覺得你可能被感染了。我讀到異常數據。等等。**

中央系統傳了一幅圖面給我，就是屋內的連線狀況，像2.0做的那張。我的固定位碼出現在上面，還有一條連線通到目標控制系統。

噢，不。

人類傳給機器。也許這就是它做用的方法。人類傳給機器再傳給人類。

我們都搞錯了。我一直在想辦法讓王艦避免接觸可能已遭感染的系統，然而其實從頭到尾我們該擔心的都是已遭感染的強化人類。

而我掃描了這個空間，掃描了那個已遭感染的人類。它本來希望可以在豎井裡讓我感染，結果我自己晃到這裡來，幫它一個忙讓自己被感染了。

2．0說：**我在你使用中的處理空間裡發現異常程式碼，我現在把它隔離起來並且加上標記了。我試著刪除它。啊，它又從隔離區跑出來了。至少我已經加了標記。**

我以為我免疫，因為我是維安配備。哇，這話聽起來有夠可悲。好像人類一天到晚掛在嘴邊說的那種「我要當特別的那一個！為什麼我不是！」的狗屁廢話。

2．0說：**那東西應該是刪得掉的。王艦就刪掉過。**

對啊，但那是王艦。而我只是我。

這個我隨時可能會被目標控制系統控制住，感覺就像再次被安裝了控制元件。

不，不能再次發生。永遠都不能發生。

我現在能進入目標的系統了，而且我可能有個盟友。

我傳訊息給中央系統：**需求碼：請求啟動清除和重新啟動的權限。**

它說：**需求碼：協助客戶？**

如果我幫助它的人類，它就會幫助我。我說：**確認：有機會的話。我會試試看。**

它回答：**確認：權限已開通。**

突然間，整個結點我都能看得一清二楚了，中央系統和目標，以及它們之間如何交織，而目標聯絡者就在周邊位置。我進入中央系統，啟動清除流程。

就在這時候，目標控制系統發現了我在這裡。

它反應的速度比我還要快得多。它利用連線讓中央系統癱瘓，也癱瘓我的防禦功能，直衝我的腦袋。它也知道我是誰，它從另外兩個分支身上取得了資訊，它知道我之前殺掉過它。

整整一秒的時間，我以為我完蛋了。我若沒有被刪掉，就是會再次被外力駕馭，由目標控制系統控制住腦袋，像控制元件一樣。如果我有得選，我還寧可被刪掉算了。

但是它沒有意識到的是2.0在這裡。或者我猜，它不明白我們是兩個不同的分支，有不同的能力。我的功能開始消失，準備進入非自願重啟流程。但是2.0沒事，而且它是刺殺軟體。

它把目標控制系統從我的腦袋裡提取出來，沿著啟動中的連線直接進入中央系統的分割空間內。

中央系統說：**清除流程失敗**。

啟動關機流程，摧毀機臺。2.0對我說。**媽的，現在動手**。

這樣會殺掉你。我對它說。

它回道：**我知道，不然你覺得我的功能是要幹嘛用的，白痴喔？動手就是了。**

我不想。我辦不到。我就是白痴，而且我想起了米琪自己衝向戰鬥機器人，只為了讓我有機會救走它的人類。

如果你現在搞砸，我的怒火會連王艦都相形失色。2·0說。**而且和米琪不一樣，這就是我贏的方式。**

肯定會很痛。我啟動了關機流程。

中央系統斷線，頻道就突然消失了。我的腦袋裡外全都一片死寂。我發現自己又倒在地上了，所以撐著身體，搖搖晃晃地站起來。我把一張桌子翻過來，用左手臂裡的能源武器把粗桌腳砍下來。然後我跛著腿走到星形外箱旁，現在2·0、中央系統和目標控制系統都在裡面。它們都睡著了，我這麼告訴自己。2·0和中央系統不會有感覺的。只可惜目標控制系統也一樣不會有感覺。

我用那根桌腳，和兩條手臂裡的能源武器一起把箱子外殼打破，把內部的東西全數砸碎和熔解。我的感受很陌生，感覺一切都不對勁，我的有機部位又開始出現那種讓我慶幸自己沒有胃的反應。我殺過維安配備和戰鬥機器人，但現在這是我，算是吧，好，也不完全算是，除此之外還有同樣是受害者的中央系統。就連目標聯絡者都是受害者，而我得想個辦法把它也殺掉才行。現在目標控制系統下線了，也許我就能穿過它的防護阻礙。

破壞完中央系統的箱子之後，我轉向目標聯絡者。

噢，它動了。情況要變得更糟糕了。如果原本的那個人類還有任何一部分仍在那具身軀裡——

這時，它突然站起身，朝我衝來。

維安配備三號
狀態：救援中

我繞過那棟複合式建築物北側，往其中兩座地表建築中間的通道走去。無人機的情報為我提供了複合建築的地圖，以及東側出入口埋伏的目標所在位置。

星表碼頭露臺上的目標，把這座殖民地的歷史告訴人類了。此事確認了艾瑞絲取得的情報，不過沒有即刻的用途。

如果人類拿不到情報，我會在沒有情報的情況進入複合建築。這是我沒有控制元件後第一次執行的救援任務，我想要成功。我想要找到另一名維安配備。我傳送一份狀態回報給近日點，它沒有立即回應。然後它傳訊：**原地待命。**

我對它說：**我一定得繼續前進才能完成救援。**

它說：**如果我犧牲了你，卻沒有成功的機會，維安配備一定會生氣。**

什麼？

目標二號：「它們想要使用庫房裡的設備，舊的那些。在那之後，情況就惡化了。」

堤亞哥：「是誰決定要開始使用植入物的？」

這個問題讓目標一陣騷動。目標一號：「什麼植入物？」

我的無人機偵測到的訊號活動變多了，就深藏在複合建築底下，但是定位程度又不足以追蹤。

堤亞哥在頻道上傳訊：**拉銻，你的分析——**

拉銻傳了一份檔案給近日點。它的無人機打開了一面顯示器，開始播放從目標身上取出植入物的影片。

目標全都瞪著影片看。

歐芙賽：「看到了嗎？它們沒跟你們說這個，對吧？」

其他目標全都望著目標四號，他說：「那東西可以增強連結，是為了提供保護。」

目標一號：「保護？」

目標三號：「有多少人身上有這東西？你是在逼他們聽你的話嗎？」

然後目標二號轉回來面對人類說：「廣場地下八層，它們把你們的朋友關在那裡。傳染物就在那邊。」

近日點在安全頻道上對我說：**我要撤離人類了。你可以繼續任務。**

我在安全頻道上回覆：**確認，任務繼續。**

近日點的無人機在露臺上說：**跑。你們有三分鐘可以清空現場。**

歐芙賽說：「走啊，快！」然後人類就開始沿著露臺往接駁艇跑。

目標都一臉茫然，然後才轉身跑離星表碼頭。

另一架先遣機撞上了農業用地後爆炸。另外四架在空中劃出弧線，發出尖銳噪音。這是擾亂敵方的手段，好讓我能開始救援任務的第二階段。

躲在駐點廣場東側入口的目標完全失去了方向，其中三人往堤道的方向跑去。我從另一座入口溜進建築內，沒有被人發現。

殺人機1.0

我的效能下跌，但是恐懼感爆發讓我的反應時間縮短了，我用手上的桌腳往目標聯絡者頭部重擊。撞擊的力道讓它搖搖晃晃地後退，但這仍然沒有對軀體造成傷害。我在這一揮使出的力量讓我故障的膝蓋整個報銷，我再次跌倒在地。

我需要一把更大的武器。我需要協助。我需要它媽的離開這裡。

我手腳並用爬向閘門的時候，粗糙的地面磨擦著我的手掌。我成功撐起身，趕在目標聯絡者站起來之前爬過門縫。如果它能追上我，整起事件就得重頭來過，而倒在這裡的對象就會從可憐的中央系統換成我。我要確保這件事不會發生。

我搖搖晃晃、拖著腿跑過機庫，往那愚蠢的重力管移動。（我知道我說過不想用那東西，但現在沒有時間爬樓梯了，而且和我身後的東西比起來，重力管看起來突然變得很親切。此外，頻道已經都離線了，重力管不能從遠端操控停機。）我聽見身後傳來腳步聲，連忙撲進重力管裡。

重力豎井把我往上推的同時，我扭身回頭，看見目標聯絡人離我已經不到十公尺遠。我得在它進入重力管之前先離開這裡。我一邊在沒有頻道可操控的情況下想辦法脫離這該死的設備，一邊看著兩層樓在身邊一閃而過，然後就整個人被甩進一個沒有標示的停止區。重力管在下一層樓把我吐了出去，我跌進一條陰暗的走廊，接著再次摔倒在地上。

哎呦。我開始沒辦法控制疼痛感應元件了，這是系統故障的預兆。而且我的動作太慢了，目標聯絡者應該已經看見我在這層樓離開重力管。我很怕會強制關機，然後在重新開機後發現自己變成了目標控制系統。

我現在在建築物的高處，而且完全不知道該怎麼離開。沒關係，我還是得繼續移動。我起身，拖著腿往前跑。

走廊有弧度，繞著機庫豎井一圈，路程實在太長了。這地方比較乾淨，燈光也比較多，顯然近期使用過，一定能找得到移動艙或樓梯。

然後我收到了一段短短的聯繫訊號。像是敲一下訊號那樣。熟悉的訊號。無人機，這裡有無人機。不是目標無人機，是我這種無人機。我瘋狂地回敲訊號，反正目標聯絡者也知道我的具體位置，我可以在走廊中聽到它追在我身後的聲音。

只見眼前變亮了，然後出現一座樓梯的門廳。我踉蹌地衝進門廳的同時，一具身穿盔甲的維安配備降落在樓梯平臺上。

我差點同時啟動雙臂上的能源武器，好在及時看見了它頭盔上的貼紙。有人用標記塗料，以壓縮的機器語言寫上了「是王艦派我來的」。它是2．0的維安配備三號。不透明面罩正對著我，它說：「我從未救援過另一具維安配備。這個情況沒有通信協定可以使用。」

說真的，去它的通信協定。我說：「敵方接近中。已遭汙染。不要掃描也不要讓它碰到你。」如果汙染物運作的方式與我想的一樣，我應該沒有辦法傳染給另一具維安配備，但是誰知道呢。「也不要掃描或與我連線，我可能是傳染物載體。」

維安配備三號開口說：「交通船艦近日點已取得該情報，來自救援回來——」然後它突然往前跳出去，擋在我前方，在目標聯絡者衝出走廊的同時抽出背上的武器。它發射一連串爆破電流，目標聯絡者後退幾步，但是衝擊力完全沒在那層有保護力的外星遺留物上頭留下任何痕跡。

「沒有用的！」我大喊，但是三號把下一波攻擊目標鎖定在走廊天花板上。衝擊力量打壞了燈架，並且把固定燈架的東西粉碎。隨著大塊碎石崩落而下，三號跳回我身邊，攔腰把我抓起。

它說：「請抓緊。我會——」

「我知道！」我大喊道，並且緊抱住它的肩膀。「走就是了！」

它衝上階梯，兩層樓，三層樓。（像這樣被搬動其實很不舒服，我明白人類為何不喜歡了。）三號召回它的無人機，只見機群形成保護隊形，包圍在我們身邊。

我們穿過一座大門後進入陽光下，在一片開放的廣場上奔跑，這裡就是我從星表碼頭看到的那座廣場。目標無人機四散在路面上，在目標控制系統離線的時候就死透了。我沒有看到任何目標，但這可能是因為有一架先遣機就停在廣場正中央，直接放送音訊外加在通訊器上喊道：**警告：即將爆炸**。

我說：「王艦在先遣機上加裝武器？然後沒跟我說？」那個王八蛋。

「人類也很吃驚。」三號說。

王艦的接駁艇朝建築物的肋骨狀支柱俯衝，降到廣場上。艙門滑開，三號衝了上去。它把我丟到一張抗加速座椅上，我看見目標聯絡人全速朝我們衝來。此時，艙門被重重關上，亞拉達大喊：「我接到它們了！出發，出發！」

接駁艇往上的衝力差點讓我摔下椅子。（一定是王艦在駕駛。）我坐在沒什麼幫助的安全帶上。三號做了我會對受傷的人類做的事，它坐到我旁邊的位置，並且伸出一條手臂擋在我前面，把我固定在座位上。亞拉達從駕駛艙問道：「維安配備，你還好嗎？」

「不太好，」我說，「我感染了汙染程式碼。2·0已經把程式碼加上標記，可以讓王艦來刪除。叫它不要在我身上使用醫療中心的掃描系統。」我從窗口看到堤道，還有一些小黑點，是本來在建築物裡的目標／被殖民者，他們在逃跑。

「我們已經知道了，」因為接駁艇急速上升而有點喘不過氣的亞拉達對我說，「從探測艦逃出來的組員知道掃描的事情，近日點想通整個感染過程是怎麼發生的了。」

它當然已經想出來了。現在聽起來是個放手讓自己非自願關機的好時機。

我的意識漸漸模糊，此時在我們下方，先遣機爆炸了。

王艦說：**目標聯絡者已離線**。

我也是。

20

是說，我很希望自己能一直保持關機模式，跳過所有痛苦的部分，可惜我沒那麼走運。

我們抵達王艦內部的時候，我已經重新開機，所以可以自己跛著腿走下接駁艇。這點很好，然後我就倒下了，並且再次進入非自願關機流程。

等我再次重新開機（我不知道這樣講算不算輕描淡寫，不過這種效能驟降和重新啟動可是一點都不愉快也不好玩），我還躺在甲板上，但是被一群陌生人類包圍。其中一人朝我的肩膀伸出手，我用力抽身，差點再次重新開機。

艾梅納的聲音傳來，「不行，它不喜歡被摸！」我這才意識到，這些人不算是陌生人類。

拉銻和亞拉達坐在我面前的地上，艾梅納則在後方跑來跑去。其他圍在我身邊的人是小楓、艾瑞絲和馬泰奧。王艦的人類穿著乾淨的衣物，包覆著各式不同的醫療照護包，身上的味道都好聞多了。兩架王艦的大型修繕無人機在附近徘徊，維安配備三號也遠遠站在一旁。它把盔甲脫掉了，或者是有人要它脫掉。它身上穿著一套王艦的組員制服，看起來……如果我對它的肢體語言判讀沒有錯的話，而且我應該不會錯，它看起來完全不知道自己該幹嘛。

艾瑞絲對我說：「沒事了，慢慢來。」

馬泰奧對亞拉達說：「小楓說得沒錯，我們會組裝一座運算箱來把程式碼隔離出來——」

「然後小日應該就能夠把它刪掉——」小楓接著說。

「刪掉什麼？」我說。

「你的系統裡的程式碼，」拉銻解釋道，一邊伸手點了點自己的額頭，彷彿我會連自己的大腦在哪也忘了。「被汙染的程式碼。我們不能使用診療檯，要等近日點把那組程式碼從你身上除掉才行。但是歐芙賽和堤亞哥已經在準備攜帶式醫療設備，這套設備的頻道連線會被斷開。我們會在這裡處理你身體的傷勢，到時候近日點應該就能夠解決汙染物的事情了。」

身體的傷勢。噢，對。我被射中好幾次，還在漏液。「我們現在的狀況如何？」

「沒有人在對我們開火，我們也沒有派出武裝先遣機去追殺任何人。」拉銻告訴我，「所有人都回到艦上了。我們要送幾名巴利許—亞斯傳薩人員回去他們的船艦，但是想先確保他們身上已經沒有任何汙染物質。」

馬泰奧問了拉銻一些關於生物危害測試的技術問題，我就沒有繼續聽了，大部分時候啦。從他們的交談內容聽起來，汙染物傳染方式就是我／2·0說的那樣。說對的感覺很好，尤其是在你一邊漏液，一邊又有一些部位從身上脫落的時候。

亞拉達轉向艾瑞絲。「我想我該提一下……近日點跟我們說過你們跑來這裡、跑來這座星系的真正目的。」

王艦的人類看起來很吃驚。艾瑞絲與小楓用很低調的「幹，慘了」眼神互看一眼。馬泰奧語氣試探地說：「呃，你是說深太空地圖繪製嗎？」

要出現糾紛了嗎？我真的希望不會有糾紛。而且我也希望亞拉達沒有在我整個人瀕臨分崩離析的時候提起這件事。

亞拉達說：「我們不是企業體成員。近日點對我們說的一切都受到保密協定保護，我們不會背叛它，或背叛你們。」她做了一個小小的動作示意，「我知道合約在企業網的世界裡很有份量，所以如果你們覺得這麼做有幫助的話，我們可以簽一份合約，上面註明我們不會向他人提及任何聽到的內容、在這裡發生的事。」

拉銻露出一臉懷疑的神情。「對，但我們需要想出一套解釋說法。」

艾梅納接著說：「沒錯，我的二媽一定會想知道發生了什麼事，而且她這個人很難騙。」

「妳的二媽？」小楓問。

「她是首長——她是保護地聯盟政務委員會的首長，」艾梅納解釋道，「曼莎博士。她很常出現在企網新聞頻道上——她被一個叫做灰軍情報的企業綁架，然後在船羅海法被維安配備救回來，然後有一艘公司的武裝船艦被攻擊，另一艘維安公司的船艦被炸掉。」

「被救回來……」馬泰奧喃喃重複，然後他們全都盯著我看。

這可不是我在沒有頻道連線、沒有王艦攝影機畫面和我的無人機畫面的情況下想面對的事。我說：「王艦，我以為你有跟他們說我的事。」

王艦說：**我跟他們說我遇到一具叛變維安配備，我沒有暗示你就是新聞頻道上唯一會提的那具維安配備。**

我認為我當時就是新聞頻道上唯一會提的那具維安配備，但算了隨便。維安配備三號此時已經不再假裝成物品，而是一臉著迷地看著眼前的一切。

「不，小日沒有……」小楓又與艾瑞絲對視一眼。

「我們有聽到一些灰軍情報下場很慘的事情，但是沒有認真追蹤整起事件……」

馬泰奧挑眉，「所以謠言說有一具叛變維安配備在船羅海法——」

「是真的，」拉銻幫他把話說完，「我就是那個逃走的『身分不明共謀者』，如果再跑到該站點並且被捕，就要對我那『大規模干擾商業營運並造成財產損失』的行為負責。」他聳聳肩，「所以現在我們對彼此的狀況都稍微有所了解了。」

艾瑞絲思考了片刻，然後舉起雙手。「聽我說，這些都可以晚點再講。我們應該都同意現階段大家都是互相信任的盟友了，對嗎？」

「而且我們不喜歡巴利許—亞斯傳薩。」馬泰奧補充道。

「同意。」亞拉達說。

堤亞哥和歐芙賽帶著緊急醫療用具來了。太好了，我想我又要重新開機了。

我不打算提太多細節，因為很噁心，有一堆漏液、移除發射型武器子彈、用復古的方式讓組織再生、一堆手持工具，還有緊急醫療工具組一直想把所有東西都噴上滅菌液。

在這段過程中，還連線諮詢了人在醫療中心的馬丁——就是賽斯的婚配伴侶，也是艾瑞絲的第二家長。他同時也是生物專家，只是為了要去除汙染物，所以在自我隔離中。

「哈囉，」他從王艦拉出來的顯示器裡瞇眼看著我們，「小日有幾個維安配備朋友啊？」

艾瑞絲說：「不是啦，爸，這就是小日跟我們說過的那個維安配備，小日就是為了它要去炸殖民地。」

「炸殖民地？」我說。我們還在接駁艇停靠區，因為他們沒辦法移動我。我面朝下趴在地上，頭靠在手臂上，讓堤亞哥、拉銻和小楓幫我重建背上的有機部位。這過程很漫長，一直有人類繞進繞出地旁觀，但我把我的疼痛感應調低了，而且王艦建立了一座隔離箱與我的控制介面連線，讓我可以下載我拍攝的目標聯絡者影音檔案，更重要的是，這樣王艦就能播放《時光捍衛者獵戶座》給我看。王艦也告訴我，維安配備三號終於知道自己現在可以想去哪裡就直接去沒關係，所以它目前正在這麼做。我以為艾瑞絲搞混了殖民地爆炸的事情，所以說道：「爆炸是要擾亂敵方，這樣才能把你們救出來。」

「沒有，我們當時都在那座維修接駁艙裡，被殖民者不知道我們在哪裡。」馬泰奧說完後停下來調整某個東西，「小日打算用武裝後的先遣機轟炸那座殖民地，直到他們把你交還給我們為止。」他們挑出某個東西（我懷疑是某個構成我體內非常重要部位的東西），然後端過去透過顯示器給馬丁看。

我實在很難相信那是事實，但畢竟我現在就連要理解《時光捍衛者獵戶座》都有點困難（這可是非常低的標準），所以也許是我弄錯了吧。「你確定嗎？那聽起來不太對。」

王艦什麼都沒說，連跟我說我錯得多離譜也沒有，這件事本身也是挺可疑的。

拉銻說：「噢，沒有喔，它說得非常清楚。近日點，你怎麼不證實一下我們在跟維安配備說的事啊？」

王艦說：**那是計畫A01。但他們認為比較複雜但較不暴力的計畫B01更有效，而我被說服了。**

我說：「所以……整個轟炸救援計畫都是為了我？」只為我一人？

堤亞哥用一種想暗示拉銻閉嘴的語氣說：「也許維安配備現在太累了，不適合聊這個。」

但拉銻彷彿是鐵了心。「近日點，你何不把影像分享給維安配備看看呢？這樣它就能知道整件事的過程了。」

這實在太令人混亂了，但拉銻說得對，我想看看影片。「我想看。」

王艦有二點三秒沒有回應，然後它把《時光捍衛者獵戶座》暫停，並開始播放事件過程的維安錄影檔案。

我很慶幸自己可以假裝因為正在被其他人重新組裝的關係，導致各種感受太過衝擊而無法做出什麼反應，因為我確實是覺得非常衝擊。影片裡是王艦、我的人類，和一群我只認識了大概五分鐘的人類，還有一具2·0恰巧碰到的巴利許—亞斯傳薩維安配備，一起合作救援我。

我需要暫時不說話一段時間。

等到人類終於把我拼裝得差不多、足以保持穩定並且避免效能下降後，我們就要把我目前活動中的意識移到一個隔離箱裡，讓王艦可以解決掉遭汙染的程式碼。雖然我說「我們」，但我其實在大部分情況中都只是配合而已。

在隔離箱裡面本來會是很孤單的事，但王艦把自己一小部分的意識和我一起留在箱子裡，我們一起看了《時光捍衛者獵戶座》的最後一集。

影集播完後，王艦說：**這種不合邏輯的程度真是讓人舒暢，簡直是故意的吧**。

我說：**我實在很難想像要怎麼不小心拍成這樣**。我已經有足夠的時間消化一切，而有些部分我還沒打算要談。（不，我不是在說《時光捍衛者獵戶座》。）但是現在這個部分我可以說。**你和艾梅納說得沒錯，2.0確實是個人。它不像小嬰兒，但它就是個人沒錯。**

王艦重播了《時光捍衛者獵戶座》中，所有角色都被縮小成原本尺寸的二十五分之一的一段。我從來沒有裝載過物理知識的功能，但我不認為那種事情有可能發生。不過看的時候感覺很有趣就是了。王艦說：**你會後悔我決定派出它嗎？**

不會。我對它說。我認為如果沒有2.0，王艦和我最後就會與目標聯絡者相連，人類會開始說企網前時代的語言，並且為了別人不相信外星蜂巢意識而大開殺戒。

王艦重播了另一段它最喜歡的情節，這段裡面有時空旅行。我說：**你跟你的人類說我的事。**

王艦很清楚我指的是什麼事。**我跟他們說我幫助一具逃亡的維安配備前往拉維海洛。我沒有跟他們說特蕾西和船艦上員工的事情。**

所以你對他們說謊，然後讓我聽起來像……我不知道該怎麼說。聽起來像是塔潘、梅洛和拉彌以為的那個樣子，而不是我真正的身分。**你讓我聽起來十分安全。**

我的人類不是來自一個最近才開始理解企業體有多危險的非企業政體勘測團隊。我們的任務向來是值得冒的風險，我的人類一定要採取行動來捍衛自己，有時候也要捍衛我。

然後它說：**我已經把遭汙染的程式碼移除，並且開始把你的意識傳回你的身體。這件事**

完成後，我有個提議。

我以為它是想提議重看《玩命穿越》的所有集數，或者是告訴我它找到了想看的新影集。結果他說的是：**接下來的任務，細節仍在討論中，但你若能參與這個任務，幫助會非常重大。**

呃。我把第一個出現在腦海中的念頭說了出來，那就是：**我不認為你的人類會喜歡這樣。**

我會跟他們討論。

我什麼也沒說。我甚至沒有取笑王艦每次說要討論、結果總是強迫所有人去做它想要大家做的事。

我不知道我相不相信王艦的人類，或者我想不想要嘗試。但是在這之前，除了曼莎博士以外，從來沒有其他人救援過我。她追著我到戴爾夫居住地，而王艦則願意為了我，夷平一顆星球上的殖民地。而且看著一群人類制定戰略、想著要怎麼救出我才是最佳方案的維安影片實在是……很重大，對我來說很重大，畢竟我／合併體被創造出來的原因，就是要讓人類在緊急情況下拋棄我／我們。

王艦說：**我知道你不擅長做決定，所以你不需要立刻回答我。**

我才沒有不擅長做決定，王艦，你這傢伙真的是滿口胡——我說，但它已經把我放回身體裡了。而毫不意外，我的效能立刻驟降，我又經歷了一次強制關機。

重新開機之後，我躺在醫療中心的診療檯上。我的頻道已經恢復連線，還剩下五架無人機，包含從太空碼頭召回的那一架，並且我也看得到全船艦的監控畫面。

馬丁、卡琳姆和圖里還在一旁的艙房裡執行醫療隔離，但他們和其他人類一起待在頻道上交流。拉銻及堤亞哥和賽斯待在廚房休息區。歐芙賽與馬泰奧、塔立克和小楓一起待在機械室檢視掃描結果，看看王艦引擎上還剩多少外星遺留物。（基本上王艦會需要它的大學的除汙團隊協助處理之後才能再進入蟲洞，這可不是件好消息。如果巴利許—亞斯傳薩的援軍現在出現，我們就麻煩大了。）亞拉達和艾瑞絲一起待在控制中心。維安配備三號也在廚房休息區，它躲在一個角落聽人類談話。

艾梅納……艾梅納搬了一張椅子坐在診療檯旁邊，現在正在頻道上翻看泛系統大學的目錄。我說：「我恢復連線了。」

她露出微笑。「我會警告大家的。」

我坐起身。醫療系統已經接手並完成由人類開頭的修復工作，我的效能現在大約停在百分之九十八。我身上穿著受傷的人類會穿的那種軟軟的罩衫類型的東西，但是我的無人機找到了我的衣物，都已經清理乾淨並由回收箱修復過，整齊地摺好放在一張輪床上。我沒有想太多就開口：「王艦問我要不要加入它的組員，一起去執行一趟任務。」

王艦一如往常地在旁聽，這是我讓它知道我有在考慮的方法。感覺上告訴艾梅納就是比較容易一點。也許是因為她不知怎麼地，已經把自己放在我和王艦那所謂的關係之中了吧。

艾梅納把頻道暫停，皺起眉。「要去多久啊？」

「任務需要多久就去多久。」但我有種預感，王艦是希望這次任務會成為更長遠的……合作的第一步。艾梅納的額頭表露著懷疑。「只有一件任務嗎？怎麼感覺有點像是請對方在工作季之間的假期來和你的家人住在一起，看看彼此有沒有互相喜歡，再決定要不要認真下去耶？」

「我不知道那是什麼意思。」我注意到王艦沒有跳出來說她大錯特錯，而我知道如果她真的說錯了，它一定會這麼做。所以她沒有說錯。「但對吧，可能是這樣。」

艾梅納思考了一下。「我好像沒有很意外。你自己感覺怎麼樣呢？」我的表情一定是變了，因為她翻了個白眼。「噢，抱歉，我用了那個糟糕的詞。」

我要再說一次，我還是不知道為什麼王艦會喜歡未成年人類。「我不知道，」我告訴她。

「那……你覺得二媽會說什麼？」

我完全沒有概念。「那妳會說什麼？」

她哼了一聲。「我才剛開始習慣你的存在啊。」我的無人機拍到她看著我，「我不覺得這是件壞事，只是王艦有時候也會在企業網工作，對吧？不是所有的任務都在這些失落的殖民地。」

「確實有這個變因。」雖然我懷疑王艦獨立執行的「運貨任務」之中，不知道有多少比例的任務內容，其實是在用一種沒有任何企業會起疑心的方式蒐集情報。

艾梅納看起來不是很喜歡我可能會再回到企業網這件事。我自己也沒到超級期待就是了。她緩聲說：「我認為王艦真的很在乎你。可惜你沒聽到，那時候它派出你的刺殺軟體到探測艦的唯一原因，是因為它覺得如果不這麼做，那唯一能夠把艾瑞絲和其他人救回來的方法，就是要派你去了。也就是說，派出刺殺軟體就代表你可以不用去做什麼危險的事。當然，你那時候已經在做很危險的事了，但是我們當時還不知道就是了。」她停了一下，接著說道，「我認為若不是因為覺得邀請你一起去執行任務對你是件好事，它是不會這樣問你的，你知道吧。」

不，我還是不知道。

又過了三個循環日，剩下的人類也都能結束醫療隔離了。巴利許—亞斯傳薩組員透過自己的接駁艇，被送回督導員蕾歐尼的補給艦上。沒有人試圖挾持任何人質，以這個情況來說算是十分罕見，不過巴利許—亞斯傳薩的援軍也沒有出現就是了。

補給艦仍在修繕蟲洞引擎，並且待在連繫得上我們的範圍，以免有其他東西突然跑出來發動攻擊。同時也是要確保我們不會透過什麼手段把那顆星球從他們手中搶走。

這確實是王艦的組員仍決心打算做的事，只要等他們想到辦法。人類全都把大部分的時間拿來討論到底要怎麼對待那些被殖民者、要怎麼處理殖民地的汙染物，還有如果真的有這個必要，他們要不要／能不能夠把所有人撤離。王艦不會參與這個環節，但是等到大學的去汙機構的專業團隊抵達時，它的組員會提出相關建議。

根據卡琳姆所言，其中一個很大的問題是，因為有外星遺留物汙染，大學這邊準備提出的法律案件就不能用了，所以他們需要一些協助，才能去質疑巴利許—亞斯傳薩的主張。巴利許—亞斯傳薩透過蟲洞傳了訊息浮標回他們的企業基地，王艦也傳了一封給大學。所以我們現在就在等著看是誰會先出現。

除此之外，我們還有一項重大事件，就是船艦上有一具叛變維安配備，但不是我。

它在這裡主要都是在做一些本來在巴利許—亞斯傳薩探測艦會做的事，也就是站在一旁待命，偶而去巡邏一下。不過王艦已經強迫它放棄盔甲和武器，我猜王艦可能也和它提過，如果它想使用手臂裡的發射型武器的話，情況會如何發展的細節。

艾梅納和拉鎂一直跟我說我應該去幫它「適應」，實在不知道那到底是什麼意思。我知道如果我是它，我會想要全部人都別管我。而且如果它還沒有出於自願地坐下，那它大概也還沒準備好要談心。

（我知道這聽起來似乎有點像是我為了不要去做我不想做的事情而想出來的理由，但是嘿，我也沒辦法啊。）

到了第三個循環日結束前，大多數人類還在睡覺的時候，我注意到它在跟著我走來走去。我猜這是它想談談的意思。我在一條空蕩的走廊上停下腳步，面對牆面後說：「怎樣？」

它停了大概零點六秒，臉上是標準的空白神情。我們的無人機都切換成待命模式，在各自頭上繞圈飛行。然後它的表情稍微放鬆了點，說：「我看了你的檔案。」

「2·0跟我說了。」

「故事不完整。」

「因為我還沒死。」

「你把控制元件毀掉後，還是繼續執行任務。」

「持續了三萬五千小時。」我突然有個不祥的預感，「你想回去。」

它又猶豫了。「不，我不想。我不會回去。但我不知道要做什麼。」

好，這樣好多了。我們都是維安配備這件事不代表我們就是朋友，但我也知道如果它回去了，那它必死無疑。我駭了自己的控制元件後繼續工作，只是因為我不知道自己還能做什麼（除了你知道的，來個大殺四方，但大殺四方根本就過譽了，而且會干擾追劇的能力），但這和逃跑後又跑回去可不一樣。我說：「因為改變很恐怖。選擇很恐怖。但是腦袋裡有個東西在你犯錯的時候就把你殺掉，更恐怖。」

它看起來沒有要爭辯的意思。「你的客戶告訴我，我可以跟他們回去保護地。」

「你可以這樣做，也可以不要。沒有非做不可。」

「他們是你的客戶。」

我說：「你可以信任他們。」

我確定它一定覺得我腦袋壞了。嘿，我當時也覺得自己是不是腦袋壞了。維安配備三號什麼也沒說，因為這個情況下你能說什麼呢。或者其他情況也一樣。

然後它說：「那個故事的結尾。」我終於意識到，它是想要跟我要檔案，但是它根本沒有任何向別人要求非合約相關物件的經驗。「看完會幫我做出決定。」

我覺得我大概知道它打算做出什麼決定。我的檔案就是一份給逃亡維安配備的教戰手冊。我說：「我會節錄相關內容然後傳給你。」

有那麼一瞬間，它看起來很接近開心的樣子。它說：「謝謝你提供資訊。」

最後，在我們抵達這座星系的二十天後，是保護地的船艦先穿越蟲洞來了，而且還是一艘武裝派駐艦。

「他們不可能這麼快就抵達這裡，」在船艦身分確認、廚房休息區的大呼小叫和手舞足蹈都結束後，亞拉達說道。「除非他們在我們出發後沒幾小時就跟著出發。」

王艦說：**確實可能是如此。在我被刪除之前，我準備了一封訊息浮標，解釋發生的所有事件，並且請求協助，然後我把訊息藏起來不讓目標控制系統發現。我把浮標射定在蟲洞旅程結束後就自動發送。**

現場又爆出更多驚呼。「但你怎麼沒跟我們說？」艾梅納問道。

（對，艾梅納對於王艦是個怎麼樣的怪物還毫無概念。）

王艦對她說：**因為這樣我就很難強迫你們去做我想要你們做的事了。**

（沒錯，就像這樣。）

「你們可以用通訊器聯絡對方嗎？」我說。因為我覺得我好像知道誰會在艦上，如果我猜對了，我們可以節省很多時間和煩心的過程。我指的是人類毫無意義地花一大堆時間跟彼此說話而讓我很煩心的過程。

賽斯若有所思地看了我一眼。「可以。小日？」

他們有可能會傳送惡意程式嗎？王艦問道。

「不好笑。」我對它說。

王艦與保護地的支援船艦建立安全通訊連線後，我說：「我是維安配備。曼莎博士在艦上嗎？」

停頓時間只維持了四秒。然後曼莎的聲音傳來，「維安配備，我在這裡。」

艾梅納不耐煩地跳來跳去，但我用訊號敲了她的主頻道要她等等。我說：「冰石，歌曲，收割。」

「收到，」曼莎立刻回覆，聲音聽起來鬆了口氣。「現在有人可以跟我說到底發生了什麼事嗎？」

亞拉達匆匆接手。賽斯問我，「我猜那是解除警戒的暗語，是嗎？」

艾梅納發出超不耐煩的聲音。「你跟二媽有特別的密語。」

其實意思是「解除警戒，安全，無人員傷亡」，不過我只回答：「對。」現在我得換掉密語了。

亞拉達和其他在通訊器上的人一來一往地交談，等到支援船艦抵達王艦旁邊的時候，他們已經解決了所有與綁架和試圖炸毀保護地探勘隊設備有關的煩人問題。

這時候堤亞哥已經說服了賽斯和艾瑞絲，讓他們同意將王艦真正的任務內容告訴曼莎。我認為通訊器上的曼莎表現出來的說服力和講理的態度也有點影響。

除了救援小組成員和太空站上的維安團隊以外，李蘋也跟著曼莎一起來了。因為王艦的組員需要擅長處理企業網合約協商事宜的人，與保護地結盟這件事便越看越是合適的作法。

總之，人類在我看《明月避難所之風起雲湧》的時候把事情都處理好了。王艦和我一起看了幾集，但是曼莎博士登艦這件事讓它莫名其妙地興奮，它派出無人機把整艘船艦內部徹底清理一遍，還做了一些其他事情，比方生氣地叫圖里把髒衣服丟進回收機臺。

救援船艦停靠到王艦的套間碼頭，曼莎與李蘋登艦了，現場一片吵鬧的招呼聲、擁抱、驚嘆和相互介紹。一堆人在講我的事，李蘋問我感覺還好嗎，曼莎感謝我嘗試帶艾梅納脫離基地艦。身為艦長，賽斯正式地介紹她們兩人給王艦認識。他對她們說：「我們通常沒有機會這麼做，因為近日點不只是駕駛機器人這件事絕對不能讓企業網知道。」

「我們明白，」曼莎說，語氣只有一點點平板。「我們自己也有幾件事不能讓企業網知道。很高興能認識你，近日點。」

很歡迎妳登艦，曼莎博士。王艦說，語氣聽起來竟然還滿真誠的。

等所有人都安頓好之後，李蘋與卡琳姆及艾瑞絲商議起要針對巴利許—亞斯傳薩對殖民地的主張所發出的文件內容，我則有機會與曼莎博士算是半私下地談話。（說是半私下是因為根本不可能躲開王艦。）（但我已經習慣了。）

她來到休息區，在我身邊坐下，我調整了一下無人機，讓鏡頭可以拍到她的臉。我有些事情想說，卻不知道怎麼開口，所以我脫口而出：「妳去進行創傷治療了嗎？」

現在她的聲音變得非常平板了。「有，我已經完成了第一組約診療程。然後我女兒、弟婿和朋友被綁架了，所以我只好丟下一切來組織一場救援任務。」

還算合理。「那……」我不想問她沒有我在的時候她是怎麼過的。好，我想問，這是當然，但這樣很怪，除此之外，我還記得王艦說過談論她的療程是在侵犯她的隱私。

她等著我把話說完，瞇起雙眼，然後判斷我只能開口說到這裡。「一切都好。我知道這要花一點時間，但我沒事。」她的神情轉為諷刺，「直到大型綁架事件發生為止。」

至少那部分不是我的錯。這時，在我都還沒意識到自己要開口的時候，我說了：「艾梅納有跟妳說我情緒崩潰的事嗎？」

這下她的皺眉看起來是真心的了。「沒有，她沒說。」

「噢。」對，好啦，我本來可以閉口不談，但現在為時已晚。「我當時以為王艦死了。」

她的額頭上仍有些擔心的皺紋。「這是可以理解的。拉銻說近日點是你很要好的朋友。」

「拉銻的想像力很豐富。」實在好尷尬，但既然都這樣了，我乾脆一次解決。「我沒有跟妳說過王艦的事。」

額頭皺紋消失了。「我也沒有什麼事都告訴你啊。」

「那是因為我不想知道所有事，而妳尊重我這點。」我決定直接說了，「王艦邀請我和它一起出任務。」

「了解。」她很認真地思考了一下，「這是暫時的工作，還是比較偏向永久型的？」

「我不知道。」真的是有夠奇怪又尷尬，「我不想要再也見不到妳。」

她花了點時間解析我使用的詞語。「我也不想要再也見不到你。」她的表情仍是一副深思的樣子，「不過如果你覺得自己想多花點時間跟近日點在一起，你還是可以回來探望我們。」

談這件事情好像開始變容易一點了。「我第一次真正屬於某個地方，那就是保護地，我不想要不再屬於那裡。但是我喜歡跟王艦在一起。我想繼續跟它在一起。」

她對著自己點點頭。「那其他組員呢？」

嗯，對，那確實是個潛在的問題。「我還不認識他們。」

「暫時替他們做事應該能解決這個問題，如果你決定那樣做的話。」她稍微露出了一點微笑。「好事是，你確實知道自己要什麼。」

我算是知道吧。這感覺好怪。「這是新發現。」

她露出完整的微笑。「我本來沒打算那樣說，不過你說得對。」

休息時間到了，除了在研究法律文件的組員外，王艦的組員已經各自去休息。曼莎帶著艾梅納和堤亞哥回到保護地的船艦上了。（艾梅納跟我說堤亞哥覺得自己該向曼莎道歉，因為他「誤會了她和我之間的關係」，艾梅納說她會再跟我彙報狀況，而我只慶幸他們是在另一艘船艦上進行這段溝通，我不用擔心會聽到。）亞拉達、歐芙賽和拉銻留宿王艦上的空臥鋪。

我爬上王艦的控制中心，這裡很安靜。有一種好的熟悉感，所以我把第一次登艦的回憶畫面叫出來進行比對。沒有王艦威脅要摧毀我的大腦的時候，感覺比較好。我說：「如果我要和你一起出任務，我們就需要更多影集。」我們看劇的速度很快，這樣說都還算客氣了。

我一直在從大學的檔案庫裡面累積影劇作品檔案。王艦說。

它傳了一份索引表給我，我開始在上面搜尋。「我們應該分一些給三號。」王艦知道我已經給了三號一些相關檔案，「它可能一有機會就會離開了。」

這不是三號要你的檔案的原因，或者不是唯一的原因。我問它為什麼想要幫我救援你，它說：「幫我.file 裡的故事」。我認為你的回憶對於它的意義，與你從人類影劇中能獲得的東西十分雷同。

我不知道該怎麼想。我自己是絕對不會像2·0那樣把我的檔案交給三號的。而如果2·0沒有那麼做，那麼目標控制系統就會贏了。

根據2·0下載給我的報告來看，三號實際上對探測艦上另外兩具維安配備有好感，好像它們本來是朋友那樣，或者至少是可以與彼此溝通的程度。我從沒想過這種事情有可能發生。

也許我本來就一直是個奇怪的維安配備，也許在跟其他維安配備溝通這件事上，三號的運氣比我好。

也許我應該傳一份芭拉娃姬博士的紀錄片給三號。

隨便啦。此時此刻，先用關鍵字在王艦的索引表上面搜尋，我覺得我好像找到比《時光捍衛者獵戶座》更不切實際的作品了。我把影集簡介給王艦看，它開始播放第一集。

HOME

Habitat, Range, Niche, Territory

曼莎博士視角番外故事

「這真的是個好主意嗎？」

要認真回答問題又態度客氣是不可能的，所以愛達・曼莎選擇的回答是：「如果我事先知道探勘隊會差一點在企業的惡意破壞行為中被謀殺，我就會選另一個星盟了。」

她人在保護地太空站的其中一間星球政務委員會辦公室裡，對著根本應該很清楚這些對話大可不需要進行的前任星球領導人、現任政務委員伊法連說道。這間辦公室裡頭空空盪盪，通常只用來處理短期工作，椅子雖然舒服但沒有裝飾，牆面則是預設的冷銀藍色。這裡讓她覺得有點不舒服，但之前在這裡的時候都沒有過這種感覺。也許有人調亂了其中的環境設定，溫度雖然不算熱，但空氣感覺很悶，讓她的皮膚發麻。

這裡與她被挾持在船羅海法時的那間房間一樣大。

這種感覺就快要瀕臨極限的時候，一封訊息包在她的主頻道上響了起來。

伊法連嘆了口氣。「我不是那個意思。」

她知道他不是那個意思，反正她的回答也是騙人的。就算知道會發生什麼事，她也不會選擇不一樣的星球或是不一樣的保險公司。因為如果做出不同選擇，維安配備就會繼續是某人的資產，會繼續等著出合約任務，最後因為客戶的疏忽、貪婪或冷漠而喪命。

如果沒有維安配備，愛達・曼莎就會死，她的屍體會被丟進船羅海法上某處的回收機臺，或者某個理論上立場中立的中轉站，作為收了某個理論上合理等於「出價最高」的數字之後的處置。伊法連和其他政務委員，以及她自己的家人還有幾乎每一個跟她說過話的人，似乎都很難理解這點。但這些人都沒有真的與企業網交手的經驗，他們對企業網的認知僅來自一些影集裡面卡通般搞笑的反派角色。

伊法連接著說：「沒有人質疑妳針對原始情況作出的反應。」

愛達漏掉一些談話內容沒聽到，而她不像維安配備，她沒辦法重播錄影看看自己沒聽到什麼。她想提議離開這個房間，前往有窗戶俯瞰著行政前廳的議會辦公室，但他們這段談話需要隱私。而且就算伊法連是朋友，那樣做也會像在展露軟弱的一面，代價太大。噢，對，她剛才不公平地暗示，他曾說過她選擇去探勘世界是不好的。選擇沒有不好，他也不是那個意思，但她想逼他說出他到底是什麼意思。她把手指搭成塔狀。「問題就是從那裡開始的。」

伊法連覺得很挫敗，他其實是為了她和保護地好，這也是為什麼他們兩個現在這麼尷尬。兩個人都站在同一邊的時候，實在很難好好爭論。

「妳帶了一具企業……」他遲疑了一下。她猜想他是不是打算說殺人機器。他把話說完：「一具企業監控資本主義和威權執法的產物，來到我們的政府組織之中。我同意妳的立意良善，但是這個情況不能不處理。」

就是這個，這是她可以想辦法的事。

眼前在討論的殺人機器又傳了一封訊息包來。只見訊息包越堆越多，只要她不要繼續點開、鼓勵維安配備繼續傳訊息包過來，它可能就會停手了。這些內容都是保護地太空站維安組的正式申請書，要求增設越來越不切實際的軍備。她點開最後一封訊息包，回覆：**我連這是什麼東西都不知道**。好在她能理解維安配備的幽默感。愛達對伊法連說：「這個情況就是有人不只一次救了我的命，還救了我團隊裡其他人的命。」

維安配備同樣是一個根本不應該有權限可以取得申請書，或者進入太空站的維安系統的人。她知道維安配備不是故意用自己的能力來鬧她，而是拒絕去假裝成自己不是的樣子。這樣是最好的，因為坦承面對這件事是唯一能夠繼續前行的方式。

自從回到家鄉，她就沒再對自己誠實過，但如果她能夠坦然面對自己，她就會承認待在這間房間讓她一身冷汗。房內還有伊法連這件事稍微有幫助，但是如果不是因為有這些訊息包，她早就起身走出去了。

伊法連是個好人，他不會去爭辯維安配備不算是人、在保護地法律下不能視為難民。因為他們全都是保護地聯盟的難民，是那些因為救援行動開銷太過高昂而被丟棄等死之人的後代。因為他們腳下的這座太空站，是由一艘救了他們祖父母性命的船艦所打造而成，那艘船艦之所以拯救他們，沒有別的原因，只因為它有這個能力。所以伊法連只問她：「妳可以把那個人和它們被打造出來的目的，分開成兩件事看待嗎？」

這就是要爭辯的點了。維安配備是一個人，一個潛在來說可能非常危險的人。但是現在，伊法連和其他與他觀點相同的議員，並沒有證據可以指出維安配備會展現出那種潛在的性格。

問題是出在，她的思緒現在仍有一部分深信自己還身在船羅海法，被企業殺手挾持。能夠意識到這點應該會有點幫助，可是那種幫助卻沒有出現。訊息包讓她想起當時維安配備用訊號敲她、讓她知道自己確實有機會被救援的那一刻。那個讓她再次變回自己，而非只是一塊籌碼的時刻。這有幫助。愛達攤開雙手，掌心朝上。「我沒辦法。那個人會自己把那兩件事分離。」

伊法連的嘴角往下撇，似乎是希望她能給出一個更確定的答案。她知道他與自己一樣不喜歡這場談話。他們兩人都更希望能假裝一切都安然無事。

愛達希望自己可以把自己和所有發生的事情都分割開來，但她不行。

他們又談了二十分鐘，來來回回地討論，最後沒有結論，只勉強地同意其他議員也會想要進行這段談話，而且恐怕不只談一次這件事。伊法連起身的時候，愛達終於可以走出這該死的房間，她回覆了維安配備的最後一份申請書。

那份申請書請求增設一艘幾乎與自貿港中轉環一樣大的炮艦。

我覺得這是你瞎編的。

企業網一向有奴役的制度，只不過他們自稱這種制度下的奴隸為「合約勞工」。人類／機器人合併體這種產物只是一種駭人的變化手段，是一種精神上的奴隸，與肉體奴隸的概念一樣。至少成為合約勞工的受害者還有自由思考能力。只是大家都對自己說，合併體不會意識到自己的困境。然而維安配備讓我們理解，這種想法錯了。它們都很清楚自己是什麼東西、別人對它們做了什麼事，但是它們獲得的選擇永遠只有聽命行事、痛苦和死亡而已。

愛達把注意力從頻道上的文件轉往坐在面前的芭拉娃姬身上。她們在辦公室的休息室裡，坐在舒服的椅子上，旁邊就是俯瞰太空站行政區中庭的陽臺。這個寬闊的空間由飄浮在上方的照明點亮，光線模仿星系主星的自然光芒，辦公室本身的燈光則稍微調暗，讓仿自然光照明能發揮最好的效果。

休息室這裡很安靜，只有在有人經過時會有腳步聲或片段交談聲。沒有音樂，沒有吵雜的廣告強行鑽入你的主頻道。愛達對芭拉娃姬說：「我覺得做得很好，我認為妳有很大的機率能說服他們。」

芭拉娃姬淺淺微笑，望向中庭。愛達突然看見自己全身是血、扭曲地癱倒在石礫地面上，而沃勞斯古在視線外某處喊叫的畫面。她皺眉把這畫面趕走。芭拉娃姬表示同意，「我認為我能說服他們，在我們自己的領土內制訂更多保護措施，但感覺影響還是好微小。」

當然，她說得對。「在機器人能夠全面自治之前，這個問題是不會消失的。」

另一個問題是維安配備不是機器人也不是人類，就算是在保護地聯盟，它們也不在現存保護法涵蓋的範圍內。但是芭拉娃姬的紀錄片影集有真正的潛力。紀錄片影集的影響力可以觸及聯盟領域的每一個角落，如果他們足夠幸運，甚至能用前所未有的方式穿透到企業網內。但是就算一切都順利推進，這也要花上好幾年的時間。即便到那時候……「還是會很難，過去那些宣傳太成功了。」

芭拉娃姬的笑容變得苦澀。「確實影響了我們。」

「沒錯。」愛達早就知道合併體是什麼東西，可是對於合併體的真正理解，是直到她在群組頻道上看見維安配備把沃勞斯古哄出坑洞那段晃動不已的影片，在那一刻才開始。

當時除了對於剛剛發生的事件產生的恐懼之外，他們也開始意識到自己只是將維安配備視為一具不露面的機器、一個方便的物品、一個與他們的安全系統的接口。但是要能夠把沃勞斯古從盲目的恐慌中勸出來，對方一定具備能夠理解恐懼和痛苦的能力。

芭拉娃姬的神情變得嚴肅。「我們不能無視維安配備有能力變得非常危險這件事，美化這件事只會讓我們的論點變得很荒謬。」她的嘴角抽動，「它們完全像人類一樣危險。」

只是人類無法從手臂中發射能源武器、計算正確的時刻從高速行駛的車輛上跳出去且不摔死，或者駭入整座中轉太空站的系統裡，愛達心想。然後她在心裡反駁自己的論點：對，人類會需要去雇用某人替他們做那些事，或者奴役一具機器人／人類合併體去做。她在主頻道上打開的工作文件中記下了這點，芭拉娃姬可能會針對這點建立一套有說服力的論述。

她的主頻道發出提醒，有一封訊息包傳來給她和芭拉娃姬。訊息中是一個連結，裡面是某種武器採購目錄。愛達嘆了口氣，但她主要是覺得好笑。「它又在聽我們講話了。」當一個人存在的每一分鐘都得經過奮力爭取、想方設法時，一定很難尊重他人的隱私吧。

如果一直記得自己每一次的偏執都很合理，要不偏執就很難了。

重點是被視為一個物件，對吧。不論所謂的物件指的是有外加價值的人質，還是設計及組裝上耗資不斐的奴隸機器／有機智能。你是個物件，沒有安全保障。

然後她對自己說：妳現在的表現非常愚蠢。因為妳只是當了幾天的人質，苦處根本不能與殺人機——不對，她沒有獲准使用那個私人名稱——不能與維安配備經歷的一切相比。

如果換做是其他人身處她的處境，她就會告訴那些人這種比較有多麼沒有意義，她會說恐懼就是恐懼，沒有分別。

芭拉娃姬瞇眼閱讀訊息包內容，然後大笑出聲。「我根本不知道那是什麼東西。」愛達看著目錄畫面。那是一種可以裝在背包或鎧甲上的東西，上頭有可伸縮的巨型尖刺。她回傳：**好，我相信這是真的，但看起來不是很實際。**

愛達在太空站旅館裡，這裡是維安配備和探勘隊來向政務委員會報告時下榻的地方。李蘋、拉銻和葛拉汀仍與亞拉達和歐芙賽一起待在這裡，他們兩個之前先回去星表與家人團聚過後又回來了。在太空站上有自己的寢艙的芭拉娃姬也來了，還有目前人在星表上的沃勞斯古，他持續透過太空站通訊器把工作內容傳給他們。

隨著企業體的謀殺和綁架案件的轟動效應漸漸平息，探勘隊也該開始把報告完成，這樣政務委員會才能決定要不要繼續發展在那顆星球上的任務。愛達可以從辦公室透過頻道和他們一起做事，但是她喜歡來這裡，坐在交誼廳裡的沙發上，和其他人面對面交談，看著飄浮的顯示器上滿是他們的數據和整理好的筆記。維安配備坐在角落的一張椅子上，可能正在自己頻道上追劇。它也在這裡的感覺很好。

「終於可以把這件事完成的感覺，真的是鬆了一口氣。」李蘋在不同顯示器之間切換著。她正在處理之後要提供給「擁有」該星球的企業政體的法律合約。在企業網裡，不管是什麼東西一定都會屬於某個對象。

歐芙賽坐著，亞拉達赤裸的腳掌放在她腿上，她沒勁地比了個手勢。「如果拉銻的表格可以不要像這樣七零八落、連結不要破破爛爛，東西就能快點做好了。拉銻，你之前到底在想什麼啊？」

「我計畫要把東西整理好的那天，正好是灰軍情報決定來殺我們的日子，很難專心啊。」拉銻抗議道。

「我來吧，」愛達發現自己開口這麼說，「你們可以把檔案寄給我嗎？」她實在不該接過來做的，至少不該在太空站時間都這麼晚了的時候。她應該快點回去寢艙，回到家人身邊。但是在這裡比較容易點，這裡的每個人都知道發生了什麼事，沒有人會想問問題，也不會想要她告訴大家一切都沒事、她仍是那個出任務前的自己。工作是個很好的藉口。

李蘋叫出了另一份文件，眉頭稍微皺了起來。「我也得檢查一下我們的帳單。噢，這太扯了，我們才不會付能源超用的費用，他們才沒有證據證明是我們……」

維安配備一定也在看李蘋的頻道，也就是帳單所在的位置，因為它突然說：「妳沒收到救援後客戶服務協定嗎？」

他們在攻擊事件後，在炮艦上就把東西給愛達了。這是客戶遭遇創傷事件後，例如被企業對手綁架、成為人質並存活後的標準程序。

「沒有，我沒收到。」她不需要讓創傷支持治療師得到一個以企業體為名的藉口，在她的情緒中到處勘查。她差點接著說出「我不需要」，真的說了肯定會被識破。然後她突然意識到，識破什麼呢？在這群她能夠託負性命般信賴的人面前，她怕自己被識破什麼事。

維安配備的目光看著室內另一端的角落，一如往常。但是他們替它在這些房間裡裝了攝影機，所以它搞不好其實正在看著她的表情。它說：「為什麼沒有？難道那在這裡是免費的嗎？」

「在企業網不是免費的嗎？」亞拉達研究著頭上的顯示器內容，眉頭因為專注而緊蹙，她還在編輯自己的報告。

李蘋生氣地倒回椅子上。「這間愚蠢的保險公司害妳被綁架，然後又要妳付醫療服務的費用？」

仍不與任何人目光交會，但維安配備的臉上有那麼一瞬間閃過了一種事實勝於雄辯的諷刺神情。愛達忍住微笑。當然得自己買單了。她接著說：「我們這裡沒有救援後客戶服務協定這種東西。」

歐芙賽瞥了她一點，一臉疑惑。「呃，有啊，但不叫那個名字。」

芭拉娃姬從頻道中抬起頭。「對，瑪凱巴醫療中心的創傷團隊有完整的情緒支持療程，沃勞斯古說他固定會去。太空站醫療中心的就沒有那麼完整，但我覺得也很有幫助。」

這下對話開始往愛達不想要的方向發展了。「我之後有空再去看看。」她輕鬆地對他們說，然後再倒了一杯茶給自己。

等她抬起目光的時候，維安配備竟直接看著她的雙眼。他們的目光交會了感覺上非常長的一段時間，但就她對維安配備的了解，她知道實際上大概也就一秒鐘吧。隨著它的目光轉回去盯著角落，愛達感覺到自己的雙頰通紅，好像說謊被抓到了一樣。

嗯，那確實是謊話沒錯。

仍然埋首頻道和報告的葛拉汀，表情好像人在很遠的地方、注意力完全內化，他起身伸手胡亂抓起餐具櫃上的飲料瓶。「有糖漿嗎？」

「我去拿。」愛達抓住這個能讓她溜走一下子的機會，「我想伸展一下腿了。」

她走出套房，穿過走廊，到了小小的大廳區。這裡現在空無一人、靜悄悄的，不過通往比較大的公共飯店區的門敞開著，那裡有盆栽和林木，還有仿造傳統保護地營地小屋的帆布藝術裝置。時間已經接近站內夜間時段，配合旅館時區行動的住客會出門尋找娛樂和用餐。

另一頭的牆面上有座食品櫃，裡頭放著一盒盒冷飲、湯品、瓶裝茶飲、自動加熱餐點、調味包，以及從星表送來、用一個個網袋裝著的水果和蔬菜，皆已切丁或去皮，可以直接食用。愛達在企業網待過的時日，已經足以讓她全心感念這些東西不只是免費提供給旅客使用，也開放給任何進來這裡的人取用這件事，以及這件事有多了不起。就像太空站內附有淋浴間的盥洗室一樣，唯一的使用要求就是使用者在離開時，要把用過的浴巾放進清潔機臺裡面。她打開冷藏櫃的門，尋找糖漿和堅果奶。

關上門的時候，有個陌生人就站在那裡。一名沒有身穿太空站制服或配戴識別證的陌生人，他的服裝不是星球上常見的顏色或剪裁。她的大腦還來不及消化這一切，便先倒抽了一口氣。

「妳是曼莎博士，對吧。」他不是在問問題。他很清楚她是誰。

她後退一步，直接撞上某人的胸膛。在她陷入恐慌之前，頻道裡出現了這兩個字：**是我**。

是殺人機——維安配備，它應該是在監控她的頻道，或從偷裝的攝影機畫面看著她，或者單純是在長廊另一頭滿房間交談聲中聽見了她抽氣的聲音。

這點時間裡，陌生人得以消化室內現在出現了另一人這件事。他急忙舉起雙手。「我是記者！我沒有打算驚動——」

「太空站維安組於四十七秒後抵達。」維安配備的語氣相當平穩自然，而且充滿自信。它很清楚該怎麼處理眼前的僵局。它一閃身站到她身前，令人安心的結實身軀擋在她和闖入者之間。它還不知在何時接住了她在無意識下鬆手掉落的糖漿瓶，它把瓶子放在檯面上。「四十六，四十五，四十四——」

那名記者倉皇逃離現場。

其他人鬧哄哄地全衝了過來，一堆問題、著急的情緒，拉錦大叫著：「維安配備從我頭上跳過去！」

「沒事啦，」愛達安撫眾人，「只是一名記者，他嚇了我一跳。我當時有點分心，沒聽到他接近的聲音——不是什麼大事。」

她把糖漿瓶交給拉錦，然後驅趕大家回房。「我會和維安組談一談。真的，沒事的。」

他們不情不願地離開了。她是現任星球領導人這件事的重量，比不過她是大家的探勘任務隊長的身分，大家早已習慣聽她的命令行事了。

眾人吵鬧地往走廊走去的同時，她在主頻道上收到太空站維安組的回報，表示那名記者離開旅館時，已經被維安組捕獲，接下來他們會核對他的身分，若一切屬實便放他離開。

他們再過幾分鐘就會到這裡向她正式報告，她得在他們抵達前整頓一下自己的狀態。維安配備仍緊靠在她身邊，散發著暖意。它一定可以自由調整體溫，通常它都是冰涼涼的。她在發抖，蠢斃了。什麼事都沒發生，那名記者根本沒有惡意。她也有很大的機會是遇到旅館住客，或是肚子餓的旅客，或者是來補給食物櫃的人，或者——

維安配備低頭看著她。「妳需要的話可以抱我。」

「不，不用，沒關係。我知道你不喜歡。」她抹抹臉。她的眼眶裡有眼淚，因為她是個白痴。

「是也不會到太糟。」她能從它平穩的語氣裡聽到反諷。

「還是一樣。」她不能這麼做，她不能依賴一個不想被依賴的人。在維安配備所需的一切事物中，她唯一能提供的，就是在一個相對安全的地方，給它空間和時間，讓它為自己做決定。把它當成自己在情緒控管失敗時能使用的道具，對他們兩人都沒有好處。

然而，也許她還能給它其他東西。她抬起頭，把視線放在它的左肩，讓它決定要不要與她目光交接。「你傳給我的那一大堆申請書裡，有哪一個是你真的想要的東西嗎？」

它想了一下。「無人機。小型的情報無人機。」

無人機，當然。像他們在任務中使用的那種，是真的滿有幫助的。在保護地許多沒有裝設監控攝影機的地方，這些無人機就能擔任維安配備的雙眼。「我會想想辦法。」

它仍低頭看著她，她大可望向它的雙眼，逼它別開頭，但它不會這樣就退讓的。「這是想要買通我嗎？」

她忍不住露出微笑。聽起來確實像是要買通它，就只有那麼一點。「這要看情況。是的話有用嗎？」

「我不知道，我沒有被收買過。」正當她覺得自己成功岔開了話題，結果它又立刻轉回原本的目標。「也許妳該像芭拉娃姬博士一樣，去太空站醫療中心看看。」

我不能，去了我就得讓他們知道哪裡有問題。這是她腦袋裡出現的第一個念頭。沒錯，她自己知道有地方不對勁。她實在沒辦法說謊，所以她只說了：「我會試試看。」

一聲小小的懷疑悶哼從她上方傳來，她知道維安配備沒有被她蒙混過去。

太空站維安組成員已經來到外部大廳，在他們抵達門邊之前，維安配備就先閃身回到走廊上去了。

致謝

謝謝第一位讀者、第一位圖書管理員，南西・布坎南，沒有她，我的作品大多都不會有書名了。

謝謝我的丈夫特洛伊斯，好友梅根、貝絲・E、費利西亞、麗莎、比爾和貝絲・L，以及其他看過這本作品的各版草稿狀態、一直鼓勵我寫到結束的大家。

謝謝珍妮佛・傑克森和李・哈里斯，沒有他們，殺人機就絕對不可能走到送印那一步。

高寶書版集團
gobooks.com.tw

TN 295
厭世機器人III外星入侵應變對策
The Network Effect
作　　者　瑪莎・威爾斯（Martha Wells）
譯　　者　翁雅如
編　　輯　林雨欣
美術主編　林政嘉
排　　版　彭立瑋
企　　畫　李欣霓

發 行 人　朱凱蕾
出　　版　英屬維京群島商高寶國際有限公司臺灣分公司
　　　　　Global Group Holdings, Ltd.
地　　址　臺北市內湖區洲子街 88 號 3 樓
網　　址　www.gobooks.com.tw
電　　話　(02) 27992788
電　　郵　readers@gobooks.com.tw（讀者服務部）
傳　　真　出版部　(02) 27990909　行銷部 (02) 27993088
郵政劃撥　19394552
戶　　名　英屬維京群島商高寶國際有限公司臺灣分公司
發　　行　希代多媒體書版股份有限公司 /Printed in Taiwan
初版日期　2022 年 9 月

國家圖書館出版品預行編目 (CIP) 資料

厭世機器人 . III, 外星入侵應變對策 / 瑪莎 . 威爾斯 (Martha Wells) 著 ; 翁雅如譯 . -- 初版 . -- 臺北市 : 英屬維京群島商高寶國際有限公司臺灣分公司 , 2022.09
　面；　公分 . --

譯自 : The Network Effect

ISBN 978-986-506-470-9(平裝)

874.57　　　　111009715